मोपासां की सर्वश्रेष्ठ कहानियां

विश्व प्रसिद्ध कथाकार की कालजयी कहानियों का संग्रह

रूपांतर

चेतन प्रकाश शर्मा

मनोज पब्लिकेशन्स

प्रकाशक :
मनोज पब्लिकेशन्स
761, मेन रोड, बुराड़ी, दिल्ली–110084
फोन : 27611116, 27611349, फैक्स : 27611546
मोबाइल : 9868112194
ईमेल : info@manojpublications.com
वेबसाइट : www.manojpublications.com

शोरूम :
मनोज पब्लिकेशन्स
1583–84, दरीबा कलां, चांदनी चौक, दिल्ली–110006
फोन : 23262174, 23268216, मोबाइल : 9818753569

ISBN : 978-81-310-1515-5

पहला संस्करण : 2012

मुद्रक :
रेप्रो नॉलेज कास्ट लिमिटेड, ठाणे

मोपासां की सर्वश्रेष्ठ कहानियां *: चेतन प्रकाश शर्मा*

हेनरी-रेने-अल्बर्ट गई डि मोपासां

विश्व के साहित्य जगत में अपनी मजबूत पहचान बनाने वाली इस अजीम शख्सियत को सुधि पाठक मोपासां के नाम से बखूबी जानते हैं। मोपासां का जन्म 5 अगस्त, 1850 को नॉर्मनडी (फ्रांस) में हुआ। यहां इन्होंने अपनी बाल्यकालीन अवस्था का अधिकांश समय व्यतीत किया। धनी माता-पिता की यह प्रथम संतान थे। कालांतर में इनके माता-पिता का तलाक हो गया था। 13 वर्ष की उम्र तक मोपासां को प्राथमिक शिक्षा ग्रहण करने के लिए स्कूल जाने की अनुमति प्रदान नहीं की गई। लेकिन स्कूल से पूर्व की शिक्षा इन्हें एक स्थानीय पादरी के द्वारा घर पर ही प्रदान की गई। कैथॉलिक सेमीनरी स्कूल से निकाले जाने के पश्चात इन्होंने रोयेन बोर्डिंग स्कूल से अपनी स्कूली शिक्षा पूर्ण की। इसके पश्चात मोपासां ने पेरिस विश्वविद्यालय में कानून की पढ़ाई करने के लिए दाखिला लिया। लेकिन 1870 में फ्रेंकों-पर्शियन युद्ध छिड़ जाने के कारण इनकी शिक्षा बाधित हुई और यह नॉर्मनडी में एक सैनिक बन गए। युद्ध के पश्चात यह विश्वविद्यालय में नहीं गए और इसके उपरांत भी सिविल सेवा के तहत लिपिक पद पर रहे, जो नौ-सेना एवं शिक्षा मंत्रालय के अधीन आता था।

1880 में इन्होंने शिक्षा मंत्रालय की नौकरी से त्याग-पत्र दे दिया और पूर्णकालिक लेखक बन गए। आरंभ में इन्होंने गुस्ताव फ्लाउबर्ट की लेखन शैली को अपनाया, जो प्रमुख फ्रांसीसी उपन्यासकार के रूप में स्थापित थे और कई दशकों से मोपासां की माता के अभिन्न मित्र भी थे। उस समय यह अपुष्ट अफवाहें भी फैलीं कि मोपासां के वास्तविक पिता फ्लाउबर्ट हैं, लेकिन दोनों पक्षों ने इस आक्षेप को प्रबलता से खारिज किया। फ्लाउबर्ट की सरपरस्ती में आने के पश्चात मोपासां अपने समय के प्रमुख लेखकों से परिचित हुए, इनमें एमिला जोला, इवान तुर्गनव और अल्फांसे डॉडेट इत्यादि थे।

सन् 1880 में कुछ लेखकों की संयुक्त कहानियों का संग्रह प्रकाशित हुआ, उस संग्रह में मोपासां की प्रथम कहानी 'बॉल ऑफ फैट' भी सम्मिलित थी। मोपासां ने शीघ्र ही लघु-कथा और उपन्यास-लेखन विधाओं में ही स्वयं को प्रमुख लेखक के रूप में स्थापित कर लिया। अगले दशक के दरम्यान मोपासां ने छह उपन्यास और लगभग तीन सौ लघु-कथाओं का सृजन किया, जिनमें से

अधिकांशतः पेरिस के समाचार-पत्र 'जिल-ब्लास' और 'ले गोलोइस' में प्रकाशित हुईं। इनके द्वारा नाटक, कविता, यात्रा निबन्ध (रिपोर्ताज) एवं समाचार पत्र लेख भी लिखे गए। 17 फरवरी, 1884 में इनकी कहानी 'दी नेकलेस' ले-गोलाइट्स में प्रकाशित हुई, जिसे मोपासां के कहानी संग्रह 'स्टोरीज ऑफ नाइट एंड डेज' में सम्मिलित किया गया।

1880 के दौरान ही मोपासां के स्वास्थ्य में संक्रामक बीमारी के कारण गिरावट आनी शुरू हो गई, वह 1870 के दशक में इस संक्रामक बीमारी के संपर्क में आए थे लेकिन चिकित्सक बीमारी का पता नहीं लगा सके। 2 जनवरी, 1892 को लंबी बीमारी से उपजे अवसाद के कारण इन्होंने आत्महत्या का असफल प्रयास किया, तब इन्हें मानसिक चिकित्सालय में भर्ती करवा दिया गया। डेढ़ वर्ष पश्चात 1893 में संक्रामक बीमारी के कारण ही इनका निधन हो गया। इस प्रकार महज 43 वर्ष की अल्पायु ही इन्हें प्राप्त हुई। लेकिन अपने लेखन के कारण मोपासां पाठकों में सदैव के लिए अमर हो गए।

❑❑

अनुक्रम

नेत्रहीन

सूर्य का प्रकाश कैसे हमें इतना उल्लास प्रदान करता है? क्यों यह चमक जब पृथ्वी पर गिरती है तो हमें जीवन के उल्लास का अनुभव कराती है? पूरा आकाश नीला है, खेत हरे हैं, सारे घर पूरे सफेद हैं और हमारी मंत्रमुग्ध आंखें उन चमकदार रंगों को पीती हैं जो हमारी आत्माओं में प्रसन्नता लाते हैं। और जब वसंत हमारे हृदय में उतर आता है तो एक इच्छा नृत्य की, दौड़ने की, गाने की, एक प्रसन्न विचारों का उजाला, एक प्रकार की वृहत् कोमलता; हम लंबे समय तक सूर्य के आलिंगन की अनुभूति करते हैं।

नेत्रहीन, जैसे वे द्वार के मार्ग पर बैठते हैं, आंतरिक अंधेरे से भावशून्य, हमेशा के लिए ऐसे शांत बने रहते हैं, जैसे प्रसन्नता के मध्य में हों और नहीं समझ पाते कि उनके आसपास क्या घट रहा है, वे निरंतर कुत्तों की पड़ताल करते हैं, जैसे वे खेलने का प्रयत्न कर रहे हों।

जब दिन का अंत होता है, वे अपने छोटे भाई या बहन की बांह थामकर घर लौटते हैं। यदि एक बच्चा कहता है, "यह बेहद बढ़िया दिन था!" तो दूसरा उत्तर देता है, "मैंने महसूस किया कि दिन अच्छा था। लोउ लोउ चुप नहीं रह सकता।"

मैं उनमें से एक व्यक्ति को जानता हूं, जिसकी जिंदगी को सबसे ज्यादा क्रूर प्राणाहुति के रूप में माना जा सकता है।

वह एक कृषक था, नॉर्मन कृषक का एक बेटा। जब तक उसके माता-पिता जीवित रहे, कम या ज्यादा उसकी देखरेख होती रही। अपनी भयानक दुर्बलता को सहते हुए भी वह सुरक्षित रहा, लेकिन जैसे ही वृद्ध माता-पिता की मृत्यु हुई, उसके लिए नृशंस कृपणता के द्वार खुल गए। वह अपनी बहन पर आश्रित था, फार्म हाउस में प्रत्येक व्यक्ति उसके साथ एक ऐसे भिखारी के रूप में व्यवहार करता, जो अजनबी लोगों की रोटी पर आश्रित था। भोजन का प्रत्येक निवाला जो वह चबाता था, वह उसे धिक्कार के साथ वहन करना होता था, उसे एक पराश्रित, एक विदूषक कहा जाता था। यद्यपि उसके जीजा ने उसकी पैतृक विरासत के भाग को अपने अधिकार में ले लिया था। वह उसके अच्छे जीवन के लिए अनिच्छा से ही मदद करता था, महज उसे भूख से मरने से बचाने तक की मदद।

उसका चेहरा बेहद पीतवर्ण का था और उसकी दो बड़ी सफेद आंखें पतली रोटी की भांति लगती थीं। वह सभी अपमानों से, जो उसके साथ किए जाते थे, अविचलित बना रहता था। इतना एकाकी कि कोई कह नहीं सकता कि उन्हें महसूस भी करता था।

इसके अतिरिक्त, उसने कोई भी मृदुलता कभी अनुभव नहीं की थी, उसकी मां सदैव उसके साथ अदयालुता का व्यवहार करती थी और उसका कम ही ध्यान रखती थी। देश के सभी स्थानों में अनुपयोगी लोगों को अशोभनीय माना जाता रहा है और कृषक अपने कमजोर किस्म के उत्पादन को नष्ट करने में ही प्रसन्नता अनुभव करते हैं, जैसा मुर्गीपालन व्यवसाय में भी किया जाता है।

ग्रीष्म ऋतु में जैसे ही वह अपना खाना-पीना कर लेता तो वह शीघ्रातिशीघ्र द्वार के बाहर आकर बैठ जाता और सर्दियों में अलाव के पास, फिर शाम होने तक वहां से हिलता भी नहीं। वह भावहीन मुद्रा में रहता और प्रतिक्रिया नहीं करता सिर्फ उसकी आंखों की पुतलियां ही कुछ घबराहटयुक्त थरथराहट के रूप में प्रतिक्रिया व्यक्त करती थीं, जो स्नेह रूप में अपनी सफेद दृष्टिहीन घेरों में उभरती दिखती थीं। क्या वह कुछ ऐसा बुद्धिमान था, जो किसी प्रकार की विचारशीलता, किसी प्रकार की चेतना जो उसे निज अस्तित्व की अनुभूति कराती थी? किसी ने जानने की परवाह नहीं की।

कुछ वर्षों तक इसी प्रकार का कार्य-व्यवहार जारी रहा। लेकिन कार्य के प्रति उसकी अयोग्यता और साथ ही उसकी भावहीनता अंततः उसके रिश्तेदारों को चिढ़ाने लगी और वह मनोरंजन व हास्य का माध्यम बन गया। हंसी का एक विचार, पैदाइशी क्रूरता का एक शिकार, बर्बर पाशविकता से भरे क्रूर लोगों से घिरा था वह। यह आसानी से कल्पना की जा सकती है कि सभी क्रूर व्यावहारिक प्रहसन उसकी नेत्रहीनता से प्रेरित थे। और, उसे खाना देने के एवज में हंसी-ठिठोली का क्रम संपन्न होता था। अब उन्होंने उसके भोजन को पड़ोसियों के लुत्फ में परिवर्तित कर दिया, असहाय व्यक्ति की सजा के रूप में।

आसपास के मकानों से कृषक वहां मनोरंजन के लिए आते। प्रत्येक द्वार पर यह मनोरंजन लोगों से भरी फार्म हाउस की रसोई में प्रतिदिन होता। कभी-कभी उसके सामने तश्तरी रख दी जाती। जब वह अपना भोजन लेने का प्रयास करता, कोई कुत्ता या बिल्ली आ जाता। जानवर भी प्रवृत्तिक रूप से उसकी निर्बलता अथवा कमी को महसूस कर लेते और नाजुक पंजों से आते, बिना आवाज किए खाना आरंभ कर देते। तरल भोजन आहिस्ता से चाटते। जब वे शोर करके चाटते तो बेचारे नेत्रहीन का ध्यान उत्तेजित होकर उनकी ओर हो जाता वे बुद्धिमानीयुक्त लापरवाही के साथ चम्मच के प्रहार की परिधि से दूर हो जाते जो नेत्रहीन द्वारा

किया जाता। तब दर्शकों में, जो दीवार के साथ लगकर खड़े रहते थे, उनके मुख से ठहाके फूट पड़ते, कोहनी से एक दूसरे को टहोके लगाते और जमीन पर पैर पटकते। और वह एक शब्द भी कहे बिना अपना भोजन सीधे हाथ से करता, जबकि उलटे हाथ को फैलाकर अपने भोजन की रक्षा करता। दूसरे समय पर वे उसे कॉर्क और लकड़ी के टुकड़े, पत्ते और यहां तक कि गंदगी भी उसे चबाने के लिए देते, जिनमें वह अंतर कर पाने में अक्षम रहता।

इतना होने पर भी वे इन व्यावहारिक चुटकुलों से थक गए और उसका जीजा तब सदैव क्रोधित हो उठता जब नेत्रहीन का साथ दिया जाता। वह उस पर प्रहार करता, तमाचे मारता और उसके द्वारा निरर्थक बचाव का प्रयत्न करने या जवाबी रूप से मारने का प्रयत्न करने पर निरंतर हंसता रहता। फिर एक नया मनोरंजन आरंभ हुआ—उसके चेहरे पर 'चटाक्-पटाक्' करके तमाचे मारने का मनोरंजक खेल। हलवाहे, नौकरानियां और यहां तक कि आवारा घूमने वाले लोग भी हर पल उसे तमाचे मारते रहते। इसका परिणाम यह होता कि उसकी बरौनियां अनियमित रूप से फड़कने लगतीं। वह नहीं जान पाता कि वह स्वयं को किस स्थान पर छिपाए। वह अपने हाथों को सदैव सुरक्षा की मुद्रा में रखता ताकि बहुत करीब आ चुके लोगों से अपनी रक्षा कर सके।

अंततः वह भीख मांगने पर विवश हो गया। उसने व्यस्त सड़क पर बाजार समय के दौरान अपना ठिकाना बना लिया, और जैसे ही वह पगध्वनि सुनता या गाड़ी के लुढ़कने की आवाज सुनता, वह अपनी टोपी आगे करके बुदबुदाता—"दान, यदि आप कृपावश देना चाहें।"

लेकिन कृषक उदार नहीं थे और उसे पूरे सप्ताहांत तक एक धेला भी प्राप्त न होता।

तब वह भयानक निर्दयी लोगों का शिकार हो गया। और इसी प्रकार वह मर भी गया।

सर्दी के एक दिन मैदान बर्फ से भरा हुआ था और बेहद कड़ाके की ठंड पड़ रही थी। एक प्रातः उसके जीजा ने उसे बहुत दूर एक सड़क पर ले जाकर छोड़ दिया ताकि वह भिक्षा की याचना कर सके। नेत्रहीन को पूरे दिन वहां छोड़ दिया गया और जब रात्रि घिर आई तो जीजा ने अपने घर के लोगों को कहा कि वह भिखारी का कुछ पता नहीं लगा सका। तब उसने आगे कहा, "हुंह! उसके विषय में ज्यादा परवाह करने की आवश्यकता नहीं। उसे ठंड में कोई साथ ले गया होगा। डरो मत! वह खोया नहीं है। वह शीघ्र ही कल तक अपना भोजन खाने आ जाएगा।"

अगले दिन वह वापस नहीं लौटा।

कई घंटों के लंबे इंतजार के पश्चात सर्दी से अकड़ते हुए उसने सोचा कि वह मर रहा है—उसने चलना आरंभ कर दिया। सड़क के साथ मार्ग तलाशने में वह बर्फ की मोटी परत के कारण असफल रहा, वह अनियमित रूप से प्रयास करता रहा, गड्ढों में गिरा, फिर से खड़ा हुआ, बिना एक भी शब्द कहे, उसका एकमात्र उद्देश्य था किसी घर की तलाश करना जहां वह शरण ले सके।

लेकिन, अत्यधिक मात्रा में बर्फ गिरने के कारण उसमें सुन्नता छाती चली गई और उसके कमजोर अंग उसके जिस्म का वजन और आगे उठाने में असफल हो गए। वह एक खुले मैदान के मध्य में बैठ गया। फिर वह पुनः खड़ा नहीं हो पाया।

जो सफेद पपड़ी (बर्फ) निरंतर गिर रही थी, उसने उसे दफन कर दिया, अतः उसका शरीर बेहद अकड़कर कठोर हो गया, सतत रूप से गिरती बर्फ के ढेर के नीचे वह शीघ्रता के साथ एक मोटे पिंड में बदल गया और ऐसा कोई चिह्न शेष नहीं रहा जहां वह बैठा था।

उसके रिश्तेदारों ने उसका पता लगाने और उसे ढूंढ़ने का दिखावा किया और एक सप्ताह तक उसे खोजते रहे। यहां तक कि उन्होंने रोने-धोने का नाटक भी किया।

सर्दी भयानक थी और बर्फ का पिघलना शीघ्र संभव नहीं था। अब एक रविवार अपने मार्ग पर पिंड के करीब किसानों ने कौवों के भारी झुंड को महसूस किया, जो सतत रूप से खुले मैदान के ऊपर चकरा रहे थे। तब काली वर्षा के झरने की भांति वह उसी स्थान पर उतर आए, आते रहे और जाते रहे।

आगामी सप्ताह भी वे स्याह पक्षी वहां जमे रहे। हवा में ऊपर एक झुंड था, जैसे कि वे क्षितिज के सभी कोनों से निकलकर वहां एकत्र हो गए थे, और चमकदार बर्फ पर कर्कश 'कांव-कांव' आवाज निकालते हुए गोता मारकर उतरने लगे, जिसे उन्होंने काले धब्बों में परिवर्तित कर दिया था और वहां वे दुराग्रहिता के साथ चोंच मार रहे थे। एक युवा यह देखने गया कि वे वहां क्या कर रहे थे और उसने नेत्रहीन की लाश तलाश की, जो पहले ही से आधी खाई और क्षत-विक्षत थी। उसकी धुंधली आंखें गायब हो चुकी थीं, लंबी क्षुधित चोंचों से नोची जा चुकी थीं।

और मैं कभी नहीं भूल सकता प्रसन्नता भरी सूर्य-रश्मियों की चमक वाले दिनों में भी, बिना दुःख से विचारे और चिंतन किए कि उस भिखारी का कैसा भाग्य था जिसे जिंदगी में इस प्रकार से बहिष्कृत किया गया कि उसकी खौफनाक मृत्यु उन सभी के लिए मुक्ति सदृश हो गई, जो उसे जानते थे।

❑❑

गधा

हवा में सांस लेने जैसी हरकत भी नहीं थी, नदी पर भारी धुंध पसरी हुई थी। वह पानी पर बिछी रूई के समान थी। किनारे स्वयं भी आपस में अनजान थे, धुंध की विलक्षणता के पीछे छिपे हुए। लेकिन दिन निकल रहा था और पर्वत नजर आने लगे थे। भोर के प्रकाश में पलस्तर के मकान धब्बों के समान नजर आने लगे थे। बाड़े में मुर्गियां बांग दे रही थीं।

नदी के पार दूसरी ओर, धुंध के पीछे छिपे, कटावदार तट के एकदम सामने, समय-समय पर मद्धिम शोर शांत प्रातः के सन्नाटे को भंग कर रहा था। कुछ समय पर वह एक अस्पष्ट छपछपाहट लगती थी, जैसे कोई नाव सतर्कता से आगे बढ़ रही हो, फिर पुनः एक तीखी खड़खड़ाहट वाली चप्पू की आवाज उभरती और तब पानी में कुछ डालने की आवाज उभरती। फिर सन्नाटा पसर जाता।

कभी-कभी शब्दों की सरगोशी होती, संभवतः दूर से आते लगते, संभवतः काफी करीब से आते लगते, जो अपारदर्शी धुंध में छेद करते प्रतीत होते। वे उन जंगली पक्षियों की भांति गुजरे जो शीघ्रता में सोए थे ताकि सूर्य की प्रथम किरण से पूर्व ही उड़ जाएं, धुंध को पार करते और मध्यम स्वर में सरगोशी के अंदाज में बात करते, जो तट पर रहने वाले उनके भाइयों को जगा सकती थी।

अचानक नदी के किनारे, गांव के करीब, एक जौ के दाने का सा बोध देने वाली छाया जल पर उभरी। फिर वह बड़ी हुई, और भी अधिक स्पष्ट होकर धुंध की चादर से बाहर आई, जो नदी पर टंगी हुई थी, एक पाल नौका दो व्यक्तियों द्वारा धकेल कर घास पर लाई गई।

एक शख्स जो नौका चला रहा था उठा और उसने डोल भर मछलियां नाव के पेंदे से उठाईं, तब उसने जालीदार जाल को अपने कंधे पर लटकाया। उसका साथी, जिसने कोई हलचल नहीं की थी, चिल्लाया, "सुनो, मेलोचे! अपनी बंदूक तैयार रखो और देखो कि तट पर कोई खरगोश नजर आता है, यदि हम वहां जाएं।"

दूसरे ने उत्तर दिया, "ठीक है, मैं एक मिनट में तुम्हारे पास आता हूं।" फिर वह अपने शिकार को छिपाने के उपक्रम में गायब हो गया।

वह व्यक्ति जो नाव में रह गया था, उसने धीमे-से पाइप में तंबाखू भरा और

उसे सुलगाया। उसका नाम लेबोइस था, लेकिन उसे चिकॉट नाम से पुकारा जाता था और वह मेलोचोन की साझेदारी में था, जो सामान्यतया मेलोचे नाम से पुकारा जाता था, वे दोनों संदिग्ध और समझ न आने वाले कबाड़ एकत्र करने वाले धंधे को तट के किनारे संपन्न करते थे।

वे निम्न दरजे के नाविकों में शुमार थे और केवल अकाल के दिनों में ही नियमित रूप से नौकायन करते थे। शेष बचे समय में वे कबाड़ एकत्र करने का काम करते थे। रात-दिन नदी पर नौकायन करते, शिकार की तलाश में रहते, जिंदा या मुर्दा शिकार, शिकारी और रात्रिचर शिकारी जल में रहते, कभी कभी सेंट जर्मेन के वनों में हिरण के मांस की घात लगाते, कभी-कभी डूबे हुए लोगों को तलाशते और उनके वस्त्रों की खोज करते, तैरते हुए चिथड़े उठाते और खाली बोतलें बीनते। इस प्रकार दोनों आसानी के साथ जीवन गुजार रहे थे।

कई दफा वे शाम के समय नंगे पांव सीधी दिशा में चहलकदमी करते। रात्रि का भोजन तट के पास मौजूद किसी सराय में करते और पुनः साथ-साथ लौटते। दो दिनों तक वे एक-दूसरे से पृथक रहे; फिर एक प्रातः वे एक टब नौका चलाते दिखाई दिए, जिसे वे अपनी नाव कहते थे।

जॉइन विले और नोजेंट के कुछ नाविक उनकी नाव की टोह में रहते, जो एक रात्रि गायब हो गई, शायद चुरा ली गई, जबकि वहां से बीस या तीस मील दूर, ओइंसे में, कुछ दुकानदार अपने हाथों को रगड़ रहे होते, स्वयं को सौदे के लिए बधाई दे रहे होते कि एक दिन पूर्व उन्होंने एक नाव को पचपन फ्रेंक में खरीदा था, जो दो व्यक्ति वहां से गुजरते समय बेच गए थे।

मेलोचोन अपनी बंदूक को चिथड़ों में लपेटे पुनः दृष्टिगत हुआ। वह चालीस-पचास वर्ष का लंबा-छरहरा शख्स था, उद्विग्न आंखों वाला ऐसा शख्स जो कानूनी परेशानियों और शिकार किए जानवरों के कारण चिंतित बने रहते हैं। उसकी खुली कमीज से उसके बालों से भरा सीना नजर आता था, लेकिन उसके चेहरे पर कहीं कोई बाल नहीं था, केवल छोटे ब्रश जैसी मूंछें ही थीं और निचले होंठ के नीचे अकड़े हुए बालों का गुच्छा था। वह कनपटी के पास से गंजा था। जब वह अपनी टोपी सिर से उतारता तो उसके सिर की खाल वैसी ही रोएंदार नजर आती जैसे कि नोचे गए मुर्गी के बच्चे की होती है।

चिकॉट, दूसरी ओर लाल रंगत का, मोटा, ठिगना और बालों से भरा शख्स था। वह कच्चे गौ-मांस की भांति दिखता था। वह अपनी बाईं आंख को निरंतर रूप से बंद रखता, जैसे वह किसी चीज पर निशाना साध रहा हो या किसी शख्स पर, और जब लोग उससे मजाक में कहते, ''अपनी आंख खोलो, लेबोइस!''

तब वह शांतिपूर्वक उत्तर देता, "डरो नहीं, बहन! मैं इसे तब खोलता हूं, जब खोले जाने की आवश्यकता होती है।"

उसकी हर किसी को 'बहन' कहने की आदत थी, यहां तक कि उसके कबाड़ वाले साथी को भी यही कहने की।

उसने फिर से चप्पू संभाल लिए, और पुनः एक बार नाव घने कोहरे में विलीन हो गई, जो अब लाल धब्बेदार आकाश के तले बर्फीला सफेद नजर आने लगा था।

"किस प्रकार का संकेत तुम प्राप्त कर रहे थे मेलोचोन?" लेबोइस ने पूछा।

"बहुत छोटा, क्रमांक नौ; यह खरगोशों के लिए सर्वोत्तम है।"

वे दूसरे किनारे पर बहुत धीमी गति से पहुंचे, इतनी खामोशी से कि कोई आवाज उनके साथ विश्वासघात न कर सके।

यह किनारा सेंट-जर्मेन वन से संबंध रखता था और यह सीमांत क्षेत्र खरगोश के शिकार के लिए जाना जाता था। यह बिलों से भरा क्षेत्र था, जो पेड़ों की जड़ों में बने हुए थे और खरगोश उनमें से उछलते-कूदते व दौड़ते रहते, जब सूर्योदय होता।

मेलोचोन घुटनों के बल झुककर चल रहा था, नजर रखे हुए, जमीन पर बंदूक को छिपाए हुए। अचानक वह थम गया, निशाना साधा, और शांत प्रदेश में कुछ देर के लिए गोली की आवाज गूंजती रही।

लेबोइस ने कुछ ही कदमों से किनारे का स्पर्श किया और उसके जोड़ीदार ने मैदान में कूदकर एक भूरे खरगोश को उठाया जो अभी मरा नहीं था।

तब धुंध में ही दूसरे किनारे की ओर जाने के लिए नाव अनुसरण करने लगी, जहां वह शिकार रक्षक से दूर रह सकें।

दोनों व्यक्ति जल पर आसानी के साथ सफर करते दिखाई दिए। हथियार तख्त के नीचे गायब हो गया, जो सामान छिपाने के कार्य आता था और खरगोश किसी वस्तु की भांति चिकॉट की खुली कमीज में पहुंच गया।

लगभग पंद्रह मिनट पश्चात लेबोइस ने पूछा, "अच्छा, बहन! क्या हम एक और प्राप्त करेंगे?"

"यह मेरे लिए उपयुक्त है।" मेलोचोन ने जवाब दिया।

नाव तीव्रगति से धारा में बहने लगी। धुंध, जिसने दोनों किनारों को छिपा लिया था, अब छंटने लगी थी। वृक्ष अब भी कठिनाई से ही घूंघट ओढ़े नजर आ रहे थे और धुंध के नन्हे बादल पानी के ऊपर तैर रहे थे। जब वे नाव खेकर द्वीप के करीब पहुंचे, जो कि हर्वले का अंतिम छोर था, दोनों व्यक्तियों की गति मंद पड़ गई और वे निगाहबीनी करने लगे। शीघ्र ही दूसरा खरगोश मारा गया।

तब वे उस समय तक चलते रहे जब तक कि कॉनफ्लांस की आधी दूरी तक नहीं पहुंच गए। यहां उन्होंने अपनी नाव रोकी, उसे एक पेड़ से बांधा और उसके तल में सोने के लिए चले गए।

समय-समय पर लेबोइस उठता और अपनी खुली आंख से क्षितिज को निहारता। सुबह की धुंध अंतिम रूप से छंट गई थी और बड़ा सूर्य नीले आकाश में चढ़ने लगा था।

नदी के दूसरी ओर अंगूरों का बाग अर्द्ध-वृत्ताकार पर्वतों से घिरा हुआ था। एक इकलौता घर चोटी पर खड़ा था। सभी प्रकार की खामोशी वहां व्याप्त थी।

कोई चीज नौका-पथ पर धीरे-धीरे गति कर रही थी, मुश्किल से आगे बढ़ रही थी। वह एक स्त्री थी जो गधे को घसीटते हुए ला रही थी। अड़ियल और अकड़े शरीर-बंध वाला जंतु यदा-कदा अपने साथी के प्रयासों के जवाब में अपना एक पांव बाहर की ओर फटकार देता, और इस प्रकार वे आगे बढ़ते रहे, गर्दन को बाहर की ओर निकाले और कानों को नीचे की ओर सपाट मुद्रा में गिराए, चाल इतनी धीमी थी कि कोई कह नहीं सकता था कि कभी वे दृष्टि से ओझल भी होंगे।

स्त्री दोहरी होकर उसे खींच रही थी और कभी-कभार उसके पीछे जाकर छड़ी से गधे को मारती थी।

जैसे ही उसने स्त्री को देखा, लेबोइस विस्मय से बोला, ''कहो, मेलोचे!'' मेलोचे ने उत्तर दिया, ''बात क्या है?''

''कुछ मजा करना चाहते हो?''

''बेशक।''

''तो जल्दी करो! बहन, हम मनोविनोद करने वाले हैं।''

चिकॉट ने चप्पू संभाले। जब उसने नदी पार कर ली तो स्त्री के सामने रुक गया और आवाज लगाई, ''हे बहन!''

स्त्री ने गधे को घसीटना रोका और देखा।

लेबोइस ने बात जारी रखी, ''तुम क्या कर रही हो? संचालन-प्रदर्शन में जा रही थीं?''

स्त्री ने कोई जवाब नहीं दिया। चिकॉट कहता रहा, ''बोलो, तुम्हारा प्रशिक्षित घोड़ा दौड़ के लिए है। इस गति से तुम इसे कहां ले जा रही हो?''

अंततः स्त्री ने जवाब दिया, ''मैं चैक्सिऑक्स के मेक्वार्ट के पास जा रही हूं, इसका वध कराने। यह बेकार है।''

लेबोइस ने जवाब दिया, ''तुम ठीक कहती हो। मेक्वार्ट तुम्हें इसका कितना धन देगा, क्या सोचती हो?''

स्त्री ने कोहनी से अपना ललाट साफ किया और संकोच के साथ कहा, "मैं कैसे जान सकती हूं? शायद तीन फ्रेंक्स या शायद चार।"

चिकॉट ने चकित किया, "मैं तुम्हें पांच फ्रेंक्स दूंगा और तुम्हारी लघु यात्रा समाप्त। क्या सोचती हो?"

स्त्री ने कुछ क्षणों के लिए मामले पर विचार किया और तब कहा, "ठीक है।"

दोनों व्यक्ति किनारे पर आ गए। लेबोइस ने जानवर को लगाम से थाम लिया।

मेलोचोन ने आश्चर्य से पूछा, "तुम इस ढांचे से क्या करने की बात सोच रहे हो?"

इस दफा चिकॉट ने अपनी दूसरी आंख उल्लास प्रदर्शित करने के लिए खोली। उसका पूरा लाल चेहरा उल्लास से दमक रहा था। उसने दबी हंसी के साथ कहा, "चिंता मत करो बहन! मेरे पास एक तरकीब है।"

उसने पांच फ्रेंक स्त्री को दे दिए, जो तब सड़क के किनारे यह देखने को बैठ गई कि क्या घटने जा रहा है? तब लेबोइस ने बेहद हास्य भरी मुद्रा में बंदूक निकाली और मेलोचोन को थमाते हुए कहा, "प्रत्येक बारी-बारी से, हम एक बड़ा खेल खेलने वाले हैं बहन! एकदम करीब मत जाना अन्यथा तुम इसे तत्काल ही मार दोगे। तुम्हें अंत तक मजा उठाना चाहिए।"

उसने अपने साथी को शिकार से चालीस कदम की दूरी पर खड़ा कर दिया। गधा स्वयं को आजाद समझकर कुछ ज्यादा लंबी घास को पाने का प्रयास कर रहा था, लेकिन वह इतना ज्यादा थक गया था कि अपने पिछले पांवों पर खड़ा हो गया जैसे कि वह गिरने वाला हो।

मेलोचोन ने आहिस्ता से निशाना लगाया और कहा, "एक छोटी काली मिर्च कान के लिए, देखो।" और उसने गोली चलाई।

छोटे निशाने ने गधे के लंबे कान पर वार किया और वह अपने कान को चुभन की उत्तेजना के कारण फटकारने लगा। दोनों व्यक्ति मारे हंसी के दोहरे हो गए और जमीन पर पैर मारने लगे। विपन्न स्त्री तेजी से आगे बढ़ी; वह नहीं चाहती थी कि गधे को यंत्रणा दी जाए, और उसने पांच फ्रेंक वापस लौटाने का प्रस्ताव किया। लेबोइस ने उसे पीटने की धमकी दी और अपनी आस्तीन ऊपर चढ़ाने का दिखावा किया। उसे चुकाना था, क्या नहीं चुकाना था? ठीक, तब वह उसकी स्कर्ट का निशाना लगाएगा, सिर्फ दिखाने के लिए, नुकसान पहुंचाने के लिए नहीं। वह पुलिस को बुलाने की धमकी देकर वहां से चली गई। वे उस गरीब स्त्री का विरोध और उसकी बद्दुआएं उसके जाते हुए भी सुन पा रहे थे।

मेलोचोन ने अपने साथी को बंदूक थमाते हुए कहा, ''अब तुम्हारी बारी है, चिकॉट!''

लेबोइस ने निशाना साधा और गोली दागी। गोली इस बार गधे की जांघों पर लगी, लेकिन गोली बहुत छोटी थी और इतनी ज्यादा दूरी से चली थी कि उसने सोचा कि वह मक्खियों द्वारा काटा गया है, अतः उसने पूंछ फटकारना आरंभ कर दिया।

लेबोइस आराम से हंसने के लिए नीचे बैठ गया, जबकि मेलोचेन ने बंदूक को पुनः भरा, वह इतना प्रसन्न था कि वह बंदूक की नाल के साथ भी सम्मान के साथ पेश आया। वह कुछ कदम आगे बढ़ा और उसी स्थान का लक्ष्य साधा, जिस पर उसके मित्र ने गोली दागी थी, उसने पुनः गोली दागी। इस बार जानवर ने दुलत्ती झाड़ना और गर्दन घुमाना आरंभ कर दिया। अंततः कुछ रक्त बहने लगा। उससे घाव हो गया था और उसे तीव्र दर्द महसूस हुआ, वह लंगड़ाया, हिचकिचाया और सरपट चाल से दौड़ने का प्रयत्न करने लगा।

दोनों व्यक्ति गधे की ओर झपटे, मेलोचोन लंबे डग भरकर और लेबोइस नाटे कद के व्यक्ति की भांति छोटे किंतु शीघ्रता भरे कदमों के साथ। लेकिन थका हुआ गधा थम गया और हक्के बक्के रह जाने के भाव जानवर की शारीरिक भाषा से जाहिर हो रहे थे। वह इन भावों के साथ ही उसके दो हत्यारों को उस तक पहुंचते हुए देख रहा था। एकाएक उसने गर्दन उठाई और रेंकना आरंभ कर दिया।

लेबोइस ने हांफते हुए बंदूक उठा ली थी। इस बार वह चलता हुआ गधे के करीब गया, जैसे अब वह पुनः गधे का पीछा नहीं करना चाहता हो।

जब बेचारे गधे ने मार्मिक आर्तनाद करना बंद किया, जैसे मदद के लिए अंतिम पुकार की हो, तो आदमी चिल्लाया, ''हे, मेलोचे! इधर आओ, बहन! मैं इसे कुछ दवा देने जा रहा हूं।'' और जब दूसरा शख्स गधे का मुख खोलने का प्रयत्न कर रहा था तो चिकॉट ने बंदूक की नली जानवर के गले में डाल दी, जैसे वह उसे घूंट पिलाना चाहता हो। तब वह बोला, ''देखो, बहन! अब ये जाती है।''

उसने लिबलिबी दबा दी। गधा पीछे की ओर कुछ कदम लड़खड़ाया, नीचे गिरा, पुनः उठने का प्रयास किया और अंततः आड़ा लेट गया और आंखें बंद कर लीं। उसका पूरा जिस्म कांप रहा था, उसके पांव यूं लात मार रहे थे, जैसे वह दौड़ने का प्रयत्न कर रहा हो। उसके दांतों से खून की धारा बहने लगी। शीघ्र ही उसने हरकत करना बंद कर दिया। वह मर गया था।

दोनों व्यक्ति हंसते हुए चल दिए। यह बहुत शीघ्र घट गया था; वे अपने धन की पूरी कीमत वसूल नहीं कर पाए थे। मेलोचोन ने पूछा, ''अच्छा, अब हम क्या करने वाले हैं?''

लेबोइस ने उत्तर दिया, "चिंता मत करो, बहन! गधे को नाव पर रखो; हम रात आने पर कुछ और मजा करेंगे।"

वे गए और नाव ले आए। गधे का शरीर नाव के पेंदे में रख दिया गया था, उस पर ताजी घास रख दी और दोनों व्यक्ति उस पर फैलकर सो गए।

दोपहर को लेबोइस ने शराब की बोतल निकाली, कुछ ब्रेड, मक्खन, कच्चे प्याज, जो मिट्टी से सनी और कीड़ों द्वारा खाई गई नाव के गुप्त स्थान पर छिपाए गए थे और उन्होंने भोजन आरंभ कर दिया।

जब भोजन समाप्त हो गया तो वे पुनः मुर्दा गधे पर फैलकर सो गए। रात्रि होने पर लेबोइस उठा और अपने साथी को हिलाया, जो भनभनाहट की आवाज में खर्राटे भर रहा था।

"आओ, बहन!" उसने आदेश दिया।

मेलोचोन नाव खेने लगा। वे धीरे-धीरे 'सिएने' पहुंचे, जैसे कि उनके पास पर्याप्त समय हो। वे वाटरलिली (नील पुष्प) से भरे समुद्र तट पर पहुंचे। पुष्पों के बीच से भारी मिट्टी से सनी नाव जब फिसलती हुई निकली तो पुष्प मुड़ गए और गुजरने के पश्चात शीघ्र ही पुनः खड़े हो गए। जब वे एपेरॉन की दीवार तक पहुंचे, जो सेंट जर्मेन वन को माइसंस लफ्फिट्टे पार्क से अलग करती थी, लेबोइस ने अपने साथी को टोका तथा अपने विचार को उसे समझाया, जिससे मेलोचोन देर तक हंसी आती रही।

उन्होंने उस घास को पानी में फेंक दिया जिससे गधे की लाश ढकी हुई थी, फिर गधे की लाश को पांवों से थामकर निकाला और कुछ झाड़ियों के पीछे छिपा दिया। इसके पश्चात वे पुनः नाव में सवार हुए और माइसंस-लफ्फिट्टे गए।

रात्रि पूर्ण स्याह हो चुकी थी, जब वे वृद्ध जूल्स की शराब की दुकान पर पहुंचे। जैसे ही दुकानदार ने उन्हें देखा, वह उनके करीब गया, उनसे हाथ मिलाया और उनकी मेज पर बैठ गया। एक बात आरंभ करके वे दूसरी बात करने लगे। ग्यारह बजे तक आखिरी ग्राहक चला गया और वृद्ध शख्स ने लेबोइस की ओर आंख मारते हुए पूछा, "अच्छा, कुछ है तुम्हारे पास?"

लेबोइस ने अपने सिर को हिलाया और उत्तर दिया, "शायद हो, शायद नहीं।"

दुकानदार ने प्रेरित किया, "संभ्वतः तुम्हारे पास कुछ नहीं हो लेकिन भूरे के अलावा।"

चिकॉट ने अपनी फलालेन की कमीज को हाथों से खोलकर एक खरगोश के कान बाहर निकाले और घोषणा की, "एक जोड़े के तीन फ्रेंक्स।"

तब भाव के बारे में लंबी बहस चली। दो फ्रेंक्स दशमलव छह पांच और दो

खरगोश अदा कर दिए गए। दोनों व्यक्ति जब जाने को उठ रहे थे, वृद्ध जूल्स, जो उन्हें देखता रहा था, बोला, ''तुम्हारे पास कुछ है, लेकिन तुम बताना नहीं चाहते कि वह क्या है?''

लेबोइस ने जवाब दिया, ''संभवतः वह तुम्हारे लिए नहीं है। तुम बहुत कंजूस हो।''

वृद्ध उत्सुक हो उठा, पूछता रहा, ''वह क्या है? कुछ बड़ा? शायद हमारे बीच सौदा पट जाए।''

लेबोइस, जो उलझन में प्रतीत हो रहा था, उसने परामर्श के तौर पर मेलोचोन की ओर कनखियों से देखने का स्वांग किया। तब उसने धीमे स्वर में कहा, ''यह इस प्रकार से है। एपेरॉन में हम झाड़ियों में थे, कोई चीज हमारे एकदम पास से गुजरी और बाईं ओर मुड़कर दीवार के अंतिम छोर की ओर गई। मेलोचे ने गोली चलाई और चीज गिर गई। हम पहरेदारों के भय से खिसक लिए। मैं नहीं कह सकता कि वह क्या है? क्योंकि मैं जानता ही नहीं। लेकिन वह पर्याप्त रूप से बड़ा है। लेकिन वह क्या है? यदि मैं तुम्हें बताऊं तो मैं झूठ बोल रहा होऊंगा और तुम जानती हो, बहन! हमारे बीच सबकुछ निष्कपट होता है।''

उत्सुकता से वृद्ध ने पूछा, ''सोचो, क्या वह हिरण का मांस हो सकता है?''

लेबोइस ने जवाब दिया, ''संभव है और फिर से यह कि शायद न हो! हिरण का मांस? ... उह... उह... शायद उससे भी कुछ बड़ा। ध्यान दो तुम, मैं नहीं कह सकता कि वह हिरणी हो, क्योंकि मैं नहीं जानता हूं, लेकिन ऐसा हो भी सकता है।''

तब भी दुकानदार आग्रह करता रहा, ''शायद वह खरगोश हो?''

लेबोइस ने हाथ आगे बढ़ाए और आश्चर्य से कहा, ''नहीं, यह वह नहीं था। वह खरगोश नहीं है। मुझे उसके सींग देखने थे। नहीं, वह खरगोश नहीं है।''

''तुम उसे अपने साथ ही क्यों नहीं ले आए?'' बुजुर्ग ने पूछा।

''क्योंकि बहन! मैं उसे वहीं पर बेचना चाहता था। अनेक लोग खरीद लेंगे। तुम्हें बस इतना ही करना है कि वहां टहलते हुए जाओ और उस चीज को पहचानो और ले लो। मेरे लिए कोई खतरा नहीं।''

सराय का मालिक संदिग्ध हो उठा और उसने विस्मय के साथ कहा, ''मान लो कि वह वहां नहीं हो?''

लेबोइस ने पुनः अपना हाथ ऊपर किया और कहा, ''वह वहीं है। मैं कसम खाता हूं। पहली झाड़ी से बाईं तरफ। वह क्या है, मैं नहीं जानता। पच्चीस फ्रेंक, नकद में भुगतान।''

अभी भी बुजुर्ग झिझका हुआ था, ''क्या तुम उसे ला नहीं सकते?''

मेलोचोन बोला, "नहीं, वास्तव में। तुम हमारा मूल्य जानते हो।"

दुकानदार ने कहा, "यह बीस फ्रेंक्स का सौदा है?"

और उन्होंने सौदा हो जाने पर हाथ मिलाए।

तब उसने पांच फ्रेंक्स के चार बड़े नोट दराज से बाहर निकाले और दोनों मित्रों ने रकम जेब के हवाले की। लेबोइस उठा, अपना गिलास खाली किया और चल दिया। जब वह छाया में गायब हो रहा था, घूमा और बोला, "वह खरगोश नहीं है। मैं नहीं जानता वह क्या है? लेकिन वह वहां है। मैं तुम्हें तुम्हारा पैसा लौटा दूंगा, यदि वह वहां नहीं हो!"

और वह अंधेरे में गायब हो गए। मेलोचोन, जो उसके पीछे चल रहा था, उस पर घूंसे मारकर अपना उल्लास प्रदर्शित कर रहा था।

□□

स्वप्न

उन्होंने कुछ देर पूर्व ही रात्रि का भोजन किया था, पांच पुराने मित्र एक लेखक, एक चिकित्सक और तीन धनी कुंवारे जो रोजगार रहित थे।

वे सभी विषयों पर चर्चा कर चुके थे और एक उकताहट उनमें आ रही थी, वह सोच जो पहले तब आती है, जब उत्सव आयोजन के अतिथियों को प्रस्थान करने के विचार का नेतृत्व करती है। उन उपस्थित अतिथियों में से एक ने जो पिछले पांच मिनट के बिंदुकृत, आवेशित मुख्य मार्ग को खामोशी से घूर रहा था, जिन पर गैस लैंप आलोकित थे और जिन पर आवागमन के साधन खड़खड़ाहट का स्वर पैदा कर रहे थे, वह अतिथि अचानक कह उठा, ''जब आपके पास सुबह से शाम तक कुछ भी करने को नहीं होता तो दिन बेहद लंबे प्रतीत होते हैं।''

''और रात्रियां भी।'' अतिथि ने सहमति दर्शाई, जो उसके साथ ही बैठा था, ''मैं बहुत कम सो पाता हूं, खुशियां मुझे थका देती हैं, बातचीत नीरस प्रतीत होती है। मैं किसी नए विचार पर कभी नहीं पहुंच पाता, मैं किसी के सामने भी बोलते हुए महसूस करता हूं कि लंबे समय तक किसी से कुछ न कहा जाए और न ही कुछ भी सुना जाए। मैं नहीं जानता कि सांझ के समय क्या किया जाए।''

तीसरे काहिल ने टिप्पणी की, ''मैं अपने दो घंटे शानदार ढंग से गुजारने के लिए कुछ भी देने को तत्पर रहूंगा।''

लेखक, जिसने कुछ देर पूर्व ही अपना ओवरकोट अपनी बांह पर लटकाया था, उनकी ओर घूमा और बोला, ''वह व्यक्ति, जो किसी नए व्यसन की खोज कर उसे साथी प्राणियों के मध्य प्रस्तुत कर सके, बेशक चाहे वह जिंदगी को छोटा कर दे, वह मनुष्यता की महान सेवा करने का कार्य करेगा, उस व्यक्ति की तुलना में जो आंतरिक मोक्ष के लिए युक्ति प्रस्तुत करता है।''

चिकित्सक बेतहाशा हंस पड़ा, और जब वह अपने सिगार को कुतर चुका, तब उसने कहा, ''हां, लेकिन इसका शोध किया जाना इतना आसान नहीं है। जो भी हो मनुष्य इस बेहूदा चीज की खोज करता रहा है और उस उद्देश्य पर कार्य करता रहा है, जो तुमने बताया और ऐसा दुनिया के आरंभ से ही वह करता आ रहा है। वे व्यक्ति इस मार्ग पर परिष्कृत रूप से पहली बार पहुंचे थे, हम मुश्किल से ही उनके समकक्ष हैं।''

तीन निठल्लों में से एक बुदबुदाया, ''कितने खेद की बात है।''

तब एक मिनट की खामोशी के पश्चात उसने आगे कहा, ''यदि हम सिर्फ सो सकें, आराम से सो सकें, बिना सर्दी या गर्मी की अनुभूति किए, उस प्रकार की पूर्ण बेहोशी की नींद ले सकें, जिसे हमने थकान के समय में रातों को महसूस किया था, हम बिना स्वप्नों के सोते थे।''

''स्वप्नों के बिना क्यों?'' अतिथि ने पूछा, जो उससे आगे बैठा था। दूसरे ने जवाब दिया, ''क्योंकि स्वप्न सदैव सुहावने ही नहीं होते हैं, वे हमेशा विलक्षण होते हैं, असंभाव्य होते हैं, असांयोगिक होते हैं, क्योंकि जब हम सोते हैं तो अपनी मर्जी के अनुसार, अपनी पसंद के अनुसार स्वप्न नहीं देख सकते। हमें जागते हुए ही स्वप्न देखने चाहिए।''

''और ऐसा करने से तुम्हें रोकता कौन है?'' लेखक ने पूछा। चिकित्सक सिगार के अंतिम सिरे को अलग करने में जुट गया।

''मेरे प्रिय साथियो! जब तुम जागे हुए होते हो, तुम्हें स्वप्न देखने के लिए बहुत ताकत और बहुत इच्छाशक्ति की जरूरत होती है और जब तुम ऐसा करते हो तो बहुत ज्यादा थकान नतीजे में प्राप्त होती है, अब वास्तविक रूप से स्वप्न देखना, हमारी सोचों की वह सुखद दृश्यों वाली यात्रा, निश्चित रूप से संसार में सबसे ज्यादा सुखद एहसासों में से एक है, लेकिन ऐसा स्वाभाविक रूप से होना चाहिए, यह सब उकसाने वाले यंत्रणादायक तरीके से नहीं होना चाहिए और शारीरिक आराम के साथ भी यह सब होना चाहिए। स्वप्न देखने की यह शक्ति मैं तुम लोगों को प्रदान कर सकता हूं, तुम्हें वचन देना होगा कि तुम इस शक्ति का दुरुपयोग नहीं करोगे।''

लेखक ने अपने कंधे उचकाए, ''आह! हां, मैं जानता हूं, हशीश, अफीम, हरी चाय–कृत्रिम स्वर्गतुल्य हैं। मैंने बोडेलयर पढ़ा है और मैंने विख्यात मादक पदार्थों का सेवन भी किया है, जिसने मुझे बहुत बीमार कर दिया।''

लेकिन चिकित्सक ने अपनी कुर्सी से हिले बिना कहा, ''नहीं, ईथर और कुछ नहीं किंतु ईथर, और मैं तुम सभ्य जनों को ईथर का कभी-कभार उपयोग करने का परामर्श देना चाहूंगा।''

तीनों रईस कुंवारे चिकित्सक के नजदीक आ गए।

उनमें से एक ने कहा, ''हमें इसके प्रभाव बताएं?''

और चिकित्सक ने जवाब दिया, ''भारी भरकम शब्दों को अभी ताक पर रख दो, क्या हमें ऐसा नहीं करना चाहिए? मैं दवा और नैतिकता की बात नहीं कर रहा, मैं आनंद की बात कर रहा हूं। तुम लोग अपने आप पर जरूरत से ज्यादा ज्यादतियां करते हो जो तुम्हारी जिंदगी को निगली जाती हैं। मैं तुम लोगों को नई सनसनी की अनुभूति कराना चाहता हूं और यह बुद्धिमान लोगों के लिए संभव

है—हमें यहां तक कहना चाहिए कि प्रत्येक बुद्धिमान व्यक्ति को खतरनाक, प्रत्येक उस वस्तु के समान जो हमें अतिरिक्त रूप से रोमांचित करती है, उत्साहित करती है, हमारे शरीर के अंगों को—लेकिन उत्कृष्ट तरीके से। मैं यह जोड़ना चाहूंगा कि तुम्हें निश्चित तैयारी करने की आवश्यकता होगी। कहना यह है, संपूर्णता की अनुभूति का ज्ञान करने हेतु अभ्यास करना होगा और इसमें एकमात्र ईथर ही कामयाब है। यह ईथर का प्रभाव है कि वह आपको पूरी तरह से संपूर्णता की अनुभूति देता है। यह प्रभाव हशीश और अफीम के प्रभाव से भिन्न होता है, मार्फिया से भी भिन्न और इसका प्रभाव इसके अवशोषित होने के पश्चात समाप्त हो जाता है, जबकि दूसरी दिवा-स्वप्नों वाली दवाओं का प्रभाव घंटों तक बना रहता है। मैं इन अनुभूतियों के संबंध में विश्लेषण करने का कोई भी प्रयास नहीं करूंगा, जो संभव हद तक स्पष्ट किया जा सके, लेकिन बात इतनी सीधी नहीं है, इतनी सहज, इतनी नाजुक और इतनी अप्रत्यक्ष अनुभूतियां होती हैं। यह तब घटा, जब मैं उग्र तंत्रिका-तंत्र की बीमारी से ग्रस्त हुआ और मैंने तब इस चिकित्सा का उपयोग किया, और तब से मैं शायद ही दुष्प्रभावित हूं।

''मेरे तेज सिरदर्द बना रहता था, गर्दन में भी दर्द रहता था और त्वचा में असहनीय उष्णता महसूस होती थी और बुखार जैसी बेचैनी रहती थी। मैंने ईथर की एक बड़ी बोतल उठाई और नीचे लेट गया, मैंने उसे खींचना आरंभ कर दिया।

''कुछ मिनटों की समाप्ति के पश्चात मैंने सोचा कि मैंने हल्की फुसफुसाहट की आवाज सुनी है, जो पहले मर्मर पक्षी के स्वर की भांति प्रतीत हुई और ऐसा लगा जैसे मेरा आंतरिक जिस्म हल्का हो गया था, हवा की भांति हल्का, जैसे कि वह वाष्प में बदल गया हो।

''फिर एक प्रकार की जड़ता उभरी, शयन से उपजने वाले आराम जैसी सनसनी, दर्द के बावजूद, जो तब भी हो रहा था, लेकिन जो एहसास होना बंद हो गया था। यह उन उत्तेजनाओं में से एक था, जो हम सहन करना चाहते हैं, उन उत्तेजनाओं में से नहीं था जो डरावना और ऐंठनयुक्त हो और जिसके विरुद्ध हमारा जिस्म आपत्ति करता है।

''शीघ्र ही अनजान और सुखद रिक्तता का एहसास मैंने अपने सीने में महसूस किया, जो मेरे जिस्म के उन अंगों में भी व्याप्त हो गया, जो कि अपनी बारी आने पर हल्का हो गया। इतना हल्का जैसे कि मांस और हड्डियां पिघल रही थीं और महज त्वचा भर ही रह गई थी, त्वचा मुझे जिंदगी की अनिवार्य मधुरता की अनुभूति करा रही थी, मुझे अच्छाई के स्नान का बोध करवा रही थी।

तब मैंने महसूस किया कि मैं किसी भी प्रकार से रुग्ण नहीं हूं। दर्द जा चुका था, पिघल चुका था, वाष्पीकृत हो चुका था और मैंने आवाजें सुनीं, चार आवाजें, दो वाक्य, बिना समझे कि क्या कहा गया था? एक समय पर वह अव्यक्त-अस्पष्ट आवाज लगती थी, दूसरे समय पर एक शब्द मेरे कान तक पहुंचता। लेकिन मैं उसे मर्मर पक्षी की ध्वनि के रूप में ही पहचान रहा था जो मैंने पहले भी सुनी थी, जो जोर देकर कहता हूं। मैं सोया नहीं था, मैं जागा नहीं था; मैं दोनों के मध्य की स्थिति में था, मैंने महसूस किय, मैंने उच्चतम स्पष्टता और गहराई को असामान्य ताकत और बुद्धिमत्तापूर्ण प्रसन्नता के साथ तार्किक रूप से महसूस किया, एकाकी मादकता के साथ वह पृथक्करण मैं अपने दिमागी विभागों में महसूस कर रहा था।

"यह उन स्वप्नों की भांति नहीं था जो हशीश के कारण उत्पन्न होते हैं या कुछ हद तक उस बीमार सोच के कारण होते हैं, जो अफीम से उत्पन्न होते हैं, वह एक आश्चर्यजनक तीक्ष्णता थी, जो दृष्टि को नया आयाम प्रदान कर रही थी, जिससे जिंदगी की चीजों को परखा जा सके और निश्चितता के साथ, पूर्ण अंतर्विवेकशीलता के साथ अनुभूति करा रही थी कि यही सच्चा मार्ग है।

"और धार्मिक पुस्तकों की पुरातन कल्पनाएं मेरे जेहन में पुनः कौंध उठीं। मुझे लगने लगा कि मैंने बोधि वृक्ष (ज्ञान के वृक्ष) का स्वाद चखा है, अनुभूति की है, जिससे सभी रहस्य मुझ पर उद्‌घाटित हो गए हैं, इतना कुछ क्या मैं अपने शासन के अंतर्गत तलाश सकता था, यह एक नया, अनोखा और अकाट्य तर्क था, जो मैंने जाना। और तर्क, तार्किकता, सबूत एक अंबार की भांति मेरे जेहन में उठ खड़े हुए, महज तत्काल रूप से कुछ ताकतवर सबूत, विश्लेषण और तर्क को परिवर्तित करने हेतु। मेरा सिर वस्तुतः विचारों का संग्राम स्थल बन गया था। मैं श्रेष्ठतम हो रहा था, अदृश्य बुद्धिमानी से सज्जित और मैंने वृहद खुशी का अपनी ताकत में आविर्भाव होते हुए अनुभव किया।

"यह अनुभव देर तक रहा, लंबे समय तक रहा, मैं अभी भी अपने सुरापात्र से ईथर खींचता रहा हूं। अचानक मैंने अनुभव किया कि वह खाली हो गया था।"

चारों व्यक्तियों ने एक साथ आश्चर्य का इजहार किया, "चिकित्सक महोदय, एक नुस्खा तत्काल दें, एक लीटर ईथर हेतु।"

लेकिन चिकित्सक ने टोपी सिर पर रखते हुए कहा, "जैसा कि तुमने कहा, निश्चय ही नहीं, जाओ और किसी को तुम्हें जहर देने दो।"

और वह उन्हें छोड़ गया।

महिलाओं एवं पुरुषो! इस विषय पर आपकी क्या राय है?

□□

मूंछ

मेरी प्रिय लूसी,

मेरे पास कोई समाचार नहीं है। हम अतिथि–कक्ष में रहते हैं, बाहर वर्षा को देखते हुए। खतरनाक मौसम में हम बाहर नहीं जा सकते, अत: नाटक देखने भी नहीं। वे कितने मूर्ख हैं। मेरी प्रिय! वे चित्रांकित मनोरंजन वास्तविक जिंदगी के सूची–पत्र होते हैं! यह तमाम आवेग है, अपरिष्कृत और भारी। चुटकुले तोप के गोलों की भांति हैं, जो अपनी राह में आने वाली प्रत्येक वस्तु को तोड़–फोड़ देते हैं। कोई बुद्धि नहीं, कुछ प्राकृतिक नहीं, कोई जिंदादिली नहीं, कोई सुंदरता नहीं। ये साहित्यिक व्यक्ति वास्तव में समाज के बारे में कुछ भी नहीं जानते। ये पूर्णतया सच्चाई से अनभिज्ञ होते हैं कि कैसे लोग सोचते हैं और बात करते हैं, हमारे बारे में संकेत करते हैं। मैं कतई भी बुरा महसूस नहीं करूंगी यदि वे हमारे रीति–रिवाजों को तुच्छ समझते हैं, हमारी प्रथाओं को हेय समझते हैं लेकिन मैं उन्हें इस बात के लिए क्षमा नहीं करूंगी कि उन्होंने उन प्रथाओं व रीति रिवाजों को समझने का प्रयास ही नहीं किया। जब वे हास्यकर होना चाहते हैं तो वे शब्द–क्रीड़ा करते हैं जो सैन्य आवास के लिए ठीक होती है, जब वे खुश होने का प्रयास करते हैं, वे हमें चुटकुले सुनाते हैं जो उन्हें बीयर–गृहों के बाहरी गलियारों के कलाकारों द्वारा बारंबार सुनाए जाते हैं, जहां किसी एक ने विद्यार्थियों में प्रचलित पचास वर्षों के चुटकुले सुने होते हैं।

अत: हमने नाटक किए। यदि हम दो स्त्रियां ही हैं तो मेरे पति जिद्दी नौकरानी की भूमिका निभाते हैं और इस क्रम में अपनी भूमिका निभाने के लिए उन्होंने अपनी मूंछें कटवा दीं। तुम कल्पना नहीं कर सकतीं। मेरी प्रिय लूसी! मूंछें कटवा कर वह कितने परिवर्तित हो जाते हैं। मैं अब उन्हें दिन और रात में भी अधिक नहीं पहचान पाती। यदि उन्होंने मूंछें शीघ्र ही नहीं बढ़ाई तो मैं सोचती हूं कि मैं उन्हें आगे प्रेम नहीं कर सकूंगी, वह बेहद डरावने नजर आते हैं।

वास्तव में एक मर्द बिना मूंछों के मर्द ही नहीं लगता। मैं दाढ़ी की कोई खास परवाह नहीं करती, वह व्यक्ति को अक्सर ही अव्यवस्थित रूप में दर्शाती है। लेकिन एक मूंछ...ओह! एक मूंछ मर्दाना चेहरे के लिए अनिवार्य है। नहीं, तुम विश्वास नहीं करोगी कि छोटे–बड़े बाल जो ऊपरी होंठ पर होते हैं, नेत्रों को

कितना सुकून प्रदान करते हैं और मूंछ अन्य मामलों में भी काफी अच्छी होती है। मैंने इस विषय पर बहुत विचार किया है लेकिन मुश्किल से साहस जुटा पा रही हूं कि अपने विचारों को लिख सकूं। शब्द पृष्ठ पर काफी अलग से नजर आए और विषय इतना कठिन, इतना नाजुक, इतना खतरनाक कि इसके साथ न्याय करने के लिए बेहद दक्षता की आवश्यकता है।

अच्छा, जब मेरे पति मूंछें साफ करने के पश्चात नजर आए, मैं तभी समझ गई कि मैं किसी घुमक्कड़ अभिनेता अथवा धर्मोपदेशक से प्रेम नहीं कर सकती, यहां तक कि वह फादर डाइडॉन ही क्यों न हों, जो सबसे ज्यादा आकर्षक हैं। बाद में जब मैं अपने पति के साथ अकेली थी, तब भी बहुत बुरा ही लगा। ओह...मेरी प्रिय लूसी! कभी भी किसी ऐसे व्यक्ति को अपना चुंबन मत लेने देना जो मूंछरहित हो। उसके चुंबन में कोई खास नहीं होता, कोई भी स्वाद नहीं। उसमें कोई आकर्षण शेष नहीं रह जाता। परिपक्वता और चटकदार...हां, चटकदार जो कि वास्तविक चुंबन होता है। मूंछ तो मसाले जैसी होती है।

कल्पना करो कि तुम्हारे अधरों पर सूखा या आर्द्र चर्म पत्र का टुकड़ा स्पर्श कर रहा हो। यह उस व्यक्ति का चुंबन होता है जिसके मूंछ न हो। उसका कोई भी महत्व नहीं है, मूल्यहीन है।

मूंछ में यह आकर्षण कहां से आता है, क्या तुम मुझे बता सकती हो? क्या मैं स्वयं जान सकती हूं? वह तुम्हारे चेहरे को गुदगुदाती है, तुम उसे अपने मुख पर पहुंचते हुए महसूस करती हो और फिर वहां से यह सनसनी पैर की उंगली के पोर तक नीचे चली जाती है। और तुम्हारी गर्दन पर! क्या तुमने कभी भी मूंछ को अपनी गर्दन पर अनुभव किया है? यह तुम्हें मदोन्मत्त करती है, तुममें रोंगटे खड़े कर देने वाला एहसास जगाती है, यह एहसास तुम्हारी उंगलियों के पोरों तक जाता है। तुम झुरझुरी लेती हो, अपने कंधे हिलाती हो, अपने सिर को पीछे की ओर झटका देती हो। तुम अलग हटना चाहती हो और उसी समय में बने भी वहीं रहना चाहती हो, यह बहुत आनंददायक है, लेकिन उत्तेजक भी। लेकिन कितना भला एहसास है। बिना मूंछ के होंठ वैसा ही है जैसे बिना वस्त्रों के जिस्म और किसी को भी वस्त्र अवश्य पहनने चाहिए, बहुत कम, यदि तुम पसंद करती हो, लेकिन तब भी कुछ वस्त्र तो होने ही चाहिए।

मुझे एक कथन (एक राजनीतिज्ञ द्वारा कहा गया) स्मरण हो रहा है जो मेरे दिमाग में तीन महीनों से हलचल मचाए हुए है। मेरे पति, जो समाचार-पत्र पढ़ रहे थे, उन्होंने मुझे एक शाम हमारे कृषि मंत्री जिन्हें हम एम. मेलाइन संबोधित करते हैं, का भाषण पढ़कर सुनाया। उन्हें इस समय हटा दिया गया हो सकता है। मैं नहीं जानती हूं।

मैं कोई ध्यान नहीं दे रही थी लेकिन मेलाइन नाम ने मुझे चौंकाया। उसे स्मरण किया, मैं भली प्रकार नहीं जानती कि क्यों डी-ला-वाई-डी-वोहये दृश्यगत हुआ। मैंने सोचा कि वह शायद स्वेच्छाधारी विचार है। जो बताता है कि कैसे भाषण के टुकड़े मेरे जेहन में चले आते हैं। यह एम. मेलाइन इस कथन को 'एमिंस' के लोगों के लिए कर रहे थे। मैं विश्वास करती हूं और मैंने कभी भी इसका अर्थ जानने का प्रयास नहीं किया है—

"कृषि के बिना कोई भी देशभक्ति संभव नहीं!" अच्छा, मैंने अभी तत्काल ही उसका अर्थ खोजा है और मैं अपने अनुसार निश्चयपूर्वक कहती हूं कि कोई भी प्यार मूंछों के बिना नहीं किया जा सकता। जो तुम इसे उस प्रकार से कहती हो तो यह हास्यास्पद प्रतीत होता है, क्या ऐसा नहीं है?

"कृषि के बिना कोई भी देशभक्ति संभव नहीं," एम. मेलाइन ने कहा, और सही था वह मंत्री; मैं अब समझी हूं कि क्यों?

एक बेहद पृथक राय के अनुसार मूंछ अनिवार्य है। यह चेहरे को विशिष्ट चरित्र देती है। यह मनुष्य को सभ्य, उदार, हिंसक, अमानुषिक, लंपट और उद्यमी की झलक देती है। बालों वाला शख्स, जो असली मूंछ को सफाचट नहीं करवाता है, कभी भी परिष्कृत झलक नहीं दर्शाता, उसके लक्षण आंतरिक हो जाते हैं और जबड़े तथा ठोड़ी की बनावट विश्वासघात का प्रतीक होती है, जो बहुत हद तक उनके लिए जो अंतर समझ पाते हैं।

मूंछ वाला शख्स अपने अनोखे व्यक्तित्व को बनाए रखता है और साथ ही साथ व्यक्तित्व का परिमार्जन भी करता है और कितने ही प्रकार की मूंछें देखने को प्राप्त होती हैं। कभी-कभार वे घुमावदार होती हैं, घुंघराली होती हैं और नखरीली होती हैं। ऐसा प्रतीत होता है कि मुख्यतः यह सभी 'प्रकार' नारी को समर्पित होते हैं। कभी-कभार यह सुई की भांति नोकदार होती है और भयभीत करने वाली भी। यह प्रकार शराबी, घुड़सवार और युद्ध के शौकीन शख्स को जाहिर करती है।

कुछ दफा ये विशालकाय होती हैं, ऊपर आकर पुनः लटकी होती हैं, भयोत्पादक होती हैं। ये बड़ी वाली सामान्यतः गुप्त स्वभाव की प्रतीक होती हैं, दयालुता की द्योतक वह होती है जो किनारे पर पतली होती है और सभ्यतापूर्ण मूंछे व्यक्ति के जायके और संकोची स्वभाव की परिचायक होती है।

लेकिन मैं इन मूंछों में जो बात सबसे ज्यादा पसंद करती हूं, वह क्या है कि उसका फ्रांसीसी होना, पूरी तरह से फ्रांसीसी होना। यह हमारे पुरखों से चली आ रही है, गॉल से और यह हमारे राष्ट्रीय चरित्र का आधिकारिक चिह्न भी है।

यह शेखी, बहादुरी और वीरता की प्रतीक है। यह शराब का घूंट भरते हुए

आकर्षकता दर्शाती है और जानती है कि कैसे परिष्कृत अंदाज में हंसा जाए, जबकि वृहद दाढ़ी वाले जबड़े अपने प्रत्येक कार्य में अनाड़ीपन को दर्शाते हैं। मैं ऐसा कुछ याद करती हूं जिसने मुझे तमाम दिन आंसू बहाने पर विवश किया है और साथ ही मैं अब देख सकती हूं, पुरुष के चेहरे की मूंछ से मैं प्यार भी करती हूं।

यह युद्ध के समय की बात है जब मैं अपने पिता के साथ रहा करती थी। तब मैं जवान लड़की थी। एक दिन चटाऊ के करीब एक मुठभेड़ हुई। मैंने तमाम दिन तोपखाने से की जा रही गोलों और गोलाबारी की आवाज सुबह से शाम तक सुनी और उस शाम एक जर्मन कर्नल ने हमारे घर में अपना घर जमा लिया। अगले दिन वह चला गया।

मेरे पिता को सूचित किया गया कि मैदान में बहुत से मृत सैनिक हैं। वह उन्हें हमारे स्थान पर ले आएं, ताकि सभी को सम्मिलित रूप से दफन किया जा सके। वे मृत देह पाइंस के बड़े द्वार के पास रखी गईं, द्वार के दोनों तरफ, और जबकि उनकी गंध बुरी हो जाए, उनके शरीर को जमीन से ढक दिया जाए और यह तब तक नहीं हो सकता था, जब तक कि गहरी व लंबी खाई न खोद ली जाए। तब इस प्रकार से कोई उन्हें देखने पर उनके सिर ही देख सकता था, जो चिकनी भूमि से बाहर निकले प्रतीत होते थे और जो पीले पड़ चुके थे, और उनकी आंखें बंद थीं। मैं उन्हें देखना चाहती थी। लेकिन जब मैंने दो कतारों में उनके वीभत्स चेहरों को देखा, मुझे लगा कि मैं बेहोश हो जाऊंगी। बहरहाल, जो भी हो, मैंने अभी और देखना आरंभ किया, एक-एक करके यह अनुमान लगाते हुए कि वे लोग किस प्रकार के रहे होंगे।

वर्दियां भूमि के भीतर समा गई थीं और तब भी तत्काल...हां, तत्काल...मेरी प्रिय! मैंने फ्रांसीसी सैनिकों को उनकी मूंछों से शिनाख्त कर लिया।

कुछ लोगों ने युद्ध के प्रथम दिन ही दाढ़ी बनाई थी, जैसे कि उन्होंने अंत तक आकर्षक बने रहने की इच्छा की हो, अल्प लोगों की दाढ़ी एक सप्ताह की थी, लेकिन सभी ने फ्रांसीसी मूंछे रखी हुई थीं। सीधे शब्दों में, गर्व से भरी मूंछें यह कहती प्रतीत हुईं—'मुझे अपने दाढ़ी वाले मित्र से अलग न ले जाना। छोटा हूं, मैं फिर भी भाई हूं।' और मैं रो पड़ी। ओह! मैं रोई, उस सीमा से ज्यादा रोई, यदि मैं उन्हें नहीं पहचान पाती, बेचारे मृत लोग!

मेरा तुम्हें यह बताना गलत था। अब मैं दुःखी हूं और ज्यादा बात नहीं कर सकती। अच्छा, शुभविदा, प्रिय लूसी! मैं तुम्हें हृदय से चुंबन प्रेषित करती हूं। मूंछे दीर्घायु हों!

—ज़ेनी

खौफनाक

सुहानी रात्रि की छायाएं धीमे-धीमे गहरा रही थीं। शानदार आवास के अतिथि गृह में महिला अकेली रह गई थी। बगीचे में, द्वार के बाहर पुरुष बगीचे की कुर्सी पर पांव फैलाए हुए धूम्रपान कर रहा था। पास ही मेज पर कप व मदिरा के गिलास रखे हुए थे। जलता हुआ सिगार अंधेरे की आंखों की भांति प्रतीत हो रहा था, जो शनैः शनैः अधिक गहन होता जा रहा था। वे दोनों एक भयानक दुर्घटना के विषय में चर्चा करते रहे थे, जो एक रात्रि पूर्व ही घटी थी। दो आदमी और तीन स्त्रियां नदी में अतिथियों के सामने ही डूब गई थीं।

जनरल डी जी...ने टिप्पणी की—"हां, ये चीजें प्रभाव डालती हैं, लेकिन ये खौफनाक नहीं हैं। खौफनाक, वह सुपरिचित शब्द, जिसका आशय है भय से कुछ ज्यादा। एक भयानक दुर्घटना जो ऐसे प्रभाव से युक्त है, व्यथित करती है, डराती है, यह खौफ पैदा नहीं करती। इस क्रम में हम भय महसूस करते हैं, जो कि अधिक भावनापूर्ण होना चाहिए, भयानक मृत्यु को देखे जाने से भी ज्यादा थर्रा देने वाले रहस्य की अनुभूति होनी चाहिए या असाधारण भय की सनसनी होनी चाहिए, जो स्वाभाविक डर से कुछ ज्यादा हो। एक व्यक्ति जो मरता है, यहां तक कि उसकी मृत्यु अधिकतम दुःखांतकारक परिस्थिति में होती है, युद्ध का मैदान खौफनाक नहीं होता, सबसे ज्यादा घिनौने अपराध मुश्किल से ही खौफनाक होते हैं।

"यह वे व्यक्तिगत उदाहरण हैं, जिन्होंने मुझे बताया कि खौफनाक का आशय क्या होता है।

"यह 1870 के युद्ध के समय की बात है। हम पोस्ट-ऑडेयर की ओर पीछे हट रहे थे और रोयून से आगे गुजर चुके थे। सेना में बीस हजार लोग थे, बीस हजार पराजित, पृथक हुए, हताश व थके हुए जो कि हावरे में जाकर अलग हो जाने थे।

"धरा पर बर्फ का साम्राज्य था। रात्रि घिर आई थी। एक दिन से उन्होंने कुछ भी नहीं खाया था। वे शीघ्रता से पलायन कर रहे थे, पर्शियावासी उनसे ज्यादा दूर नहीं थे।

"संपूर्ण नॉर्मन देश निराशा और धब्बों से वैसे ही ग्रस्त था, जैसे वे खेत, जो

वृक्षों की छाया से घिरे होते हैं, जबकि भारी व स्याह आकाश बिगड़े मौसम के रूप में दूर तक व नीचे तक फैला हुआ था।

''मंद धुंधलके में चकरा देने वाली ध्वनि के अतिरिक्त कुछ भी नहीं सुना जा सकता था। मार्च करती हुई भीड़, अंतहीन यात्रा के दौरान टिन के पात्रों व तलवार की झंकार की मिश्रित ध्वनि उभर रही थी। आदमी झुककर, गोल कंधों को लिए, गंदे और कई अर्थों में चिथड़े धारण किए हुए थे, बर्फ पर स्वयं को शीघ्रता से घसीटते हुए थके कदमों आगे बढ़ रहे थे।

''उनके हाथों की त्वचा बंदूक थमी उंगलियों तक जम चुकी थी, वह रात्रि भयानक रूप से जमा देने वाली ठंड से सराबोर थी। मैंने एक सैनिक को बार-बार देखा जो अपने जूते उतारकर नंगे पांव चल रहा था, जैसे जूते उसके थके पांवों को चोटिल कर रहे थे और वह प्रत्येक कदम पर खून का चिह्न छोड़ रहा था। तब, कुछ समय पश्चात वह एक खेत में कुछ मिनटों के आराम हेतु बैठ गया और फिर वह कभी भी नहीं उठ पाया। प्रत्येक व्यक्ति जो बैठ गया था, वह मृत शख्स था।

''क्या हमें उन थके हुए सैनिकों को पीछे छोड़ जाना चाहिए, जो स्नेह पाकर नए सिरे से ताजगी पाते, जैसे ही उनके थके हुए पांवों को पुनः ताजगी प्राप्त होती? लेकिन निश्चय ही उन्हें बढ़ना बंद नहीं करना था और अपनी लगभग जमी हुई रक्त शिराओं में रक्त का संचरण जारी रखना चाहिए था, तब विजित न की जा सकने वाली जड़ता से वह इतने निमग्न हो गए कि घुटनों के बल जमीन पर गिरे और उनकी आंखें बंद हो गईं और एक पल में ही उनकी मानवीय यांत्रिकी को अत्यधिक श्रम के कारण लकवा मार गया और वे धीरे-धीरे बेहोशी में डूबते चले गए, उनके मस्तक उनके घुटनों से जा लगे, बिना यह जाने कि गिरने के बाद उनकी कमर और शरीर के अंग लकड़ी की भांति अकड़ कर ठोस हो जाएंगे और झुकना तथा सीधा खड़ा होना भी असंभव हो जाएगा।

''और शेष बचे हुए हम बलिष्ठ लोगों ने चलना जारी रखा, अस्थिमज्जा तक ठिठुरन हो रही थी, रात्रि के कारण, बर्फ के कारण, सर्दी के कारण और खूनी प्रदेश के कारण निष्क्रियता का भाव बढ़ता जा रहा था, दर्द से टूटे, हार से व्यथित और इससे भी ज्यादा एकाकीपन की अनुभूति थी और मृत्यु की आसन्नता भी थी।

''मैंने दो पुलिसकर्मियों को एक उत्सुक चेहरे वाले छोटे व्यक्ति को बांह से थामकर ले जाते देखा, वह वृद्ध व दाढ़ी रहित था। यह चकित करने वाला बिंदु था।

''वे सैन्य अधिकारी को तलाश रहे थे, इस यकीन के साथ कि उन्होंने एक जासूस को पकड़ा है। जासूस शब्द लोगों के मध्य एकदम बिखर गया, फैल गया और वे समूह की शक्ल में कैदी के इर्द-गिर्द एकत्र हो गए। एक आश्चर्य भरी

आवाज उभरी, 'इसे गोली मार देनी चाहिए।' और तमाम सैनिक जो पूर्ण दंडवत प्रणाम की मुद्रा में गिरे हुए थे और स्वयं को अपने कदमों पर खड़ा रखने के लिए बंदूकों पर झुके हुए थे, अचानक ही वे भयानक पाशविक क्रोध के रोमांच से भर उठे, जो कि भीड़ को जनसंहार के लिए उत्प्रेरित करता है, हांकता है।

"मैंने बोलना चाहा। मैं उस समय बटालियन का प्रभारी था, लेकिन वे बटालियन के प्रभारी की सत्ता को नहीं समझ रहे थे, यहां तक कि वे मुझे भी गोली मार सकते थे।

"उनमें से एक पुलिसकर्मी ने कहा, 'यह हमारा पिछले तीन दिनों से पीछा कर रहा था। प्रत्येक व्यक्ति द्वारा उससे तोपखाने के बारे में जानकारी मांगी जा रही थी।'

"मैंने स्वयं उस व्यक्ति से प्रश्न किए।

'तुम क्या कर रहे हो? तुम क्या चाहते हो? तुम सेना का पीछा क्यों कर रहे हो?'

"वह हकलाकर अबुद्धिमत्तापूर्ण स्वर में कुछ शब्द बोला। वह वास्तव में अजनबीपन, संकुचित कंधों वाला व धूर्त भाव वाला शख्स लगा, जो उस आक्रोशित वातावरण में मुझे उस स्थिति में बेशक कोई जासूस लगा। वह अधिक आयु का लगता था और कमजोर भी। उसने मेरी तरफ याचनापूर्ण व मूर्खतापूर्ण दृष्टि से देखना जारी रखा, जो मक्कारी का भाव दर्शा रहा था।

"हमारे चारों ओर के व्यक्ति चिल्लाए।

'दीवार की ओर। दीवार की ओर।'

"मैंने पुलिसकर्मियों से पूछा, क्या तुम कैदी के लिए उत्तरदायी रहोगे?'

"मैंने अभी बोलना बंद भी नहीं किया था कि एक खतरनाक धक्का मेरी पीठ पर लगा और मैंने देखा कि उत्तेजित सैनिकों ने उस व्यक्ति को अपनी गिरफ्त में ले लिया है, उसे नीचे गिराया गया, मारा गया, सड़क के किनारे पर घसीटा गया और एक वृक्ष के सहारे पटक दिया गया। वह लगभग मृत अवस्था में बर्फ पर जा गिरा।

"और तत्काल उन्होंने उसे गोली मार दी। सैनिक उस पर गोलियां दाग रहे थे, अपनी बंदूकों को फिर से भर रहे थे, पाशविक दुस्साहसता के साथ फिर से गोलियां दाग रहे थे। वे उस पर गोली दागने के लिए एक दूसरे से लड़ रहे थे, एक लाश के सामने रहते उस पर गोली चला रहे थे, जैसे कि व्यक्ति अंतिम संस्कार में शव पेटिका के सामने पवित्र जल का छिड़काव करते हैं।

"लेकिन अचानक एक चीख उभरी, 'प्रशियावासी। प्रशियावासी।'

"और मैंने सभी ओर भयाक्रांत के शोर को शिद्दत से महसूस किया।

''एक आतंक का साया उत्पन्न हुआ, जो उस घुमक्कड़ शख्स पर गोलियां चलाने का परिणाम था, वधिक भय से भरे हुए थे, बिना यह अहसास किए कि वे स्वयं भय के जनक हैं, वे भागे और अंधकार में गुम हो गए।

''मैं लाश के पास अकेला रह गया और मेरे अलावा वे दो पुलिसकर्मी थे, जिनका कर्तव्य मेरे साथ रहना था।

''उन्होंने छलनी व घायल पिंड को उठाया जो रिसता मांस का लोथड़ा प्रतीत हो रहा था।

'इसकी तलाशी ली जानी चाहिए।' मैंने कहा और मैंने उन्हें मोमी दियासलाई का बक्सा दिया जो मेरी जेब में था। दूसरे पुलिसकर्मी के पास भी माचिस थी। मैं उन दोनों के मध्य खड़ा था।

''जो पुलिसकर्मी मृतक के शरीर का परीक्षण कर रहा था, उसने घोषणा की:

'यह नीला कुर्ता, सफेद कमीज, पतलून और एक जोड़ी जूते पहने है।'

''पहली तीली बुझ गई। हमने दूसरी तीली जलाई। उस व्यक्ति ने कहना जारी किया, जब वह उसकी जेबों को उलट रहा था, 'सींग के दस्ते वाला चाकू, रूमाल, सूंघनी का बक्सा, कुछ बंधे हुए धागे, एक ब्रेड का टुकड़ा।'

''दूसरी तीली बुझ गई, हमने तीसरी जलाई। पुलिसकर्मी ने लाश को देर तक देखने के पश्चात कहा, 'बस यही।'

''मैंने कहा, 'इसके वस्त्र उतारो। हम इसकी त्वचा पर कुछ ढूंढ़ सकते हैं।'

''और इस अनुसरण में दोनों पुलिसकर्मियों ने कहे गए कार्य को परस्पर मदद से किया। मैं माचिस की तीली थामे उन दोनों के बीच खड़ा रहा। शीघ्रता के साथ बुझी तीली की रोशनी में मैंने देखा कि एक-एक करके वस्त्र उतारे जा रहे थे और मांस के लोथड़े से रक्त बहता नजर आ रहा था, अभी तक गर्म लेकिन जीवन रहित।

''और अचानक उनमें से एक आश्चर्य से चीखा, 'हे ईश्वर! जनरल, यह एक स्त्री है?'

''मैं तुम्हें बता नहीं सकता कि कैसी विचित्र दर्द की अनुभूति मेरे हृदय में हुई। मैं इस बात पर विश्वास नहीं कर सका और मैं घुटनों के बल बर्फ पर आकृतिहीन मांस के लोथड़े के समक्ष बैठ गया ताकि मैं स्वयं देख सकूं कि वह महिला है।

''दोनों पुलिसकर्मी स्तब्ध और निःशब्द रह गए, मेरा इंतजार कर रहे थे कि मैं मामले पर अपनी प्रतिक्रिया व्यक्त करूं। लेकिन मैं नहीं जान सका कि क्या सोचा जाए, क्या धारणा बनाई जाए।

''तब ब्रिगेडियर ने धीमे-से उच्चारण किया, 'शायद वह अपने बेटे को तोपखाने में देखने के लिए आई हो, जिसके बारे में उसने कुछ सुना न हो, जो लापता हो।'

''और दूसरे ने हस्तक्षेप किया, 'शायद, वास्तव में ऐसा ही हो।'

''और मैं, जिसने अपने समय में बहुत भयानक बातें घटते देखी थीं, रोना आरंभ कर दिया और मैं समझा, उन सैनिकों की उपस्थिति में, उस बर्फीली ठंडी रात्रि में, अंधकारपूर्ण मैदान के मध्य में उस रहस्य के दृश्य को, उस अजनबी के कत्ल के दृश्य को उस खौफनाक शब्द के अर्थ को।

''मुझे भी ऐसी ही अनुभूति हुई थी पिछले वर्ष, जबकि मैं फ्लैटर्स मुहिम के एक अल्जीरियाई निशानेबाज से पूछताछ कर रहा था।

''तुम उस नृशंस नाटक से वाकिफ हो। तथापि यह मुमकिन है कि तुम उनमें से किसी से अपरिचित हो।

''कर्नल सूडान में रेगिस्तान के मध्य से गुजर रहा था और तुरेग्स के असीम क्षेत्र को पार कर रहा था, जो रेत का महान सागर है और जो अटलांटिक में ईजिप्ट और सूडान से अल्जीरिया तक फैला हुआ है, एक प्रकार के समुद्री डाकुओं के समान जो पुराने समय में समुद्र में नष्टकारी कार्यवाही करते थे।

''पथप्रदर्शक जो साथ थे, वे चंबा और ओर्गला जनजाति से संबंधित थे।

''अब, एक दिन हमने मरुस्थल के मध्य में पड़ाव डाला और अरबवासियों ने घोषणा की कि चश्मा अभी भी कुछ दूर है, तब वे सभी अपने ऊंटों के साथ पानी की तलाश में निकल गए।

''एक अकेले शख्स ने कर्नल को चेताया कि वह शख्स विश्वासघाती रहा हो सकता है। चापलूसों ने इस पर विश्वास नहीं किया और साथ में रक्षा के उद्देश्य से इंजीनियरों, डॉक्टरों व कार्यालयकर्मियों को साथ कर दिया।

''उन्होंने जनसंहार किया जब चश्मे पर पहुंचने का समय था और सभी ऊंटों पर अधिकार कर लिया।

''अरब गुप्तचर विभाग का कप्तान ओउरगला जो शिविर में रह गया था, ने शेष रहे सिपाही और निशानेबाजों का नेतृत्व किया और उन्होंने पीछे हटना आरंभ कर दिया, अपने पीछे उन्होंने सामान और भोजन छोड़ दिया, जो ऊंटों के द्वारा ही ढोया जा सकता था। तब उन्होंने छायारहित व विस्तृत रेगिस्तान में एकाकीपन के साथ यात्रा आरंभ की, दमकता हुआ सूर्य उन्हें प्रातः से रात्रि तक जला रहा था।

''एक जनजाति के उदार व्यक्ति ने श्रद्धांजलि के रूप में खजूर समर्पित किए। खजूर जहरीले थे। तकरीबन सभी फ्रांसीसी मारे गए और उनमें वह अंतिम अधिकारी भी था।

''अब वहां कुछ सिपाही, रसद व अनाज वाले, पोबेगुइन और स्थानीय

निशानेबाज ही बचे रह गए थे, जो चंबा जनजाति के थे। उनके पास दो ऊंट अभी भी शेष थे। एक रात्रि वे गायब हो गए और साथ ही दोनों अरबवासी भी।

''तब शेष रहे लोगों ने जाना कि वे एक-दूसरे को खाने को मजबूर हैं और यथाशीघ्र वह दो भगोड़े व्यक्तियों को (ऊंटों के साथ) तलाशने के लिए आगे बढ़े, जो परस्पर बिछुड़ गए थे और एक-एक करके उन्होंने नर्म रेत पर चमचमाते सूर्य की झुलसा देने वाली आग के नीचे चलना आरंभ किया। दोनों एक-दूसरे से गोली की जद की दूरी पर थे।

''अतः वे पूरा दिन चलते गए और जब वे एक चश्मे पर पहुंचे, उनमें से सभी ने अपनी बारी से पानी पिया और इस प्रकार वे रेगिस्तान की विभिन्न कठिनाइयों से जूझते हुए पूरे दिन आगे बढ़ते रहे।

''लेकिन एक प्रातः मुसाफिरों ने पलटकर अपने पीछे एक व्यक्ति को आते देखा और वे सभी रुक गए।

''वह व्यक्ति जो क्षुधित सैनिक की तरफ धीरे-धीरे बढ़ रहा था, भागा नहीं, लेकिन मैदान पर सीने के बल गिर गया और उसकी तरफ निशाना साधा जो उसकी ओर बढ़ रहा था। जब उसे यकीन हो गया कि वह निशाने की जद में है तो उसने गोली चला दी। लेकिन उसे गोली नहीं लगी और तब उसने बंदूक तानकर आगे बढ़ना जारी रखा, अपनी बारी आने पर उसने अपने साथी की हत्या कर दी।

''तब सभी दिशाओं से अन्य लोग अपना हिस्सा पाने के लिए शीघ्रता से आगे बढ़े और वह जिसने गिरे हुए शख्स का वध किया था, लाश को टुकड़ों में बांटकर विभाजित कर दिया।

''और वे एक दफा पुनः निश्चित दूरी पर पहुंच गए, ये परस्पर विरोधी कार्य व्यवहार उन्हें अगले कत्ल के लिए तैयार कर रहा था, जो उन्हें पुनः एक साथ लाने वाला था।

''दो दिन तक वे मानव-मांस पर जीवित रहे जो उनके बीच में बंटा था। तब, भूख पुनः जाग्रत हुई, वह जिसने पहले व्यक्ति का कत्ल किया था, नए सिरे से कत्ल करना आरंभ किया और फिर से एक कसाई की भांति उसने लाश को काटा और अपने साथियों में विभक्त कर दिया, अपना हिस्सा ही उसने स्वयं रखा।

''और इस प्रकार यह नरभक्षी निरंतर घटते हुए आगे बढ़ते गए।

''अंतिम फ्रांसीसी, पोबेगुइन का नरसंहार कुएं के बगल में किया गया, उस रात्रि से ठीक पहले जब रसद पहुंचो।

''क्या अब तुम समझे कि खौफनाक से मेरा क्या आशय है?

''यह वह कहानी थी, जो कुछ दिन पूर्व जनरल डी.जी. ने...

❑❑

दो छोटे सैनिक

प्रत्येक रविवार को जैसे ही समय मिलता छोटे सैनिक टहलने के लिए जाते थे। वे दाएं घूमकर सैनिक बस्ती को छोड़ते हुए कॉर्बेवोई तक का सफर तेज कदमों से तय करते, जैसे उन्हें सैनिक मार्च करनी पड़ रही हो। तब, जब घर कम रह जाते, उनकी चाल मंद हो जाती और वे बेजॉन जाने वाले धूल भरे मार्ग का अनुसरण करने लगते।

वे ठिगने और कृशकाय थे, विस्तारित लबादे की सही बनावट न होने के कारण वे उसमें खो से जाते प्रतीत होते, लबादे के बाजू उनके हाथों को ढांप लेते, टखनों पर से उनकी पर्याप्त लाल रंग की पतलूनें ऊपर की ओर मुड़ी रहतीं। ऊंची एवं तनी टोपी में मुश्किल से ही उनके पतले एवं खोखले कपोल वाले चेहरे को महसूस किया जाता, जिन पर नीली निष्कपट आंखें जड़ी थीं। यात्रा के दौरान वे कभी भी चर्चा नहीं करते, दोनों के जेहन में वह स्थान होता जहां सीधे पहुंचकर ही उन्हें वार्ता करनी होती थी। चेक्सिऑक्स के लघु वन के मुहाने पर उन्होंने एक स्थान खोज लिया था जो उन्हें घर की याद दिलाता था, और वे अन्य किसी भी स्थान पर प्रसन्नता का अनुभव नहीं करते थे।

कोलंबस और चटाउ सड़क के मोड़ पर जब वे पेड़ों के नीचे पहुंचे, तब उन्होंने अपने सिर की भारी व दमनकारी टोपी को उतारा और अपने मस्तक को पोंछा।

बेजांस के पुल पर वह सदैव कुछ देर के लिए रुका करते थे और सिएने नदी को निहारा करते थे। वे कुछ मिनटों के लिए वहां रुके, रेलिंग से नीचे की ओर नौकाओं को निहारते हुए, कदाचित ऐसा करते हुए उन्हें घर का स्मरण हो आता था और कूच करने से पूर्व वह मछलियों की गंध महसूस करते थे।

जैसे ही उनके द्वारा सिएने को पार किया जाता, वे स्वादिष्ट भोज्य-पदार्थ बेकरी वाले से तथा मदिरा व्यवसायी से खरीदते। एक वोलोग्ना, चार सेंट की ब्रेड और एक-चौथाई मदिरा, इस प्रकार दोपहर के भोजन को वह साथ ले लेते, जो उनके रुमाल में बंधा रहता।

लेकिन जैसे ही वह गांव से बाहर आते उनकी चाल मंद पड़ जाती और वे परस्पर वार्तालाप करते।

तब उनके समक्ष मैदान और वृक्षों का झुरमुट होता जो जंगल की तरफ जाता था। ऐसा प्रतीत होता था कि वह जंगल उन्हें कर्मारीवन के दूसरे जंगल की स्मृति कराता था। गेहूं और जई के सीमा से लगे खेत संकरे मार्ग पर नजर आते और जीन केरडेरेन हर बार ल्यूक ले जेनिडेक से कहता, ''यह घर के समान ही है, प्लाउनीवन के समान।''

''हां, यह घर के समान ही है।''

और वे अगल-बगल में चलते चले जाते, उनके जेहन में घर की धुंधली स्मृतियां होतीं, वे खेतों, बाड़ों, जंगलों और किनारों का नजारा देखते।

हर दफा वे एक निजी भू-भाग के किनारे पर लगे विशाल पत्थर को देखते, क्योंकि वह उन्हें लोक न्यूवेल के पुराने स्मारक की स्मृति करवाता था। जीन के पास खाद्य सामग्री का भार होता था।

समय-समय पर ल्यूक एक नाम का उल्लेख लड़के के-से नटखट अंदाज में करता जो उन्हें विचारों का पर्याप्त पोषण देता था। उन्हें स्वदेश भूमि बहुत प्रिय थी, जो बहुत दूरी पर थी। अत: वे अपने जेहन में स्वदेश से मिलते-जुलते संकेतों का स्मरण करते, जिन दृश्यों में और जिन हलचलों में उन्हें स्वदेश की महक आती थी, फिर वह चाहे हरे खेतों की बात हो अथवा समुद्री हवा की। वे अधिक देर शहर की खुशबू को महसूस नहीं करते थे और अपने स्वप्नों में अपने मित्रों को समुद्र के मछली मैदानों की ओर सदैव के लिए प्रस्थान करते हुए देखते।

वे धीमी गति से चल रहे थे, ल्यूक ले जेनिडेक और जीन केरडेरेन मृदुल स्मृतियों से संतुष्ट व दु:खी नजर आते, जिस प्रकार किसी पशु को अपनी आजादी के दिनों की तीक्ष्ण व दु:खी स्मृतियां याद आती रहती हैं।

और जब ल्यूक ने अपनी लकड़ी की टहनी को छीलना समाप्त किया, वे एक निर्जन स्थल पर पहुंच गए जहां प्रत्येक रविवार को वह अपना भोजन ग्रहण करते थे। उन्होंने दो ईंटें तलाश कीं, जो एक झाड़ी में छिपी हुई थीं और तब उन्होंने सूखी टहनियों को जलाकर आग पैदा की और चाकुओं की नोक पर अपने कबाब भूनने लगे।

जब उनके द्वारा ब्रेड के अंतिम टुकड़े और शराब की अंतिम बूंद का सेवन किया जा चुका था, दोनों ने घास पर एक-दूसरे की बगल में स्वयं को बिछा लिया। बिना कुछ कहे और अपने आधे नेत्र खोले हुए उनके हाथ प्रार्थना की मुद्रा में जुड़े हुए थे, लाल पतलूनों में उनके पैर चमकीले रंगीन पुष्पों से मेल खाते प्रतीत होते।

दोपहर तक वे सरसरी दृष्टि से समय-समय पर बेजॉन गांव की ओर देख लेते, जहां से ग्वालिन शीघ्र ही आने वाली थी। प्रत्येक रविवार को वह उनके

सामने से गुजरकर अपनी गाय दुहने जाती थी, एकमात्र गाय, वह आसपास के क्षेत्र की थी जिसे चराई के लिए चरागाह में भेजा जाता था।

शीघ्र ही वे लड़की को खेतों में से आते देखते, वे डोल से टकरा कर परावर्तित होती सूर्य-रश्मियों को देखकर प्रसन्न हो जाते। वे उससे कभी बात नहीं करते। वे महज उसे देखकर प्रसन्न होते और बिना कुछ समझे ही।

वह लंबी, बलिष्ठ, चकतेदार और खुली हवा के कारण ताम्र रंगत की थी, एक ऐसी लड़की जो प्रर्शियन उपनगर की विशिष्टता लिए थी।

एक बार, इस बात को महसूस करने के पश्चात कि वे एक ही स्थान पर बैठे रहते हैं, उसने कहा, "क्या तुम हमेशा यहां आते हो?"

ल्यूक अपने मित्र से ज्यादा निडर था, हकलाकर बोला, "हां, हम यहां अपने आराम के लिए आते हैं।"

बस इतना ही। लेकिन आगामी रविवार को वह उन्हें देख दयालु मुस्कान के साथ मुस्कराई, जो उनकी शर्मसारी को समझकर उपजी थी, और फिर उसने पूछा, "तुम यहां क्या कर रहे हो? क्या तुम घास को बढ़ते हुए देख रहे हो?"

ल्यूक खुशी से मुस्कराया, "शायद।"

उसने अपनी बात जारी रखी, "यह तेजी से नहीं बढ़ रही है, क्या ऐसा है?"

उसने तब भी हंसते हुए जवाब दिया, "सही रूप में नहीं।"

वह आगे बढ़ गई। लेकिन जब वह दूध से भरा डोल लेकर लौटी, तब उसने उनके सामने रुककर कहा, "कुछ लोगे? वह तुम्हें अपने घर की याद दिलाएगा।" कदाचित उसने उनकी मूल प्रवृत्ति को पहचानकर सही बिंदु को स्पर्श किया था।

दोनों आगे बढ़े। तब बिना किसी कठिनाई के उसने दूध उस बोतल में डाला जिसमें वह अपनी शराब लेकर आए थे। ल्यूक ने सावधानी से पीना आरंभ किया ताकि ऐसा न हो कि वह अपने हिस्से से ज्यादा पी जाए। तब उसने बोतल जीन की ओर बढ़ा दी। वह उनके समक्ष अपने कूल्हों पर हाथ रखे खड़ी थी और डोल उसके पांवों के पास रखा था, वे ग्वालिन द्वारा प्रदत्त आनंद का लुत्फ उठा रहे थे। तब वह जाते हुए कहने लगी, "अच्छा, अगले रविवार तक शुभ विदा।"

लंबे समय तक वे उसकी दीर्घ काया को दूर तक अग्रसरित होते और परिदृश्य में मिश्रित होते देखते रहे, अंततः वह अदृश्य हो गई।

अगले सप्ताह सैन्य निवास से निकलते हुए जीन ने ल्यूक से कहा, "क्या तुम नहीं सोचते कि हमें उसके लिए कोई अच्छी वस्तु खरीदनी चाहिए?"

वे व्यथित और उलझन में थे कि ग्वालिन के लिए खरीदी जाने वाली वस्तु की समस्या का समाधान कैसे करें? ल्यूक चिटरलिंग्स के पक्ष में था जबकि जीन

जो मीठे का शौकीन था, उसने सोचा कि मिठाई ही सबसे बढ़िया वस्तु रहेगी। वही कामयाब हुआ और वे परचूनी की दुकान पर दो 'साउस' की लाल और सफेद रंग की मिठाई खरीदने गए।

इस बार उन्होंने पहले की अपेक्षा शीघ्रता से भोजन समाप्त किया, वे पूर्वानुभूति से रोमांचित थे।

जीन ने उसे पहले देखा था।

"वह वहां है?" उसने पूछा।

ल्यूक ने जवाब दिया, "हां, वह वहां है।"

वह उन्हें देखकर मुस्कराई और बोली, "अच्छा, आज कैसे हो तुम लोग?"

दोनों ने एक साथ उत्तर दिया, "ठीक, सब कुछ! तुम्हारे साथ कैसा है?"

फिर उसके द्वारा सामान्य विषयों पर बात की गई, जिसमें उनकी रुचि हो सकती थी। जैसे—मौसम, फसल और उसके मालिक की।

वे उसे मिठाई देने की हिम्मत नहीं जुटा सके जो जीन की जेब में पिघल रही थी। अंततः ल्यूक ने हिम्मत जुटाई और बुदबुदाया, "हम तुम्हारे लिए कुछ लाए हैं।"

उसने पूछा, "जरा दिखाओ तो?"

तब जीन की कान की लौ तक लज्जा से आरक्त हो उठी। उसने जेब में हाथ डाला और कागज में लिपटी मिठाई निकाली और उसे थमा दी।

उसने लघु स्वादिष्ट मिठाई को खाना आरंभ किया। दोनों सैनिक उसके सम्मुख बैठ गए। वह प्रसन्न नजर आ रहे थे।

अंत में वह दूध दुहने गई और जब वापस आई तो उसने उन्हें पुनः थोड़ा दूध दिया।

वे उसके विषय में पूरे सप्ताह सोचते रहे और प्रायः उसके बारे में बातें करते। आगामी इतवार को वह उनके करीब अधिक देर तक बैठी।

तीनों वहां बैठे थे, एक-दूसरे के करीब। उनके नेत्र सुदूर दिशा में ताक रहे थे, उनके हाथ घुटनों को थामे हुए थे और वह मामूली घटनाएं भी एक-दूसरे को बता रहे थे और कुछ विस्तार के साथ गांवों की चर्चा कर रहे थे जहां वे पैदा हुए। जबकि गाय दूहे जाने का इंतजार कर रही थी, उसने अपना भारी सिर ग्वालिन की ओर करके रंभाना आरंभ किया।

शीघ्र ही लड़की ने उनके साथ भोजन करने व शराब का घूंट भरने की सहमति प्रदान कर दी। अक्सर वह उनके लिए आलूबुखारे लाती, वे आलूबुखारे जो अब पक चुके थे। उसकी उपस्थिति ब्रेटन के नन्हे सैनिकों को सजीव कर देती थी, जिसके साथ वे दो पक्षियों की भांति चहचहाहट करते थे।

एक मंगलवार ल्यूक के साथ कुछ असामान्य घटा। उसने जाने की अनुमति ली और रात्रि के दस बजे तक नहीं लौटा।

जीन चिंतित हुआ और अपने मित्र की अनुपस्थिति के विषय में उसने अपने दिमाग को कष्ट दिया।

आगामी शुक्रवार ल्यूक ने अपने किसी मित्र से कुछ धन उधार लिया और एक बार पुनः कुछ घंटों की अनुमति उसने प्राप्त की।

रविवार को जब वह जीन के साथ बाहर निकला तो वह विचित्र, हैरान और परिवर्तित प्रतीत हुआ। जीन कुछ नहीं समझा, वह अस्पष्ट रूप से कुछ संदेह कर रहा था, लेकिन वह संदेह का सही अनुमान नहीं लगा सका।

वे सीधे अपने तयशुदा स्थान पर पहुंचे और धीरे-धीरे दोपहर का भोजन किया। दोनों में से किसी को भी भूख नहीं लगी थी।

शीघ्र ही लड़की प्रगट हुई। उन्होंने उसके आगमन को देखा, जैसा वे प्रायः देखते थे। जब वह करीब आई, ल्यूक उठा और उसके पास गया। उसने दूध का डोल जमीन पर रखा और उसका चुंबन लिया। उसने अपनी बांहें उसके गले में डालकर तीव्रता से चुंबन लिया, बिना जीन पर ध्यान दिए। यहां तक कि यह भी महसूस नहीं किया गया कि जीन वहां मौजूद है।

बेचारा जीन स्तब्ध रह गया, इतना स्तब्ध कि कुछ भी नहीं समझ पाया। उसका दिमाग अस्त-व्यस्त था और हृदय टूटा हुआ था, बिना यह विचार किए कि ऐसा उसके साथ क्यों हो रहा था?

तब लड़की ल्यूक की बगल में बैठ गई और उन्होंने बातें करना आरंभ कर दिया।

जीन उनकी ओर नहीं देख रहा था। वह समझ गया था कि क्यों उसका मित्र पिछले सप्ताह में दो बार कहीं गया था। उसने बेईमानी और धोखे की पीड़ा को स्वयं में जागते महसूस किया।

ल्यूक और ग्वालिन एक साथ गाय की ओर गए। जीन ने अपनी नजरों से उनका पीछा किया। उसने दोनों को साथ-साथ गायब होते देखा, उसके मित्र की लाल पतलून व सफेद शर्ट पर लाल रंग के धब्बे जैसे नजर आने लगे। वह ल्यूक था जिसने खूंटे का ध्यान किया जिससे गाय रस्सी के साथ बंधी थी। लड़की गाय दुहने के लिए उकड़ू बैठ गई, जबकि वह बेध्यानी में गाय की चमकदार गर्दन को सहला रहा था। तब वे डोल को घास पर छोड़कर जंगल में गायब हो गए।

जीन उन पत्तों की दीवार के अतिरिक्त कुछ न देख सका, जिसमें से होकर वे गुजरे थे। वह इतना नामर्द हो गया था कि उसमें खड़े होने की शक्ति भी नहीं रही। वह वहीं भावशून्य किंकर्तव्यविमूढ़ और उदास मन से बैठा रह गया। वह

रोना चाहता था, भाग जाना चाहता था, कहीं छिप जाना चाहता था और कभी भी नजर नहीं आना चाहता था।

तब उसने उन्हें पुनः लौटते देखा। वे हाथों में हाथ डाले मंथर गति से आ रहे थे, जैसे गांव के प्रेमी करते हैं। ल्यूक ने दूध का डोल उठा रखा था।

उसका पुनः चुंबन लेने के पश्चात जीन को लापरवाही से देखते हुए उसने सिर हिलाया और चली गई। उस दिन उसने जीन को दूध भी नहीं दिया।

दोनों नन्हे सैनिक हमेशा की भांति गतिहीन मुद्रा में खामोश बैठे थे, उनके शांत चेहरों से हृदय में उठे धोखे का कोई भाव नहीं था। हृदय का कोलाहल चेहरे पर नहीं था। समय-समय पर वे गाय का पीड़ा युक्त रंभाना सुन रहे थे। निर्धारित समय पर वापसी हेतु दोनों उठ खड़े हुए।

ल्यूक एक टहनी को छील रहा था। जीन ने खाली बोतल थाम रखी थी। उसने बेजॉन शराब व्यवसायी के पास बोतल रख दी। फिर वे पुल पर रुक गए, जैसा कि वे प्रत्येक रविवार को करते थे और पानी को बहते हुए निहारा करते थे।

जीन रेलिंग पर झुका और फिर झुकता ही चला गया, जैसे कि उसने धारा में सम्मोहित करने वाली कोई वस्तु देखी हो। ल्यूक ने पूछा, ''क्या बात है ? क्या तुम कुछ पीना चाहते थे ?''

उसने मुश्किल से अंतिम शब्द ही कहा था कि जीन का सिर अपने शेष जिस्म के साथ नीचे गिरने लगा और कुछ नीला व लाल नन्हा सैनिक नदी में गोली की भांति गिरा और अदृश्य हो गया।

ल्यूक खौफ के कारण जैसे जड़ हो गया। उसने व्यर्थ में सहायता की गुहार लगाई। दूरी पर उसने अपने मित्र के चेहरे को पानी की धारा पर डूबते-उतराते देखा, लेकिन अंततः वह गायब हो गया। फिर दूरी पर उसने कुछ हिलते हुए देखा, वह उसके मित्र का एक हाथ था, जो नजर आया और पुनः गायब हो गया। फिर सब समाप्त हो गया।

नाविक जो कि शीघ्रता से नदी पर पहुंचा था, उसने उसी दिन निष्प्राण देह तलाश कर ली।

ल्यूक सैन्य-आवास की ओर दौड़ा, उसकी आंखें और आवाज आंसुओं के कारण भर्रा गई थीं, उसने दुर्घटना को यूं संबद्ध किया :

''वह झुका... व... वह झुक रहा था... इतनी ज्यादा दूरी तक... कि उसका सिर उसके जिस्म को भी साथ ले गया... और... वह गि... गिर गया...''

जज्बात उस पर इतने हावी हुए कि वह आगे कुछ नहीं कह सका। यदि वह कुछ जानता होता!

□□

पहला पति

समुद्र की लौटती लहरें समुद्र तट धो रही थीं। नील वर्ण आकाश पर श्वेत बादलों के छोटे समूह तेज हवाओं के कारण पंछियों की भांति सरकते हुए से महसूस हो रहे थे। घाटी की तलहटी में समाया गांव जो समुद्र की गोद में उतरता सा नजर आ रहा था, सूर्य की रश्मियों में ऊंघता प्रतीत हो रहा था।

गांव के ठीक प्रविष्टि स्थल पर सड़क के किनारे पर मार्टिन का एकमात्र आवास-स्थल था। वह एक सामान्य मछुआरे की मिट्टी की दीवारों और घास-फूस से बनी मामूली झोंपड़ी थी। वहां पर सामान्य आकार का बगीचे का एक छोटा चौरस टुकड़ा है जो एक बाड़ द्वारा सड़क से पृथक है। उस बगीचे में प्याज, पत्तागोभी और भिन्न-भिन्न प्रकार की सब्जियां उग रही हैं।

पति मछली पकड़ने चला गया है और उसकी पत्नी झोंपड़ी के सामने खड़ी मकड़ी के जाले की तरह, मछली पकड़ने के जाल को गूंथ रही है। चौदह साल की एक छोटी लड़की द्वार के पास केन की आरामकुर्सी पर पीछे की ओर झुकी हुई पुश्त से टिकी है।

वह एक गहरे रंग के पुराने व फटे चीथड़े को सिल रही है। उससे तकरीबन एक वर्ष छोटी लड़की एक छोटे-से बच्चे को, जो अभी न चल सकता है और न बोल सकता है, खिला रही है। दो छोटे-छोटे बच्चे जो कठिनता से दो-तीन साल के होंगे जमीन पर एक-दूसरे के सामने खेल रहे थे, अपनी नन्ही-नन्ही कोमल उंगलियों से मिट्टी खोद रहे थे और एक-दूसरे के मुख पर उछाल रहे थे।

कोई बात नहीं कर रहा है, महज एक छोटा बच्चा जिसे सुलाने के लिए थपकी दी जा रही है। वही बेहद मध्यम धीमी व मध्यम भारी आवाज में निरंतर रोता चला जा रहा है।

एक खिड़की के किनारे पर बिल्ली सो रही है। जबकि दीवार के कोने पर गुलाबी बासी पुष्पों का ढेर लगा हुआ है, जिसके ऊपर मक्खियों का झुंड भिनभिना रहा है।

एक छोटी-सी लड़की जो द्वार पर झूल रही है, अचानक चिल्ला उठी, "मां!"

"क्या है?" मां ने जवाब देने के साथ ही पूछा।

"वह फिर आ गया।"

प्रातः से वे लोग एक वृद्ध शख्स से व्यथित थे, जो देखने में भिखारी की भांति लग रहा था। वह प्रातः से मकान के इर्द-गिर्द डोल रहा था। उनको लगा जैसे यही शख्स उनके पिता को जहाज पर ले गया था और उस पर चढ़ाया भी था। वह द्वार के पास रखे एक बोरे पर बैठा था। जब वे सागर तट से वापस लौटे तो उन्होंने पाया कि वह (भिखारी) तब भी निरंतर मकान को घूर रहा है।

वह बेहद रुग्ण और घिनौना लग रहा था। लगभग एक घंटे से अधिक वह अचल मुद्रा में बैठा रहा, फिर उसे लगा कि घर के तमाम लोग उसे बुरा शख्स समझ रहे हैं। वह उठा और एक पांव को घसीटते हुए वहां से चला गया।

किंतु उन्होंने देखा अधिक वक्त नहीं गुजरा होगा कि वह पुनः लंगड़ाते हुए लौट आया और तब, पहले की तुलना में कुछ ज्यादा दूरी पर आकर बैठ गया।

गोया वह घर के लोगों की निगरानी कर रहा था।

मां और बेटी दोनों भयभीत थीं। मां अधिक भयभीत थी, क्योंकि वह प्रवृति से कुछ अधिक ही डरपोक थी और लेवास्क्यू रात्रि होने से पहले समुद्र से वापस लौटने वाला नहीं था।

लेवास्क्यू उसके पति का नाम था और स्वयं उसका नाम था मार्टिन। यह युगल 'मार्टिन-लेवास्क्यू' के नाम से जाना जाता था, क्योंकि मार्टिन का पूर्व पति एक मछुआरा था और उसका ही नाम मार्टिन था। वह प्रत्येक गर्मियों में न्यू फाउंडलैंड में मछली पकड़ने जाता था। दो वर्ष के वैवाहिक जीवन के पश्चात उसने एक बेटी को जन्म दिया और उसकी संतान हुए भी छः माह गुजर गए थे। तब उसका पति 'दो बहनें' नामक जहाज, जिसमें तीन पाल लगे थे, समुद्र में 'डिप्पे' नामक स्थल से गायब हो गया था।

उस जहाज की अभी तक कोई सूचना नहीं आई। उस जहाज पर सवार कोई भी व्यक्ति लौटा नहीं था और यह मान्यता थी कि वह जहाज पूर्णतया लापता हो गया है या समुद्र की अतल गहराइयों में दफन हो गया है।

अपने दोनों बच्चों की संघर्षपूर्वक परवरिश करते हुए श्रीमती मार्टिन ने अपने पति का इंतजार करते हुए दस वर्ष से ज्यादा का समय बिता दिया। और फिर जैसी कि वह एक सुंदर, साहसी स्त्री थी, एक अन्य स्थानीय मछुआरे, जिसका नाम लेवास्क्यू था और जो विधुर था और एक लड़के का पिता था, ने उसके समक्ष विवाह का प्रस्ताव रखा। उसने शादी हेतु रजामंदी दे दी और तीन वर्ष के अंतराल में वह दूसरी शादी के पश्चात दो और बच्चों की मां बनी।

उनका जीवन बेहद कठिन और संघर्षपूर्ण था। रोटी महंगी थी और मांस उस घर से तकरीबन अपरिचित था। ठंड के तूफानी समय में बहुधा वे स्थानीय बेकर के कर्जदार हो जाते थे। इसके उपरांत भी उनके बच्चे तंदुरुस्त थे और निरंतर बढ़ रहे थे।

पड़ोसी चर्चा करते थे, 'मार्टिन और लेवास्क्यू भले लोग हैं। मार्टिन खील की भांति मजबूत है और लेवास्क्यू से अच्छा दूसरा मछुआरा कोई नहीं है।'

बाड़ के करीब बैठी लड़की कहीं जा रही थी, वह (भिखारी) उसकी ओर यूं देख रहा था, गोया वह उन लोगों को जानता हो। कदाचित वह नजदीक के किसी गांव का भिखारी हो।

किंतु मां सच्चाई से वाकिफ थी। नहीं, नहीं वह शख्स स्थानीय नहीं था और यह एक निश्चित कटु सत्य था।

वह लकड़ी के लट्ठे के समान खामोश और भावशून्य था। उसकी दृष्टि मकान पर अपलक टिकी हुई थी। मैडम मार्टिन क्रुद्ध हो उठी। भय उसकी हिम्मत पर छा गया था। उसने फावड़ा हाथ में थामा और बाहरी द्वार से बाहर आ गई।

"क्या कर रहे हो तुम यहां?" उस विचित्र, लावारिस शख्स पर वह चिल्ला पड़ी।

"मैं हवा खा रहा हूं।" उसने तल्ख आवाज में जवाब दिया, "क्या मैं किसी का कुछ अनिष्ट कर रहा हूं।"

"मेरे घर के इर्द-गिर्द चक्कर लगाकर क्या तुम मेरे घर पर नजर रख रहे हो?"

"मैं किसी की कुछ क्षति नहीं कर रहा हूं।" उसने उत्तर दिया और फिर पूछा, "क्या मैं सड़क के किनारे बैठ सकता हूं?"

उसे कोई जवाब नहीं सूझा तो वह घर के भीतर लौट आई।

शनैः शनैः दिन बीतने लगा। दोपहर के आसपास वह शख्स वहां से गायब हो गया, किंतु शाम पांच बजे के लगभग वह एक दफा पुनः दिखाई दिया, किंतु शाम के बाद वह फिर नजर नहीं आया।

लेवास्क्यू रात्रि को समुद्र से घर लौटा और उसको दिन की उस घटना की तमाम जानकारी विस्तार से दी गई।

'कोई आवारा घर का चक्कर लगा रहा होगा!' यह सोचकर लेवास्क्यू बिना किसी तनाव के उस रात्रि मजे से गहरी नींद में सोया। किंतु उसकी पत्नी विचित्र नेत्रों से उसकी तरफ ताकते हुए उस व्यर्थ भिखारीनुमा शख्स के विषय में ही विचार कर रही थी।

जब प्रातः हुई तो काफी तेज हवाएं चल रही थीं और जब लेवास्क्यू ने यह देखा कि बिगड़े मौसम के कारण वह समुद्र में नहीं जा सकता है तो वह जाल बुनने में अपनी पत्नी का सहयोग करने लगा।

प्रातः नौ बजे के लगभग मार्टिन की बड़ी बेटी जो ब्रेड लेने गई थी, घबराई हुई, दौड़ती हुई आई और चीखकर बोली, "मां! वह फिर से लौट आया है।"

उसकी मां खौफ से भर उठी। सहमे हुए स्वर में उसने अपने पति से कहा, ''लेवास्क्यू! जाओ और उससे कहो कि वह इस प्रकार हम लोगों पर दृष्टि न रखे। मैं बुरी तरह से परेशान हो चुकी हूं।''

लेवास्क्यू एक बलिष्ठ मछुआरा था। उसका चेहरा लालिमा लिए हुए था, जिस पर भूरी दाढ़ी थी, चमकदार पुतलियों से परिपूर्ण नीली आंखें थीं। उसकी मजबूत गर्दन समुद्र में चलने वाली शीत हवाओं और मौसमी वर्षा से बचने के लिए सदैव ऊनी गुलुबंद से ढकी रहती थी। वह खामोशी से बाहर आया और उस सिरफिरे आवारा शख्स की ओर आकर्षित हुआ।

वे दोनों परस्पर चर्चा करने लगे।

मां और बच्चे किसी आशंका से डरते हुए दूर से उन्हें देख रहे थे।

श्रीमती मार्टिन भय से चौंकी। उसके पति ने आदेश दिया, ''कुछ ब्रेड और चाय का एक प्याला दो। कल से इसने भोजन का एक टुकड़ा भी मुख में नहीं डाला है।''

उसके पश्चात वे दोनों एक साथ मकान में दाखिल हुए। स्त्री और बच्चे उनके पीछे थे। वह लावारिस, भिखारी–सा नजर आने वाला शख्स बैठ गया और ब्रेड खाने लगा। घर के अन्य लोगों की बेधती दृष्टि के सामने उसने सिर झुका लिया था। स्त्री खड़ी हो गई और उसे घूरने लगी। मार्टिन की दोनों बड़ी बेटियां द्वार के साथ खड़ी थीं। उनमें से एक छोटे बच्चे को गोद में थामे हुए थी और आश्चर्य से उस अनजान शख्स की तरफ देख रही थी।

लेवास्क्यू भी बैठ गया था। उसने उससे पूछा, ''तो तुम बहुत दूर से आए हो?''

''हां, सेट्टि से।''

''पैदल चलकर... इस प्रकार?''

''हां, जब तुम्हारे पास धन न हो तब तुम्हें ऐसे ही आना होता है।''

''तुम कहां जा रहे हो?'' लेवास्क्यू ने सवाल किया।

''मैं यहीं आया था।'' उसने विश्वास भरे स्वर में कहा।

''क्या इस इलाके में किसी को जानते हो?''

''कदाचित।''

वे सब खामोश थे। वह खामोशी से खा रहा था, हालांकि वह काफी क्षुधित था। ब्रेड खाते हुए वह बीच में चाय की चुस्कियां भर रहा था। उसका चेहरा थका हुआ और झुर्रियों वाला था, लेकिन भावहीन। वह एक ऐसा शख्स लग रहा था जिसने जिंदगी में बहुत ज्यादा दुःख उठाए हों।

लेवास्क्यू ने अचानक उससे पूछा, ''तुम्हारा नाम क्या है?''

बिना अपना सिर उठाए उसने नाम बतलाया, ''मेरा नाम मार्टिन है।''

एक विचित्र कंपकंपी से मां सिहर उठी। वह एक कदम आगे बढ़ आई, गोया वह उस अजनबी शख्स के नयन-नक्श को और अच्छी प्रकार से देखना चाहती थी। उसके सामने वह अवाक् व निश्चल खड़ी थी।

अंत में लेवास्क्यू ने ही पूछा, "क्या तुम इसी इलाके के रहने वाले हो?"

"हां, मैं इसी इलाके का हूं।"

अंततः उसने अपना सिर उठाया। उसकी नजरें स्त्री की आंखों पर केंद्रित हुईं। वह उसे अपलक देखता रहा। गोया वे आंखें आपस में जुड़ गई हों।

एकाएक उसने दबे, बुझे और भर्राए स्वर में पूछा, "क्या तुम वह हो? मेरे पति!"

"हां, मैं वही हूं।" उसने सपाट स्वर में जवाब दिया।

वह उठा नहीं, वहीं बैठे-बैठे धीरे-धीरे ब्रेड चबाता रहा।

"तुम कहां से आ रहे हो?" दूसरे पति ने सवाल किया।

तब उसने (पहले पति ने) अपनी कहानी सुनाई, "मैं अफ्रीका के समुद्री तटों से आ रहा हूं। जहाज के नष्ट होने के पश्चात हम एक लकड़ी के तख्ते के सहारे तैरते रहे। हम तीन व्यक्ति किसी प्रकार बच पाए हैं। मैं, वेटिनल और पिकार्ड। उसके पश्चात हम तीनों को वहां के आदिवासियों ने पकड़ लिया था। 12 वर्ष तक हम उनकी कैद में रहे। फिर एक अंग्रेज नाविक ने हमें रिहाई दिलाई। मेरे दो मित्र तो मर-खप गए और मैं बचकर यहां वापस आ पाया और इस प्रकार मैं यहां हूं।"

"यह सुनकर हम लोगों को क्या करना चाहिए?" लेवास्क्यू ने पूछा।

"क्या तुम इस स्त्री के पति हो?" मार्टिन ने जानना चाहा।

"हां, मैं ही अब इसका पति हूं।" लेवास्क्यू ने जवाब दिया।

उसको घेरे हुए जो बच्चे पास खड़े थे उनमें दो लड़कियों की ओर संकेत करते हुए उसने उनके विषय में सवाल किया, "क्या ये मेरी पुत्रियां हैं?"

"हां, यह दोनों तुम्हारी ही पुत्रियां हैं।" लेवास्क्यू ने बताया।

"हे ईश्वर! ये कितनी बड़ी हो गई हैं।"

"अब हमें क्या करना है?" लेवास्क्यू ने सवाल पुनः दोहराया।

मार्टिन आश्चर्यचकित था। उसे समझ में नहीं आया कि वह क्या करे! अंततः उसने उत्तर दिया, "जैसा तुम लोग चाहोगे मैं वैसा ही करूंगा। मैं आप लोगों को किसी तरह की कोई क्षति नहीं पहुंचाना चाहता हूं।

"किंतु जब मैं परिवार के बारे में सोचता हूं तो व्यथित हो उठता हूं। मेरे दो बच्चे हैं और तुम्हारे तीन। मैं तैयार हूं, जैसा भी तुम निर्णय करना चाहो। किंतु जहां तक मकान का सवाल है चूंकि यह मेरे पिता ने मेरे लिए छोड़ा था। मैं इसी मकान में जन्मा था और मेरे वकील के पास इसके कानूनी दस्तावेज भी उपलब्ध हैं।"

श्रीमती मार्टिन रो रही थी और अपने नीले एप्रन को मुख में दबाकर सिसकियों को रोकने का प्रयत्न कर रही थी। उसकी दोनों बड़ी बेटियां अपनी मां के नजदीक खिसक आई थीं और आश्चर्य व कौतूहल से अपने पिता की तरफ निहार रही थीं।

लेवास्क्यू के मस्तिष्क में एक तरकीब कौंधी।

''ऐसा करें कि हम पादरी के पास चलें। वही इस उलझन को हल करेंगे। वही अंतिम निर्णय करेंगे।''

मार्टिन उठी, जैसे ही उसका पहला पति उसके करीब आया वह सिसकते हुए उससे लिपट गई, ''ये तुम हो मार्टिन! मेरे प्रिय, मेरे पति! ये तुम हो?''

मार्टिन ने जज्बाती होकर उसके मस्तक पर प्यार से चुंबन अंकित किया।

मार्टिन के करीब खड़े दोनों बच्चे अपनी मां को रोते देख और जोरों से रोने लगे और जो छोटा बेटा गोद में था वह ज्यादा ऊंची आवाज में चीखकर रोने लगा। लेवास्क्यू उठा और इंतजार किया।

''आओ।'' वह बोला, ''हम इस बात का निर्णय कर ही लें।''

मार्टिन अपनी पत्नी के पास गुजरते हुए अपनी दोनों पुत्रियों को देख रहा था। तब उनकी मां ने अपनी बेटियों से कहा, ''कदाचित तुम लोग अपने पिता से दुलार करना चाहो।''

वे धीरे-धीरे आगे आईं। भयभीत और मंत्रमुग्ध।

उसने एक-एक करके दोनों को प्यार किया, दोनों पुत्रियों के कपोल चूमे।

उसके पश्चात दोनों शख्स घर से बाहर निकल गए। जब वे करीब के कैफे के पास से गुजर रहे थे, लेवास्क्यू ने पूछा, ''थोड़ा बहुत पीने के मामले में तुम्हारा क्या विचार है?''

''हां, मैं थोड़ी ले सकता हूं।'' उसने स्वीकृति दे दी।

वे जाकर कैफे के एक कक्ष में बैठ गए जो तब भी रिक्त ही था।

लेवास्क्यू ने जोर से ऑर्डर दिया, ''चिक्कार, दो डबल ब्रांडी, अच्छी वाली।''

''यह मार्टिन है जो लौट आया है। मार्टिन को तुम जानते हो? यह मेरी पत्नी का पहला पति है। 'दो बहनें' जहाज का मार्टिन, जो बहुत पहले समुद्री तूफान में लापता हो गया था।''

एक मोटा, बड़े पेट वाला, लाल मुंह का नाटा बारमैन एक हाथ में तीन गिलास और एक हाथ में पानी का जग लेकर आ गया।

''ओह! तो प्रिय मार्टिन तुम पुनः लौटकर आ गए।''

मार्टिन ने जवाब दिया, ''हां, यहां मैं ही हूं। मैं लौट आया हूं।''

□□

विक्षिप्त

दालान के एक कोने में एक लंबे शख्स को मैंने खड़े देखा, जब हम पागलखाने से बाहर आ रहे थे। वह किसी अदृश्य कुत्ते को बुलाने का उपक्रम कर रहा था। मृदुल, स्नेह व दुलार युक्त लहजे में वह कुत्ते को पुकार रहा था।

"कोकोटे, मेरी प्रिय कोकोटे, यहां आओ, यहां आओ, मेरी अप्सरा!" वह अपना एक पांव पटक रहा था, जैसा आमतौर पर जानवरों का ध्यान खींचने के लिए प्राय: किया जाता है।

"इस व्यक्ति की क्या कहानी है?" मैंने उत्सुकता के साथ डॉक्टर से पूछा।

"ओह, यह एक जानदार रोचक किस्सा है। यह एक कोचवान है और इसका नाम फ्रांसिस है। इसका एक प्रिय घरेलू कुत्ता नदी में डूब जाने के कारण यह विक्षिप्त हो गया है।"

मैंने उसकी कहानी सुनाने का आग्रह किया।

यदा-कदा बेहद छोटी, सामान्यत: नाजुक बातें भी हमारे अंतर्मन पर गहरा असर छोड़ती हैं। यह मूलभाव है इस शख्स की रोमांचक कहानी का जो एक बेहतरीन कोचवान के रूप में विख्यात था।

"एक मध्यम वर्गीय परिवार पेरिस के एक मोहल्ले में रहा करता था। उनका आवास सिएने नदी के तट पर एक सुंदर बाग के मध्य में बना हुआ था। उनका कोचवान यही फ्रांसिस था। गांव का एक सरल स्वभावी युवा जो दिखने व सुनने में था तो कुछ विचित्र, किंतु हृदय का बेहद साफ किंतु सच्चा और सरलता से जीवन गुजारने वाला था। एक संध्या जब वह अपने मालिक के घर से पैदल लौट रहा था तो कुत्ते का एक पिल्ला सड़क पर उसके पीछे-पीछे चलने लगा किंतु जब उसने देखा कि एक जानवर निरंतर उसके पीछे चला ही आ रहा है तो उसने मुड़कर देखा कि वह पिल्ला कहीं उसका वाकिफकार तो नहीं है। नहीं, नहीं, उसने उसे पूर्व में कभी नहीं देखा था। वह कमजोर, दुबली-पतली, क्षीणकाय कुतिया थी। उसके स्तन नीचे लटके हुए थे। वह मुंह लटकाए दोनों पैरों के बीच पूंछ लटकाए थी। शायद उसे खाने के लिए पर्याप्त भोजन नहीं मिलता था, ऐसा भाव दर्शाते हुए वह उस शख्स के पीछे-पीछे दयनीय भाव से चली जा रही थी। उसके कान उसके सिर से चिपके हुए थे। फ्रांसिस जब चलते-चलते यत्नपूर्वक

रुक जाता तो वह भी ठहर जाती थी और जब वह पुनः चलने लगता तो वह भी चलने लगती। उसने उस मरियल कुतिया को भगाने व दुत्कारने का खूब प्रयास किया।

'भाग, चल हट! यदि तुझे जीवित रहना है तो भाग जा, हट, हट भाग!' वह एक दफा तो कुछ पीछे हटकर ठहर जाती और कुछ देर बैठकर इंतजार करती और जब फ्रांसिस कोचवान चलने लगता तो वह फिर से उसके पीछे-पीछे चलने लगती। उसने पत्थर उठाकर मारने का झूठा स्वांग भी रचा तो वह अपने कृशकाय मरियल जिस्म के साथ कांपते-कांपते व 'कू-कू' करती पीछे दौड़ जाती, किंतु जैसे ही फ्रांसिस पीठ मोड़ता वह पुनः उसके पीछे-पीछे चलने लगती। उसकी पीठ को उसने इस प्रकार दुहरा कर लिया था कि खाल के नीचे उसकी रीढ़ की एक-एक हड्डी तक नजर आ रही थी। फ्रांसिस ने स्नेह से उसकी पीठ पर हाथ फेरा, उसे दुलार किया और उस कुतिया की बदहाली पर उसे बहुत रहम आया। उसने कहा, 'अच्छा आओ', तत्काल उसकी पूंछ हिलने लगी। उसने फ्रांसिस के बुलाने में अपना मान समझा, अपने स्वीकारे जाने की उसे खुशी थी और अब वह अपने स्वामी के पीछे-पीछे चलने के बजाय दो कदम आगे-आगे, दौड़-दौड़कर चल रही थी। फ्रांसिस ने उसे अपने अस्तबल में घास के ढेर पर बिठा दिया और फिर ब्रेड तलाशने के लिए रसोई की ओर दौड़ा। जब उसने खुराक पूरी खा ली तो खाकर ठीक अंगूठी की भांति मुड़ी-तुड़ी होकर, सिमटकर सो गई। अगले दिन कोचवान ने अपने स्वामी को बताया और उन्होंने भी फ्रांसिस को उस कुतिया को पालने की इजाजत दे दी। वह एक शानदार, चतुर, बेहद प्यार करने वाली समझदार कुतिया थी। किंतु बहुत शीघ्र ही लोगों ने उसमें एक बहुत बड़ी कमजोरी महसूस की। वह सिर से लेकर पांव तक, प्रथम से अंतिम पोर तक प्यार की भूखी थी। एकदम दिलफेंक। कुछ ही समय में उसने गांव के तकरीबन सभी कुत्तों को अपना आशिक बना लिया और वे सभी उस कुतिया के रहने की वजह से उसके आस-पास रात-दिन चकराया करते थे। स्त्री की एक विशिष्ट नैसर्गिक खासियत के साथ उसने अपनी मोहब्बत सबके मध्य जी भरकर बांटी। वह सभी को अपना सर्वाधिक चहेता होने का धोखा देकर, भौंकने वाली प्रजाति की कई किस्मों की भारी फौज अपने पीछे कर लेती थी। उसमें से कुछ तो हथेलियों के आकार के, कुछ गधों के समान बड़े हुआ करते थे। वह उन सबको गांव की पेंचदार गलियों में अपने पीछे-पीछे दौड़ाती रहती थी और यदि बीच में कहीं किसी छांव में सुस्ताने के लिए रुक जाती तो वे सभी जीभ बाहर निकाले, हांफते हुए उसके चारों तरफ गोला बनाकर बैठ जाया करते थे।

ग्रामीण उस कुतिया को बेहद विलक्षण मानते थे, क्योंकि उन लोगों ने गांव

में पहले कभी ऐसा कुछ भी देखा नहीं था। पशु विज्ञान भी कदाचित इस गुत्थी को समझ नहीं सकता था। शाम को जब वह अपने स्थान में वापस लौटती तो कुत्तों का एक बड़ा हुजूम उसको पाने के लिए घेरा डाल देता।

वे उस स्थान के बाहर लगी बगीचे को घेरे झाड़ियों के प्रत्येक छेद से घुस जाते थे, फूलों की क्यारी का सत्यानाश कर डालते, फूलों को खराब कर देते, माली को क्रोध दिलाते और गमलों को तोड़-फोड़कर वे रात्रिपर्यंत उस मकान के बाहर भौंकते रहते जहां उनकी मित्र बंद रहती थी। कोई भी उपाय उन कुत्तों को वहां से खदेड़ नहीं सकता था। यहां तक कि वे दिन में भी घर के भीतर तक घुस आते थे। वे एक तरह से अचानक हुए हमले, प्लेग की बीमारी या महामारी के संक्रमण की भांति लगते थे। घर में रहने वाले लोगों को घर के प्रत्येक कोने में, सीढ़ियों पर, यहां तक कि कमरों में भी कुत्ते-ही-कुत्ते नजर आते थे। रंगी हुई पूंछ के साथ-साथ छोटे-छोटे जेबी कुत्ते, शिकारी कुत्ते, बुलडॉग, गंदी चमड़ी वाले लावारिस-आवारा कुत्ते। इसके अलावा कुछ नए कुत्ते भी, जिससे घरों के बच्चे भय खाते थे। गोया वहां कुत्तों का मेला-सा लगा रहता था। वहां दस मील के दायरे के कुत्ते, जो जाने कहां रहते थे और न जाने कैसे वे अपने स्थानों से एकसाथ लापता होकर वहां एकत्र हो जाया करते थे। इसके उपरांत भी फ्रांसिस अपनी कुतिया से बेहद दुलार करता था। उसने उसका नाम कोकोटे रखा था। बेशक उसका नामकरण उसके एकदम अनुरूप था। वह बार-बार यही कहा करता था, 'जानवर भी क्या चीज है! कमी है, तो बस एक चीज की, कि यह बेचारी बोल नहीं पाती है।' फ्रांसिस ने लाल चमड़े का एक बेहद सुंदर गले में डालने वाला पट्टा बनवा दिया था, जिसमें तांबे की पट्टी पर सुंदर अक्षरों में खुदा था, 'कुमारी कोकोटे, कोचवान फ्रांसिस की तरफ से।'

वह कुतिया कुछ दिनों में ही बेहद फूल गई थी। वह उतनी ही अधिक मोटी हो गई थी जितनी कभी दुबली-पतली और मरियल रही थी। उसके फूले शरीर में बड़े-बड़े स्तन लटके रहते थे। वह अचानक बहुत मोटी हो गई थी। वह पैरों को फैला-फैलाकर बहुत मद्धिम गति से चलती थी और जब तनिक सा भी दौड़ने का प्रयास करती तो उसकी सांस फूल जाती थी और उसे मुंह खोलकर श्वास लेनी पड़ती थी। उसने जल्दी ही गजब की उर्वरक शक्ति दर्शाई। वह वर्ष में चार बार बच्चे पैदा करती। छोटे-छोटे पिल्लों की कतार, जो कुत्तों की तकरीबन हर प्रजाति की हुआ करती थी। फ्रांसिस उनमें से महज एक को छोड़कर जिसे अपनी मां का दूध निकालने तक के लिए रोक लिया जाता था, शेष पिल्लों को अपने अस्तबल के एप्रन में दबाकर करीब की नदी में निर्दयतापूर्वक फेंक आया करता था।

बहुत शीघ्र ही माली के साथ-साथ खाना बनाने वाली सेविका ने भी अपनी

शिकायत दर्ज करवानी आरंभ कर दी। वे कुत्ते रसोई में कोयले की टोकरी में घुस जाते तथा बर्तनों तक को चाट लेते थे और जब भी रसोई सेविका उन्हें नजर आ जाती थी तो बचने के लिए इधर-उधर भागने लगते थे। फ्रांसिस के मालिक का धीरज डोलता जा रहा था। उसने फ्रांसिस को तत्काल उस कुतिया से मुक्ति पाने का आदेश जारी किया। फ्रांसिस इसके लिए तत्पर नहीं था। उसने पहले तो उसे कहीं और रखने की बात सोची, किंतु कोई भी उसे रखकर खुश नहीं था। तब उसने उसे निकाल देने का इरादा बना लिया। उसने उसे एक ट्रक वाले को दे दिया ताकि वह उस कुतिया को पेरिस के बाहर किसी अन्य गांव में छोड़ आए। लेकिन उसी शाम कोकोटे अपने घर लौट आई। अब कुछ-न-कुछ करना आवश्यक हो गया था। उसने पांच फ्रैंक देकर एक बावर्ची से बात की कि वह उसे ट्रेन से 'हावरे' छोड़ आए। उसने वहां पहुंचकर उसे कोकोटे को छोड़ देना था। उसने ऐसा किया भी। किंतु तीन दिन के पश्चात वह पुनः आ गई और अस्तबल में हैरान, व्यथित और थकी हुई दिखाई दी। फ्रांसिस का मालिक दयावान था। उसने पुनः फ्रांसिस से कुतिया को वहां से भगाने या हटा देने के विषय में कुछ नहीं कहा। लेकिन फिर जल्दी ही कहीं अधिक संख्या में कुत्ते आने लगे और सबको खीज पैदा होने लगी। एक दिन फ्रांसिस के मालिक के घर में बड़ा उत्सव आयोजित हो रहा था तो एक कुत्ता बावर्ची की ऐन नाक के नीचे से एक मरा हुआ सैंगा मुर्ग मुंह में दबाकर ले भागा, हालांकि बावर्ची को इसका विरोध करने का हक था। फिर भी उसकी हिम्मत नहीं हुई। इस बार फ्रांसिस का मालिक बेहद खफा हो गया और फ्रांसिस को बुलाकर उसने स्पष्ट कह दिया, "कल प्रातः तक यदि तुम इस जंगली कुतिया को पास बहने वाली नदी में नहीं फेंक आओगे तो मैं तुम्हें नौकरी से हटा दूंगा। समझ गए ठीक से तुम?"

फ्रांसिस बेहद व्यथित था, तब वह अपने कक्ष में आया और अपना सामान समेटने लगा। उसने वहां से चले जाना ही अधिक बेहतर समझा, किंतु उसे लगा कि इस अज्ञात, लावारिस कुतिया को साथ लिए उसे कहीं अन्य ठिकाना नहीं मिलेगा। उसने विचार किया कि उसे रहने के लिए यहां अच्छा मकान है, खाने-पीने को बढ़िया मिल रहा है और साथ ही गुजारे के लिए पर्याप्त वेतन भी। यह सब एक कुतिया के लिए छोड़ देना उसके लिए लाभदायक नहीं रहेगा। उसने अपने स्वार्थों को आंका और अंत में यही निर्णय लिया कि वह अगली प्रातः कोकोटे से आजादी प्राप्त कर लेगा।

हालांकि वह उस तमाम रात्रि ढंग से सो नहीं पाया। प्रातः बहुत ही शीघ्र उठकर बैठ गया। एक मजबूत रस्सी बनाकर कुतिया को ढूंढ़ने निकला। वह कुछ ही दूरी पर इत्मीनान से लेटी थी। वह धीरे-से उठी, एक अंगड़ाई ली, हाथ-पैर

सीधे किए और अपने मालिक का अभिवादन करने के लिए उसके करीब आ गई। फ्रांसिस का हौसला और निर्णय जवाब देने लगे। उसने दुलारते हुए उसके ऊपर हाथ फेरा। उसके कानों को स्पर्श किया, गर्दन को चूमा और अनेक प्रिय संबोधनों से बतियाने लगा। करीब के ही घंटाघर की घड़ियों ने घंटे बजाए। वह अब और उलझन में नहीं रह सकता। उसने द्वार खोला और कुतिया से बोला, 'चल बाहर!' कुतिया अपनी पूंछ हिलाते हुए यही समझी कि प्रतिदिन की भांति उसको बाहर घुमाने के लिए ले जाया जा रहा है। वह दोनों नदी के तट पर पहुंचे, एक स्थान चुना गया जहां पानी गहरा होने की उम्मीद थी। उसके बाद फ्रांसिस ने मोटी रस्सी का एक सिरा कोकोटे के गले में बंधे लाल चमड़े के पट्टे में बांधा और एक बड़ा वजनी पत्थर दूसरे सिरे पर बांध दिया। उसके पश्चात कोकोटे को अपनी बांहों में भर लिया, उसे खूब दुलारा, पुचकारा जैसे कोई व्यक्ति अपने किसी प्रियजन से बिछुड़ते वक्त करता है। तब उसने उसे अपनी गर्दन पर बैठा लिया और उसे प्यार से आवाज दी, 'कोकोटे, मेरी प्रिय कोकोटे!' कुतिया ने जितना मुमकिन हो सकता था मृदुल गुर्राहट के साथ अपनी प्रतिक्रिया दर्शाई। दस दफा उसने उसे नदी में फेंकने का प्रयास किया, किंतु हर बार उसके हृदय को यह गवारा नहीं हुआ। फिर अचानक उसने ऐसा करने का निर्णय ले लिया। उसने अपनी संपूर्ण शक्ति से, जितनी दूर हो सकता था, उसे नदी में उछाल दिया। पहले तो कुतिया ने तैरने का प्रयास किया, जैसा कि वह नहाने के समय किया करती थी, किंतु रस्सी के साथ बंधे भारी पत्थर के कारण उसका सिर पानी में बारंबार डूबता-उतराता रहा।

डूबते-डूबते उसने अपने मालिक की ओर प्रार्थना भरी दृष्टि डाली जैसे पानी में डूबते हुए कोई शख्स बचाव की कोशिश करता है और अंततः उसका पूरा जिस्म पानी में डूब गया। पहले वह पानी में अपने हाथ-पांव मार रही थी और फिर वह नदी के बहते पानी में पूर्णतया अदृश्य हो गई। पांच मिनट तक नदी की ऊपरी सतह पर बुलबुले उठते रहे गोया नदी अंदर से खौल रही हो। जबकि फ्रांसिस दिल की बढ़ी हुई तेज धड़कनों के साथ पगलाया, बौराया रहा। उसे प्रतीत हुआ कि उसने कोकोटे को नदी की तलहटी में कीचड़ में धंसते हुए देखा है और फिर एक ग्रामीण जैसी सरल-सहज समझ के साथ स्वयं से ही बोला, 'पता नहीं वह अब तक मेरे विषय में क्या सोच रही होगी?' इसके पश्चात वह पूर्णतया पगला गया। वह करीब महीने भर तक रुग्ण रहा। प्रत्येक रात्रि उसे स्वप्न में कुत्ते नजर आते। वह अपने हाथों पर कोकोटे का चाटना और कानों में भौंकना महसूस करता था।

उसकी बिगड़ती स्थिति देखकर अब डॉक्टर को बुलवाना अनिवार्य हो गया

था। आखिर में वह एकदम ठीक हो गया। कुछ महीने पश्चात उसके मालिक-मालकिन उसे अपने साथ रोम में स्थित अपनी जागीर पर ले गए। वह स्थान भी सिएने नदी के तट पर था। उसने तेज नदी में नहाना आरंभ किया। प्रत्येक सुबह वह एक नौकर के साथ नदी में तैरने जाया करता था। एक दिन वे नदी में एक-दूसरे पर जल उछालते हुए लुत्फ उठा रहे थे। तभी फ्रांसिस अपने साथी की तरफ संकेत करते हुए चीखा, "देखो, देखो अपनी तरफ क्या वस्तु आ रही है?" वह एक मोटी-ताजी, फूली हुई लाश थी। उसके जिस्म के तमाम बाल झड़ गए थे। नदी के बहाव में उसके सामने के दोनों पंजे बहे आ रहे थे। फ्रांसिस उसके करीब पहुंचा और विनोदपूर्ण लहजे में बोला, "क्या तोहफा मिला है! किंतु यह ताजा नहीं है। लेकिन यह पक्का है कि यह कोई छोटी-मोटी वस्तु है।"

फ्रांसिस ने उस बदबूदार सड़ी लाश से स्वयं को पर्याप्त दूर रखते हुए पानी में बढ़ी चली आ रही लाश को पलटा। उसके पश्चात वह उस लाश को आश्चर्य भरी दृष्टि से अपलक, मंत्रमुग्ध देखता रह गया। इस बार वह उसके बेहद नजदीक पहुंच गया। इतना नजदीक कि उसे स्पर्श कर सके। उसने गौर से देखा, गले में पड़े पट्टे को देखा, उसके दोनों पैर थामे और गर्दन को पकड़कर शरीर को उलटकर अपने करीब खींच लिया तथा उस लाश के गले पर पानी से खराब हुए चमड़े के पट्टे में लटक रही तांबे की पट्टी को गौर से पढ़ा, "कुमारी कोकोटे, कोचवान फ्रांसिस की तरफ से।"

अंततः उस मरे हुए प्राणी ने अपने घर से साठ मील दूर अपने मालिक को ढूंढ़ ही लिया। फ्रांसिस उसे देख एक डरावनी आवाज में चीखा और तेजी से तैरता हुआ तट की ओर लपका। पूरे रास्ते चीखता रहा और जब वह तट पर पहुंचा तो पानी से निकलकर बौखलाया-सा, बिना वस्त्र पहने, निर्वस्त्र, गांव की ओर दौड़ा। वह विक्षिप्त हो चुका था।

□□

अपाहिज की ममता

देहात के तीस मील के परिधि क्षेत्र में वह टोयने के नाम से विख्यात था। उसे टोयने, मोटा टोयने, अंतोन मैकावेल भी कहा जाता था किंतु लोगों में उसका उपनाम ब्रंट ब्रांडी ज्यादा लोकप्रिय था। वह देहाती शराबखाने का स्वामी था। घाटियों की तलहटी में बसे चंद आवासों एवं झोंपड़ियों के समूह को टोयने ने ही प्रसिद्ध कर दिया था। गरीब कृषकों का महज दस झोंपड़ियों का समूह था, जो चारों तरफ से खाइयों तथा वृक्षों से घिरा हुआ था और वहां से उतरता हुआ मार्ग सीधे समूह की ओर जाकर समाप्त होता था।

वे छोटे आवास एक घुमाव के पीछे बने हुए थे जिसकी वजह से उसका नाम 'टोइरनेबेंट' पड़ा था। ऐसा प्रतीत होता था कि घास और झाड़ियों से परिपूर्ण घाटी में सागर से आने वाली नमकीन वायु से बचाव हेतु उन मकानों ने वहां आश्रय लिया था, सागर में आने वाली वायु जो अग्नि की भांति जलाकर, चीरकर रख देती है और शीत ऋतु में वही हवाएं बेहद तीक्ष्ण भाले की भांति चुभती हैं। वे आवास उस दीवार के पीछे यूं छिपे थे गोया तेज तूफान में उड़ने वाले पंछी खेत में बनी आड़ में जा छिपते हैं।

किंतु देहाती झोंपड़ियों का वह समूह ऐसा लगता था कि अंतोन मैकावेल जो उपनाम से ब्रंट ब्रांडी के नाम से अथवा टोयने के नाम से विख्यात था। 'मेरी विशिष्ट, मेरी विशेष' उसका अतिरिक्त तकियाकलाम था।

यह तकियाकलाम अतिरिक्त रूप से संपूर्ण फ्रांस में विख्यात था। उसकी यह अलहदा 'विशेष खास' अपनी ही दुकान की काग्नेक थी, जो वह गत बीस वर्षों से अपने गांव तथा अपने गांव के इर्द-गिर्द के गांवों में, गांव वालों को अपनी विशेष ब्रंट ब्रांडी तथा काग्नेक बेच रहा था। जब भी कोई उससे यह प्रश्न करता कि टोयने! मुझे क्या पीना चाहिए? तब वह अक्सर यही उत्तर देता, ''एक जली हुई ब्रांडी, मेरे दामाद, क्योंकि यह गर्म ब्रांडी आपको भीतर तक गरम कर देती है और दिमाग को साफ कर देती है, आपके शरीर के लिए इससे बढ़िया चीज दूसरी नहीं है।'

वह हर किसी को 'दामाद' ही कहा करता था, यद्यपि उसकी कोई लड़की नहीं थी; न शादीशुदा थी और न ही शादी के लायक। इसमें कोई संदेह नहीं, कि

टोयने की गरम ब्रांडी बेहद लोकप्रिय थी। वह संपूर्ण नारमेंडी में सर्वाधिक मोटा शख्स था। उसका छोटा-सा मकान बेशक बेहद छोटा था, बेहद छोटा और बहुत ही कम ऊंचा भी था, जिसे वह ठीक से रख सके और जब वहां से निकलते राहगीर उसे अपने मकान के सामने वाले द्वार पर खड़ा पाते जैसा कि वह अक्सर सारे दिन बाहर खड़ा रहता था। वे एक-दूसरे से पूछा करते थे कि वह द्वार से आखिर भीतर घुसता कैसे होगा? किंतु जब भी उसे कोई ग्राहक दृष्टिगत होता था तो वह भीतर चला जाता था, क्योंकि यही एक सटीक तरीका था ताकि वह ग्राहक जो कुछ भी क्रय कर रहा है, औपचारिक रूप से टोयने को भी उसके लिए निमंत्रित कर सके और वह भी टोयने की निजी शराब की दुकान में।

उसकी सराय में बाहर की तरफ एक बोर्ड लगा था—'मित्रों के मिलने का स्थान' और वह बूढ़ा मोटा टोयने सच में बेशक सबका बड़ा प्रिय मित्र था। उसके ग्राहक आसपास के 'फ्री कैंप' तथा 'माउंट विलियर्स' गांव से सिर्फ उसे देखने और उससे गप्पें मारने के लुत्फ हेतु उसके पास आया करते थे, क्योंकि वह मोटा सभी को पेट दुखने तक हंसाया करता था। लोगों को बुरा लगे बिना उसे उन्हें भली प्रकार प्यार से कहना आता था या फिर वह आंख मारकर यह स्पष्ट कर देता था जो बात कहना नहीं चाहता था।

जब वह बेहद प्रसन्न हुआ करता था तो प्राय: अपनी जांघों पर जोर-जोर से थपकियां मारता था, जब वह देखता था कि सामने वाले के हंसते-हंसते पेट में बल पड़ गए हैं। और सर्वाधिक बड़ी बात तो यह थी कि सिर्फ उसे शराब पीते हुए देखना ही बड़ा रोचक और कौतुकभरा कार्य था। उसको जो कुछ भी प्रदान किया जाता था, वह तमाम पी लेता था। उसके चतुर नेत्र दो कारणों से झपकने लगते थे। एक तो मुफ्त पीने की प्रसन्नता से और यह सोचकर कि वह अपने ही पीने के पैसे सामने वाले से प्राप्त करेगा। उसको दो-दो आनंद थे—एक तो पीने का और दूसरे अपने गल्ले में धन एकत्र करने का। आपको उसे अपनी पत्नी के साथ तकरार करते हुए सुनना चाहिए, इन दोनों को परस्पर लड़ते देखकर आपके पैसे अदा हो जाते हैं। गत तीस वर्षों के वैवाहिक जीवन में बस वे एक-दूसरे से लड़ते ही रहे हैं, किंतु टोयने बहुत हंसमुख था जबकि उसकी बीवी अक्सर अपने काबू से बाहर हो जाया करती थी। अंतत: वह गांव की गरीब महिला थी, जो बड़े-बड़े डग भरकर चला करती थी। जैसे सारस चला करता है और उसका सिर, गुस्से से खिंचे किसी उल्लू की भांति था।

अपना ज्यादातर वक्त वह सराय के पीछे एक दड़बे में मुर्गियों के चूजों को पालने में जाया करती थी और भोजन की मेज के लिए। अपने चूजों को मोटा करने के लिए वह संपूर्ण इलाके में विख्यात थी। जब भी 'फ्री कैंप' के बड़े लोगों

के घर दावत हुआ करती थी, तो उस दावत में श्रीमती टोयने के पाले चिकन को सम्मिलित करना एक रिवाज बन गया था। किंतु व जन्मजात ही एक बद्‌दिमाग और गुस्सैल प्रवृत्ति की थी और तमाम जिंदगी वह सदैव असंतुष्ट ही बनी रही। वह हर किसी से क्रुद्ध रहा करती थी। लगता था कि वह अपने पति से कुछ अधिक ही नाराज रहती थी। वह उसकी प्रतिष्ठा, उसका मनोरंजन, उसके बेहूदे स्वास्थ्य और उसके शराब पीने की आदत सभी को बुरा समझती थी। वह उसको पूर्ण निखट्टू और पेटू समझती थी। उसकी खुराक साधारण दस व्यक्तियों के तुल्य थी।

वह प्रायः कहा करती थी कि बेहतर हो कि तुम सूअरों के साथ पृथक ही रहा करो। तुम इतने मोटे हो कि तुम्हें देखकर मेरा भेजा खराब होने लगता है। वह जोर से उसके मुंह पर ही चीखती, ''ठहरो, ठहरो, कुछ दिन और ठहरो। तुम स्वयं ही देख लेना कि एक दिन तुम अनाज के ढेर की भांति दरक जाओगे। ओह! तुम वृद्ध, मोटे, लीचड़, खूसट!''

टोयने अपनी पत्नी की बात सुनकर उसके कंधे थपथपाकर कहता, ''ठीक है, ठीक है, बूढ़ी मुर्गी, क्यों नहीं तुम अपनी मुर्गी के बच्चों को मेरी भांति मोटा बनातीं, बस मामूली-सा प्रयास करो।'' और अपनी मोटी बांह को ऊपर की तरफ मोड़ते हुए कहता, ''इससे उसके पंख शानदार हो जाएंगे, है या नहीं?'' और उसके ग्राहक उसकी बातें, उसकी तकरार देख-सुनकर हंस-हंस के दोहरे हो जाया करते और मारे प्रसन्नता के मेज पर अपनी हथेलियां टकराते और फर्श पर जूतों की धमक पैदा करते थे।

उसकी वृद्धा बीवी क्रुद्ध स्वर में तमतमाकर कहती, ''कुछ और रुको, कुछ और रुको, तब तुम्हीं देखोगे कि क्या होगा, अनाज के बोरे की भांति फट जाओगे तुम।'' और शराबी ग्राहकों के हंसी-ठट्टे व तानाकशी के मध्य वह भुनभुनाती हुई भीतर चली जाती। टोयने सही में ऐसा जीवट जीव था कि उसको देखकर हंसी आ जाए। वह खासा मोटा, वजनदार और लाल सुर्ख था। वह उन भव्य लोगों में से एक था जिनसे कदाचित मृत्यु भी लुत्फ उठा रही थी, जो उनके साथ धीरे-धीरे खेलते हुए धीरे-धीरे अपने शिकंजे में जकड़ रही थी।

सफेद बालों के जरिए, चेहरे पर पड़ने वाली सलवटें उसे जीवन से मुक्त करने, शनैः शनैः उसे जर्जर करने का प्रयत्न कर रही थीं ताकि लोग उसे देखकर रश्क करके कहें, ''हे ईश्वर! यह मोटा कितना तब्दील हो गया है। इसके बजाय कदाचित टोयने को दिन-पर-दिन और मोटा करने में संभवत मृत्यु को कुत्सित लुत्फ आ रहा था। उसे और उदास, विचित्र बनाने तथा उसके चेहरे को गहरे लाल रंग का बनाने में प्रकृति को आनंद आ रहा था जिससे उसका शरीर एक

अतिमानव जैसा बन गया था और टोयने के जिस्म में होने वाले यह शारीरिक बदलाव वस्तुतः रोचक, हास्यास्पद तथा विदूषकों की भांति लगते थे, यद्यपि यह सब देखना दुःखदायी और व्यथित करने वाला था। 'रुको, रुको, कुछ और रुको, तुम स्वयं ही देख लेना, तुम्हारा क्या अंजाम होगा।' उसकी पत्नी प्रायः उसको इसी प्रकार ताने दिया करती थी।

आखिरकार टोयने को मिर्गी के दौरे पड़ने आरंभ हो गए और उसके फलस्वरूप एक दिन उसको सन्निपात हो गया। उस ऊंचे पूरे शख्स को शराबखाने के संयुक्त भाग के पीछे लिटा दिया गया ताकि शराबखाने में जो बात हो रही हो, वह सुन सके और अपने मित्रों से चर्चा कर सके, यद्यपि उसके हाथ और जिस्म कुछ करने योग्य नहीं रह गए थे। फिर भी उसका मस्तिष्क पूरी तरह क्रियाशील था। पहले तनिक आशा थी कि उसके बड़े व भारी भरकम पैरों में कुछ शक्ति, कुछ गति लौट आएगी, किंतु यह आशा भी शीघ्र ही समाप्त हो गई। अब टोयने हर समय बिस्तर पर पड़ा रहता था। उसका बिस्तर सप्ताह में एक दफा तब्दील किया जाता था। उसकी पत्नी अपने पड़ोसियों की सहायता से उसके हाथ-पांव हवा में उठाकर उसके पलंग की चादर को बदल दिया करती थी। यद्यपि वह अब भी हौसला बनाए हुए था और अपने हंसमुख और मस्ती में रहने की प्रकृति को भी कायम रखे हुए था, किंतु उसकी विनोदप्रिय प्रकृति अब एक दूसरे प्रकार की थी। काफी दबी हुई, संकुचित, अधिक समर्पित और वह निरंतर एक बच्चे की भांति, बीवी के खौफ से डरा रहता था, जो प्रातः से लेकर रात्रि तक बुदबुदाती और चिड़चिड़ाया करती थी, "देखो तनिक इस भुखमरे को। निखट्टू, पुराना शराबी। इसको ठीक से खिलाओ, खूब भरो पेट इसका इत्यादि।"

अब वह अपनी पत्नी की किसी बात का उत्तर नहीं देता था। वह महज उस वृद्धा स्त्री की पीठ पीछे आंख मारकर ही संतोष कर लेता था और अपने बिस्तर पर पड़े-पड़े करवटें बदल लेता था, बस। एक यही शारीरिक क्रिया रह गई थी जो वह कर सकता था। वह इस अभ्यास को 'उत्तर मुड़ो' या 'दक्षिण मुड़ो' बोला करता था।

वर्तमान में, इन दिनों उसका सबसे बड़ा मनोरंजन बार में चलने वाले वार्तालाप को सुनना था और किसी वाकिफकार मित्र या ग्राहक की आवाज पहचानकर उसकी बात के उत्तर में, बीच की विभाजन दीवार को पार करके जाती तेज आवाज में चिल्लाता, "हैलो, मेरे दामाद! क्या तुम सेलेस्टीन हो?"

और सही में सेलेस्टीन मालोसेल उसके प्रश्न का उत्तर देता, "हां मैं ही हूं टोयने, ऐ मेरे पुराने मित्र! क्या तुम अब भी मोटे हो रहे हो?"

''सही अर्थों में मोटा तो नहीं हुआ हूं।'' टोयने उत्तर देता, ''हां, पतला दुबला या छरहरा भी नहीं हुआ हूं। इन दिनों मेरी परवरिश बेहद अच्छी प्रकार हो रही है।''

जल्दी ही अपने साथ गप्पें हांकने के लिए, वह अपने खास मित्रों को अपने कक्ष के भीतर बुलाने लगा। यद्यपि उन्हें भीतर देखकर उसे बड़ा अफसोस हुआ करता था, क्योंकि अब उसको मित्रों के बिना शराब पीनी पड़ती थी और उसको इस बात का भी अफसोस रहता था कि अब उसके ग्राहक उसके बिना ही बाहर बार में अकेले शराब पी रहे होंगे।

''यह बात मुझे सर्वाधिक खलती है,'' वह कहा करता था, ''मैं अब अपनी विशिष्ट 'एक्स्ट्रा स्पेशल' नहीं पी सकता हूं। मैं प्रत्येक चीज सहन कर सकता हूं, किंतु मदिरा पिए बिना रहना मुझे सबसे ज्यादा दुःख देता है।''

फिर खिड़की पर चीखते उल्लू की भांति बुरा-सा मुंह बनाए, उसकी पत्नी का चेहरा उभरता और वह इन शब्दों के साथ उस पर चीखती, ''देखो, तनिक इसे, अब सब देखो इसे। इस खूसट, कामचोर, वृद्ध को मुझे ही खिलाना पड़ता है, नहलाना-धुलाना पड़ता है, जैसे यह कोई मोटा सूअर हो।''

और जब वह वृद्धा स्त्री गालियां देकर वहां से चली जाती तो एक सुर्ख कलगी वाला एक मुर्गा, उस खिड़की की चौखट तक आता और बैठ जाता। फिर आंखें घुमाकर, विस्मित नेत्रों से कक्ष के भीतर झांकता और बहुत जोर से बांग देता। कभी-कभार कुछ मुर्गियां, उसके पलंग के पास तक फर्श पर पड़ी झूठन को चुगने चली आया करतीं। हालांकि वह अब कतई असहाय था, पर वह हंसमुख टोयने अब भी उनको लुत्फ दिया करता था। संभवतः वह शैतान को भी हंसने के लिए विवश कर देता होगा। उसके करीब आकर, उसके साथ बैठने में तीन लोगों की नियमितता बरकरार थी।

सेलेस्टीन, एक कृशकाय शख्स, जो किसी सेब के पेड़ के तने की गांठ की भांति था, प्रोस्पर होर्सला वले, एक कमजोर सा, नाटे कद का व्यक्ति पालतू नेवले जैसी नाक वाला, लोमड़ी की भांति मक्कार और सीजयरे पाउमेले, जो कभी बात तो नहीं करता था किंतु उसको टोयने का साथ सदैव बहुत भाता था। वे तीनों मिलकर बाजार से एक तख्ता खरीद लाए और उसे टोयने के पलंग के बाजू में लगा दिया और प्रतिदिन दोपहर को दो बजे से शाम छः बजे तक वहां चौसर खेला करते थे।

किंतु शीघ्र ही टोयने की पत्नी उन लोगों से परेशान हो गई, वह कभी सहन नहीं कर सकती थी कि उसका मोटा, नाकारा पति महज बिस्तर पर पड़े-पड़े चौसर के खेल से अपना मनोरंजन करे और जब भी वह उन्हें चौसर का खेल

आरंभ करते देखती तो मारे क्रोध के वह चौसर के तमाम पांसे और गोटियां फेंक दिया करती थी। खेल का बोर्ड उलट देती और तमाम चीजें उठाकर अपने साथ बार में ले जाते हुए यह भी कहती, "इस मोटे, नाकारा सूअर को बहुत खिला चुकी हूं। इसको इस प्रकार स्वयं का मनोरंजन करते हुए देखना बहुत हो लिया, इससे और काम करने वालों को जो पूरे दिन जी लगाकर परिश्रम करते हैं उनके कार्य पर प्रभाव पड़ता है।" सेलेस्टीन और सीजयर प्राय: इस एकाएक आए तूफान पर अपना सिर लटकाकर खामोश बैठ जाते थे किंतु प्रोस्पर प्राय: उस स्त्री को क्रोध दिलाया करता था और उसके भड़कने का लुत्फ उठाया करता था। एक दिन जब वह सामान्य से ज्यादा क्रोधित हो रही थी तब प्रोस्पर ने उसे संबोधित किया, "जानती हो यदि मैं तुम्हारे स्थान पर होता तो क्या होता?"

उसकी बात सुनकर टोयने की पत्नी ने अपनी उल्लू जैसी आंखें उस पर केंद्रित कर दीं और उसके अगले कहे जाने वाले शब्दों का इंतजार करने लगी। प्रोस्पर बोलता रहा, "तुम्हारा पति भट्ठी की भांति गरम है। वह कभी अपना बिस्तर नहीं छोड़ता है। मैं तुम्हारे स्थान पर होता तो उससे रोज कुछ अंडे सेने का काम लेता।" वह इस प्रस्ताव व परामर्श को सुनकर चकित रह गई, यह सोचकर कि कदाचित प्रोस्पर यह बात बिल्कुल गंभीरता से न कह रहा हो। किंतु वह बोलता ही चला गया, "मैं नए ताजे अंडे उसकी बगल में रख देता, उसी दिन जब मुर्गी अपने नए ताजे अंडे को सेने के लिए बैठती। वह सारे अंडे एक साथ फूटकर बच्चे देते, फिर मैं तुम्हारे पति के हाथ के नीचे रखे अंडों से निकले मुर्गी के चूजों को मुर्गी के पास ले जाता ताकि मुर्गी एक बारगी में ही अपने तमाम बच्चों की परवरिश कर सके।"

"क्या ऐसा किया जा सकता है?" उलझन में फंसी बुजुर्ग औरत ने पूछा।

"क्या ऐसा हो सकता है?" उसी शख्स ने वही सवाल उस औरत से पुन: पूछा।

"नहीं।" वृद्धा बोली।

"क्यों नहीं? जब ताजे अंडे गरम डिब्बे में सेये जा सकते हैं तो गरम बिस्तर पर क्यों नहीं?"

वह उसके तर्क से चकित रह गई और संतुष्ट होकर कुछ सोचते हुए वहां से हट गई। एक सप्ताह पश्चात वह अपने एप्रन में ढेर सारे अंडे समेटकर टोयने के कक्ष में दाखिल हुई और बोली, "मैंने अभी पीली मुर्गी को दस नए अंडों पर सेने के लिए बैठाया है, यह दस तुम्हारे लिए हैं, इन्हें तोड़ने का प्रयास मत करना...। मैं चाहती हूं कि तुम इन्हें सेओ, ओह खूसट, निखट्टू, मोटे, मूर्ख कहीं के।" उसने हुक्म दिया।

वह पहले पहल तो हंसा, जब उसको लगा कि उसकी पत्नी इस बारे में बहुत गंभीर है तो वह बहुत खफा हो गया और उसने अपनी बड़ी-बड़ी बांहों के भीतर अंडे रखने से कतई इंकार कर दिया कि उसकी बांहों की गर्मी से अंडों में से मुर्गी के बच्चे निकल आएंगे।"

लेकिन वह वृद्धा स्त्री चिढ़कर तीव्र क्रोध से बोली, "जब तक यह काम नहीं करोगे तब तक तुमको रात्रि का भोजन नहीं मिलेगा, फिर देखना आगे और क्या होता है?" टोयने बहुत उद्विग्न था, किंतु उसने कोई उत्तर नहीं दिया।

दोपहर बारह बजे उसने आवाज लगाकर पूछा, "क्यों मेरी मां! सूप तैयार है?"

"कोई सूप-वूप नहीं है तुम्हारे लिए निखट्टू बूड्ढे!" उस वृद्धा स्त्री ने रसोई में से ही चीखकर उत्तर दिया। पहले तो उसे लगा कि शायद वह ठिठोली कर रही है और कुछ देर इंतजार किया। उसके पश्चात वह गिड़गिड़ाया, गुजारिश की, शपथ उठाई, बाईं तरफ करवट ली, दाईं तरफ करवट ली, दीवार पर अपनी मुट्ठी से प्रहार किया और आखिर में हारकर अपनी बाईं कांख में पांच अंडे रखने हेतु स्वीकृति दी। उसके पश्चात ही उसको सूप मिला। जब उस दोपहर, उसके मित्र उससे मिलने आए तो उन्हें लगा कि कदाचित टोयने रुग्ण है, वह बेहद चिंतित और परेशान नजर आ रहा था। उन्होंने रोजाना का चौसर का खेल आरंभ किया किंतु टोयने उस खेल में कोई दिलचस्पी लेते नजर नहीं आया, और वह अपना हाथ बेहद धीमे और सतर्कता से आगे बढ़ा रहा था।

"तुम्हारे हाथ को क्या हो गया है?" प्रोस्पर ने पूछा।

"मेरे कंधों में कुछ अकड़न जैसी है।" टोयने ने संक्षिप्त प्रत्युत्तर दिया। तभी उसने सुना कि सराय में चंद लोग आ गए हैं और वे सभी खामोश थे। वे इस गांव के महापोर और उप महापोर थे। उन्होंने दो गिलास 'एक्स्ट्रा स्पेशल' लाने का आदेश दिया और गांव के विषय पर, स्थानीय विषयों पर चर्चा करने लगे। वे धीमे स्वर में चर्चा कर रहे थे। टोयने उनकी बातें सुनने के लिए दीवार पर अपना कान लगाना चाहता था, वह अपनी बांह के नीचे रखे अंडों के विषय में कतई भूल गया, एकाएक उसने शीघ्रता से उत्तर की ओर करवट ली, जिससे वह कच्चे अंडों के आमलेट में लिथड़ गया।

अपनी पत्नी से उसने जो पक्की शपथ खाई थी, उसका वास्ता देकर, अपनी पत्नी को बुलाया। उसकी पत्नी शीघ्रता से कक्ष में आई और अनुमान लगाया कि क्या घटा है। उसने तत्काल तेज गति में टोयने के बिस्तर पर बिछी चादर को वहां से खींच लिया। कुछ देर तक तो वह निश्चल खड़ी रही और अपने पति के बाजू में कच्चे अंडे की टूटी, फैली हुई जर्दी में अपने पति को लिथड़ते हुए देखा। तब

क्रोध से कांपते हुए स्वयं को अपने लकवाग्रस्त पति के ऊपर डाल दिया और उस पर घूंसों की बारिश कर दी। ठीक वैसे ही जैसे सागर के किनारे पर कपड़े धोते वक्त वह करती थी।

टोयने के तीनों मित्रों की मारे हंसी के बुरी स्थिति थी। हंसते-हंसते उनकी सांस फूल गई थी। वे चीख रहे थे, चिल्ला रहे थे और शराबखाने का वह निस्सहाय, अपंग, मोटा, वृद्ध मालिक अपनी शक्ति भर अपनी पत्नी की मार से स्वयं को बचा रहा था, ताकि दूसरी बांह के नीचे रखे पांच अंडे भी कहीं टूट न जाएं।

टोयने को धुन चढ़ गई थी। उसे अंडे सेने ही थे, उसको अपना चौसर का खेल बंद करना था और किसी भी तरह की हरकत छोड़नी थी, क्योंकि वह वृद्ध बदमिजाज क्रोधित स्त्री, जब भी कभी वह अंडा तोड़ देता था तो उसको खाना नहीं देती थी। वह चित पड़ा रहता था, छत को ताकते हुए बिना हरकत के उसके दोनों हाथ खुले हुए पंखों की भांति बाजू में सीधे खुले रहते थे और सफेद अंडों के छिलकों में दुबके मुर्गी के अजन्मे चूजों को वह सेता रहता था।

अब वह दबी जुबान में कुछ भी कहता था, गोया वह आवाज या किसी भी तरह की हलचल से डरता था और वह मुर्गीखाने की पीली मुर्गी में विशेष रुचि लेने लगा था, क्योंकि मुर्गीखाने में वह भी वही कार्य करती थी जो टोयने अपने बिस्तर पर पड़ा हुआ किया करता था। वह अपनी पत्नी से पूछा करता था कि क्या पीली मुर्गी ने अपना खाना सही से खाया।

वह बूढ़ी बीवी अपनी मुर्गी के नए बच्चों के अहसास से, अपने पति के अहसास से तथा अपने पति के अहसास से पुनः मुर्गियों के करीब परेशान होकर घूमा करती थी, गोया उसे दड़बे में भी अपने पति के बिस्तर पर होने वाले बच्चों की बेहद चिंता रहती थी।

ग्रामीणों को जब यह समाचार प्राप्त हुआ तो मारे हैरत के वे इस किस्से के विषय में टोयने से पूछने आया करते थे। वे उसके कक्ष में पंजों के बल, खामोशी से संभलकर घुसते थे, गोया वह किसी रुग्ण के कक्ष में आहिस्ता से घुस रहे हों और उससे पूछा करते, "क्यों, कैसा चल रहा है?"

"सब कुशल मंगल है।" टोयने कहता, "बस यह सब मुझे बेहद गरम रखते हैं।"

एक प्रातः उसकी बीवी बेहद उत्साह से उसके कक्ष में दाखिल हुई और बताया, "आज पीली मुर्गी ने सात अंडे सेये हैं। तीन अंडे उसमें से सड़े हुए निकले।" टोयने का हृदय दर्द से धड़क उठा, "उसके कितने होंगे? क्या यह मकड़जाल शीघ्र ही समाप्त हो जाएगा?" वह किसी मां बनने वाली नारी जैसी

तीव्र वेदना व बेचैनी से यह सब पूछा करता था और उसकी बीवी नाकाम होने के डर से झल्लाकर कहती, "इसकी आशा की जा सकती है।"

उन सबने इंतजार किया। टोयने के मित्रों को जब यह अहसास हो गया कि टोयने का अंतिम समय निकट आ गया है तो वे सब उसके पास आ गए और उसके छोटे-से कक्ष में एकत्र हो गए। इर्दगिर्द के गांवों में और कोई चर्चा नहीं होती थी। एक विचित्र-सा सन्नाटा व खामोशी थी। पूछने वाले एक-दूसरे से 'क्या समाचार है', महज यही पूछते थे, क्योंकि वे बेचैनी से अपने ही द्वार पर खड़े थे। कोई तीन बजे के लगभग टोयने को नींद आ गई। इन दिनों वह आधे से अधिक समय झपकियों में बिताता था। एकाएक वह अपनी दाहिनी बांह के नीचे एक विलक्षण फड़फड़ाहट से जाग उठा। उसने अपना बायां हाथ उस स्थान पर धीरे से रखा और पीली चर्बी में लिथड़े एक नवजात चिकन को संभालकर उठा लिया जो उसके हाथ में फुदक रहा था। वह इस तरह से भावुक हो उठा कि मारे प्रसन्नता के चीख उठा और मुर्गी के नवजात चिकन से अपनी पकड़ ढीली कर दी और बच्चा उसके सीने पर फुदकने लगा। उस वक्त बार ग्राहकों से अटा पड़ा था। ग्राहक टोयने के कक्ष की ओर तेजी से दौड़े और वे उसको घेरकर खड़े हो गए, गोया वे किसी चलते-फिरते मायावी के इर्दगिर्द एकत्र हो गए हैं, जबकि टोयने की बीवी ने चिकन को उठा लिया, जो दौड़कर उसके पति की दाढ़ी में छिप गया था। कोई कुछ नहीं बोला, सब खामोश थे। बेहद तनाव था।

वह अप्रैल की एक उष्ण दोपहर थी। खिड़की के बाहर पीली मुर्गी अपने बच्चों को अपने करीब बुलाते स्पष्ट सुनी जा सकती थी। टोयने, जो भावुकता और व्यग्रता से पसीने में डूब गया था, धीमे-से बोला, "एक और, मेरी बाईं कांख के नीचे।" तब उसकी बीवी ने अपना हाथ पलंग में डाला और दाई जैसी सतर्कता और सहजता के साथ उस नए बच्चे को खींच लिया। दर्शक उसे देखना चाहते थे। वह एक से दूसरे हाथों में दिया जाने लगा और उसकी ऐसी पड़ताल हो रही थी गोया वह कोई करिश्मा हो।

अगले बीस मिनट तक कोई चिकन नहीं निकला। फिर चार बच्चे एक साथ अंडा तोड़कर बाहर फुदक आए। देखने वालों में गहरी तेज उत्तेजना थी और टोयने पूर्ण संतोष के साथ मुस्कराया और अपने इस असाधारण पितृत्व पर उसने गौरव की अनुभूति करनी आरंभ कर दी। उसके जैसे ज्यादा लोग नहीं थे। सच में इंसानियत का वह एक अनुपम उदाहरण था। कुल मिलाकर छह हो गए। उसने ऐलान किया, "हे ईश्वर! हम लोग नए बच्चों का शानदार स्वागत करेंगे!" वहां मौजूद दर्शकों में एक संतुष्ट हंसी की लहर जागी। नए लोगों से बार भर गया। उन्होंने एक-दूसरे से पूछा, "कितने बच्चे हुए छह?"

टोयने की बीवी परिवार के नए सदस्यों को मुर्गी के पास ले गई, जिसने जोर से 'कुकड़-कूं' की, पंख फड़फड़ाए और अपने नवजात छोटे बच्चों को आश्रय देने के लिए अपने पंख फैला दिए।

"अभी एक और है।" टोयने चिल्लाया। वह गलतफहमी में था। वहां एक नहीं तीन-तीन थे। वह एक बेमिसाल व शुद्ध जीत थी। अंतिम चिकन बड़े अंडे की सफेद परत तोड़कर बाहर आया। तमाम अंडे उपजाऊ निकले। टोयने स्वयं प्रसन्नता से फूला नहीं समा रहा था। उसके सेये तमाम अंडों से अच्छे बच्चे निकल गए। प्रसन्नता से पगलाकर उसने नए बच्चे की पीठ चूम ली और उस बच्चे को तकरीबन बेजान कर दिया। वह उस बच्चे को अपने साथ बिस्तर पर प्रातः तक रखना चाहता था। ठीक एक मां की अपने नवजात शिशु के लिए जाग्रत स्वाभाविक ममता की भांति, जिसने उसे जन्म दिया था... जीवन दिया था, किंतु उसकी बीवी ने अपने पति की याचना और इच्छा पर कोई ध्यान नहीं दिया, वह अन्य बच्चों की भांति उस बच्चे को भी छीन ले गई।

भावविभोर दर्शक यह समाचार फैलाने एवं सबको बताने चले गए। प्रोस्पर जो सबके जाने के बाद में गया, उसने टोयने से पूछा, "जब तुम्हारा पहला चिकन पकेगा तो तुम मुझे आमंत्रित करोगे न टोयने? क्या तुम ऐसा नहीं करोगे टोयने?"

इस विचार पर, इस सुझाव पर उस वृद्ध, अपाहिज, असहाय, लकवाग्रस्त मोटे शख्स के चेहरे पर एक तीव्र प्रसन्नता की लहर पूर्णतया फैल गई।

"जरूर, मैं तुम्हें बुलाऊंगा, मेरे दामाद!" वह बोल उठा।

□□

एक बूढ़ा व्यक्ति

तमाम अखबारों में यह इश्तहार प्रकाशित हुआ था :

'रोंडेली' नामक पर्वतीय चश्मे (प्राकृतिक जल स्रोत) का यह नया स्थल है, यहां दीर्घकालीन प्रवास के लिए सभी प्रकार की सुविधाएं उपलब्ध हैं। इसके आरोग्यकारी जल को दुनिया के सर्वश्रेष्ठ औषधीय जल की पहचान मिली है, जो रक्त संबंधी सभी खराबियों एवं बीमारियों को ठीक करता है। इस जल में एक अतिरिक्त गुण यह भी है कि यह इंसान को दीर्घायु प्रदान करता है। इस प्रकार यह अनुपम गुण चश्मे के जल में स्थान की भौगोलिक स्थिति की देन है। यह पर्वतों व पाइन वृक्षों के मध्य है तथा विगत कई शताब्दियों से यह इंसान को दीर्घायु प्रदान करने के लिए विख्यात है।

इश्तहार के कारण वहां लोगों की भीड़ उमड़ पड़ी। उस पर्वत के चिकित्सीय लाभ फराहम करने वाले झरने के प्रभारी चिकित्सक को एक दिन श्रीमान डारोन से मिलने का संदेश आया जो कि रोंडेली में चंद दिनों पूर्व ही आया था तथा जिसने वहां आकर घने जंगलों के तट पर एक बेहद सुंदर, आकर्षक विला को किराए पर प्राप्त किया था। वह छियासी वर्ष का वृद्ध व्यक्ति था और अब वह चाक-चौबंद, तंदुरुस्त, चंचल व काफी हद तक कर्मठ भी था और अपनी वास्तविक उम्र बताने में उसे बेहद तकलीफ होती थी।

उसने चिकित्सक से ससम्मान बैठने का आग्रह किया और तत्काल प्रश्न किया, ''चिकित्सक महोदय! यदि मैं पूर्णतः निरोगी हूं तो उसके लिए मेरा सादा जीवन और निश्चित दिनचर्या ही उत्तरदायी है। मैं बहुत ज्यादा उम्र का नहीं हूं, किंतु उम्र के एक विशिष्ट मुकाम पर पहुंच चुका हूं। मैंने स्वयं को तमाम तरह की बीमारियों से मुक्त कर लिया है। सफाई की दृष्टि से किसी भी तरह की अस्वस्थता या तनिक सी भी अस्वाभाविकता से स्वयं को बचाए रखा है। मुझे बताया गया है कि इस स्थान की जलवायु मानवीय स्वास्थ्य के लिए बड़ी करामाती है। मैं इस बात पर यकीन करने को कतई सहमत हूं, किंतु यहां स्थाई रूप से बसने से पूर्व मैं आपसे चंद प्रमाणों को जानना चाहता हूं, अतः मैं आपसे यह अनुरोध कर रहा हूं कि आप सप्ताह में एक दफा मुझे देखने व मिलने अवश्य आएं, साथ-ही-साथ आप इन निम्नलिखित बिंदुओं पर सुनिश्चित रूप से जानकारी भी प्रदान करेंगे—

''सर्वप्रथम तो मैं इस शहर तथा शहर के इर्द-गिर्द रहने वाले उन सभी लोगों की संपूर्ण सूची चाहता हूं जो अस्सी वर्ष से ज्यादा उम्र के हैं। मैं उन सभी व्यक्तियों के बारे में समस्त भौतिक, शारीरिक तथा मनोवैज्ञानिक विवरण भी विस्तृत रूप में चाहता हूं। मैं उनके कारोबार, उनकी दिनचर्या और उनकी आदतें भी जानना चाहता हूं। इस दरम्यान इन व्यक्तियों में से कोई-न-कोई मृत्यु को भी प्राप्त हुआ होगा, तो मैं उसकी मृत्यु का सही व वास्तविक कारण तथा मृत्यु की परिस्थितियां भी जानना चाहूंगा।''

तब उसने बड़ी शान और गंभीरता से कहा, ''मैं आशा करता हूं चिकित्सक महोदय कि कदाचित हम दोनों बहुत अच्छे मित्र साबित होंगे।'' इतना कहकर श्रीमान डारोन ने झुर्रियों भरा हाथ आगे बढ़ाया। चिकित्सक ने उससे हाथ मिलाया तथा पूर्णत: समर्पित सहयोग का करार किया।

श्रीमान डारोन को सदैव मृत्यु का एक अनिश्चित, अनजान भय बना रहता था। उसने उस भय के पश्चात जीवन के तमाम सुखों से अपना रिश्ता तोड़ लिया था और जब कोई विस्मय प्रगट करता कि वह शराब नहीं पीता है—शराब, जो व्यक्ति में प्रफुल्लता और उमंग लाती है तब वह भय मिश्रित स्वर में उत्तर दिया करता था, ''मैं अपने जीवन की इज्जत करता हूं गोया वह कह रहा हो कि मेरे जीवन में कुछ अपरिचित मूल्य हैं। वह 'मेरे' शब्द पर इतना विशेष जोर देता था गोया उसकी और दूसरों की जिंदगी के अंतर के लिए किसी उत्तर की उम्मीद ही नहीं है।

बेशक उसमें यह एक खास गुण था कि जो विशिष्टताएं उसके व्यक्तित्व से जुड़ी हुई थीं, उनमें अपनत्व का स्वबोध था। जब वह कहता था, मेरे नेत्र, मेरे पैर, मेरी बांहें, मेरे हाथ, तब यह तय था कि ऐसा समझा जाए कि जिस्म के वे भाग हर किसी के पास नहीं हैं। यह फर्क खास रूप से दृष्टिगोचर हुआ करता था। जब वह अपने चिकित्सक के विषय में बात किया करता था, मेरा चिकित्सक, जैसे कोई भी कह सकता है कि यह चिकित्सक उसका है, सिर्फ उसका, सिर्फ उसको ही देखने के लिए बना है, उसकी बीमारियों को ठीक करने के लिए बना है तथा वह सभी अन्य चिकित्सकों से कहीं ज्यादा बेहतर है, तमाम दुनिया में बिना किसी संदेह के अद्वितीय है।

उसने अन्य व्यक्तियों को महज कठपुतलियों से अधिक कुछ माना ही नहीं था, जो इस दुनिया में सजावटी फर्नीचर की भांति बनाए गए हैं। उसने सभी को दो श्रेणियों में विभक्त कर रखा था—एक वे जिनका वह अभिवादन किया करता था जो किसी संयोग से उसके संपर्क से जुड़े थे तथा दूसरे वे थे जिन्हें वह जानता नहीं था। दोनों ही वर्ग के लोग उसके लिए महत्वहीन थे।

किंतु जब अलसुबह रोंडेली के चिकित्सक ने उसे नगर के सत्रह व्यक्तियों की सूची लाकर दी जो अस्सी वर्ष से ज्यादा उम्र के थे, तब उसके दिल में एक नई रुचि पैदा हुई, उन बुजुर्गों के लिए एक अप्रत्यक्ष तरस उत्पन्न हो गई, जिन्हें वह एक के बाद एक सड़क के किनारे इस दरम्यान गिरते हुए देखेगा।

वह उन बुजुर्गों से मित्रता करने का आकांक्षी नहीं था, किंतु उसकी इन व्यक्तियों के व्यक्तित्व के विषय में स्पष्ट राय थी तथा महज चिकित्सक के साथ, जो प्रति मंगलवार को उसके साथ भोजन किया करता था, वह उनके विषय में बातें किया करता था।

"ठीक है, चिकित्सक महोदय! आज जोसेफ पाउईनकोट कैसा है? गत सप्ताह आपने उन्हें थोड़ा अस्वस्थ छोड़ा था?" तथा जब चिकित्सक ने जोसेफ के स्वास्थ्य के बारे में ब्योरा दिया तो डारोन ने उस मरीज की खुराक, नई दवाओं के प्रयोग व उपचार के तरीके, जो कदाचित बाद में वह खुद अपने ऊपर प्रयोग करता, वह औरों पर कितनी कारगर सिद्ध होती के विषय में अनेक सलाह दे डाली। वे सत्रह व्यक्ति उसके प्रयोग के क्षेत्र से थे जिनसे वह काफी कुछ सीख सकता था।

एक दिन संध्या को चिकित्सक आया और डारोन को बताया कि 'रॉजाली टारनेल' नहीं रही। डारोन ने तनिक मुंह बनाया और तत्काल पूछा, "कैसे, कैसे नहीं रही। सीने के दर्द की वजह से?" वृद्ध डारोन ने एक ठंडी आह भरी। फिर उसने घोषणा की, "वह बेहद मोटी थी, बहुत ही मोटी, अवश्य ही उसने कुछ ज्यादा ही खा लिया होगा। मैं उसकी उम्र का होने पर बहुत सतर्कता बरतूंगा।" वह रॉजाली से दो वर्ष बड़ा था, किंतु उसने स्वयं को कभी सत्तर से अधिक होना स्वीकार नहीं किया था।

चंद महीनों पश्चात हैनरी ब्रिसोट की बारी थी। श्रीमान डारोन कुछ ज्यादा ही विचलित थे। इस दफा मरने वाला एक पुरुष था, दुबला-पतला। उसकी उम्र में कोई तीन महीने भर का ही अंतर था। वह बहुत ही बुद्धिमान था। उसके विषय में अधिक विस्तार से पूछने का हौसला नहीं हुआ। वह खामोशी से इंतजार करता रहा कि चिकित्सक ही उसके विषय में कुछ बताए। "ओह वह! बस अचानक ही मर गया। बस अचानक ही। गत सप्ताह तक वह बिल्कुल भला चंगा था।"

"उसने कुछ मूर्खता की होगी श्रीमान!" चिकित्सक जो खामोशी से डारोन की बातों का लुत्फ ले रहा था, ने उत्तर दिया, "मुझे यकीन है उसने ऐसा कुछ नहीं किया होगा, क्योंकि उसके बच्चे बता रहे थे कि उनके पिता बेहद संतुलित तथा सतर्क रहा करते थे।" फिर बहुत देर तक स्वयं को संतुलित न रख पाते हुए

डारोन ने कुछ खीजते हुए पूछा, "ल... लेकिन... फिर आखिर उसकी मौत क्यों हुई? पीलिए के कारण?"

यह एक प्रसन्नताभरी सूचना थी। वाकई प्रसन्नताभरी। उस वृद्ध शख्स ने अपने शुष्क हाथों द्वारा तालियां बजाईं और बोला, "मैं जानता था। उसने रात्रि को भोजन करने के बाद ठंडी हवा में श्वास ली थी तथा ठंड उसके सीने में भर गई थी। पीलिया! सिर्फ एक दुर्घटना थी, कोई दीर्घ बीमारी नहीं। महज अहमक लोग ही पीलिया की बीमारी से मरते हैं।" उसने प्रसन्नतापूर्वक रात्रि का खाना खाया तथा शेष रहे लोगों के विषय में बातें करता रहा, "अब महज पंद्रह बचे हैं। किंतु वे सभी बेहद बलिष्ठ और स्वस्थ हैं। क्या वे ऐसे नहीं हैं? सभी का जीवन ऐसा ही है। सर्वाधिक कमजोर सबसे पहले जाता है। ऐसे शख्स जो तीस की अवस्था पार कर लेते हैं उनके साठ तक पहुंचने की काफी उम्मीद रहती है। जो साठ तक पहुंच जाते हैं वे सरलता से अस्सी तक भी पहुंच जाते हैं तथा जो अस्सी के हो जाते हैं वे प्रायः हमेशा सैकड़ा पार कर लेते हैं, क्योंकि वे बेहद बलिष्ठ, मजबूत, नियमित तथा सतर्क रहते हैं।"

इसी दौरान दो लोग और मृत्यु को प्राप्त हो गए। एक दस्त के कारण और दूसरा मिर्गी की वजह से।

डारोन को पहले शख्स के मरने से बेहद खुशी हुई तथा उसने निर्णय किया कि उस आदमी ने एक दिन पहले अवश्य कुछ ज्यादा ही, कुछ अधिक ही स्वादिष्ट चीज खा ली होगी। दस्त लगना मूर्खों की बीमारी है। "आपको उस शख्स की स्वच्छता के बारे में ध्यान रखना था महोदय! जहां तक मिर्गी रोग का प्रश्न है यह दिल की स्थिति के कारण हो सकता है, जिसके कारण का पहले से पता नहीं लगाया जा सकता है।"

किंतु एक शाम चिकित्सक ने 'पाल हिमोनेट' के चल बसने की सूचना दी। वह एक तरह से 'ममी' के सदृश था। जिससे उम्मीद थी कि वह 100 की उम्र अवश्य पार करेगा। वह इस प्रकार के प्राकृतिक चश्मों के लिए चलता-फिरता इश्तहार था। सदैव की भांति डारोन ने पूछा, "वह मरा कैसे?" चिकित्सक ने उत्तर दिया, "सच में मैं उसके मरने की वजह नहीं जानता।"

"क्या मतलब है आपका? आप वजह नहीं जानते? जबकि आपको सदैव सब पता रहता है। क्या कोई जैविक वजह नहीं थी?"

चिकित्सक ने सिर हिलाया, "नहीं, ऐसी कोई वजह नहीं थी। हो सकता है कि किडनी या लीवर में कोई संक्रमण रहा हो? नहीं-नहीं। वे बिल्कुल ठीक प्रकार से काम कर रहे थे। कभी-कभी अपच के कारण भी दिल के दौरे पड़ जाया करते हैं।"

''नहीं, उसे दिल का दौरा नहीं पड़ा था।''

डारोन बहुत उद्विग्न हो गए थे, वह बेहद क्रुद्ध हो गए थे, ''किंतु वह अवश्य किसी-न-किसी कारण से तो मरा ही होगा। आपकी क्या राय है?'' चिकित्सक ने हार की मुद्रा में हाथ उठा दिया, ''मैं सच में नहीं जानता हूं। वह महज इसलिए मरा क्योंकि वह गुजर गया है। बस इतना ही।'' फिर डारोन ने बेहद भावुक होकर पूछा, ''उसकी सही-सही उम्र क्या थी, मुझे तो याद नहीं पड़ रहा है।''

''नवासी!''

और वह वृद्ध शख्स एक ऐसी आवाज में जो अपने आप में विचित्र थी और स्वयं को धैर्य बंधाने वाली थी, उत्तेजित व विस्मित होकर चीखा, ''नवासी!'' एक कम नब्बे। ओह, तब तो यह उसकी वृद्धावस्था ही थी...''

❑❑

एक अभागिन

हां, उस संध्या की स्मृति को विस्मृत नहीं किया जा सकता। तकरीबन आधे घंटे तक मेरे जेहन पर व्यवस्था का खौफनाक व भयप्रद प्रभाव छाया रहा। मेरा दिल वैसे ही डूब रहा था, जैसे गहरी खान में जाने पर डूबता महसूस होता है। मैंने मानवीय संवेदनाओं व आपदाओं की अतल गहराइयों को स्पर्श किया व उनकी अनुभूति भी की। मैं भली प्रकार से समझ गया था और महसूस कर चुका था कि असामान्य परिस्थितियों के जारी रहते किसी नेक, ईमानदार शख्स का जीना दूभर हो जाता है, जीवन कितना असंभव बन जाता है।

सिर्फ आधी रात्रि ही अभी गुजरी थी और मैं वाउडेविले से ड्रायूर मार्ग की तरफ जा रहा था। मेरे साथ-साथ आगे-पीछे ब्यूलेवार्ड के अनेक लोग आ-जा रहे थे। सभी के पास छतरियां थीं। बारिश की फुहारें बरसने के बजाय गिर रही थीं, अर्थात धीमी थीं। फुहारें सड़क के किनारे लगे लैंप के प्रकाश पर एक आवरण-सा डाल रही थीं जिससे सड़कें एक उदास मातमी प्रभाव दर्शा रही थीं। सड़क के किनारों के फुटपाथ दमक रहे थे तथा गीले कम तथा कीचड़ से युक्त अधिक हो रहे थे।

लड़कियां अपनी स्कर्ट ऊपर उठाए हुए अपनी पिंडलियां दर्शा रही थीं, जिसके कारण पैरों पर पहने हुए सफेद स्टाकिंग उस धुंधली रोशनी में भी स्पष्ट नजर आ रहे थे। वे छाया से आच्छादित द्वारों के करीब खड़ी थीं, कुछ राहगीरों को बुला रही थीं और उनमें कुछ तेज, निडर, बेशर्म लड़कियां कटाक्ष भी कर रही थीं, उनके कानों में कुछ अश्लील, फूहड़ शब्द फूंक रही थीं। वे लड़कियां किसी शख्स का कुछ समय तक पीछा करतीं और उनके चेहरों पर अपने मुंह की गंदी सांस छोड़ते हुए टकराकर निकल जातीं, फिर अपनी कोशिशों को नाकाम होते देख उदास, भिन्न कदमों से, एकाएक बीच में उसे छोड़कर पुनः किसी नए ग्राहक की खोज आरंभ कर देतीं।

मैंने चलना जारी रखा, मुझसे सभी बातें कर रही थीं, कुछ ने मेरी कमीज की बांह थाम लीं, मुझे परेशान किया जा रहा था, फांसने का पूरा प्रयास किया जा रहा था और मैं बेहद परेशान होने के उपरांत भी खामोशी से सीधे-सीधे आगे बढ़ता जा रहा था, तभी अचानक तीन पेशेवर लड़कियों को मैंने मारे भय के भयभीत

होकर बेतहाशा मेरी तरफ दौड़ते हुए पाया। वे परस्पर विचित्र भाषा में कुछ बात कर रही थीं। और भी स्त्रियां व लड़कियां अपने दोनों हाथों से अपने वस्त्र थामे बदहवास भागी जा रही थीं। दरअसल, उस दिन वेश्याओं के उस ठिकाने पर पुलिस ने अचानक सुनियोजित छापा मारा था।

अचानक मैंने अपने जिस्म पर एक लड़की की बांह को लिपटे पाया तथा उस लड़की ने बेहद भयभीत आवाज में मेरे कानों में फुसफुसाहट की, "श्रीमान! मुझे बचा लीजिए, ईश्वर के लिए मेरा साथ न छोड़ें।"

मैंने लड़की पर निगाह डाली, वह मुश्किल से बीस वर्ष की भी नहीं रही होगी। किंतु इतनी कम उम्र में भी घबराई व परेशान लग रही थी। मैंने उससे कहा, "डरो नहीं, घबराओ नहीं, मेरे साथ चलती रहो।"

वह फुसफुसाई, "ओह धन्यवाद!"

हम लोग चकले (वेश्यागृह) पर पहुंच गए। उसने वहां अपनी वास्तविक पहचान बताई ताकि मुझे भी भीतर घुसने का अवसर मिले। मैं वहां ड्रायूर मार्ग पर उसके पालनहार से मिला।

मेरी साथी ने मुझसे जानना चाहा, "क्या मेरे साथ घर चलना पसंद करोगे?"

"नहीं!"

"क्यों नहीं? तुमने मुझ पर एक बहुत बड़ा उपकार किया है जिसे मैं कभी विस्मृत नहीं कर पाऊंगी।"

मैंने उसको चतुर उत्तर दिया ताकि उसे बुरा न लगे, "यह सब मैंने इसलिए किया क्योंकि मैं विवाहित हूं।"

"इससे क्या फर्क पड़ता है?" उसने पलकें झपकाईं।

"मेरी बच्ची! तुम देखो और अनुभव करो। यही पर्याप्त है कि मैंने तुम्हें परेशानी से बचाया है और तुम अब खामोशी से मुझे यहां से चले जाने दो।"

सड़क अब वीरान हो गई थी और अंधेरी भी, सही अर्थों में मनहूस! और वह लड़की जो मेरा हाथ थामे खड़ी थी, मुझ पर व्याप्त उदासी और खौफ की ज्यादा अनुभूति करा रही थी, उसने मुझे अपने आगोश में लेना चाहा, मैं मारे भय के दूर भाग गया और उसने तीखी आवाज में पूछा, "शांति और समझौते के नाम पर एक दफा भी नहीं?"

तब अचानक उसने कुछ क्रोध दर्शाया और फिर एकाएक ही सुबकने लगी। मैं अचरज से भर गया, मुझे उससे ऐसी आशा नहीं थी। अंत में मैंने उससे पूछा, "अच्छा, मुझे बताओ, तुम्हारे साथ आखिर घटा क्या है?"

रोते हुए वह धीरे-से बोली, "यदि वह सब तुम जान गए तो तुम्हें ठीक नहीं लगेगा।"

"क्या तुम्हें अपनी जिंदगी से खुशी नहीं? तुम्हें शिकायत क्या है?"

"उस जिंदगी से शिकायत है जो मैं जी रही हूं।"

"फिर तुमने ऐसी जिंदगी का चुनाव ही क्यों किया?"

"यह गलती मैंने नहीं की थी।"

"तो फिर किसकी गलती थी?"

"मैं जानती हूं, यह गुनाह किसका था, मैं जानती हूं।"

उस अनाथ नामालूम लड़की में मेरी उत्सुकता जागी। मैंने आग्रह किया, "तुम मुझे अपनी पूरी कहानी सुनाओ।"

और उसने मुझे यह तमाम किस्सा बताया, "मैं उस वक्त सोलह वर्ष की थी और येवेरोन में एक अनाज कारोबारी श्रीमान लेराबेल के घर पर काम किया करती थी। मेरे मां-बाप गुजर चुके थे। मेरा संसार में कोई भी नहीं था। निस्संदेह मैंने यह समझ लिया था कि मेरा मालिक मुझे विचित्र दृष्टि से ताका करता था और कभी-कभार मेरे कपोल पर चिकोटी भरा करता था और शीघ्र ही मैं स्वयं से प्रश्न करने लगी थी कि उसका इरादा क्या है? हां, मैं यह तमाम बातें समझती, जानती थी। शहरों में रहकर लोग समझदार हो ही जाते हैं, किंतु श्रीमान लेराबेल वयोवृद्ध और बड़ी धार्मिक प्रवृत्ति का इंसान था तथा प्रत्येक रविवार को बिना छुट्टी किए चर्च जाया करता था। मैं कभी भी, मालूम नहीं क्यों उसे किसी कार्य के योग्य नहीं समझती थी। किंतु अंततः वह दिन आ गया जब उसने मुझे रसोईघर में ले जाने की इच्छा दर्शाई। मैंने तीव्र प्रतिरोध करने का प्रयास किया, लेकिन वह अपने मंसूबे में सफल रहा और उसने अपने मन की कलुषित जबरदस्ती मेरे साथ कर ली।

"हमारे घर के सामने राशन का सामान बेचने वाले एक श्रीमान उन्सटन रहा करते थे, जिनकी दुकान पर एक बेहद खूबसूरत लड़का कार्य करता था। वह इतना खूबसूरत और आकर्षक था कि मैं कभी-कभार उसे अपने साथ छेड़खानी करने की अनुमति दे देती थी। ऐसा हर किसी के साथ होता ही है। क्या ऐसा नहीं होता है? मैं प्रायः रात्रि को अपना द्वार खुला छोड़ देती थी ताकि वह भीतर आ सके, किंतु एक रात्रि श्रीमान लेराबेल ने कुछ आहट सुन ली, वह सीढ़ियां चढ़कर ऊपर आ धमका और मेरे कक्ष में उसने एंटोनी को पाया और उसे जान से मारने का प्रयास किया।

उन दोनों के बीच कुर्सियों, पानी के जग तथा कक्ष में रखी प्रत्येक वस्तु के साथ जंग छिड़ी। मैंने कुछ हिम्मत की और दौड़कर मार्ग पर चली गई। इस प्रकार मेरी शुरुआत हुई। मैं भयभीत थी, मुझे तमाम दुनिया से खौफ लग रहा था। मैंने एक द्वार के पीछे अपने वस्त्र बदले और सीधे नाक की दिशा में चलना आरंभ

कर दिया। मैं मन-ही-मन सोच रही थी कि घर में हो रहे संघर्ष में कोई-ना-कोई अवश्य मरा होगा और पुलिस अवश्य ही मेरी खोज में लगी होगी। मैं रोयून जाने वाले मुख्य मार्ग पर आ गई। मैंने मन-ही-मन यह यकीन कर लिया कि मैं स्वयं को रोयून में निरापद छिपा लूंगी।

"वह रात्रि इतनी अंधेरी थी कि मुझे मार्ग के गड्ढे तक नजर नहीं आ रहे थे। मैंने आसपास के खेतों में कुत्तों को भौंकते सुना। क्या आप उन तमाम बातों को जानते हैं जो कोई रात्रि को सुनता है। कुछ पक्षी ऐसे होते हैं, जो किसी जिबह हो रहे शख्स की भांति चीखते हैं। कुछ पक्षी बुरी तरह भौंकते भी हैं, कुछ अपने मुंह से सीटी बजाते हैं और ऐसी अनेक बातें हैं जो मेरी समझ में नहीं आती हैं। मैं निपट अकेली भयभीत युवा लड़की थी। प्रत्येक कदम पर मैं अपने सीने और माथे पर पवित्र क्रॉस का निशान बना रही थी। कोई कल्पना भी नहीं कर सकता है कि इन कोशिशों से दिल को कितना सुकून और राहत मिलती है। जैसे ही प्रातः हुई एक दफा पुनः मुझे पुलिस की कल्पना ने खौफ से जकड़ लिया और मैं पूरी शक्ति से मार्ग पर दौड़ने लगी। उसके पश्चात मैंने स्वयं को संतुलित करने का प्रयास किया।

"इन संपूर्ण अकल्पित भयों के उपरांत भी मुझे भूख सताने लगी थी, किंतु मेरी जेब में एक धेला भी नहीं था, क्योंकि शीघ्र भागने की गरज से मैं अपनी तमाम जमा पूंजी कुल 18 फ्रैंक घर पर ही छोड़ आई थी। अतः भूखे व खाली पेट चलते रहने के सिवा मेरे पास कोई और विकल्प नहीं था।

"अलसुबह भी तेज गर्मी थी। सूरज तप रहा था। दोपहर हो गई थी और मैं तब भी निरंतर चलती चली जा रही थी। तभी मैंने अपने पीछे चंद आहटें सुनीं और मैं देखने के लिए पीछे घूमी। घोड़ों पर पुलिस वाले! मारे खौफ के मेरा खून शुष्क होने लगा, मुझे लगा कि मुझे चक्कर आ जाएंगे, किंतु मैं चलती ही रही। वे मुझे अब पकड़ ही लेंगे। वे अब मेरी तरफ ही घूर रहे थे, फिर उनमें से एक बुजुर्गवार ने मुझसे कहा, "शुभ दिवस देवी जी!"

"शुभ दिवस श्रीमान!"

"आप किधर जा रही हैं?"

"मैं रोयून की तरफ जा रही हूं, जहां मुझे नौकरी मिली है।"

"इस प्रकार पैदल जा रही हैं आप?"

"जी हां, पैदल ही जा रही हूं।" मेरा हृदय बुरी प्रकार धड़क रहा था, अतः मैं कुछ अधिक नहीं बोल सकी थी। मैं खुद मन-ही-मन सोच रही थी कि अब यह लोग मुझे गिरफ्तार कर ले जाएंगे और मेरी इच्छा हुई कि मैं इतना तेज दौडूं कि मेरे कदम लड़खड़ा उठें, किंतु तब भी वे मुझे शीघ्र ही पकड़ लेंगे।

बुजुर्ग पुलिस अधिकारी ने पुनः कहना आरंभ किया, "देवी जी! आप चाहें तो हम लोग ब्रांटिन तक साथ-साथ चल सकते हैं, क्योंकि हम लोग उसी तरफ जा रहे हैं।"

"शौक से।" मैंने उत्तर दिया।

कुछ देर हम लोग परस्पर बातें करते रहे। मैं स्वयं को जितना अधिक हो सकता था, सहज बनाने का प्रयास कर रही थी। जैसे ही हम लोग एक वीरान क्षेत्र से गुजरे, उस बुजुर्ग शख्स ने कहा, "क्या आप कुछ रुककर आराम करना पसंद करेंगी?"

और बिना कुछ सोचे-समझे मैंने जवाब दिया, "जैसा आप उचित समझें साहब!"

"तब वह अपने घोड़े से नीचे उतर गया और अपने साथी को घोड़े की लगाम थमा दी और हम लोग सड़क के किनारे लकड़ियों के जंगल में चले गए। वहां कुछ कहने-सुनने की संभावना ही नहीं थी। मेरे स्थान पर आप होते तो क्या कर पाते? वह जो पाना चाहता था उसने पा लिया और फिर मुझसे बोला, "मुझे अपने साथी की इच्छा का सम्मान करना भी नहीं भूलना चाहिए।"

"वह अपने घोड़े के करीब पुनः लौटा और उसका साथी मेरे साथ हो गया। मुझे बेहद ग्लानि हो रही थी लेकिन मैं सिर्फ रो ही सकती थी, किंतु मैंने जी कठोर करके अपने आपको संतुलित बनाए रखा। उसके पश्चात हम लोग अपने मार्ग पर चल पड़े। मैं उन दोनों से बात करना जारी नहीं रख सकी। मेरे दिल में एक खौफनाक वेदना थी, फिर भूख के कारण आगे चलने की मेरी हिम्मत नहीं हो पा रही थी। तब एक गांव में उन लोगों ने मुझे पीने के लिए कुछ वाइन दी, जिसने मुझे थोड़े समय के लिए कुछ ताकत व हौसला दिया। उसके पश्चात वे लोग ट्रांट जाने के लिए मुड़ गए। यूं भी उन्हें मेरे साथ ब्रांटिन तो जाना नहीं था। मैं अकेली एक गड्ढे में बैठ गई और तब तक रोती रही जब तक मेरे समस्त आंसू सूख नहीं गए।

"रोयून पहुंचने से पूर्व मैं निरंतर तीन घंटे और चलती रही। जब मैं वहां पहुंची तो संध्या के लगभग सात बज रहे थे। आरंभ में तो वहां की तेज रोशनियों ने मुझे चौंधिया दिया, मुझे समझ में नहीं आ रहा था कि आराम करने के लिए कहां बैठ सकती हूं। आते वक्त रास्ते में बीच-बीच में कुछ घास तथा उसकी पुलियां थीं, जहां मैं इत्मीनान से लेटकर सो भी सकती थी, किंतु इस शहर में ऐसी कोई सुविधा नहीं थी।

"मेरे पैरों में मेरे शरीर का वजन उठाने की ताकत नहीं रही थी। मुझे ऐसा लगा जैसे मैं अब चकराकर गिर पड़ूंगी और उसके पश्चात अचानक वर्षा होने

लगी। मद्धिम व हल्की वर्षा जैसे आज इस शाम भी हो रही है, जो बिना आपको अनुभूति कराए आपके मन व जिस्म पर असर डालती है। जब भी वर्षा होती है तो मेरा भाग्य मेरा साथ नहीं देता है। मैंने पुनः सड़क पर चलना आरंभ कर दिया। इर्द-गिर्द के समस्त घरों की तरफ मैंने देखा। मैं मन-ही-मन कल्पना कर रही थी कि इन घरों में नर्म-नर्म मुलायम बिस्तर व खाने का पर्याप्त सामान होगा, किंतु मैं जानती हूं कि मुझे न तो ब्रेड का एक टुकड़ा ही मिलेगा और न ही घास का बिस्तर।

''मैं कुछ गलियों से होकर गुजरी, जहां अनेक स्त्रियां सड़क पर चलते हुए पुरुषों से वार्तालाप व मोलतोल कर रही थीं। ऐसे अवसर पर श्रीमान किसी को भी वही करना चाहिए, जो वह कर सकता है। मैं भी अन्य स्त्रियों की भांति एक जगह पर खड़ी हो गई तथा हर किसी को अपनी तरफ संकेत से बुलाने का प्रयास करने लगी, किंतु किसी ने भी मेरी बात का उत्तर नहीं दिया। मेरी इच्छा हुई कि मैं मर ही जाऊं। यह कोई अर्द्धरात्रि की बात रही होगी।

''फिर मुझे सुध नहीं कि मैंने आगे क्या किया। आखिरकार एक ग्राहक ने मेरी बात सुनी, उसने मुझसे पूछा, ''तुम कहां रहती हो?'' किसी प्रकार का बहाना बनाया जाना आवश्यक था। मैंने उत्तर दिया, ''मैं आपको अपने घर नहीं ले जा सकती हूं, क्योंकि मैं अपनी मां के साथ रहती हूं, लेकिन क्या आसपास यहां किराए का कोई स्थान नहीं है जहां हम चल सकें?''

उसने उत्तर दिया, ''मैं कभी-कभार ही ऐसे कार्यों के लिए किराये के कमरे पर बीस मुद्राएं व्यय करता हूं। फिर उसने यह भी जोड़ा, ''मुझे कुछ वीरान स्थान मालूम हैं, जहां हम लोगों को बाधा नहीं पहुंचेगी।''

''अंत में वह मुझे नगर के आखिर में बाहरी तरफ एक पुल पार करवाकर नदी के तट व निर्जन क्षेत्र के एक मैदान में ले आया। मैं खामोशी से यंत्रवत उसके पीछे-पीछे चलने के अतिरिक्त कुछ कर भी नहीं सकती थी। उसने मुझे एक स्थान पर जमीन पर बैठा दिया और तब मुझसे पूछने लगा, ''आखिर हम यहां नगर से दूर एकांत में क्यों आए हैं?'' चूंकि उसको अपने विशिष्ट कार्य में, जिसके लिए वह मुझे यहां लाया था, उसमें बहुत देरी लगी, उस कार्य के पश्चात मैंने स्वयं को थकान से ऐसा चूर पाया कि कुछ देर पश्चात ही मुझे वहां लेटे-लेटे नींद आ गई। वह मुझे बिना पैसे दिए, मुझे यूं अकेला सोता छोड़कर वहां से भाग खड़ा हुआ। नींद खुलने के पश्चात मैं एक कदम भी नहीं चल सकी। उस दिन के पश्चात मुझे कुछ ऐसी कठिन तकलीफें हो गईं जिसका कभी कोई उपचार नहीं हो सकता था, क्योंकि मैं उस संपूर्ण रात्रि नदी के तट पर ठंडी जगह पर पड़ी रही।

''मुझे दो पुलिस अधिकारियों ने पकड़कर उठाया और पास के पुलिस थाने में ले गए और फिर जेल भेज दिया, जहां मैंने आठ दिन गुजारे। इस बीच वे मेरे विषय में तमाम जानकारी एकत्र करते रहे कि मैं कौन हूं और कहां से आई हूं? खौफ के मारे मैंने उन लोगों को कुछ भी नहीं बताया, आखिर में उन्हें मेरे बारे में सबकुछ पता चल गया और मेरी बेगुनाही तथा गुनाह न करने के कारण मुझे आजाद कर दिया गया।

''उसके पश्चात मेरे लिए यह आवश्यक हो गया कि मैं स्वयं को जीवित रखने हेतु धन कमाऊं। मैंने इधर-उधर नौकरानी का कार्य तलाशने का प्रयास किया, किंतु मुझे कहीं कोई कार्य नहीं मिला, क्योंकि मैं जेल जा चुकी थी। तब मुझे एक पुराने जज की स्मृति हो आई जो मेरे प्रकरण में निर्णय करते वक्त मेरी तरफ लेराबेल की भांति कामुक दृष्टि से घूर रहा था। मैंने उसे तलाशने का प्रयास किया और उसका पता लगाकर उसके घर चली गई। मुझे अपने निर्णय पर पछताना नहीं पड़ा। जब मैं उससे मिलकर कुछ देर पश्चात उसके घर से निकली तो उसने मुझे यह कहते हुए सौ-सौ की कागजी मुद्रा देते हुए कहा, 'प्रत्येक दफा तुमको इतना ही धन मिलेगा, किंतु तुम सदैव मत आया करो, सप्ताह में दो दफा से अधिक नहीं।' मैं उसकी बात ठीक तरह समझ गई थी, उसकी अधिक उम्र को देखते हुए, किंतु इससे अचानक मेरे जेहन में एक बात कौंधी। मैंने मन-ही-मन स्वयं से कहा, 'जवान लोग मजा लूटते हैं और स्वयं को भी प्रसन्न रखते हैं लेकिन वह इतने मोटे नहीं होते हैं जबकि बुजुर्ग व प्रौढ़ लोगों के साथ इसका ऐन उल्टा होता है। उसके पश्चात से मैं इन लार टपकाते वृद्ध लोगों की गड्ढों में धंसी आंखों और शैतानी खोपड़ी के उपरांत भी बहुत सलीके से पहचानने लगी हूं।

''आपको पता है श्रीमान कि इसके पश्चात मैंने क्या किया?

''इसके पश्चात मैं सदैव गांव वाली लड़कियों की भांति पोशाक धारण करने लगी जो प्रायः शहर में खरीददारी करने आती हैं और मैं अपना पेट भरने के लिए इसी तरह सड़कों पर घूमा करती हूं। मैं एक दृष्टि में ही ऐसे लोगों की शिनाख्त कर लेती हूं कि यह है वह शख्स जो एक प्रयास में ही फंस जाएगा। ऐसे लोग प्रायः मेरे पास आएंगे और इस प्रकार बात आरंभ करेंगे, ''शुभ दिन देवी जो!''

''शुभ दिन श्रीमान!''

''आप इस प्रकार या इस तरह किधर जा रही हैं?''

''मैं अपने मालिक के घर लौट रही हूं।''

''क्या आपके मालिक बहुत दूर रहते हैं?''

''हां, दूर तो रहते हैं, किंतु बहुत ज्यादा दूर भी नहीं।''

"उसके पश्चात उन्हें कुछ सूझता नहीं कि और क्या बात कहें, या करें? तब मैं उन्हें अपनी बात अधिक विस्तार से कहने का अवसर देने के लिए कुछ धीरे चलने लगती हूं। फिर बातों-बातों में वे मेरी तनिक प्रशंसा करने लगते हैं और कुछ साहस करके मुझे अपने साथ चलने का आग्रह करते हैं।

"जवाब में दिखावे के लिए पहले तो मैं मना करती हूं। आप तो समझते ही हैं और तब आहिस्ता से उनका प्रस्ताव मान लेती हूं।"

"प्रत्येक प्रातः मुझे इसी प्रकार दो-तीन ग्राहक मिल जाते हैं और इस प्रकार मेरी पूरी दोपहर तकरीबन खाली रहती है। वह मेरी जिंदगी के प्रसन्नता भरे वर्ष थे। मैं भी आखिर को हांड़-मांस की ही बनी हूं।

किंतु ऐसा प्रतीत होता है कि कोई भी शख्स दीर्घ अवधि तक एक ही स्थिति में नहीं रह सकता। यह मेरा दुर्भाग्य था कि मैंने एक दफा, एक पुराने अध्यक्ष से, एक धनवान व्यक्ति से मित्रता कर ली, जो तकरीबन 75 वर्ष का था। एक संध्या वह मुझे भोजन हेतु निकट के एक रेस्तरां में ले गया और फिर आप समझते ही हैं, उसे नहीं पता था कि किस प्रकार मर्यादा और सीमा में रहना चाहिए। खाना खत्म होते-होते ही उसकी मौत हो गई।

"मुझे तीन वर्ष जेल में रहना पड़ा, क्योंकि मैं पंजीकृत वेश्या नहीं थी। उसके पश्चात मैं पेरिस आ गई। ओह श्रीमान! पेरिस में रहना, जीवित रहना बेहद मुश्किल है। यहां प्रतिदिन भोजन मिलने का भरोसा नहीं होता है। यहां मेरी जैसी कई हैं। सब अपने-अपने भाग्य को भुगत रही हैं। क्या आप इस बात से सहमत नहीं हैं साहब?"

इतना कहकर वह चुप हो गई। मैं उसके साथ-साथ उसकी बगल में चल रहा था, एकाएक वह मुझसे लड़ने लगी तथा बड़ा अपनत्व जताने लगी।

"तो आप मेरे साथ, मेरे घर नहीं चलेंगे श्रीमान?"

"नहीं, मैं पहले ही मना कर चुका हूं।"

"तब फिर ठीक है और बहुत-बहुत धन्यवाद। बिना किसी जलन या शत्रुता के एक बात अब भी कहना चाहूंगी कि आप गलती कर रहे हैं।"

और वह बारिश में भीगती हुई किसी झीने आवरण की भांति माहौल में छाई थी, चली गई। मैं उसे एक गैस लैंप पोस्ट के नीचे से जाते हुए देख रहा था। कुछ ही देर में वह अंधेरे में गायब हो गई, वह अभागिन लड़की!

□□

कबूलनामा

बादोन की अंतिम यात्रा में वेजियर्स नगर के तमाम लोग शरीक हुए थे। अंतिम यात्रा के रूप में श्रद्धांजलि समारोह में पादरी के संबोधन के तमाम शब्द प्रत्येक शख्स के जेहन में कौंध रहे थे कि एक सम्मानित व्यक्ति उनके मध्य से चला गया है।

अपने संपूर्ण जीवन के प्रत्येक नजरिए से यथा—अपनी भाषा, दूसरों के लिए उदाहरण बनने, अपने व्यक्तित्व, पहनावे, सहनशीलता अपने आचरण और अपने बनाव-श्रृंगार सबमें वह सम्मान योग्य और विशिष्ट था। उसने कभी मिथ्याभिमान से पूर्ण शब्द नहीं कहे। उसने कभी किसी को ऐसी नसीहत नहीं दी जिसमें भाषण या पाठ पढ़ाने का भाव हो, उसने बिना आशीर्वचन के किसी के समक्ष हथेली नहीं पसारी।

वह अपने पीछे दो संततियां छोड़ गया था। एक बेटा और एक बेटी। उसका बेटा शहर की नगरपालिका का सदस्य था और उसकी बेटी की शादी एक प्रतिष्ठित वकील पोरेल डि-ला बोल्ट के साथ हुई थी, जिसका नगर के सम्मानित लोगों के बीच संपर्क था। अपने पिता की मृत्यु पर उन्हें असहनीय शोक था, क्योंकि वे सब उन्हें अपने हृदय की पूर्ण सच्चाई से प्रेम करते थे।

ज्यों ही कब्रिस्तान में मृत्यु उपरांत के सभी संस्कार पूर्ण हुए, वे सब मृतक के घर लौटे। वे तीनों अर्थात पुत्र, पुत्री व दामाद। उन तीनों ने स्वयं को मृतक के निजी कक्ष में बंद कर लिया और उसकी बंद वसीयत को बाहर निकाला, क्योंकि वह वसीयत मृतक के अंतिम संस्कार के पश्चात उन तीनों ने ही सम्मिलित होकर खोलनी थी।

पोरेल चूंकि वकील होने के कारण, ऐसे मौके पर होने वाली कार्यवाहियों का अभ्यासी था। अतः उसने ही वसीयत के मुहरबंद लिफाफे को खोला। अपने चश्मे को ठीक करते हुए उसने संयत स्वर में, जो कानूनी पेचीदगियों को पढ़ने के लिए जरूरी है, सबके समक्ष वसीयत पढ़ना आरंभ किया, "मेरे बच्चो, मेरे प्रिय बच्चो! कदाचित कब्र में भी मैं शांति से अपनी चिर निद्रा में सो नहीं पाऊंगा यदि मैं अपने अपराधों को तुम सबके समक्ष कबूल न कर लूं। एक ऐसे गुनाह का कबूलनामा, जिसका मैं पूरी ईमानदारी से, शिद्दत से पश्चाताप करता रहा और जिस गलती ने मेरी सारी जिंदगी को विषतुल्य बना दिया।

हां, मैं इस गुनाह, एक भयानक गुनाह का मुजरिम हूं।

मैं उस वक्त महज छब्बीस वर्ष का था और मैंने पेरिस में वकालत आरंभ की थी। पेरिस में, मैं एक छोटे शहर से आए साधारण व्यक्तियों की भांति, बिना किसी मित्र, रिश्तेदार और परिचितों के रह रहा था।

मैंने एक युवती रख ली थी। कितने ही ऐसे व्यक्ति हैं जिन्हें 'रखैल' शब्द से आक्रोश या क्रोध होता है। किंतु फिर भी तथापि अनेक लोग हैं जो अकेले रह ही नहीं सकते हैं। मैं भी उनमें से एक हूं। स्तब्धकारी नीरवता, भयानक अकेलापन मुझे भीतर तक हिला जाता था। रात में अकेलापन, ठंड में अलाव तापने से ज्यादा अकेलापन मुझे सालता था। ऐसे पलों में मुझे लगता मानो तमाम दुनिया में मैं पूर्णतया अकेला हूं। प्रचंड रूप से अकेला! जो चहुं ओर खौफनाक खतरों व विचित्र दुश्चिंताओं के मध्य घिरा हुआ हो।

मेरे कक्ष की एक दीवार थी, जो मुझे मेरे पड़ोसी से पृथक करती थी, वह पड़ोसी जिसे मैं जानता भी नहीं। वह दूरी भी अकेलेपन के कारण इतनी ज्यादा लगती थी, जैसे मुझे अपनी खिड़कियों से आकाश के तारे... दूर बहुत दूर नजर आते थे। मानो मुझ पर एक तरह का ज्वर तारी हो जाता। गोया वह ज्वर, भय और बेसब्री का हो और यह खामोश मूक दीवार मुझे भीतर तक बींध जाती थी। इतनी भारी और धारदार होती थी मेरे अपने कक्ष की वीरानी जिसमें मैं रहता था। यह वीरानी जैसे मेरे जिस्म के इर्द-गिर्द ही मेरी आत्मा में भी उतर गई थी।

उस नीरव शुष्क कक्ष में एक फर्नीचर के खिसकने की आहट से भी मेरा दिल दहल जाता था। कदाचित उस वीरान भयावह एकाकीपन में खुद मेरी आवाज भी किसी विस्मय से कम नहीं थी।

आम तौर पर उस भयावह खामोशी से घबराया और व्यथित हुआ मैं स्वयं से बुदबुदाने लगता, ऐसे शब्द जिनका न कोई अर्थ होता और न ही वजह। गोया महज आवाज हेतु उच्चारित किए गए शब्द। ऐसे वक्त में मुझे खुद अपना ही स्वर इतना बेगाना लगता कि मैं उससे भी खौफ खाता था। क्या अपने ही वीरान मकान में खुद अपने से ही बात करने से अधिक कुछ और भयानक हो सकता है। जहां स्वयं अपनी आवाज बेमानी लगे, गैर लगे और शब्द जो अकारण कहे जा रहे हों। स्वयं से बोले जा रहे हों, रिक्त माहौल में, जिसे कोई सुनने वाला भी ना हो। इसके पूर्व कि वे शब्द बंद अकेले खामोश कक्ष में उभरें, शब्द जो अचानक पैदा होने वाले हों, जो इस खामोशी में और ज्यादा नीरस लगें, ऐसी ध्वनि, जो प्रतिध्वनि से अधिक कुछ न हो, एक अपरिचित, निरर्थक प्रतिध्वनि जो जेहनी खौफ में बुदबुदाई गई हो।

मैंने एक स्त्री को रख लिया, एक युवा लड़की, अन्य कम उम्र नारियों की

भांति जो पेरिस में ऐसे कार्य करती हैं, जिनमें महज जीवित रहने के लिए चने-चबेना जैसा कुछ मिल जाता है। वह बहुत सुंदर थी, छोटी-सी, कोमल। उसके मां-बाप 'पोसी' में रहते थे। कुछ-कुछ समय से वह उनके साथ छुट्टियां गुजारने जाती थी। तकरीबन एक वर्ष तक मैं बिना किसी दुर्घटना, शोर-शराबे के उसके साथ रहा, यह सोचकर कि जैसे ही मुझे शादी के लायक सुंदर आकर्षक लड़की मिल जाएगी, मैं उससे किनारा कर लूंगा। मैंने उसके समक्ष प्रस्ताव रखा कि मैं उसके खर्चे के लिए कुछ धन छोड़ जाऊंगा। जैसा कि उच्च समाज की यह सोच है कि नारी के प्यार का पूरा मूल्य अदा किया जाना चाहिए और यह मूल्य धन में अदा किया जाए जब वह गरीब हो, और उपहारों से तब, जब वह अमीर हो।

किंतु एक दिन उसने मुझे बताया कि वह मेरे बच्चे की मां बनने वाली है, मैं हैरत में आ गया, क्योंकि उसी पल मैंने अपनी जिंदगी के सर्वनाश का भविष्य पढ़ लिया था। मैंने एक ऐसी जंजीर का पूर्वाभास किया था जिसे मुझे तमाम जिंदगी, अपनी मृत्यु तक ढोना था। प्रत्येक जगह, अपने भविष्य में, आने वाले पारिवारिक जीवन में, मेरे बुढ़ापे में सदैव-सदैव के लिए उस जंजीर को ढोते रहना होगा।

उस नारी के दायित्व की जंजीर बच्चे के माध्यम से मुझसे नत्थी हो गई थी। ऐसे बच्चे का साथ, जिसकी परवरिश करनी थी, जिसे बचाना था और यह राज़ खुद उससे तथा तमाम दुनिया से पोशीदा रखना था। मैं इस समाचार से बुरी तरह टूट गया था और एक फितूर मेरे जेहन में उमड़ा, एक ऐसी ख्वाहिश जिसे मैंने कभी जाहिर नहीं किया, किंतु जिसे मैंने दिल से महसूस किया था। गोया किसी द्वार के पीछे छुपे शख्स की भांति जो आदेश पर कूद पड़ने के लिए तत्पर खड़ा हो। मेरे सुषुप्त जेहन में खयाल उभर रहा था मानो कोई दुर्घटना घट जाए। कितने ही मासूम जीवन की झलक पाने से पूर्व ही मृत हो जाते हैं।

आह! मैं अपनी प्रियतमा को मृत देखने की कल्पना नहीं करता था। मैं उसे बेहद चाहता था, किंतु शायद मैं आने वाले शिशु की मौत की इच्छा किया करता था। मेरे अविवाहित कक्ष में शिशु ने जन्म पाया। एक शिशु के साथ अवांछित परिवार पाया। एक अस्वाभाविक, अनचाही दुर्घटना। वह शिशु भी अन्य शिशुओं की भांति ही है। मैं उसे कभी स्नेह न कर सका। जैसा कि आप जानते हैं कि पिता काफी समय पश्चात अपने बच्चों के लिए प्रेम पैदा कर पाता है। उसमें अपने शिशु के प्रति वह प्राकृतिक कोमल वात्सल्य नहीं होता है जो मांओं के पास होता है। उसमें शनैः शनैः अपनी संतान के लिए मोह उपजता है। यह लगाव गहरा होता है उस नाते से, उस रिश्ते से जो लोगों में साथ रहने से पनपता है।

एक वर्ष और बीत गया। मैंने अपने लघु कक्ष को त्याग दिया। चादर, पोतड़े,

मोजों व ऐसे सहस्र छोटे-छोटे सामान से जो मेज पर, कुर्सियों के हत्थों पर यत्र-तत्र बिखरा रहता था। मैंने उस तमाम से स्वयं को दूर कर लिया ताकि उसके रोने-चीखने का स्वर मेरे कानों तक न पहुंचे, क्योंकि वह शिशु हर अवसर पर रोता था, जब उसके कपड़े बदले जाते, जब उसे नहलाया जाता, जब उसे सुलाया जाता। सच में वह सदैव निरंतर रोता रहता था।

इस दरम्यान मैंने वहां कुछ अन्य मित्र बना लिए थे और एक दिन अपने अतिथि कक्ष में मैं तुम्हारी मां से मिला। मैं पहली ही दृष्टि में उसे दिल दे बैठा और उससे विवाह करने की इच्छा दिल में जागी। मैंने उससे याचना की, उसका हाथ मांगा और उसने रजामंदी दे दी। यहीं मैं उलझन में फंस गया। क्या मुझे उसी सीधी-सादी बाला से शादी कर लेनी चाहिए, जिसे मैंने पूरी शिद्दत से प्रेम किया है और अब तो वह मेरे शिशु की मां भी है ? अथवा मैं उसे सब कुछ स्पष्ट बताकर उससे आजादी प्राप्त कर लूं? मेरा जीवन, मेरी खुशियों, मेरे भविष्य अपने सबकुछ से उसे आजाद कर दूं। कदाचित उसके मां-बाप जो बेहद पुराने कट्टर विचारों के साथ इतना सबकुछ जान लेने के उपरांत, कभी विवाह के लिए स्वीकृति प्रदान नहीं करते।

पूरे एक महीने मैं मुश्किल, भयानक रूप से कचोटने वाले नैतिक संघर्ष से जूझता रहा। इस बीच सहस्त्रों बुरी आशंकाओं ने मुझे बारंबार घेरा। मुझे अपने पुत्र से नफरत हो गई। मांस का वह रोता जीवित लोथड़ा जिसने मेरे रास्ते में अड़चनें खड़ी कर दी थीं, मेरी संपूर्ण जिंदगी को दो भागों में विभक्त कर दिया और मुझे सुखमय जीवन गुजारने की लालसा से रोक लिया था, एक ऐसी आशा की किरण से जो जीवन का सार है, अस्तित्व है। उसके पश्चात वह नारी जिसे मैंने रख छोड़ा था, रुग्ण हो गई और मैं बच्चे के साथ अकेला रह गया। वह दिसंबर का माह था। भयानक शीत थी। वह क्या भयानक रात्रि थी। मेरी आशना अभी तत्काल ही गई थी। मैंने उसके वीरान कक्ष में अकेले भोजन किया और चुपके से उसके कक्ष में दाखिल हुआ जहां शिशु अकेला सोया हुआ था।

मैं अलाव के समक्ष एक आरामकुर्सी पर बैठ गया। सर्द बर्फीली बयार कोलाहल कर रही थी और खिड़कियों के शीशों से टकरा रही थी। मैं खिड़की से चमकते तारे देख सकता था जो ठिठुरती रात्रि पर मद्धिम प्रकाश फेंक रहे थे। उसके पश्चात वह फितूर जो गत एक माह से मेरे जेहन में हलचल मचा रहा था, नए ढंग से पुनः कुलबुलाने लगा। वह उसी प्रकार खामोश बैठा था, वह उतरकर मेरे दिमाग पर कब्जा करने लगा। वह उसी प्रकार उभरने लगा, जकड़ने लगा जैसे पुख्ता विचार दिमाग पर काबिज हो जाते हैं, जैसे कैंसर शरीर में फैल जाता है। वह वहशीपन मेरे जेहन में, मेरे दिल में, गोया मेरे समस्त शरीर में महसूस होने

लगा। वह सब मुझे एक हिंसक पशु की भांति आंदोलित कर गया। मैंने उस विचार से मुक्त होने का प्रयास किया, अपने जेहन को अन्य बातों में लगाने का प्रयास किया। नई आशाओं, नए विचारों की ओर आकृष्ट होना चाहा जैसे हम रात्रि की बोझिल बासी आबोहवा से मुक्ति हेतु प्रातः कक्ष की खिड़की खोलते हैं, किंतु एक पल के लिए भी वह वहशीपन मैं अपने जेहन से झटक नहीं सका। मैं उस दुर्दांत वेदना को शब्दों में जाहिर नहीं कर सकता। वह वहशीपन मेरी आत्मा पर काबिज होता जा रहा था। मैं उस विक्षिप्तता के तीखे दांतों का दर्द उठा रहा था जो कदाचित मेरी संपूर्ण आत्मा और मेरे समग्र घायल अस्तित्व का आक्रोश था।

मैं समाप्त हो चुका था, मेरा सर्वस्व मिट गया था। कैसे मैं इस संसार से मुक्ति पाऊं, किस प्रकार पुनः लौटूं और कैसे अपने जुर्म को स्वीकार कर लूं? मैं तुम्हारी मां को दीवानगी की सीमा तक प्रेम करता था, संभवतः इसी कारण, यह न हटाई जा सकने वाली रुकावट और ज्यादा भयानक व खौफनाक हो गई थी। एक भयानक आक्रोश मेरे मन पर तारी था। इससे मेरा गला बंद और रुक-सा गया था। एक भयानक आक्रोश जो विक्षिप्तता व वहशीयत से कम न था। हां, उस रात्रि मैं पूर्णतया संयम खो चुका था। बच्चा निद्रा में था। मैं उठा। मैंने उसे सोते हुए देखा। यही था वह तुच्छ प्राणी जिसने मुझे इस अंतहीन, आशारहित उलझन की दुनिया की तरफ धकेल दिया था।

वह पलंग के करीब, कंबलों के ढेर के नीचे एक पालने में अपना मुंह खोले हुए नींद में गाफिल था, लेकिन मैं सो नहीं सकता था। मैंने क्या किया, कैसे किया, क्यों किया, स्वयं मैं भी नहीं जानता हूं। बिना परिणाम को विचारे एक खौफनाक चाहत ने एकाएक मुझको अपनी गिरफ्त में ले लिया। मुझे महज इतना स्मरण है कि मेरा हृदय बुरी तरह धड़क रहा था। इस बुरी तरह से, इतनी शीघ्रता से धौंक रहा था कि गोया मैं किसी हथौड़े के पीटने की आवाज सुन रहा हूं। मुझे महज इतना स्मरण है कि मेरे हृदय की तेज धड़कनें व मेरे जेहन में भयानक उलझन थी। कुछ भी ठीक नहीं, मैं अपना संपूर्ण विवेक खो चुका था। वैचारिक मंथन की तमाम शक्ति विलुप्त हो गई। मैं भय और अनहोनी के प्रभाव के अधिवश उन क्षणों में था जब व्यक्ति को अपने कर्मों का न होश रहता है और न उसे संचालित करने की ताकत उसके पास होती है।

आहिस्ता से मैंने वह चादर उठाई, जिसने मेरे बच्चे के जिस्म को ढांप रखा था। मैंने उसे पालने के पैताने की तरफ फेंक दिया और पूर्ण नग्न देखा। उसकी नींद नहीं टूटी। उसके पश्चात मैं बेहद दबे पांव खिड़की के करीब पहुंचा और उसे खोल दिया। बर्फीली हवा का एक झोंका एक कातिल की भांति कक्ष में

प्रविष्ट हुआ। वह हवा इतनी ठंडी थी कि एक बारगी तो मैं भी कंपकंपा उठा। कक्ष में जल रही मोमबत्तियों की लौ लरजने लगी। मैं खिड़की के करीब कंपकंपाता हुआ ठिठका रहा। मुझमें घूमने की ताकत भी नहीं थी। गोया मैं जानना भी नहीं चाहता था कि पीठ पीछे क्या हो रहा है? मैं अपने हाथों, चेहरे व कनपटी पर भीषण ठंडी हवाओं के तीक्ष्ण तीर महसूस कर रहा था। बहुत देर तक ठंडी हवाएं कक्ष में तांडव करती रहीं।

मैं अचल और किंकर्त्तव्यविमूढ़ था। कुछ नहीं सोच पा रहा था, कदाचित सोच भी नहीं सकता था, शायद सोचना भी नहीं चाहता था। एकाएक एक खांसी ने सिर से पैर तक मुझे कंपकंपी से भर दिया। मेरे रोंगटे खड़े हो गए। विक्षिप्त की भांति मैंने दौड़कर खिड़की बंद कर दी और मुड़कर पालने की तरफ झपटा। वह अब भी मुंह खोले निर्वस्त्र सोया हुआ था। मैंने उसके पैर छुए। वे पूर्णतया बर्फ हो गए थे। मैंने उसे गर्म लिहाफ में लपेट दिया।

एकाएक मेरा हृदय पसीज गया। उस अबोध, असहाय मेरे अपने बच्चे के लिए मेरे मन में हमदर्दी, प्रेम और स्नेह जाग उठा, जिसे मैं सदा-सर्वदा के लिए कत्ल कर देना चाहता था। मैंने उसके कोमल कपोल पर एक चुंबन अंकित किया और अलाव के बाजू में उसके पालने के समक्ष बैठ गया।

क्लांत हृदय से मैंने उस घृणित कार्य के विषय में सोचा जो मैं कर चुका था, मैंने विचारा कहां से आत्मा में वह पल अचानक उपजते हैं जब इंसान कुछ भी उचित विचारने व हालात पर नियंत्रण बनाने में नाकाम हो जाता है? गोया वह नीम बेहोशी की स्थिति में कार्य करता है। बिना सोचे-जाने कि वह क्या कर रहा है, वह कहां तक पहुंच जाता है। तूफान में भटके व फंसे हुए जहाज की मानिंद।

बच्चा एक दफा पुनः खांसा। मेरा हृदय विदीर्ण हो गया। यदि यह मर गया, हे ईश्वर! हे ईश्वर! तब मेरा क्या होगा?

मैं उठा और उसे देखने लगा। मेरे हाथ में एक मोमबत्ती थमी थी। मैं उसे देखने के निमित्त पालने पर झुक गया। उसकी शनैः शनैः चलती सांस देखकर मुझे राहत मिली। वह तीसरी दफा खांसा। मैं एक खौफनाक आशंका से कांप उठा। बदहवासी में पीछे लौटा जैसे कोई डरावनी वस्तु देखकर व्यक्ति घबरा जाता है। मेरे हाथ से मोमबत्ती निकल गई। जब मैं मोमबत्ती उठाकर सीधा खड़ा हुआ तो मैंने महसूस किया कि मेरी कनपटी पीसने से भीग गई थी, जो एक साथ जल भी रही थी और बर्फ जैसी ठंडी भी थी। गोया मैं किसी खौफनाक नैतिक पीड़ा का अकथनीय, असहनीय संत्रास भोग रहा हूं।

पौ फटने तक मैं पालने के करीब ही रहा। बच्चे के शांत रहने तक मैं अपने भय को रोके रहा। खांसते वक्त वह भी अनायास तकलीफ उठा रहा था।

जैसे ही सेविका आई, मैंने तत्काल उसे एक चिकित्सक के पास भेजा। वह एक घंटे के पश्चात आया। बच्चे की जांच करके उसने पूछा, "क्या इसे ठंड नहीं लग गई थी?"

"मैं ऐसा नहीं मानता।" मैंने बौखलाते हुए कहा। मैं एक जर्जर वृद्ध की भांति कांप रहा था।

फिर मैंने पूछा, "क्या, कोई बेहद गंभीर बात तो नहीं है?"

"मैं अभी कुछ नहीं कह सकता।" उसने जवाब दिया, "मैं शाम को पुनः आऊंगा।"

वह संध्या को पुनः आया। मेरा पुत्र पूर्वतः निढाल होकर अर्द्ध-चेतन स्थिति में पड़ा रहा। बीच-बीच में वह खांसता भी जा रहा था।

यही प्रक्रिया दस दिन तक चलती रही। मैं कह नहीं सकता कि वह सूर्योदय और सूर्यास्त के मध्य कितनी यंत्रणा भोगता रहा... अंततः वह मर गया।

उसके पश्चात से, उसी पल से मैं उस भयानक स्मृति को, जो मेरे मन-मस्तिष्क और आत्मा को बुरी तरह से कचोट रही थी... मैं विस्मृत नहीं कर पाया। मेरी आत्मा ने शैतान को जगाकर मुझे मृत समान कर दिया था।

ओह... काश! मैं विक्षिप्त ही हो पाता?'

महाशय पोरेल ने अपना चश्मा ऊपर किया। गोया यह एक औपचारिक इशारा था। जब उसने वसीयत को पढ़ना समाप्त किया। तीनों खामोश, कातर, अचेतन रूप में एक-दूसरे को निरख रहे थे।

एक पल के पश्चात वकील ने कहा, "इसे नष्ट ही कर देना उचित होगा।" हम सबने स्वीकृति में सिर हिलाया। सबने खामोश रजामंदी दी। वकील ने एक मोमबत्ती जलाई। सावधानीपूर्वक पृष्ठों को पृथक किया, जिसमें एक खतरनाक स्वीकारोक्ति दर्ज थी और उसे मोमबत्ती की लौ की जीभ पर रख दिया।

हम सभी श्वेत कागजों को जलता देखते रहे। शीघ्र ही वे तमाम कागज काजल के ढेर बन गए। कई शब्द अब भी पढ़े जा सकते थे, जो जले हुए कागजों की पृष्ठभूमि में सफेद होकर चमक रहे थे। लड़की ने मायूस होकर अधजले पतले कागजों की तह को पैर की जूती तले मसल दिया और ठंडी राख के साथ मिला दिया।

कुछ देर तक वे सब खड़े रहे और देखते रहे, गोया उन्हें भय था कि जलाया हुआ रहस्य, चिमनी के मार्ग से कहीं बाहर न चला जाए।

□□

नकल

अंधकार और खुशबू से युक्त शयनकक्ष में मार्शिजेस रेंडन निद्रा में गाफिल थी। वह केंब्रिक की साफ व मृदुल चादर में चुंबक की भांति लिपटी हुई, नर्म-नाजुक पलंग पर स्वप्न लोक में विचरण कर रही थी। वह तलाकशुदा स्त्री की भांति गहरी निद्रा में लीन थी। अचानक नीली रंगत के अतिथि-कक्ष से तेज आवाज आई और उसकी नींद टूट गई। उसकी प्रिय सहेली बारोनस ग्रेगरी थी, जो उसकी नौकरानी से उलझ रही थी। उसकी नौकरानी इतनी प्रातः बारोनस को अपनी मालकिन के कक्ष में जाने से मना कर रही थी।

आखिर में, मार्शिजेस उठी, द्वार खोला, परदे हटाए और अपना चेहरा दर्शाया। और कुछ नहीं, महज सफेद रंग का चेहरा, स्याह बालों की घटाओं में घिरा हुआ।

"क्या बात है तुम इतनी शीघ्र आ गईं?" उसने अपनी सहेली से पूछा, "अभी तो नौ तक भी नहीं बजे हैं।"

ठिगने कद की बारोनस एक प्रकार के अज्ञात खौफ से डरी बुझी-बुझी और उद्विग्न लग रही थी। किसी प्रकार वह बोल सकी, "मुझे अवश्य तुमसे सबकुछ कह देना चाहिए, विचित्र डरावनी-सी बात घटी है मेरे साथ।"

"अंदर आ जाओ प्रिय बारोनस!" उसने उसे ढाढ़स बंधाते हुए कहा। दोनों ने एक-दूसरे को चूमा और इसके पश्चात मादाम मार्शिजेस तसल्ली के साथ पुनः अपने बिस्तर पर बैठ गई।

उसी समय मार्शिजेस की आया ने हवा व प्रकाश हेतु खिड़कियों के परदे खिसका दिए। उसके बाद जब वह कक्ष से बाहर चली गई तब रेंडल ने हमदर्दी भरे शब्दों में पूछा, "हां बताओ, क्या बात हो गई तुम्हारे साथ?"

ग्रेगरी ने 'पट-पट' करके अपने खूबसूरत नेत्रों से चमकीले आंसू गिराने आरंभ कर दिए, जो किसी भी नारी को और ज्यादा चित्ताकर्षक बना देते हैं। कहीं आंखें लाल न हो जाएं, इस भय से बिना उन्हें पोंछे उसने सुबकते हुए कहना आरंभ किया, "ओह, प्रिय! जो कुछ मेरे साथ घटा है वह बतलाने योग्य नहीं है। बेहद शर्मनाक है, मैं तमाम रात सो नहीं पाई, एक मिनट को भी नहीं। तुम सुन रही हो, एक मिनट को भी नहीं। यहां देखो, मेरा हृदय कैसे धड़क रहा है।" और तत्काल उसने अपनी सहेली का हाथ लेकर उसे अपनी छाती पर लगा लिया।

स्त्रियों के हृदय को ढांपने वाले उन गोल, उन्नत, मांसल उभारों पर जो अक्सर व्यक्ति को तृप्त कर देते हैं और... आगे बढ़ने से रोकते हैं। किंतु उसका हृदय सच में बहुत बुरी तरह धड़क रहा था।

वह बिना थमे कहती रही, "यह सब मेरे साथ कल घटा। दिन में कोई चार या साढ़े चार का वक्त होगा। मैं एकदम सटीक तो नहीं बता सकती किंतु तुमने मेरा घर तो देखा ही है और तुम मेरा छोटा-सा अतिथि-कक्ष भी बखूबी पहचानती हो जहां मैं प्राय: बैठती हूं। वहां से रुयू-सेंट लाजर की तरफ देखते हुए खिड़की के साथ बैठकर वहां से सड़क पर गुजरते लोगों को देखने की आदत-सी है मुझे।

"रेलवे स्टेशन के इर्द-गिर्द का इलाका भी गुलजार रहता है। सदैव शोरगुल से युक्त, चलता-फिरता, ठीक वैसा जैसा कि मैं पसंद करती हूं। तो कल मैं खिड़की की देहरी के करीब रखी नीची कुर्सी पर बैठी थी। खिड़की खुली हुई थी और मेरे जेहन में कोई विचार नहीं था। सामान्य रूप से मैं शीतल ताजा हवा का आनंद उठा रही थी। तुम्हें शायद स्मरण होगा, कि कल की गुजरती संध्या कितनी दिलकश थी।

"अचानक मेरी दृष्टि एक स्त्री पर पड़ी, जो लाल वस्त्रों में बनी-ठनी मेरे ठीक सामने वाली खिड़की पर खड़ी थी। और तुम्हें पता है, मैं सुंदर गुलाबी रंग की पोशाक में थी। मेरी मनपसंद गुलाबी पोशाक में। मैं उस स्त्री को जानती भी नहीं थी। वह संभवत: कोई नई किरायेदार थी जो कदाचित गत एक माह से वहां थी और जैसा कि पिछले एक माह से निरंतर वर्षा हो रही है, मैं इसी कारण उसे अभी तक देख नहीं पाई थी। किंतु जाने क्यों पहली दृष्टि में मुझे लगा कि वह कोई भली स्त्री नहीं है।

"पहले-पहल तो मुझे बड़ा सदमा-सा लगा और मैं चकित हुई कि वह भी मेरी भांति खिड़की पर बैठी थी। फिर जाने क्यों, धीरे-धीरे मुझे उसे देखने में लुत्फ आने लगा। वह खिड़की की चौखट पर अपने दोनों हाथ टिकाए, स्वयं को बाहर की तरफ कुछ झुकाए नीचे आने-जाने वाले लोगों को देख रही थी, और सभी लोग, तकरीबन सभी लोग उसकी तरफ गौर से देख रहे थे। कोई भी यह बता सकता है कि उसके इस अंदाज से खड़े होने का अर्थ वे समझते थे। और महज नजर मारकर ही उसके खड़े होने का आशय समझ लेते थे, ठीक वैसे, जैसे सड़क के कुत्ते सूंघकर ही अपने शिकार की शिनाख्त कर लेते हैं। राहगीर एकाएक अपना सिर उठाते, शीघ्रता से उससे दृष्टि मिलाते, एक ग्राहक या खरीददार की नजर उस दृष्टि में होती।

"वह जैसे आंखों-ही-आंखों में उन लोगों से सवाल करती, "क्या तुम?" उनका जवाब होता, मेरे पास वक्त नहीं है... या फिर किसी अन्य दिन... या

फिर... अपनी तो जेब खाली है भाई... या नहीं, तो कुछ घृणा से कहते... छिः तू मुंह काला कर ले गंदी स्त्री! तुम सोच भी नहीं सकती हो कि उसको इस तरह काम करते देखना कितना विचित्र लगता था। हालांकि यह उसकी रोज की ही दिनचर्या थी।

''किसी-किसी अवसर पर वह झट से खिड़की लगा देती। मैं देखती कोई सज्जन पुरुष सीढ़ियों से ऊपर चढ़ रहा है। उसके पश्चात मैं घड़ी में देखती कि वे कभी भी बारह से बीस मिनट से अधिक कक्ष में साथ-साथ बंद नहीं रहते। अंततः वह मुझे घृणा से भर देती, यह देखकर कि वह व्यक्ति कितना खूबसूरत है और वह मकड़ी-सी लिपटने वाली स्त्री।

''मैं खुद से पूछती, 'वह कैसे इतनी शीघ्र, सबकुछ पूर्णतया ठीक प्रकार समझ जाती है? क्या वह अपनी नजर के साथ अपने सिर से कोई खास इशारा अथवा हाथों का अर्थपूर्ण संकेत भी करती है।' मैंने अपना दृष्टि वाला चश्मा ले लिया उसकी हरकतों को क्रमबद्ध रूप से देखने हेतु।

बेहद सामान्य-सी बात थी। सर्वप्रथम एक सरसरी दृष्टि, फिर अधरों पर एक कुटिल अर्थपूर्ण मुस्कान, उसके पश्चात सिर से एक मामूली संकेत जिसका अर्थ होता था, क्या तुम ऊपर आ रहे हो? किंतु यह सब इतना सूक्ष्म, इतना महीन, इतना संतुलित, सटीक और यांत्रिक होता था कि जैसा वह करती थी, ठीक वैसा ही सफलतापूर्वक करने के लिए बड़ी साधना व अभ्यास की आवश्यकता पड़ती है। मुझे बेहद हैरत हुई कि क्या मैं भी वह संक्षिप्त इशारा कर सकती हूं? नीचे से ऊपर जो एक साथ बेखौफ और सुंदर भी हो और उसकी भांति पूर्ण भी, क्योंकि उसकी देखने की अदा बड़ी मोहक थी, आमंत्रित करने वाली थी।

''मैं भीतर गई और शीशे के सामने मैंने कई बार अभ्यास किया, और प्रिय... क्या कहूं तुमसे, मैं उससे भी कहीं बेहतर कर पाई, बहुत बेहतर। मैं प्रसन्नता के मारे थिरक उठी और खिड़की के करीब आकर फिर से अपने स्थान पर बैठ गई।

''उस दिन के पश्चात वह कदाचित ही किसी को अपनी तरफ बुला सकी, वह बेचारी, सच में यह उसके नसीब में नहीं था। इस तरह किसी के लिए पेट भरना निश्चय ही बड़ी विकट बात है। अपने मन को दुःख पहुंचाने वाली और कभी-कभार मनोरंजन देने वाली, क्योंकि अब उसे एकाध ही भला शख्स तो मिलता था। उस दिन के पश्चात वे तमाम ग्राहक मेरी तरफ वाली सड़क के किनारे खिंच आए थे। कोई भी उसकी तरफ नहीं गया। वक्त तब्दील हो गया था। वे एक के बाद एक आए। युवा, वृद्ध, काले, सुंदर और गोरे-चिट्टे। मैं किसी एक भले ग्राहक की खोज में थी, भला। ऐसा जो कहने में सुंदर भी हो, मेरे या तुम्हारे पति से भी कहीं बढ़कर, मेरे कहने का आशय तुम्हारे पूर्व पति से है, क्योंकि

तुमने तो उसे तलाक दे दिया है न। हां, वैसे अब तुम चाहो तो मैं तुम्हारे लिए कोई योग्य-सा नया वर ढूंढ़ सकती हूं।

''मैंने स्वयं से प्रश्न किया, 'यदि मैं भी उन्हें संकेत करूं तो क्या वे मेरे अर्थ को समझ सकेंगे?' मैं, अर्थात एक प्रतिष्ठित विवाहिता नारी के इशारे का अर्थ! और जाने क्यों मैं भी उनको (राहगीरों को) ठीक वैसा ही (सामने की खिड़की पर बैठी रहने वाली स्त्री की भांति) इशारा करने की सनक से भर उठी। यह मेरी जिद थी, एक ऐसी किस्म की सनक, जिसको कोई शख्स पचा नहीं सकता मुझे कभी-कभार ऐसी बहकी हुई सनक होती है, कैसी बातें हैं यह सब, क्या तुम भी ऐसा नहीं सोचती हो? मेरा तो यह मानना है कि हम स्त्रियों की प्रकृति एकदम बंदरों की भांति ही होती है। हर किसी का अंधा अनुसरण करने की प्रकृति। मुझे चिकित्सक द्वारा बताया गया है कि बंदरों का दिमाग एकदम हम स्त्रियों जैसा ही होता है। जरूर हम लोग किसी एक या अन्य से मेल खाते हैं।

''शादी के चंद महीनों के पश्चात तक जब हम अपने पति को स्नेह करते हैं तो हम उन जैसा ही व्यवहार भी करती हैं। उसके पश्चात हम अपने प्रियजनों, अपनी सखियों, अपने प्रशंसकों की ख्वाहिश के मुताबिक व्यवहार करती हैं। सभी तरह से हम किसी-न-किसी की देखादेखी करती हैं। यह बड़ी बेढंगी बात है।

''कुछ भी हो मैं जब भी कुछ करने पर आमादा हो जाती हूं तो उसे पूर्ण किए बिना नहीं रहती। अत: मैंने इरादा कर लिया कि मैं महज एक बार प्रयास करके देखूंगी। महज एक शख्स, महज अनुभव की खातिर। सिर्फ यह महसूस करने के लिए कि अंतत: मेरा होता क्या है?

''कुछ नहीं... हम लोग केवल एक-दूसरे को देखकर मुस्कराएंगे और उसके पश्चात कुछ नहीं। मुझे यकीन था कि उसके पश्चात मैं उसे टरका दूंगी।

''आखिरकार मैंने अपनी पसंद तलाशनी आरंभ की। मैं कोई बढ़िया ग्राहक तलाशना चाहती थी। अच्छा, बेहद अच्छा। अचानक मैंने एक लंबे कद के, बलिष्ठ, गौर वर्ण, आकर्षक मुखाकृति वाले शख्स को अकेले आते देखा। जैसा कि तुम जानती हो, मुझे सदैव से साफ रंग वाले शख्स ही पसंद हैं। मैंने उसकी तरफ देखा, उसने मेरी तरफ देखा। मैं मुस्करा दी और वह हंसा। मैंने सिर को तनिक हिलाया। ओह, बेहद मामूली-सा। उसने भी ठीक वैसे ही सिर के संकेत से स्वीकृति दी। और वह आ भी गया। ओह, हे ईश्वर! हां, वह तो मेरे घर के बंद द्वार तक धड़धड़ाते हुए जीना चढ़ आया।

''तुम कल्पना भी नहीं कर सकती हो कि मेरे जेहन को क्या हो गया, मुझे लगा कि मैं पगला जाऊंगी। तनिक सोचो तो मैं कितनी भयभीत हुई थी। वह

नौकरों से बात करेगा। जोसेफ से बात करेगा। जोसेफ, जो मेरे पति का बहुत वफादार, बहुत पुराना सेवक है। जोसेफ अवश्य सोचेगा कि मैं जरूर उस शख्स से काफी पहले से ही वाकिफ हूं। किंतु मैं कर भी क्या सकती थी? तुम्ही बताओ? वह एक मिनट में घंटी के पास पहुंच जाता। तुम्ही कहो, तब मैं कर भी क्या सकती थी?

"आरंभ में मैंने सोचा कि मैं जाकर उससे मिलूं। उससे कह दूं कि उसे कोई मुगालता हो गया है। मैं उससे याचना करूं कि वह वहां से उलटे कदमों वापस लौट जाए। उसे एक नारी पर दया करनी थी। एक भोली-भाली व सच्चरित्र विवाहिता नारी पर। इतने में वह घंटी बजाने ही वाला था कि मैंने दौड़कर द्वार खोला और तेजी से चीखी, 'लौट जाइए श्रीमान, लौट जाइए। आपको अवश्य गलतफहमी हो गई है, एक भयानक गलतफहमी। मैंने आपको अपना एक परिचित शख्स समझ लिया था, जिससे संयोगवश आपका चेहरा-मोहरा पूर्णतया मेल खाता है। मुझ पर मेहरबानी करें श्रीमान!'

"किंतु इन बातों पर वह महज ठहाका मारकर हंस पड़ा, 'हां मेरी मित्र!' और उस वक्त मैं बेहद डरी व घबराई हुई अभी उसके सम्मुख ही खड़ी थी कि उसने आगे बढ़कर मुझे चूम लिया। उसने मेरी कमर को अपनी बांहों से जकड़ लिया और अतिथि-कक्ष की तरफ चलने का आग्रह किया, जिसका द्वार सदैव खुला ही रहता है। उसके पश्चात उसने कक्ष के प्रत्येक सामान को किसी ग्राहक की पारखी नजर से घूरना आरंभ कर दिया और कहता रहा, 'ईश्वर की शपथ, तुम्हारे कक्ष की तो प्रत्येक चीज बड़ी शानदार है। लगता है, वर्तमान में तुम्हारा इस प्रकार खिड़की पर बैठने का व्यवसाय खूब फलफूल रहा है।'

"मैंने उससे फिर से क्षमा मांगी, 'ओह, श्रीमान! चले जाइए। ईश्वर के लिए यहां से चले जाइए। कुछ ही देर में मेरे पति आते होंगे, उनके आने का वक्त तकरीबन हो ही गया है। मैं शपथपूर्वक कहती हूं कि आपको अवश्य ही कोई बड़ी गलतफहमी हो गई है।'

"किंतु उसने बड़े बाजारू अंदाज में कहा, 'हां...हां, आओ मेरी प्रिय! बहुत हो चुका यह बातें बनाना। और यदि तुम्हारा शौहर आता भी है तो तुम चिंता मत करो, सड़क के उस पार कैफे में बैठकर मद्यपान के लिए मैं पांच फ्रैंक उसे भी अलग से दूंगा।' उसके पश्चात उसने इनकी तस्वीर देखकर सवाल किया, 'तो यह है, यह है तुम्हारा शौहर?'

'हां यही हैं मेरे शौहर।'

'अरे, यह तो बड़ा अड़ियल-सा लगता है... औ... और यह किसका चित्र है? तुम्हारी कोई मित्र?'

''वह तुम्हारा चित्र था मार्शिनेस, तुम्हारा। तुम्हें पता है वह नृत्य की पोशाक वाली तुम्हारी सुंदर तस्वीर, मुझे कुछ नहीं पता कि आगे भी मैं क्या कुछ कहे चली जा रही थी। मैं चीखी, 'हां यह मेरी एक मित्र की तस्वीर है।'

'यह तो बड़ी शानदार चीज है, क्या मुझसे मिलवाओगी इसे?'

''ऐन उसी वक्त घड़ी ने पांच बजाए, राओल रोजाना ठीक साढ़े पांच बजे घर आ जाता है। हे ईश्वर! यदि इसके जाने से पूर्व कहीं वह लौट आता, सोचो तो जरा तब क्या घट सकता था?''

''उसके पश्चात... मेरा सिर चक्राने लगा। आखिर में मैंने यही उचित समझा, यही सोचा कि सबसे सरल तरीका यही है कि मैं शीघ्रातिशीघ्र उस व्यक्ति से मुक्ति पा लूं।

''औ... और... थोड़ी देर में... सबकुछ मुकम्मल हो गया।

''समझीं तुम?

मादाम मार्शिनेस ने इतना सुनते ही तकिये में सिर डालकर, जो हंसना शुरू किया, जो हंसना शुरू किया कि उसकी विक्षिप्त हंसी के कारण सारा पलंग ही हिलने लगा और जैसे ही वह कुछ रुकी, उसने पूछा, ''औ... और क्या वह दिखने में बड़ा आकर्षक था?''

''हां''

''अरे, तब भी तुम शिकवा कर रही हो?''

''लेकिन... तुम कुछ... तुम कुछ सोचती ही नहीं... जाते-जाते वह बोल गया है कि वह कल पुनः आएगा। ठीक उसी वक्त पर।

''और मारे भय के, सोच-सोच कर मेरा गला खुश्क हुए जा रहा है, मैं मरी जा रही हूं। तुमको तो तनिक भी तजुर्बा नहीं है कि वह कितना... बलिष्ठ... और सनकी-सा है। मैं क्या कर सकती हूं, तुम्ही कुछ उपाय बताओ न, मैं क्या करूं?''

मार्शिनेस उठकर बिस्तर पर बैठ गई, विचारने के लिए। तब थोड़ी देर सोचकर झट से बोली, ''तु... तुम उसे गिरफ्तार ही करवा दो।''

वह परामर्श सुनकर बारोनस और खस्ताहाल हो गई। वह चिल्ला पड़ी, ''क्या कह रही हो तुम? क्या सोच रही हो तुम? मैं उसे गिरफ्तार करवा दूं? आखिर किस गुनाह के आधार पर?''

''यह बड़ी सरल-सी बात है। तुम सीधे पुलिस चौकी चली जाओ और यह शिकायत करो कि एक शख्स गत तीन महीनों से तुम्हारा पीछा कर रहा है और तुम्हें परेशान कर रहा है। और कल तो उसने ऊपर तुम्हारे कक्ष तक दाखिल होने की जुर्रत भी की है। साथ ही वह कल पुनः आने की धमकी देकर गया है। तुम

उससे कानूनी रक्षा चाहती हो। वे अवश्य तुम्हारे साथ दो सिपाही भेज देंगे और वे लोग उसे अवश्य पकड़ भी लेंगे।''

''प्रिय! सोचो तो, यदि उसने कहीं कह दिया कि...''

''तू तो कतई पागल है। अरे, यदि तू अपनी यही तमाम बातें चालाकी से और बिल्कुल सहजता के साथ पुलिस कमिश्नर से कहेगी तो वह अवश्य उसकी बात का तनिक भी यकीन नहीं करेंगे, बल्कि वे तेरी ही बातों को सत्य समझेंगे, क्योंकि समाज में तुम्हारी एक संभ्रात स्त्री की प्रतिष्ठा है।''

''म... मैं तो कभी ऐसा कहने का हौसला भी नहीं जुटा सकूंगी।''

''तुम अवश्य ऐसा कहने का हौसला करो बहन और नहीं तो फिर भुगतो उसे।''

''किंतु सोचो तो, यदि वह गिरफ्तार हो गया और उसने मुझे बदनाम करने का प्रयास किया तो?''

''तुम्हारा बयान लिया जाएगा और उस मुजरिम को सजा के साथ भारी अर्थदंड भी जुर्माने के रूप में भरना होगा।''

''ओह, तुम जुर्माने की बात कर रही हो... एक बात और भी है जो मुझे निरंतर व्यथित कर रही है। वह बीस-बीस फ्रैंक के दो नोट भी वहीं अलाव के ऊपर छोड़ गया है।''

''बीस-बीस फ्रैंक के दो नोट?''

''हां।''

''अधिक नहीं?''

''नहीं।''

''अरे, यार! यह तो बेहद कम हैं, मैं तो इतने में कभी तैयार नहीं होती, खैर?''

''लेकिन इन नोटों का मैं अब क्या करूँ?''

शैतान मार्शिजेस ने कुछ पलों के लिए संकोच किया, फिर बेहद गंभीरता और भोलेपन के साथ उसने परामर्श दिया, ''मेरी प्रिय मित्र! तुझे अवश्य... तुम्हें अवश्य ही इस कमाई से कोई शानदार उपहार खरीदकर अपने पति को भेंट स्वरूप दे देना चाहिए।''

''यही सर्वाधिक बढ़िया रहेगा।''

❐❐

अदृश्य सच्चाई

मैं उससे बेइंतहां प्यार करता था। लोग प्यार क्यों करते हैं? कितनी अनोखी बात है कि समस्त संसार में प्रेम करने वाले को तब एक ही प्राणी नजर आता है। जेहन में एक ही सोच घुमड़ती रहती है। हृदय में महज एक ही इच्छा होती है। जुबान पर एकमात्र नाम, हां, महज एक ही नाम रहता है, जो किसी जल प्रपात की भांति निरंतर उछलता रहता है। आत्मा की अतल गहराइयों से अधरों तक व्याप्त, निरंतर सरगोशी करता हुआ वह नाम इस तरह गुंजित होता है, गोया वह प्रार्थना की पंक्ति हो।

मैं हम दोनों की कोई प्रेमकथा आपको नहीं सुनाने जा रहा हूं। प्रेम की महज एक ही गाथा होती है और वह हमेशा एक समान ही होती है। मुलाकात हुई, प्यार हुआ। हां, इतना ही। मैं उसके हृदय में एक वर्ष तक बसा रहा। उसके आगोश में, उसकी दृष्टि में, उसके रोम-रोम में, उसके हर एक शब्द में, उसकी हर वस्तु में अधिकाधिक रमते हुए मुझे कभी मालूम नहीं पड़ा कि दिन है या रात्रि, जीवित हूं या मृत, धरा पर हूं या जन्नत में।

फिर वह मर गई। कैसे? मुझे नहीं पता। मुझे अब कुछ स्मरण नहीं। किसी एक सांझ वह वर्षा में पूरी तरह भीगी हुई घर लौटी। अगले दिन खांसने लगी। पूरे सप्ताह सर्दी कायम रही। फिर उसने बिस्तर थाम लिया। चिकित्सक ने दवा दी, लेकिन उसकी हथेलियां गरम, कनपटी तपी हुई, आंखें जलती हुई व बुझी-बुझी सी बनी रहीं। मैं उससे कुछ बोलता और वह कुछ और कहती। हम एक-दूसरे से क्या कहते रहे, कुछ नहीं पता। सब कुछ भूल गया। वह गुजर गई। मुझे उसकी अंतिम आह की स्मृति है, फुसफुसाती हुई अंतिम आह। नर्स बोली, 'ओह!' और मैं जान गया।

उसके पश्चात क्या हुआ, कुछ नहीं पता। घर लौटा कोई पादरी मुझे देखकर बोला, "बेचारी! तुम्हारी प्रेमिका!"

मुझे लगा वह उसकी बुराई कर रहा है। वह तो मर गई, अब किसी को उसके विषय में कुछ कहने का कोई अधिकार नहीं रहा है। मैंने पादरी को रवाना किया। दूसरा आया, वह बेहद सौम्य और सहृदय था। उसके धैर्य बंधाते वचन सुनकर मैं रो पड़ा।

मैं अंत्येष्टि के समस्त क्रिया-कलापों में शरीक हुआ, लेकिन अब सब कुछ भूल गया। यद्यपि शव-पेटी की और उसे सील करने में ठोंकी जाती कीलों की आहट की भी खूब स्मृति है। हे ईश्वर!

वह दफन कर दी गई। वहां, उस गड्ढे में। चंद लोग अंत्येष्टि में शरीक हुए, जिनमें ज्यादातर उसकी सहेलियां थीं। मैं वहां से तत्काल लौट आया। काफी देर गलियों में घूमता रहा, फिर घर में प्रविष्ट हुआ। जब मैंने पुनः अपने कक्ष को, हां, अपने कक्ष को, और फर्नीचर को पूरे घर को देखा और यह पाया कि 'उसका' कुछ न कुछ वहां शेष है, तब दुःख इतनी तीव्रता से मेरे भीतर आ समाया कि मैंने खिड़की को पूर्णतः खोला और गली में कूद गया। मैं उन दीवारों के मध्य उसे बसाने और आश्रय देने वाले परिवेश की सैकड़ों सूक्ष्म दरारों में उसके जिस्म और श्वास के सहस्रों कतरों से बनी यादों को बर्दाश्त नहीं कर पाया। अपने आवेग की तरंग में मेरे कदम बेसाख्ता ही कब्रिस्तान की तरफ बढ़ चले। मैंने उसकी कब्र ढूंढ़ निकाली।

वह कतई साधारण थी। उसकी संगमरमरी कब्र पर ये शब्द खुदे हुए थे, 'उसने प्रेम किया, उसे प्रेम किया गया, वह मर गई।'

वह वहां है, धरा के नीचे। उसकी देह सड़ती-गलती प्रतीत हुई। कितना वीभत्स! मैं सिसक उठा। मेरा सिर धरती पर जा लगा। मैं वहां बहुत देर तक रुका रहा। अंततः लगा कि जल्दी ही रात घिर आएगी। तभी मुझे किसी अनोखी विक्षिप्त हसरत ने, हां किसी निराश प्रेमी की हसरत ने आ घेरा। इच्छा हुई कि रात्रि वहीं बसर करूं। उसकी कब्र के करीब महज एक अंतिम रात्रि, आंखों में अश्रु भरकर।

लेकिन लोग देख लेंगे, मुझे बाहर निकाल देंगे। क्या करूं? मैंने होशियारी दर्शाई। उठा और उस मृत शहर में टहलने लगा। टहलता ही रहा। कितना सीमित-सा है यह नगर? उसकी तुलना में हम जीवितों का शहर कितना विशाल है। हालांकि मृतक संख्या के हिसाब से जीवितों से कहीं ज्यादा हैं। हमें ऊंचे घर, सड़कें, कक्ष सभी चाहिए।

कब्रिस्तान के खास भाग की सीमा पार कर अचानक मैं एक ऐसे स्थल पर जा पहुंचा, जहां कोई आता-जाता नहीं था। उस स्थान पर पुराने शव मिट्टी में मिल जाने की प्रक्रिया पूर्ण कर रहे थे। वहां कब्रों के स्मृति-लेख और खुली शिलाएं तक चूर-चूर हो रही थीं और नए आने वाले शवों के लिए स्थान रिक्त किया जा रहा था। वह तिरस्कृत स्थान कंटीली झाड़ियों से पूर्ण था। वहां अंत्येष्टि के वक्त काम आने वाली टहनियों से लदे सरु वृक्ष यहां-वहां उगे हुए थे। वह वस्तुतः ऐसा

मायूस और शानदार बगीचा था, जिसे मानव जिस्म की खाद का पोषण मिलता रहता था।

मैं तन्हा था, एकदम तन्हा। किसी सदाबहार वृक्ष की सहस्त्रों पत्तियों से लदी हरी-भरी और मायूस टहनियों के मध्य सिमटकर जा छिपा। मैं वहां पर्वत से टकराए किसी जहाज के टूटे तख्ते को कसकर चिपके बैठे किसी मुसाफिर की भांति लटका हुआ इंतजार करने लगा। जब अंधेरा घिरा, घना अंधेरा, तब मैं वहां से धीमे-धीमे एकदम हलके-हलके निःशब्द कदमों को बढ़ाता हुआ बाहर आया। मृतकों से भरी पूरी उस धरा को पार कर पुनः लौटने लगा।

मैं काफी देर तक भटकता रहा, लेकिन मुझे उसकी कब्र नहीं मिली। अपनी बांहें फैलाकर फटी-फटी आंखों से घूरता हुआ मैं कब्रों के स्मृति-लेखों के पत्थरों को करीब जाकर देखता रहा। घुटनों को मोड़कर खुद को नीचे झुकाकर अक्षरों को पहचानने का प्रयास करते हुए आगे बढ़ता गया, लेकिन उसे तलाश नहीं सका। मार्ग खोजते अंधों के सदृश कब्रों के पत्थरों, सलीबों, लोहे की सलाखों, मोतियों की मालाओं, सूख चुके गुलाब के फूलों को टटोलते हुए बढ़ता रहा। उकेरे अक्षरों पर उंगलियां घुमाकर नाम पढ़ता गया। कैसी रात्रि थी वह? कैसी रात्रि? मैं उसे तलाश नहीं पाया।

चंद्रमा नहीं था। स्याह थी वह रात्रि। मैं सहम गया। बेहद खौफ खा गया। कब्र की दो कतारों के मध्य दूर तक गई संकरी पगडंडियों में भटकता चला गया। कब्रें, चारों तरफ कब्रें ही कब्रें। बाएं, दाएं, सामने, हर तरफ से मुझे घेरती हुई। मैं उनमें से किसी एक कब्र पर बैठ गया, क्योंकि मेरे पैर दर्द करने लगे थे। मैं कतई भी चल नहीं पा रहा था।

मुझे अपनी धड़कन साफ सुनाई पड़ने लगी, लेकिन कुछ और आवाज भी कानों में आई। क्या है वह? खरखराती, घृणित आवाज। कहीं यह खौफ से भरा मेरा हृदय ही तो नहीं खरखरा रहा है? या कदाचित काली स्याह रात्रि ही खरखरा रही होगी। नहीं, नहीं, यह आवाज तो शवों से टसाठस भरी धरा के रहस्य भरे गर्भ से आती प्रतीत हो रही है। मैंने चारों ओर फैले अंधकार को टटोला, लेकिन कुछ समझ में नहीं आया।

मैं वहां कितने समय तक रहा, मुझे नहीं पता।

जब मैं खौफ से कांपता, भयग्रस्त, चीख पड़ने को आतुर, मरने को आमादा हो गया, तभी एकाएक लगा वह संगमरमरी फर्श, जिस पर मैं बैठा था, हिलने लगा हो। वह यूं हिला, जैसे उसे कोई उठा रहा हो, तब अचानक मैं एक ही झटके से दूसरी कब्र पर उछला। हां, तब मैंने अपने इन्हीं नेत्रों से देखा कि कब्र की वह शिला, जिस पर मैं अभी तक बैठा हुआ था, सपाट खड़ी हो गई, क्योंकि नीचे

से उभरा कोई मानव-कंकाल अपनी कमर को खूब नीचे झुकाकर उसे ऊपर उठा रहा था। मैं कतई स्पष्ट देख रहा था, हालांकि रात्रि एकदम स्याह थी। मैंने कब्र की शिला पर उकेरा स्मृति लेख पढ़ा—'यह समाधि जैक ओलिवेंत की है, जो इक्यावन वर्ष की उम्र में गुजर गया। उसने अपने परिवार को बेहद प्यार किया, वह ईमानदार और सुशील था। वह हृदय की शांति के लिए मृत्यु को प्राप्त हुआ।'

अब वह मृत शख्स अपनी कब्र पर उकेरा स्मृति लेख खुद पढ़ने लगा। उसने राह में पड़े किसी तीखी नोक वाले छोटे-से पत्थर को हाथ में पकड़ा और उसे बड़ी सतर्कता के साथ उन अक्षरों पर रगड़ना आरंभ किया। नेत्ररहित कोटरों में से एकटक घूरते हुए उसने शनैः शनैः तमाम शब्दों को पूर्णतया मिटा दिया। फिर जहां उसके पहले पंजे की तर्जनी रही होगी, उस स्थान पर नुकीली अस्थि से उसने चिंगारियों के समान दमकते अक्षरों में लिखा—'यह समाधि जैक ओलिवेंत की है, जो इक्यावन वर्ष की उम्र में गुजर गया। उसने अपने क्रूर आचरण से अपने पिता की मौत को शीघ्र बुलवा दिया, क्योंकि वह उनकी मिल्कियत हड़पना चाहता था। उसने पत्नी को दुःख दिया, बच्चों को रुलाया, पड़ोसियों को परेशान किया, लोगों को छला और एक निकृष्ट मौत मरा।'

यह लिखकर वह मृत शख्स अपने हाथों से उकेरे शब्दों के सामने ध्यान लगाकर अचल खड़ा रहा। तभी मैंने गर्दन घुमाई और देखा कि तमाम कब्रें खुली हुई हैं। उनमें से तमाम शव बाहर निकल आए और उन्होंने अपनी कब्रों पर रिश्तेदारों द्वारा लिखाई इबारतों को मिटा डाला और उनके स्थान पर सत्य लिखना आरंभ कर दिया।

मैंने देखा, हां इन नंगी आंखों से मैंने देखा कि वे सभी अपने परिवारों को त्रास देने वाले शख्स थे। वे घृणा, बेईमानी, असत्य, छल, धोखाधड़ी, चुगलखोरी और जलन से अटाटूट भरे रहे थे। उन्होंने चोरियां कीं, घात दिया। हां, इन तथाकथित भले पिताओं ने, बड़े भाइयों ने, निष्ठावान पत्नियों ने, भाभियों ने, सेवाभावी बेटों ने, शीलवान बालाओं ने, इन ईमानदार व्यापारियों ने हर प्रकार के घृणित और शर्मनाक कार्य किए। हां, ये वे लोग थे, जिन्हें उनकी कब्रों के पत्थरों पर शरीफ दर्शाया गया था।

वे लिख रहे थे—सभी एक साथ लिख रहे थे, अपनी अनादि, अनंत शैया पर, उस क्रूर, खौफनाक और पवित्र सत्य को लिख रहे थे, जिसे जीवित जगत में चलता-फिरता कोई व्यक्ति या तो जानता नहीं या फिर जानते हुए भी अनदेखा करता है।

एकाएक मुझे ध्यान आया कि वह भी अपनी कब्र पर कुछ-न-कुछ जरूर लिख रही होगी। अब मैं खौफ से पूर्णतया मुक्त हो गया था। इन अधखुली

शवपेटियों की शृंखला के मध्य से, इन मृतकों और कंकालों के बगल में चलते हुए मैं उसकी कब्र की तरफ बढ़ा। हां, एकदम निश्चित दिशा साधता हुआ मैं इस तरह आगे बढ़ा कि अब कतई नहीं भूलूंगा। मैंने उसे दूर से ही शिनाख्त कर लिया। मुझे उसके कफन में लिपटे चेहरे को उघाड़कर देखने की जरूरत नहीं पड़ी। ठीक उसी पल मेरी दृष्टि संगमरमरी कब्र पर गई, जहां कुछ ही देर पूर्व मैंने पढ़ा था, 'उसने प्रेम किया, उसे प्रेम किया गया, वह मर गई।'

किंतु वे अक्षर गायब थे। उसके स्थान पर अब वहां लिखा हुआ था—'अपने प्रेमी से विश्वासघात कर, बेवफाई करने जाते समय वर्षा में भीगकर वह बीमार पड़ी और मर गई।'

अगले दिन प्रातः किसी ने मुझे किसी कब्र के पास मूर्च्छित पड़ा पाया।

❐❐

नववर्ष का उपहार

घर पर एकाकी रूप में खाना खाने के पश्चात जैक्स-डी-रेंडल ने अपनी परिचारिका से कहा कि कदाचित वह बाहर जाए, अतः वह घर जा सकती है। तब वह अपनी मेज पर कुछ पत्र लिखने बैठ गया।

वह वर्ष के अंत में प्रतिवर्ष इस तरह के पत्र लिखकर बीते हुए वर्ष को महसूस करता था। नववर्ष के दिन से वर्ष के अंतिम दिन तक की घटनाओं की याद वह ताजा करता था। यह सभी बातें, घटनाएं जो अब अतीत हो चुकी हैं और समाप्त हो चुकी हैं, इसी अनुपात में गत वर्ष की घटनाओं से जुड़े मित्रों के चेहरे, उसकी आंखों के सामने उभर आते थे। उन सबके नाम कुछ पंक्तियां, नववर्ष की पारंपरिक शुभकामनाओं की अभिव्यक्ति के रूप में लिखता।

अतः वह मेज पर बैठ गया। मेज की एक दराज खोली, उसमें से एक स्त्री की तस्वीर निकाली, कुछ पलों तक निर्निमेष दृष्टि से उसे देखता रहा और फिर उसे चूम लिया। फिर उस तस्वीर को लिखने वाले कागज के बाजू में रखकर लिखना आरंभ किया—

मेरी प्यारी आयरिन,

अब तक तुमको मेरे द्वारा भेजा गया लघु-स्मृति प्रतीक मिल गया होगा। आज मैंने स्वयं को शाम से इस कक्ष में कैद कर लिया है, यह कहने के लिए...।'

यहां आकर कलम ने चलना बंद कर दिया। जैक्स अपने स्थान से उठा, और व्यग्रता से कक्ष के एक सिरे से दूसरे सिरे तक चहलकदमी करने लगा। विगत दस माह से उसकी एक प्रेयसी थी जो अन्य स्त्रियों की भांति नहीं थी। जिसके साथ लोग महज व्यर्थ की बकवास में, थियेटर की काल्पनिक दुनिया के षड्यंत्रों व कांडों की चर्चा में व्यस्त रहते हैं, बल्कि एक ऐसी नारी जिससे वह वाकई प्यार करता था और जिसका पूरा विश्वास उसने हासिल कर लिया था। यद्यपि वह अब जवान नहीं रह गया था किंतु ऐसी कोई अधिक उम्र भी नहीं हुई थी।

जीवन के प्रति उसका दृष्टिकोण व्यावहारिक और सकारात्मक था। उसी के अनुरूप उसने अपनी इच्छाओं व उमंगों का ताना-बाना बुना, जैसे वह प्रतिवर्ष अपने मित्रों का मूल्यांकन किया करता था, उन मित्रों का जिनसे अभी मित्रता समाप्त हुई है अथवा नई बनी है, नई परिस्थितियां या नए शख्स जो उसकी

जिंदगी में दाखिल हुए हैं। उसके प्रेम का प्रथम वेग अब धीमा हो चला था, उसने स्वयं अपने आपसे प्रश्न किया, ठीक एक बनिए के संपूर्ण व्यावसायिक गुणा-भाग के साथ, कि उस स्त्री के प्रति उसकी स्वयं की स्थिति क्या थी। उसने साथ-ही-साथ यह कल्पना करने का भी प्रयास किया कि भविष्य में कैसे और क्या हाल रहेगा। उसने महसूस किया कि उसके हृदय में उसके लिए गहरा और अत्यधिक स्नेह है, चाहत है, लगाव है जो कई कोमलताओं, अनुग्रहों तथा छोटी-छोटी ऐसी सहस्रों अनुभूतियों से बनी है जो लंबे, गहरे, स्थायी एवं स्वार्थ रहित साथ को जन्म देती है।

तभी द्वार पर लगी कॉलबेल की आवाज ने उसे चौंका दिया। पहले तो वह तनिक झिझका कि क्या वह द्वार खोले? किंतु उसे लगा कि यह उसका नैतिक उत्तरदायित्व है कि वह गुजरते वर्ष की आखिरी रात्रि को और नववर्ष को जन्म देने वाली रात्रि में एकाएक आने वाले अपरिचित के लिए द्वार अवश्य खोले, जिसने यहां से गुजरते हुए दस्तक दी है, फिर इससे कोई अंतर नहीं पड़ता, वह चाहे जो हो। उसने एक मोमबत्ती उठाई, मध्य का कक्ष पार किया, बरामदा तय किया, कुंडी खिसकाई, द्वार पर लगे ताले में चाबी घुमाई, द्वार अपनी ओर खींचा और द्वार खुलने पर अपनी प्रेयसी, अपनी चहेती और अपनी प्रिया को एक बेजान लाश की भांति, निस्तेज चेहरे के साथ दीवार से लगकर खड़े पाया।

वह हकलाया, "क्या हुआ है तुम्हारे साथ?"

उसने पूछा, "क्या आप अकेले हैं?"

"हां।"

"नौकर भी नहीं है?"

"नहीं।"

"आप कहीं बाहर तो नहीं जा रहे हैं।"

"नहीं।"

इसके पश्चात वह नारी एक ऐसे आत्मविश्वास के साथ कक्ष में दाखिल हुई जो संपूर्ण घर को ठीक प्रकार से जानती हो। जैसे ही वह अतिथि कक्ष में प्रविष्ट हुई वह 'धम्म' से सोफे पर गिर पड़ी और अपने हाथों से अपने चेहरे को ढक कर जोर-जोर से सुबकने लगी।

वह उसके पांवों के पास घुटनों के बल बैठ गया, उसके दोनों हाथ थाम लिए और कहा, "मैं तुमसे इल्तजा करता हूं कि तुम मुझे स्पष्ट और विस्तार से बताओ कि आखिर तुम्हें हुआ क्या है?"

तब वह अपनी सिसकियों के मध्य धीमे-से बुदबुदाई, "मैं अब और इस प्रकार से नहीं रह सकती।"

वह कुछ समझा नहीं, ''इस प्रकार? इससे तुम्हारा क्या आशय है?''

''हां, मैं और अब अधिक इस प्रकार नहीं रह सकती हूं। मैंने इतना अधिक भोगा है, बर्दाश्त किया है, आज दोपहर को उसने मुझे पुन: पीटा है।''

''किसने? तुम्हारे पति ने?''

''हां, मेरे पति ने।''

''ओह!'' सुनकर वह हैरान रह गया। उसने कभी सोचा भी नहीं था कि उसका पति इतना निर्दयी भी हो सकता है। सभा समिति में जाने वाला, अश्वप्रेमी, थियेटर जाने वाला तथा एक दक्ष तलवारबाज होने के साथ ही वह एक सुसंस्कृत खानदान का सभ्रांत व्यक्ति था। उसको अनेक लोग जानते थे। उसकी बेहद चर्चा हुआ करती थी, प्रत्येक जगह उसकी प्रशंसा होती थी। वह बड़ा सौम्य व्यवहार करने वाला व्यक्ति था। उसकी बुद्धि सामान्य, शिक्षा तथा सामाजिक तौर-तरीकों तथा संस्कृति की उसमें कमी थी, जिसकी पढ़े-लिखे व भद्रजनों की भांति सोचने के लिए बेहद आवश्यकता होती है। इन सबके अतिरिक्त तमाम सामाजिक पूर्वाग्रहों तथा प्रथाओं के प्रति उसमें गहरा सम्मान था।

ऐसा प्रतीत होता था कि वह अपनी पत्नी को समर्पित था, जैसा कि एक पति को होना चाहिए। विशेषत: जब वह धनवान हो और जिसका पालन-पोषण भली प्रकार से हुआ हो। वह अपनी पत्नी की आरजुओं, उसकी पोशाक, उसके स्वास्थ्य के प्रति समर्पण दर्शाता था और इससे ज्यादा उसने अपनी पत्नी को पूरी आजादी दे रखी थी।

आयरिन का मित्र बन जाने के पश्चात तो स्नेहिल रूप से उससे हाथ मिलाने का उसे पूर्ण हक तो था ही जिसकी आजादी प्रत्येक पति अपनी पत्नी के विशिष्ट परिचितों को तो देता ही है। कुछ वक्त से जैक्स उस परिवार का मित्र हो गया था, अब वह आयरिन का प्रेमी भी हो गया था, साथ-ही-साथ आयरिन के पति के साथ भी उसके रिश्ते आत्मीय और सौहार्दपूर्ण बन गए थे।

जैक्स ने ख्वाब में भी कभी कल्पना नहीं की थी कि उसकी (आयरिन की) गृहस्थी में इतना तनाव भी हो सकता है और इस अप्रत्याशित रहस्य को जानने के पश्चात उसने उसके पति को खूब कोसा भी था।

उसने पूछा, ''यह सब हुआ कैसे? मुझे तमाम बातें बताओ।''

इस पर उसने एक लंबी कहानी सुनाई, अपने जीवन का पूर्ण लंबा वृतांत, उसकी शादी के दिन के पश्चात से लेकर आज तक की संपूर्ण कहानी। एकदम आरंभ में मामूली झगड़े अकारण हुआ करते थे, बिना वजहों के झगड़े आरंभ हुए, फिर इन दो विरोधी स्वभावों के दंपति के मध्य तीव्र तकरार होने लगीं, जो दिनोदिन बढ़ती ही चली गईं। फिर झगड़े आरंभ हुए, एक पूर्ण अलगाव की

स्थिति दोनों द्वारा प्रदर्शित की जाने लगी। उसके पश्चात पति ने मारपीट भी आरंभ कर दी। वह शक्की स्वभाव का हो गया और बदतमीजी भी करने लगा। अब वह जैक्स से भी जलन रखता था और आज भारी तमाशा करने के बाद उसने पिटाई भी कर दी।

उसने एक निर्णय के साथ यह भी कहा, ''मैं अब उसके पास लौटकर नहीं जाऊंगी। मेरे साथ तुम्हें जैसा भी व्यवहार करना है करो।''

जैक्स उसके सामने बैठ गया, उनके घुटने परस्पर टकरा रहे थे। उसने उसके हाथों को अपने हाथों में ले लिया और बोला, ''मेरे स्नेह, मेरी प्रिया, तुम एक बड़ी खौफनाक गलती करने जा रही हो। एक ऐसी गलती जिसकी पूर्ति नहीं की जा सकती है, यदि तुम अपने पति को छोड़ना चाहती हो, तो उसकी तमाम गलतियों और जुल्मों को एक ओर रख दो। तब एक समझदार व व्यावहारिक नारी की भांति तुम्हारी स्थिति बनी रह सकती है।'' उसने जैक्स की ओर कुछ नाराजगी और उत्सुकता की दृष्टि डाली और पूछा, ''तो तुम फिर मुझे क्या परामर्श देना चाहते हो?''

''तुम घर लौट जाओ और तब तक इंतजार करो जब तक तुम्हें अपने पति से विधिवत तलाक प्राप्त न हो जाए।''

''इस प्रकार क्या तुम मुझे एक कायरतापूर्ण परामर्श नहीं दे रहे हो?''

''नहीं, यह अक्लमंदी और कायदे का परामर्श है। तुम्हारा एक ऊंचा मुकाम है, तुम्हारी अच्छी प्रतिष्ठा है, जिसे तुम्हें संजोकर रखना है, तुम्हारे मित्र हैं जिन्हें बचाकर रखना है, रिश्तेदार हैं, जिन्हें तुम्हें निभाना है। महज एक मामूली मूर्खता या गलती से तुम इन सबको खो नहीं सकतीं।''

वह उठ खड़ी हुई और क्रोध में बोली, ''नहीं, मैं यह सब नहीं कर सकती हूं, बस बहुत हो चुका। मेरे संयम का बांध टूट चुका है। अब कुछ नहीं हो सकता। सब खत्म!'' उसके पश्चात उसने अपने दोनों हाथ, अपने प्रेमी के कंधे पर रखकर, उसकी आंखों में आंखें डालकर, उसके चेहरे को देखते हुए सवाल किया, ''तुम मुझसे प्यार करते हो?''

''हां।''

''सच में प्रेम करते हो?''

''हां।''

''तब फिर मुझे अपने पास ही रख लो।''

वह परेशानी अनुभव करने लगा और उसे एक झटका-सा लगा।

''इसका आशय होगा तुम्हें सदा-सदा के लिए खो देना और यही नहीं, तुम्हारे लौट आने की आशा तक को खो देना।''

उसने उसकी बात का धीरे-धीरे और बेहद गंभीरता से उत्तर दिया, एक ऐसी स्त्री की भांति जिसे स्वयं पर आश्चर्यजनक आत्मविश्वास हो और अपने कहे शब्दों के जबर्दस्त प्रभाव पर नियंत्रण भी।

"सुनो जैक्स! उसने तुमसे मिलने के लिए मुझे सख्त मनाही कर दी है और मैं उससे चोरी-छिपे तुम्हारे घर आने का नाटक नहीं कर सकती हूं। या तो तुम मुझे पूर्णतया खो दो या फिर संपूर्ण रूप से स्वीकार कर लो।"

"यदि ऐसी बात है तो मेरी प्रिय आयरिन, तो तुम पहले तलाक ले लो, फिर मैं तुमसे विवाह कर लूंगा।"

"हां, मैं जानती हूं, फिर तुम मुझसे विवाह कर लोगे। उसमें भी न्यूनतम दो वर्ष लगेंगे। तुम्हारा प्रेम धैर्यवान है।"

"इधर मेरी ओर देखो और तनिक विचार करो, यदि तुम यहीं रह गईं, रुक गईं तो वह कल तुम्हें लेने आ जाएगा, यह जानते हुए कि वह तुम्हारा शौहर है और उसे तुम्हें ले जाने का पूरा हक है। कानून भी उसका ही साथ देगा।"

"मैं तुमसे अपने ही घर में रखने के लिए आग्रह नहीं कर रही हूं। मैं तो तुम्हारे साथ किसी भी स्थान पर चलकर रहने को तैयार हूं। मैं समझती थी कि तुम मुझे इतना प्यार तो करते ही हो कि मेरा आग्रह स्वीकार कर लोगे, लेकिन वह सोचकर मैंने भारी गलती की है। अच्छा, अलविदा!"

वह उठी और इतनी शीघ्रता से द्वार के बाहर निकल गई कि वह उसको तब ही पकड़ सका जब वह कक्ष के बाहर पहुंच चुकी थी।

"सुनो आयरिन! तनिक ठहरो।"

उसने अपने शरीर को झटका दिया। वह उसकी कोई भी बात सुनना नहीं चाहती थी। उसकी आंखें आंसुओं में डूब गईं, उसके मुख से महज इतना ही निकला, "छोड़ दो मुझे, तन्हा रहने दो, तन्हा छोड़ दो मुझे।"

उसने उसे जबर्दस्ती पकड़कर बैठने के लिए विवश कर दिया और एक बार पुनः उसके करीब, घुटनों के बल बैठ गया। उसने उसे धैर्य बंधाने के लिए, समझाने के लिए, सांत्वना देने के लिए अनेक दलीलें दीं, परामर्श दिए, खूब समझाया और वह जो कुछ करने जा रही है उस योजना की अनेक कमियां और उसके दुष्परिणामों के बारे में विस्तार से समझाया। उसने ऐसी कोई बात छिपाई नहीं, जो उसको समझाने और यकीन दिलाने के लिए आवश्यक थी। उसने यह तमाम बातें उसके प्रति गहरे प्रेम से प्रभावित होकर, उसे मनाने के लिए कही थीं।

उसकी बातें सुनकर जब वह खामोश रही तो उसने उसे खूब मनाया, समझाया, उसकी कही बातों पर गौर करने की गुजारिश की तथा उसकी राय मानने की मिन्नत भी की। जब उसने बोलना बंद कर दिया तब आयरिन ने उत्तर

दिया, ''क्या अब आप मुझे यहां से जाने की अनुमति देंगे? अपने हाथ हटा लो ताकि मैं खड़ी हो सकूं।''

''आयरिन! इधर देखो, मेरी ओर।''

''क्या मुझे जाने दोगे?'' उसके स्वर में तल्खी थी।

''आयरिन! क्या तुम्हारा सोचा हुआ फैसला अंतिम है। क्या यह तब्दील नहीं किया जा सकता?''

''ईश्वर के लिए जाने दो मुझे।''

''मुझे महज यह बताओ कि तुम्हारा यह निर्णय, यह मूर्खता से पूर्ण निर्णय, जिस पर बाद में तुम्हें गहन पश्चाताप होगा, बदलोगी नहीं तुम? अड़ी रहना चाहती हो अपने इस निर्णय पर?''

''हां, मुझे बस जाने दो।''

''ठीक है तो फिर तुम यहीं ठहरो। तुम्हें पता है कि तुम घर में ही हो। कल प्रातः हम कहीं किसी अन्यत्र स्थान पर चले जाएंगे।''

वह उठ खड़ी हुई, उसके इतना कहने-समझाने के उपरांत भी। और तब कुछ तीखे स्वर में बोली, ''नहीं, अब बेहद देरी हो चुकी है, मैं किसी तरह का त्याग या बलिदान नहीं, समर्पण, सच्चा समर्पण चाहती हूं।''

''ठहरो, मुझे जो कुछ करना था मैंने कर लिया, जितना कुछ मैं समझा सकता था, वह समझा चुका हूं। मेरी अंतरात्मा में गहन शांति है, मुझे कोई पछतावा नहीं है। तुम कहो, तुम मुझसे क्या करवाना चाहती हो? मैं तुम्हारे प्रत्येक आदेश की पालना करूंगा।''

वह एक बार पुनः अपने स्थान पर बैठ गई, काफी देर तक उसको निहारती रही और फिर बेहद धीमी आवाज में बोली, ''मैं क्या समझाऊं, बतलाऊं?''

''सब कुछ, प्रत्येक बात एकदम स्पष्ट, तफ़सील से वे बातें, तो तुमने इस फैसले पर आने के पूर्व सोची हैं, फिर मैं देखूंगा कि मुझे क्या करना चाहिए।

''किंतु पहले से तो मैंने कुछ सोचा ही नहीं, तथापि मैं तुम्हें सतर्क करना चाहता हूं कि तुम एक बेहद बेवकूफी भरा निर्णय कर रही हो, व्यर्थ हठ कर रही हो, मुझे तुम अपने पागलपन के इस बेवकूफी भरे कार्य में हिस्सेदारी करने के लिए कह रही हो, बल्कि दबाव बना रही हो कि मैं यह कार्य अवश्य ही करूं।''

यह सिद्ध तथ्य है, किसी की सोच को इतनी जल्दी तब्दील कर पाना आसान नहीं है।

''मेरी प्रिय! मेरी बात समझो, यहां प्रश्न त्याग, कुर्बानी या समर्पण का नहीं है। जिस दिन मुझे लगा कि मैं तुमसे प्यार करता हूं तो यह बात मैंने स्वयं अपने आपसे कही, क्योंकि प्रत्येक प्रेमी, प्रत्येक बार ऐसे मामलों में यह बात स्वयं अपने

आप से करता है। कोई व्यक्ति जब किसी नारी से प्रेम करता है तो वह उसका यकीन प्राप्त करने की कोशिश करता है और वह उसे पा भी लेता है और वह उससे एक किस्म का समझौता कर लेता है। उस व्यक्ति का और जहां तक उस स्त्री का प्रश्न है, उनके बीच एक पवित्र, अटूट नाता जुड़ जाता है, और हां, तुम यह भली प्रकार से समझ लो कि यहां निभाने की बात तुम जैसी नारी से जुड़ी हुई है, किसी ऐसी-वैसी नारी से नहीं जो अस्थिर और डांवाडोल प्रवृत्ति की हो। शादी, जिसका कि एक गहन सामाजिक मोल व महत्व होता है, एक बहुमूल्य और नैतिक मोल, जिसकी मेरी दृष्टि में बेहद कम नैतिक आस्था है, विशेष करके उन हालात में जो तुम्हारे साथ घट रहे हैं।

''अतः जब कोई नारी शादी के पवित्र व नैतिक बंधन से जुड़ती है, किंतु यदि उसे उसके पति से कोई प्रेम नहीं रहता है, तो उससे वह किसी भी मूल्य पर प्रेम नहीं कर सकती और यदि कोई नारी, जिसका दिल पूर्णतया आजाद है और यदि वह किसी और पराए व्यक्ति से मिलती है, जिसको वह चाहती है, जिसकी चिंता करती है, जिसे वह अपना सर्वस्व सौंप देती है और उस व्यक्ति के साथ, किसी भी किस्म का बंधन नहीं होता है और फिर वह ऐसी नारी को स्वीकारता है तो मेरा तो विचार है कि ऐसे में वे एक-दूसरे के प्रति पूर्णतः वफादार और समर्पित होते हैं। और यह आपसी समझ का परस्पर संबंध, चर्च में पादरियों की मौजूदगी में कराए जाने वाले वैवाहिक रिश्तों से कहीं ज्यादा सारपूर्ण, उपयोगी व व्यावहारिक होते हैं।

''मेरा तो मानना है कि यदि दोनों सभ्रांत, आत्मसम्मान वाले व्यक्ति हैं तो निश्चित रूप से उनके रिश्ते ज्यादा प्रगाढ़, स्थायी, पवित्र, अधिक स्वस्थ और कहीं ज्यादा मजबूत होंगे।

''नारी अपनी प्रत्येक चीज पर दांव लगाती है, यह महज इसलिए क्योंकि वह जानती है कि वह अपना सबकुछ, अपना दिल, अपनी उमंगें, चाहत, तन-बदन, अपना जीवन, अपनी मर्यादा उसे सौंपती है, क्योंकि भविष्य में आने वाली तमाम कठिनाइयों, दुःखों, षड्यन्त्रों का उसे पूर्वाभास होता है। इस कारण वह इतना कठोर दुःसाहसपूर्ण निर्णय लेने के लिए तत्पर रहती है और प्रायः ले भी लेती है, क्योंकि वह बड़े-से-बड़े दुःसाहस करने और वीरत्व प्राप्त करने के लिए तत्पर रहती है, फिर चाहे उसका पति, उसके इस निर्णय के लिए उसे क्यों न जान से ही मार दे। संभव है कि समाज उसका सामाजिक परित्याग भी कर दे। अतः अपने वैवाहिक जीवन में इस विश्वासघात द्वारा भी वह एक महान कार्य करती है, अतः उसके प्रेमी को भी भविष्य में आने वाली कठिनाइयों का पूर्ण आभास व कल्पना कर लेनी चाहिए और प्रत्येक चीज के एवज में उसे सिर्फ

वही नारी अर्थात अपनी प्रेमिका को स्वीकारना चाहिए, फिर चाहे कुछ भी क्यों न घट जाए।

''मुझे तुमसे अब कुछ भी नहीं कहना है, आरंभ में मैंने तुमसे तुम्हारे हितैषी, शुभचिंतक की भांति बात की थी, जिसका फर्ज होता है कि वह उसे बाकायदा सतर्क कर दे और अब तुम्हारे समक्ष मेरे व्यक्तित्व का बस एक ही रूप बचा है जो तुम्हारे सामने है। एक ऐसा व्यक्ति जो तुम्हें अपनी जिंदगी व सम्मान से भी ज्यादा चाहता है। अब तुम मुझे कहो कि क्या करना चाहिए और मैं वही करूंगी।

''जैक्स! उसने उसके मुंह को अपने दोनों होंठों से बंद कर दिया और फिर धीमे-से बोली, ''यह सब सत्य नहीं है प्रिय! कहीं कोई ऐसी बात नहीं है। मेरा पति मुझसे कहीं से भी, किसी भी बात पर कोई संदेह नहीं करता है, किंतु मैं देखना चाहती थी, जानना चाहती थी, परखना चाहती थी कि यदि ऐसा कहीं कुछ है या हो जो कुछ देर पूर्व मैंने तुमको बताया था, तो तुम क्या करते या क्या करोगे?''

''मुझे नववर्ष के एक उपहार की चाहत थी, उपहार वह भी तुम्हारे साफ, अच्छे दिल की, अच्छी भावनाओं की, गले का खूबसूरत हार जो अभी कुछ देर पूर्व तुमने मुझे भिजवाया था, उसके अतिरिक्त।

''एक और सच्चा, बेशकीमती उपहार जो तुमने मुझे दिया है, वह मुझे प्राप्त हो गया है, धन्यवाद! लाख-लाख धन्यवाद! ईश्वर को बेहद धन्यवाद दिया जाना चाहिए, उस प्रसन्नता के लिए जो तुमने अभी तत्काल मुझे प्रदान की है।''

□□

आकांक्षा

कतिपय व्यक्तियों की पैदाइश कुछ तयशुदा प्रभावशाली आदतों को लेकर ही पूर्ण होती है। उन आदतों में उनकी कोई हसरत या धनोपार्जन का लक्ष्य होता है। विचार करने व बातचीत करने की उम्र को जैसे ही ऐसे लोग प्राप्त करते हैं, अपने विचारों को व्यावहारिक रूप में तब्दील करने और उसे मान्यता प्रदान करने की मजबूत भावना रखने लगते हैं।

बाल्यावस्था से ही महज एक सोच मौंसायर कैलार्ड के जेहन में थी और वह थी प्रतिष्ठित होने की, सम्मानित होने की और पुरस्कृत होने की। जिस प्रकार कई बच्चे लड़कपन में शौक–शौक में सैनिकों की टोपी लगाया करते हैं उसी प्रकार जब वे बहुत छोटे थे, तभी से सामान्य खिलौनों के रूप में मिलने वाले जस्ते में धातुई सर्वोच्च सम्मान के पदक इत्यादि अपने कपड़ों पर लटकाया करते थे और बहुत गर्व से अपनी मां का हाथ थाम अपने नन्हे से सीने को शान से फुलाकर जिस पर वह धातुई नकली पदक व लाल फीता लटका रहता था, राहों की सड़कों पर घूमा करते थे।

शुरुआती पढ़ाई में उन्हें कोई कामयाबी नहीं मिली थी। जब वे बी.ए. की परीक्षा में भी अनुत्तीर्ण हो गए और उन्हें जब कुछ समझ में नहीं आया कि वे क्या करें तो उन्होंने एक बेहद सुंदर व सुसंस्कृत लड़की से विवाह कर लिया, क्योंकि उनके पास अपनी खुद की पर्याप्त खानदानी जायदाद थी।

वे भी दूसरे मध्यवर्गीय रईसों की भांति पेरिस में रहा करते थे और दूसरे सामान्य स्तर के लोगों के पास न जाकर एक उपमंत्री से मामूली परिचय होने की शान तथा इस उम्मीद से कि वे भी किसी दिन मंत्री बन जाएंगे, वे अपने स्तर के लोगों से ही मिला करते थे। सेना की टुकड़ियों के दो साधारण अधिकारी भी उनके विशिष्ट मित्रों में थे। किंतु मौंसायर कैलार्ड खुद को महज एक लगातार रहती चिंतन प्रक्रिया से मुक्ति नहीं दिला पा रहे थे। वे सदैव दुःखी रहते थे, क्योंकि उनके पास अपनी पोशाकों के काजों में बांधने के लिए उचित विशेष लाल फीता (पदक के साथ लगाने वाला) नहीं था।

जब वे किसी शख्स से भेंट करते और देखते कि उसे पूर्व में उसकी सेवाओं के लिए पुरस्कृत किया गया है तो वे उसे ईर्ष्या से निरंतर देखते ही रह जाते।

कभी-कभार जब दोपहर को उन्हें करने को कुछ कार्य नहीं होता तो वे उन मिले हुए लोगों की गिनती करते और स्वयं से कहते थे, 'तनिक मैं भी देखूं कि मेडलीन और एयू डायर के मध्य मैं कितने लोगों से मिल चुका हूं।'

अक्सर गंभीरता से चलते हुए वे अपने तजुर्बेकार नेत्रों से सम्मान के मामूली से लाल फीते के लिए बेहद सतर्कता से मुआयना करेंगे और जब वे मार्ग तय कर लेंगे तो अंत में संपूर्ण संख्या जोर से बोलेंगे, 'आठ अफसर व सत्रह वीर सिपाही।' इतने सारे! यह सब मूर्ख हैं कि वे सब इस प्रकार प्रदर्शित करते हुए चलते हैं। मुझे हैरत है कि वापसी में मुझे जाने कितने लोग और मिलेंगे।'' उसके पश्चात वे दु:खी होकर धीरे-धीरे लौटते, जब लौटती हुई भीड़ को खुद की तरफ देखते हुए पाकर दंग रह जाते।

उन्हें वे तमाम स्थान मालूम थे, जहां अक्सर ऐसे लोग मिल जाया करते थे। वे अधिक रॉयल पैलेस में एकत्र होते थे। कुछ लोग रूडेला पेक्स की बजाय एवेन्यू ऑपेरा में भी नजर आते थे।

बाएं भाग की तुलना में बोलिवार्ड का दायां भाग ज्यादातर उन लोगों से भरा रहता था। ऐसा प्रतीत होता था कि उन्हें कुछ विशिष्ट प्रकार के कैफे और थियेटर जाना भी पसंद था। जब भी मौंसायर सफेद बालों वाले बुजुर्गों को यातायात के मध्य से होते हुए सड़कों पर खड़ा देखते तो वह खुद अपने आपसे कहते, 'वे सम्मानित व पुरस्कृत अधिकारी हैं।' और उनके निमित्त श्रद्धा से हैट उठाने की सोचते। वह प्राय: देखा करते थे कि ऐसे अधिकारी दूसरे साधारण वीरों से कुछ हटकर ही देखते हैं। वे अपना सिर कुछ ज्यादा गर्व से ऊंचा रखते हैं और देखने वालों को ऐसा लगता है जैसे वे कुछ अधिक ही सैनिक महत्व और रुतबा रखते हैं। कभी-कभार यह भद्रजन बेचारे उन सभी लोगों के प्रति नफरत से भर जाते जिन्हें पुरस्कृत किया गया हो। वे उनके प्रति समाजवादियों की भांति सोचना आरंभ कर देते। उसके पश्चात जब वे पुन: घर आते जो मार्ग में इतने अधिक पदक देखकर वह ठीक ऐसे खीज उठते थे जैसे कोई क्षुधित भिखारी किसी बड़ी बेकरी की दुकान को देखकर क्रोधित हो उठता है। वह खुद से ऊंची आवाज में कहते, 'कब हमें ऐसी नालायक सरकार से मुक्ति मिलेगी।'

उनकी पत्नी दंग रह जाती और सवाल करती, ''आज तुम्हें क्या हो गया है?''

वह जवाब देते, ''हमारे इर्द-गिर्द जो अन्याय हो रहा है, वह देखकर मैं अवसादग्रस्त हूं।''

''ओह! बेशक अन्य लोग कहीं अधिक सुखी हैं।''

रात्रि के भोजन के पश्चात वह पुन: उन दुकानों को देखने चले जाते जहां

सर्वोच्च सम्मान के विभिन्न प्रकार के पदक व चक्र बेचे जाते थे। वे अलहदा रंगों व आकारों के, सैनिक सम्मान के चिह्नों को बड़े ध्यान से देखते और इन सबको प्राप्त करने की इच्छा करते। वह इच्छा करते कि गर्व से सीना फुलाए, इन समस्त तमगों को अपने सीने पर सजाएं, अनेक प्रशंसकों की भीड़, सम्मान देखने वाले लोगों के सबसे आगे, अपने हैट को बाजू में दबाए चलें। किंतु अफसोस! उन्हें किसी भी तरह के सम्मान-सूचक चिह्नों को धारण करने का कोई हक नहीं है।

वह खुद अपने आपसे कहते, 'सच में किसी भी शख्स के लिए पुरस्कार पाना बेहद कठिन है जब तक उसने कोई विशेष काम या सेवा न की हो।'

'यदि मैं सेना में कोई अधिकारी बनाए जाने की बात सोचूं तो?'

लेकिन वह नहीं जानते थे कि इस विषय को वह कैसे तय करें, और हताश होकर उन्होंने अपनी चकित पत्नी से इस बारे में चर्चा की।

''सेना का अधिकारी? अधिकारी बनने के लिए आपने ऐसा क्या किया है?'' पत्नी ने पूछा।

वह क्रुद्ध हो गए, ''मैं जानता हूं कि मैं क्या कह रहा हूं। मैं तो महज यह जानना चाहता हूं कि मैं इस कार्य को कैसे आरंभ करूं?''

''कभी-कभी तो आप कतई पागलों जैसी बातें करते हैं!''

एक विचार उनके जेहन में उमड़ा। वह पत्नी से बोले, ''यदि तुम्हें मौंसायर रोसलीन से कुछ कहना पड़े तो कदाचित वह मुझे कुछ सुझा सकता है। तुम तो समझती हो कि मैं स्पष्ट तौर पर उनसे यह सब कुछ नहीं कह सकता हूं। यह एक बेहद मुश्किल व कठिन और नाजुक विषय है। किंतु संभवतः तुम्हारे द्वारा उससे कहने से, वह कुछ सहज व सामान्य-सा ही लगेगा।''

श्रीमती कैलार्ड ने वही सब कुछ कहा जो कि उसके पति द्वारा बताया गया था। और मौंसायर रोसलीन ने इकरार किया कि वह इस बारे में मंत्री से बात करेंगे। उसके पश्चात कैलार्ड ने उन्हें तब तक परेशान किए रखा जब तक उपमंत्री ने उनसे यह नहीं बोल दिया कि वह एक औपचारिक प्रार्थना-पत्र पेश करें और अपने लिए किसी बेहतर पद की मांग करें।

वह किस तरह काबिल हैं? उन्होंने विचारा, वह बी.ए. तक तो उत्तीर्ण नहीं हैं। किसी भी प्रकार वह कोई फैसला नहीं कर सके और अंततः उन्होंने 'जनता को शिक्षा का आधार' नामक शीर्षक से एक इश्तहार निकाला। किंतु उसे भी अपनी वैचारिक अस्थिरता की कमी की वजह से पूर्ण न कर सके।

अब उन्होंने कुछ आसान विषय चुने और कामयाबी से उन पर लिखना आरंभ किया। उनका पहला विषय था, 'आंखों के द्वारा बच्चों की शिक्षा।' वह

चाहते थे कि पेरिस में बच्चों के लिए इधर-उधर छोटे-छोटे शिक्षा मंदिर चलाए जाएं। जहां बच्चों के माता-पिता अपने बच्चों को ले जाएं और सिने चित्रों की सहायता से उन्हें मानवीय ज्ञान से अलहदा पहलुओं की जानकारी प्रदान की जाए। इस संदर्भ पर लगातार कक्षाएं लगाई जाएं ताकि उन चित्रों का प्रभाव बच्चों के मस्तिष्क पर पड़े, उन्हें ज्ञानवान बनाए और इस प्रकार विज्ञान में उनकी रुचि बढ़े। इसी तरह उन्हें अन्य विषय यथा प्राणी शास्त्र, शरीर विज्ञान, इतिहास, भूगोल व वनस्पति शास्त्र इत्यादि भी आसानी से पढ़ाए जा सकें। उन्होंने अपनी यह नूतन योजना छोटे-छोटे कागजों में प्रकाशित करवाई और हर एक उपमंत्री को एक, हरेक मंत्री को दस-दस, राष्ट्रपति को पचास, हरेक मेयर को दस व स्थानीय अखबारों में पांच-पांच प्रतियां प्रेषित कीं।

उसके पश्चात उन्होंने लघु भ्रमणशील पुस्तकालय के बारे में लिखा। उनका परामर्श था कि संतरे बेचने वाली गाड़ियों की भांति छोटी-छोटी हाथ गाड़ियों में पुस्तकें भरकर सड़कों पर लाई जाएं ताकि हरेक आशार्थी गृहिणी आधी पैनी शुल्क द्वारा महीने में दस किताबें पढ़ने हेतु किराये पर प्राप्त कर सके।

मौंसायर का विश्वास था कि इस कारण लोग अपने शौक को नहीं दबाएंगे, और इस तरह ज्ञान का पीछा नहीं करेंगे बल्कि ज्ञान खुद उनके द्वार पर आएगा। इस प्रकार के नए सुझाव प्रदान किए गए।

उनके निबंधों का प्रजा या शासन पर कोई खास असर नहीं हुआ। तब भी उन्होंने अर्जी भेज दी और उनको शासन की तरफ से प्रत्युत्तर भी मिला। वह अपनी भावी कामयाबी के लिए भी निश्िंचत हो गए। किंतु इतने पर भी कुछ हुआ नहीं।

उसके बाद उन्होंने निजी रूप से शिक्षामंत्री से भेंट करने, उन्हें प्रार्थना पत्र देने की बात सोची। वह उनके निजी सहायक से मिले जो बिजली की घंटी बजाकर आगंतुकों, आवेदन देने वालों और मंत्री के नीचे अधीनस्थ अधिकारियों को बुलाया करता था। उन्हें मंत्री के सहायक ने बताया कि उनके आवेदन पर बेहद हमदर्दी के साथ विचार किया जा रहा है। उन्हें परामर्श दिया गया कि वह अपनी कोशिशों में लगातार उत्साह के साथ लगे रहें। अतः उसकी यह बात सुनकर मौंसायर कैलार्ड ने फिर से पूर्ववत् कार्य को और ज्यादा तेजी से करना आरंभ कर दिया।

ऐसा प्रतीत होता था कि मौंसायर रोसलीन उपमंत्री, अब मौंसायर कैलार्ड के बारे में बहुत दिलचस्पी लेने लगे हैं। उन्होंने उसे बहुत ही व्यावहारिक ज्ञान की बातें सुझाईं। रोसलीन को भी बेहद सम्मानित किया गया था, किंतु कोई नहीं जानता था कि वह सम्मान दिए जाने योग्य उन्होंने ऐसा कौन-सा विशिष्ट कार्य

किया था। उन्होंने कैलार्ड को बताया कि कौन-से नए विषय लेने चाहिए। उन्होंने उनका परिचय कुछ अच्छी सम्मानित व नामचीन समितियों से भी करवा दिया था, जो सम्मान की दृष्टि से मान्यता प्राप्त करने की उम्मीद से विशेषकर विज्ञान के गूढ़ विषय के बारे में शोधकार्य किया करती थीं। मौंसायर कभी-कभी अपने मंत्री साथियों से भी कैलार्ड की भेंट करवा दिया करते थे।

एक दिन जब मौंसायर रोसलीन अपने मित्र कैलार्ड के घर भोजन करने आए जैसा कि वह गत कई महीनों से निरंतर करते आ रहे थे। उन्होंने कैलार्ड से हाथ मिलाते हुए धीरे-से बताया, ''मैंने हाल ही में तुम्हारे लिए एक बड़ी मजबूत सिफारिश की है। जल्दी ही इतिहास विषय की एक शोध समिति तुम्हें एक बड़ा कार्य सुपुर्द करने वाली है। फ्रांस के विभिन्न बड़े पुस्कालयों में कुछ बड़ा शोध कार्य किया जाना है और आगामी सप्ताह ही वह शोध कार्य के लिए बाहर भेज दिए गए। वह विभिन्न शहरों में गए। धूल से अटे पुराने बड़े-बड़े महत्वपूर्ण ग्रंथों को देखा, परखा और जल्दी ही सभी बड़े पुस्तकालयों के तमाम अधिकारियों के लिए अच्छा-खासा सिरदर्द बन गए।

एक दिन जब वह संभवतः 'रोयुन' में थे। उन्होंने सोचा कि उन्हें अपनी पत्नी से मिलने घर जाना चाहिए जिससे कि वह कोई गत एक सप्ताह से बिछड़े हुए थे। उन्होंने रात्रि नौ बजे की ट्रेन ली जो बारह बजे के लगभग उन्हें उनके नगर तक पहुंचा देती। यकायक पहुंचकर अपनी पत्नी को हैरत में डाल देने के विचार से वे दबे पांव बिना कोई आहट किए घर पहुंचे। घर का द्वार बंद था। उनकी पत्नी भीतर थी। उन्हें आश्चर्य हुआ, तथापि किसी तरह उन्होंने द्वार थपथपाया।

''जैनी... मैं हूं। द्वार खोलो।'' उन्होंने स्पष्ट किया।

वह जरूर बहुत डर गई होगी, क्योंकि कैलार्ड ने अपने बिस्तर पर से नीचे और खुद से बात करने की ध्वनि सुनी थी। गोया वह गहरे ख्वाब में डूबी हो। उसके पश्चात वह ड्रेसिंग रूम की तरफ दौड़ी। उसने उस कक्ष का द्वार खोला और बंद किया, तब पुनः दो-तीन दफा नंगे पांव वह अपने कक्ष में आई और गई। फर्नीचरों को खिसकाया, करीने से रखा, अंत में उसने पूछा, ''तुम ही हो अलेक्जेंडर?''

''हां... हां...।'' उन्होंने व्यग्रता से उत्तर दिया, ''शीघ्रता करो... और द्वार खोलो।'' भीतर से पत्नी द्वारा द्वार खोला गया।

जैसे ही उसने ऐसा किया वह उसकी बांहों में झूल गई।

''ओह, कितना हर्ष है! क्या आश्चर्य है! कितनी प्रसन्नता है कि तुम पुनः लौट आए हो।''

कक्ष में दाखिल होते ही वह एक-एक करके अपने वस्त्र धीरे-धीरे उतारने

लगे। उन्होंने एक कुर्सी से अपना ओवरकोट उठाया जैसा कि उसे दीवार पर टांगने की उनकी नियमित आदत थी। किंतु अचानक वह स्तब्ध रह गए। वह हैरत से सन्न रह गए। ओवरकोट के बटन के काज में एक लाल फीता बंधा हुआ था।

''क्यों?'' उन्होंने कठोरता से पूछा, ''इस ओवरकोट में यह लाल फीता क्यों लगा है?'' अगले ही पल उनकी पत्नी पुनः उनसे लिपट गई और उनके हाथ से ओवरकोट लेते हुए बोली, ''नहीं, कदाचित तुमने भूल कर दी है। यह मुझे दे दो।''

पति ने अब भी ओवरकोट को हाथ से नहीं जाने देते हुए एक बांह से थाम रखा था। उन्होंने नीम पागलपन की अवस्था में पुनः कहा, ''ओह क्यों? मुझे बताओ यह किसका ओवरकोट है? यह हर्गिज भी मेरा नहीं है, क्योंकि इसमें सर्वोच्च सम्मान पदक लगा है।''

पत्नी ने उसे हाथ में लेने का प्रयास किया, डरी हुई वह कुछ भी कहने की स्थिति में न थी, ''सुनो, सुनो, यह मुझे दे दो। मुझे तुम्हें अभी यह रहस्य नहीं बताना चाहिए। यह एक भेद की बात है।'' बात को संभालने का प्रयास करते हुए वह बोली।

वह क्रुद्ध हो उठे और अगले ही पल एक अनजाने खौफ से पति का चेहरा उतर गया। पीला पड़ गया।

''मैं जानना चाहता हूं, यह ओवरकोट यहां तक पहुंचा कैसे? यह मेरा नहीं है।''

पत्नी ने तकरीबन सुबकते हुए कहा, ''हां, यह यहां लाया गया है, ईश्वर के लिए आप मेरा यकीन करें, सच में आपको सम्मानित किया गया है।''

यह सुनकर वह क्रोध में आपे से बाहर हो गए। उन्होंने ओवरकोट वहीं गिर जाने दिया और आरामकुर्सी में धंसते हुए कहा, ''मुझे तुम कहती हो कि मुझे सम्मानित किया गया है?''

''हां... किंतु अभी... अभी यह एक रहस्य है। गहरा रहस्य...।'' उसने उस मूल्यवान वस्त्र को अलमारी में बंद कर दिया और कांपते हुए उतरे और मुरझाए चेहरे वाले पति के करीब आई।

''हां....।'' उसने कहना आरंभ किया, ''यह एक नया ओवरकोट है जिसे मैंने राजदारी से तुम्हारे लिए सिलवाया है। किंतु मैं शपथ खाती हूं कि तुम्हें इसके बारे में कुछ नहीं बताऊंगी, क्योंकि शासकीय तौर पर कोई एकाध माह तक इसके विषय में औपचारिक घोषणा नहीं की जाएगी और तुम्हें तो तब तक नहीं बताया जाएगा जब तक तुम अपनी शोध यात्रा से लौटकर नहीं आ जाओगे।''

''मौंसायर रोसलीन ने ही तुम्हारे लिए इतनी तमाम कोशिशें की हैं।''

''उपमंत्री मौंसायर रोसलीन!'' वह प्रसन्नता से चीख उठा, ''उसने मेरे लिए इस सम्मान, इस पुरस्कार का इंतजाम किया है, ओह वाह।''

और उसने राहत के बाद एक गिलास ठंडा पानी पीना चाहा।

सफेद कागज का टुकड़ा ओवरकोट की जेब से निकलकर फर्श पर गिर पड़ा। कैलार्ड ने उसे उठाया। वह विजिटिंग कार्ड था। उसने उसे ध्यान से पढ़ा, ''रोसलीन, उपमंत्री!''

''देखा तुमने, यह है वह बात।'' उनकी पत्नी ने संभलते हुए कहा।

वह खुशी से तकरीबन चीख उठे।

कोई एक सप्ताह पश्चात सेना मुख्यालय के शासकीय गजट में घोषणा की गई, ''मौंसायर कैलार्ड को उनकी विशिष्ट सेवाओं हेतु सर्वोच्च सम्मान के पदक से अलंकृत किया गया है।''

□□

खूबसूरती

कितनी विचित्र हैं वे अतीत की स्मृतियां जिनसे हम चाहकर भी स्वयं को मुक्त नहीं कर सकते। एक बहुत पुरानी याद को, जिसे मैं भी नहीं समझ पाता कि क्योंकर वह मेरी स्मृति के साथ इतनी गहरी जुड़ी है। मैंने अपने जीवन में अनेक आपराधिक घटनाएं देखी हैं, वे प्रभावशाली तथा डरावनी भी थीं, किंतु उसके उपरांत भी मैं चकित हूं कि मैंने एक दिन भी मदर बैल फ्लावर का चेहरा विस्मृत किए बिना कैसे गुजारा, जो मेरे जेहन में बार-बार उभरता है। मैं उसे बहुत समय पहले से ही जानता हूं, तब मुश्किल से मेरी आयु दस-पंद्रह वर्ष की रही होगी।

वह एक पुरानी दक्ष रफूगर थी जो सप्ताह में एक दिन मेरे माता-पिता के घर पर वस्त्रों की सिलाई करने या रफू करने आया करती थी। मेरे माता-पिता गांव के एक छोटे-से कच्चे घर में रहा करते थे जो 'चेट्यू' के नाम से जाने जाते थे। वे नोकदार छतों वाले घर हुआ करते थे जिनके साथ तीन-चार खेत भी लगे रहते थे। गांव, एक वृहत् गांव, महज एक छोटा-सा व्यापारिक कस्बा था। वह बामुश्किल कोई सौ गज के क्षेत्रफल में फैला था और विशेषत: चर्च के चारों तरफ बसा हुआ था। चर्च मूल रूप से लाल रंग की ईंटों का बना था जो वक्त के कारण बहुत पुराना होने से अब काला पड़ गया था।

प्रत्येक गुरुवार को नियमित रूप से मदर बैल फ्लावर यही कोई प्रात: साढ़े छह-सात बजे हमारे घर में आया करती थी तथा सीधे हमारी रसोई में प्रविष्ट होकर अपना कार्य निपटाने लगती थी। वह खासी ऊंची, कृशकाय थी तथा उसके पूरे जिस्म पर काफी घने बाल थे। बड़ी विस्मयजनक, अप्राकृतिक एक अप्रत्याशित दाढ़ी उसके चेहरे पर थी जैसे किसी विक्षिप्त ने उसके चेहरे पर यह दाढ़ी पृथक से लगा दी हो। वह स्त्री के रूप में एक रीछ थी। उसकी नाक पर, नाक के नीचे, नाक के चारों तरफ, ठुड्डी पर, गालों पर तथा भौंहों पर भी बाल-ही-बाल थे। उसकी भौंहें कुछ अधिक मोटी, घनी और सफेद थीं। वह ऐसी लगती थी गोया किसी ने गलती से, उस स्थान पर उसके चेहरे पर एक जोड़ी मोटी घनी मूछें चिपका दी हों। वह लंगड़ाया करती थी लेकिन साधारणत: किसी लंगड़े व्यक्ति की भांति नहीं बल्कि हिचकोले लेते हुए जहाज की भांति। जब वह

ताकतवर हड्डियों वाले लंबे जिस्म का भार अपने मजबूत पैरों पर रखा करती थी तो ऐसा प्रतीत होता था मानो वह किसी तेज लहर को पार करने की कोशिश कर रही हो, फिर वह अचानक यूं नीचे की ओर हो जाती जैसे किसी खाई में अदृश्य हो गई हो, उसकी चाल से सदैव किसी तूफान से घिरे जहाज की याद आती थी और उसका सिर सदैव एक बड़ी टोपी से ढका रहता था, जिसमें बंधा रिबन हमेशा उसकी पीठ पर फहराता रहता था तथा उसकी चाल की प्रत्येक लचक पर उसका सिर दाएं से बाएं और बाएं से दाएं हिला करता था।

मुझे मदर बैल फ्लावर बेहद प्रिय लगा करती थी। मैं उसे बहुत चाहता था, जैसे ही मैं प्रात: उठता, हमेशा रसोई घर में पहुंच जाता था, जहां मैं उसे कार्य में मसरूफ देखा करता था। उसके पांवों के नीचे ऊनी कालीन का एक टुकड़ा बिछा रहता था। जैसे ही मैं उसके पास पहुंचता वैसे ही वह अपने पांवों के नीचे पड़े ऊनी कालीन के मोटे टुकड़े को खिसकाकर मुझे बैठने के लिए दे दिया करती थी, ताकि छत के नीचे लंबे-चौड़े ठंडे कक्ष में मुझे कहीं सर्दी न लग जाए, ऐसे गर्म कालीनों में बैठने से रक्त सिर से नीचे की ओर आता है, ताकि वह आपको गर्म रख सके।

रसोई में अपनी लंबी, आड़ी-तिरछी और सुन्न उंगलियों से वस्त्रों को रफू करते हुए वह मुझे काफी कहानियां सुनाया करती थी। उसकी आंखों पर नजर का मोटा चश्मा चढ़ा रहता था। अधिक उम्र ने उसकी नजर कमजोर कर दी थी, उसकी आंखें खराब-सी हो गई थीं। मोटे चश्मे के पीछे उसकी आंखें मुझे बहुत बड़ी, बहुत गहरी, तकरीबन सामान्य से दोगुने आकार की लगा करती थीं।

जहां तक मैं स्मरण कर सकता हूं, वह मुझे जो कहानियां सुनाया करती थी उनसे मेरा बाल मन प्रभावित हुआ था तथा उनसे मुझे यही समझ में आया था कि उस गरीब स्त्री के पास एक बड़ा उदार हृदय था। वह मुझे बताया करती थी कि गांव में क्या कुछ घटा? किस तरह कोई गाय किस प्रकार गौशाला से भागी तथा अगले दिन 'प्रास्पर मैलेट' की मिल के नाम से चलती हुई चक्की को देखते हुए खड़ी पाई गई या फिर किसी ऐसी मुर्गी के विषय में बताती जो 'चर्च की' (Belfry) में अंडा देते हुए नजर आई थी। किसी को भी यह समझ में नहीं आता था कि वह कौन-सा जंतु है या फिर विशेष स्थान के कुत्ते की रोचक कहानी सुनाती थी।

वह मुझे ऐसे तमाम छोटे-मोटे किस्से इतने रोमांचक और रोचक तरीकों से सुनाया करती थी कि वे मेरे दिमाग में कभी ना भुलाए जाने वाले नाटकों, बड़ी तथा रहस्यमय कविताओं तथा कवियों द्वारा बजाई गईं रोचक स्थानीय धुनों की तरह लगते, जो कि मेरी मां रात्रि को सोते वक्त सुनाया करती थीं, उन सबमें भी

वह बात नहीं थी, वह संपूर्ण जीवंतता नहीं थी जो गांव की इस निश्छल औरत की साफ किस्सागोई में थी।

खैर, एक गुरुवार को जिसमें तमाम सुबह मैंने मदर बैल फ्लावर से कहानियां सुनने में गुजारी थी। तब मैं ऊपरी मंजिल पर उसके पास जाना चाहता था, विशेषकर अपने नौकर के साथ घर के पीछे जंगल से बीनकर लाए 'हंजाल नट' के साथ। मुझे वह घटना आज भी इतनी अच्छी तरह से संपूर्ण याद है गोया वह कल की ही बात हो।

रसोई का कक्ष खोलने पर मैंने देखा कि वह पुरानी रफूगर अपनी कुर्सी पर लुढ़की पड़ी हुई थी, उसका सिर एक तरफ झुका हुआ था, उसके हाथ फैले हुए थे, एक हाथ में रफू करने वाली सूई तथा दूसरे हाथ में मेरी एक कमीज थी। नीचे स्टाकिंग से ढका उसका एक पैर कुर्सी के नीचे फैला हुआ था तथा दीवार के प्रकाश के कारण दमक रहा उसका चश्मा उससे कुछ दूरी पर जमीन पर पड़ा हुआ था। मैं मारे खौफ के वहां से चीखता हुआ भागा। मेरी आवाज सुनकर सब दौड़ते हुए मेरी तरफ आए और कुछ ही वक्त में मुझे बता दिया गया कि मदर क्लोचेरे उर्फ बैल फ्लावर अब संसार में नहीं रहीं।

मैं आपको बता नहीं सकता कि मेरे बाल सुलभ मन ने कैसा गहरा सदमा, संताप, दुःख और भयानक वेदना को महसूस किया था। मैं धीरे-से चुपचाप अतिथिकक्ष में गया और एक बड़ी आरामकुर्सी के पीछे एक अंधेरे कोने में अपने आपको छिपा लिया। वहां अपने आपको घुटनों के बल झुकाकर, खूब जी भरकर रोया। मैं वहां उसी स्थिति में बहुत देर तक बैठा रहा, रात घिर आई थी। अचानक उस कक्ष में कुछ लोग लैंप के साथ आए। उन लोगों की मुझ पर दृष्टि नहीं पड़ी, मैंने सुना कि मेरे माता-पिता, एक चिकित्सक से चर्चा कर रहे थे, जिसका स्वर मैं पहचान गया था। चिकित्सक को तत्काल बुलवा लिया गया था तथा वह घर में हुई दुर्घटना के विषय में विस्तार से बता रहा था, जिसे मैं तनिक भी समझ नहीं पा रहा था।

यद्यपि वहां चिकित्सक तमाम बातें कहकर वहीं बैठ गया था और उसके पश्चात उसने एक गिलास 'लिंबर' का पिया था और एक बिस्किट खाया था। उसके पश्चात वह निरंतर बोलता गया, बताता चला गया। उसने उस वक्त जो कुछ बताया वह मरते दम तक मेरे जेहन में बैठा रहेगा। मेरे विचार से उस दिन उसने जो कुछ कहा, उसके कहे शब्द मैं आज भी ज्यों के त्यों दोहरा सकता हूं।

वह बोला था, "ओह, वह बेचारी स्त्री! जिस दिन मैं इस गांव में आया था, उसी दिन वह अपना पैर तुड़वा बैठी थी। एक लंबी थका देने वाली यात्रा के बाद, यहां तक कि मुझे हाथ-पांव धोने का भी वक्त नहीं मिला था कि मुझे तत्काल

ही उसके घर भेज दिया गया था, क्योंकि वह एक बिगड़ा हुआ गंभीर मामला था। वह उस वक्त बामुश्किल सत्रह की थी और गजब की खूबसूरत, बेहद सुंदर! क्या कोई इस बात का विश्वास करेगा? मैंने इससे पूर्व उसकी जिंदगी की कहानी कभी किसी को बताई नहीं है, वस्तुतः सिवाय मेरे एक और व्यक्ति के, जो अब इस इलाके में नहीं रह रहा है। वही अभी तक उसके विषय में सबकुछ जानता है। अब चूंकि वह मर चुकी है, संभवतः अब मैं थोड़ा बहुत उसके विषय में बता सकता हूं। एक युवा सहायक अध्यापक उसी वक्त गांव में रहने आया ही था। वह दिखने में सुंदर और आकर्षक था और उसके जिस्म की बनावट किसी फौजी की जैसी लगती थी। गांव की तमाम लड़कियां उसके पीछे दीवानी थीं। किंतु वह तनिक अहंकारी था और अपने बड़े अधिकारियों, विशेष करके स्कूल के प्रधानाध्यापक ग्रोबू से बेहद खौफ खाया करता था। तजुर्बेकार ग्रोबू ने पूर्व में ही खूबसूरत होरटेंस को नौकरी पर रख लिया था, जो अभी-अभी यहां मृत्यु को प्राप्त हुई है। जिसे बाद में क्लोचेरे का नाम दे दिया गया था।

"सहायक अध्यापक ने अपनी सहयोगिनी खूबसूरत होरटेंसे को पहले ही फंसा लिया था और वह भी बेशक उस अहंकारी और स्वयं को सबसे अनोखा समझने वाले अपने साथी, स्कूल अध्यापक द्वारा पूरे गांव में चुन लिए जाने के कारण खुश थी। हर तरीके से वह अध्यापक के जाल में फंस गई थी और सहयोगी अध्यापक ने किसी प्रकार होरटेंसे को अपने दिनभर की सिलाई-कढ़ाई का कार्य पूर्ण करने के पश्चात स्कूल की ऊपरी मंजिल पर बने चारा भंडार गृह में रात्रि को अकेले में मिलने के लिए तैयार कर लिया था। स्कूल में दिन भर के कार्य के पश्चात उसने सब पर यह प्रदर्शित किया जैसे वह घर लौट रही है और अपने सहयोगी ग्रोबू को छोड़ते समय नीचे सीढ़ियां उतरने के बजाय, ऊपरी मंजिल पर चली गई और वह भंडार गृह में रखे घास तथा भूसों के बीच में छिपकर अपने प्रेमी की प्रतीक्षा करने लगी। कुछ देर में वह भी वहां पहुंच गया और वह अपनी प्रेमिका से मीठी-मीठी बातें करने ही वाला था, तभी अचानक भंडार गृह के द्वार पर आहट हुई। जैसे ही द्वार खुला वहां पर स्कूल का प्रधानाध्यापक खड़ा हुआ था। उसने उच्च स्वर में पूछा, "तुम यहां क्या कर रहे हो सिजिसबर्ट?" सहायक अध्यापक सिजिसबर्ट को जब पुख्ता यकीन हो गया कि अब वह पकड़ा जाएगा, बच नहीं पाएगा तो उसके दिमाग ने काम करना बंद कर दिया और शीघ्रता से उसने मूर्खतापूर्वक उत्तर दिया, "श्रीमान् ग्रोबू! मैं यहां चारे के ढेर में कुछ देर आराम करने के लिए चला आया था।" वह भंडार गृह बहुत लंबा-चौड़ा था। वहां पूर्ण अंधकार था। सिजिसबर्ट ने अंधेरे में लड़की को द्वार की ओर धकेलते हुए कहा, "तुम वहां जाओ और स्वयं को छुपा लो। मैं तो

संभवतः अब नौकरी से निकाल दिया जाऊं, अतः कृपा करके वहां जाओ और छिप जाओ। जब प्रधानाध्यापक ने भंडार गृह में कुछ फुसफुसाहट सुनी तो वह पूछने लगा, ''क्यों, क्या तुम भंडार गृह में तन्हा नहीं हो?''

''जी हां, मैं तन्हा ही हूं श्रीमान् ग्रोबू!''

''किंतु तुम तन्हा तो हो नहीं, अभी-अभी तो तुम किसी से बात कर रहे थे?''

''महाशय ग्रोबू! मैं शपथ खाकर कह रहा हूं कि मैं यहां नितांत अकेला हूं।''

''ठीक है, शीघ्र ही मुझे सत्यता का ज्ञान हो जाएगा।'' यह कहते हुए उसने द्वार बाहर से बंद किया और लालटेन लाने के लिए सीढ़ियों से निचली मंजिल पर चला गया। उसके पश्चात उस युवा कायर का दिमाग पूरी तरह से घूम गया। क्रोध से उसका सिर भन्ना गया और उसने एक ही बात कई दफा कही, ''जाओ और जाकर चारे के ढेर में स्वयं को पूर्णतया छिपा लो, ताकि वह तुम्हें देख न सके। तुमने सदा-सर्वदा के लिए मेरी आजीविका तबाह करवा दी। मेरा समस्त कॅरिअर बिगाड़ दिया है। जाओ और शीघ्रता से स्वयं को पूरी तरह भली प्रकार छिपा लो।''

''शीघ्र ही दोनों ने बाहरी द्वार के ताले में चाबी घुमाने की आहट सुनी। होरटेंसे कक्ष में बनी खिड़की के करीब दौड़कर गई जो बाहर सड़क की तरफ खुलती थी। जल्दी से खिड़की के पल्ले खोले, फिर पूरे यकीन के साथ मद्धिम स्वर में बोली, ''जब वह चला जाएगा तब आकर तुम मुझे उठा लेना।'' और इतना कहकर वह खुली खिड़की से नीचे कूद गई।

''बुजुर्ग ग्रोबू को कक्ष में अन्य कोई नहीं मिला। उसे बड़ी हैरानी हुई। वह नीचे उतर गया। कोई पंद्रह मिनट पश्चात सिजिसबर्ट मेरे पास आया और वह तमाम किस्सा मुझे सुनाया। वह लड़की सड़क पर स्कूल बिल्डिंग की दीवार के किनारे वैसे ही पड़ी थी, वह उठने योग्य स्थिति में नहीं थी, क्योंकि वह दूसरी मंजिल से कूदी थी। मैं सिजिसबर्ट के साथ उसे सड़क से उठाने गया था। उस वक्त रात्रि को मूसलाधार वर्षा होती रही थी। मैं उस अभागी लड़की को अपने साथ घर ले आया था। उसका दायां पांव तीन स्थानों से टूट गया था। हड्डियां मांस से बाहर निकल आई थीं। उसने किसी से तनिक भी शिकायत नहीं की, किसी को ताना नहीं मारा। बस धीर-गंभीर लहजे में यही कहा, ''मुझे मेरे किए की सजा मिल गई, मुझे भली प्रकार पूरा दंड मिल गया है।''

''मैंने उसकी देखभाल करने के लिए एक नर्स को बुलवा लिया तथा होरटेंसे के साथी अध्यापकों को बताने के लिए एक काल्पनिक कहानी बना ली कि एक तेज जा रही घोड़ागाड़ी ने होरटेंसे को टक्कर मार दी तथा उसे लंगड़ा कर दिया

था। और संयोग से यह दुर्घटना मेरे घर के द्वार पर ही हुई थी। सबने मेरे कथन पर पूरी तरह विश्वास कर लिया और गांव का कोतवाल अगले माह भर, इस तरह दुर्घटना करने वाले की खोजबीन करता रहा।

"महज इतना ही। मेरी दृष्टि में वह स्त्री सही अर्थों में नायिका थी। एक सच्ची बहादुर नायिका। उसमें उन महान् लोगों की तमाम खूबियां थीं जो मानव इतिहास में बड़े-बड़े कारनामे किया करते हैं।

"वह उसकी जिंदगी का इकलौता, वह भी सर्वप्रथम व अंतिम प्रेम-प्रसंग था और वह तमाम उम्र कुंआरी रही। और यूं ही चल बसी। वह शहीद हुई। एक सच्ची भली आत्मा और एक आदर्श, शांत, समर्पिता नारी। सच में यदि हृदय से मैं उसका सम्मान नहीं करता तो आज उसकी यह कथा आपको नहीं सुनाता, जिसे मैं कदाचित कभी किसी को कम-से-कम उसके जीवित रहते तो नहीं सुनाता, और ऐसा क्यों है, यह अब आप भली प्रकार समझ गए होंगे।"

चिकित्सक ने बोलना बंद कर दिया। उसकी बात सुनकर मेरी मां रोने लगी तथा मेरे पिता ने भी कुछ कहा था। क्या कहा था, मेरी समझ में एक शब्द भी नहीं आया था। मैं अपनी आरामकुर्सी में बहुत देर तक घुटनों पर ही झुका रहा और सिसकियां भरता रहा। तभी मैंने कुछ देर पश्चात लकड़ी की सीढ़ियों पर उतरते भारी जूतों की आहट सुनी तथा लकड़ी की सीढ़ियों के कोने पर किसी वस्तु के टकराने की आवाज भी।

चंद लोग मिलकर क्लोचेरे उर्फ मदर बैल फ्लावर के निष्प्राण जिस्म को ले जा रहे थे।

□□

जीवन और मृत्यु

सूर्य की तापयुक्त किरणें एक गड्ढे की सरहद के करीब घने वृक्षों को पार करती हुए जानवरों के बाड़े को आलोकित कर रही थीं। गायों द्वारा चरी गई घास के नीचे की भूमि अभी गीली थी, क्योंकि वर्षा हुए ज्यादा देर नहीं हुई थी। गीली मुलायम मिट्टी पर खुरों के निशान भी ताजे बने नजर आ रहे थे। हरी घास की पृष्ठभूमि में हरे-हरे सेब के वृक्ष थे और उन पर भी कच्चे हरे सेब लदे हुए थे। चार जवान बछड़ियां एक खूंटे से बंधी थीं और आसपास की घास चर रही थीं तथा बीच-बीच में घर की ओर दृष्टि उठाकर देखती थीं। बाड़े के सामने पड़े खाद के ढेर पर कुछ मुर्गियां अपनी विशिष्ट छटा बिखेर रही थीं। एकाध कीड़ा मिलते ही वे बांग देकर अपने चूजों को पुकारने लगती थीं।

काठ निर्मित द्वार खुला तथा उसमें से एक शख्स भीतर आया जो बामुश्किल चालीस वर्ष का रहा होगा, किंतु साठ वर्ष के करीब का नजर आ रहा था। झुर्रियोंदार, बुझा हुआ निस्तेज चेहरा। घास से भरे लकड़ी के भारी बूटों के साथ, चौड़े किंतु धीमे कदमों के साथ चल रहा था। उसके तुलनात्मक रूप से लंबे जिस्म से चिथड़े नीचे को लटके हुए थे, ज्यों ही वह फार्म तक पहुंचा, तभी ड्रम के पास लगे नाशपाती के वृक्ष से, पीले रंग के एक घटिया जाति के बंधे कुत्ते ने अपनी पूंछ उठाई और बुरी तरह भौंकना आरंभ कर दिया।

वह शख्स जोर से चीखा, ''फिनोट! खामोश हो जाओ।''

कुत्ते ने अपने मालिक के हुक्म की पालना की और खामोश हो गया।

एक ग्रामीण स्त्री घर के भीतर से बाहर आई। उसकी ऊंची पूरी भव्य काया थी, कमर से बंधा एक ढीला-ढाला गर्म जैकेट उसके चौड़े, भरपूर सपाट बदन को नुमायां कर रहा था। ग्रे रंग का बेहद छोटा स्कर्ट, नीले रंग की स्टाकिंग भरे पैरों की पिंडलियों तक पहुंच रही थी। वह भी घास से भरे लकड़ी के जूते पहने हुए थी। कभी सफेद रहे और अब पीले पड़ चुके सिर पर पहने जाने वाला स्कार्फ, उसके बालों को कुछ हद तक ढके हुए था जो सिर पर, ऊपर खींचकर बांधा गया था। उसका दंतहीन दुबला-पतला स्याह चेहरा जंगली जंतु की झलक दे रहा था। जैसा आमतौर पर ग्रामीण महिला के चेहरों पर नजर आता है।

आगंतुक शख्स ने पूछा, ''अब वह कैसा है?''

स्त्री ने जवाब दिया, ''पादरी ने कहा है कि अंतिम वक्त करीब आ गया है, वह शायद ही आज की रात्रि निकाल सके।''

दोनों साथ-साथ मकान में प्रविष्ट हुए। रसोई को पार करके वे शयन कक्ष में गए जो बेहद छोटा व अंधेरे से भरा था, जिसकी एक पल्ले वाली खिड़की कांच के घिसे हुए भाग से ढकी हुई थी, जो बामुश्किल ही कोई रोशनी कक्ष में आने दे रही थी। छत पर रखी म्याल पुरानी तथा मौसम व धुएं के कारण काली पड़ चुकी थी, पूरे कक्ष में फैली हुई थी तथा अपने जिस्म पर पतले पत्थर के फर्श को धारण किए थी। उसमें ढेरों चूहे सदैव मस्ती करते रहे थे। कक्ष का कच्चा मिट्टी वाला फर्श ऊंचा-नीचा सीलनयुक्त और बेहद भुरभुरा था। कक्ष के पृष्ठ भाग में पड़ा एक पलंग मटमैला सफेद नजर आने लगा था। पलंग से निरंतर व नियमित कठिन सांसों की कर्कश, खरखराती, लगभग सीटी की भांति या किसी टूटे हुए पंप की भांति खरखराती आवाज आ रही थी। पलंग पर एक वृद्ध शख्स मरणासन्न हालत में पड़ा हुआ था, वही ग्रामीण महिला का पिता था। दोनों स्त्री-पुरुष उस वृद्ध शख्स के निकट पहुंचे तथा बुझे हुए निस्तेज चेहरे पर सपाट तथा उदास भाव लिए मर रहे वृद्ध को देखा।

पुरुष (दामाद) बोला, ''यह इनका अंतिम समय है, शायद आज रात तक भी न खींच सकें।'' उसके पश्चात वे दोनों खामोश हो गए। पिता के नेत्र बंद थे। उसके चेहरे की बेनूरी रंगत धूसर मिट्टी की भांति लग रही थी, वह इतना गंभीर, भावहीन लग रहा था गोया लकड़ी की प्रतिमा हो। अधखुले मुंह से रुक-रुककर गहरी सांसें निकल रही थीं और जिस्म व सीने पर पड़ी लिनन की चादर हर सांस के साथ ऊपर-नीचे हो रही थी।

बेहद लंबी खामोशी के पश्चात दामाद बोला, ''अब कुछ किया भी नहीं जा सकता है सिवाय इसके कि इनको इसी प्रकार छोड़ दिया जाए। इस सबके अतिरिक्त मुझे पौधों पर तरस आ रहा है, इतने अच्छे मौसम को देखते हुए उन्हें कल ही रोपना आवश्यक है।''

यह सोचकर वह अनजाने खौफ से दहल उठी। कुछ देर पश्चात उसने अपनी राय जाहिर की व बोली, ''जैसे कि यह जल्दी ही मरने वाले हैं। हम इन्हें शनिवार से पूर्व तो दफना नहीं सकेंगे। रोपने के लिए कल का समूचा दिन तुम्हें मिल जाएगा।''

उसका ग्रामीण पति कुछ देर ठिठका और तब बोला, ''हां, किंतु कल हमें तुम्हारे पिता के अंतिम संस्कार में शरीक होने के लिए सबको बुलाना भी तो होगा तथा मुझे टोरविले से मेनरोट तक आने-जाने और तमाम लोगों को समाचार देने में कोई 5-6 घंटे तो अवश्य ही लगेंगे।''

दो-तीन मिनट खामोश रहने के बाद स्त्री ने कहा, "अभी दोपहर के तीन भी पूरे नहीं बजे हैं तो आप आज की रात्रि को ही निकल सकते हैं तथा टोरविले के तमाम लोगों को बता सकते हैं। आप सबको बता सकते हैं कि उनकी मृत्यु हो गई है, क्योंकि वे आज की दोपहर तक भी कदाचित जीवित न रह सकें।"

वह व्यक्ति इस सुझाव के लाभ तथा नतीजे पर विचार करते हुए कुछ क्षणों तक कोई निर्णय नहीं कर पाया और अंत में वह बोला, "ठीक है, मैं चला जाऊंगा।" वह निकल गया और कुछ देर पश्चात पीछे मुड़कर बोला, "तुमको विशेष कुछ करना नहीं है, अतः तुम पके हुए चार दर्जन सेब तोड़ लो और अंतिम संस्कार के लिए गांव से आने वाले लोगों के लिए कोई भोजन सामग्री बना लो। तुम तो समझती हो कि हमें किसी भी तरह उन सब आए लोगों का कुछ सत्कार करना होगा। तुम सेब के वृक्षों के नीचे लकड़ियों की सहायता से भट्टी जला सकती हो। लकड़ियां एकदम सूखी हैं।" इतना कहकर वह शयनकक्ष के बाहर निकल आया और रसोई में गया तथा भोजन के सामान वाली अलमारी को खोला। डबलरोटी का एक बड़ा-सा टुकड़ा निकाला, सतर्कता से एक छोटा टुकड़ा काटा। डबलरोटी को काटने में जो चूरा मेज पर गिरा था, उसे समेटकर हाथ में लिया तथा सीधे मुंह में फांक लिया ताकि कोई चीज व्यर्थ ना जाए। उसके पश्चात उसने मिट्टी के बर्तन के तल से नमकयुक्त मक्खन को चाकू द्वारा बाहर निकाल कर डबलरोटी के टुकड़े पर लगाया और तब कुछ पीछे चलकर मवेशियों के बाड़े में गया। बंधे कुत्ते को खोला जिसने अब पुनः गुर्राना आरंभ कर दिया था। आंगन में खुदे गहरे गड्ढे के बाजू से जाती हुई पगडंडी की राह पकड़ी तथा टोरविले की तरफ जाने वाली सड़क की ओर चल दिया।

तन्हा रही स्त्री भी अपने कार्य में जुट गई। उसने आटा निकालकर उसे गूंधा। वह उसे बहुत देर तक गूंधती रही, वारंबार उसे उलटती व थाली पर पटकती रही। तब उसने पीले-सफेद रंग की बड़ी लोई बनाई और मेज के एक कोने पर खिसका दिया। उसके पश्चात वह सेव लेने बाग में गई। डंडे से सेब तोड़ने पर वृक्ष को कोई क्षति न हो, अतः वह एक स्टूल द्वारा वृक्ष पर चढ़ गई। सावधानी से उसने सेबों का चयन किया। वह सिर्फ अच्छे पके सेब ही तोड़ रही थी तथा तोड़-तोड़कर अपने एप्रन में एकत्र कर रही थी। तभी सड़क से किसी ने आवाज लगाई, "अरे श्रीमती चिकोट! आप यहां?"

उसने पीछे घूमकर देखा, आवाज देने वाला शख्स उनका पड़ोसी ओसिए फावेट था।

वहां का मेयर, जो अपनी कृषि भूमि पर खाद के छिड़काव हेतु जा रहा था और खाद की गाड़ी के ऊपर इत्मीनान से पैर लटकाए बैठा था।

''मैं आपके लिए क्या कर सकती हूं श्रीमान ओसिए?'' उसने पूछा।

''अब आपके पिता का स्वास्थ्य कैसा है?''

उसने उत्तर दिया, ''वे कतई मृतप्राण से ही हैं। दिन को पौध रोपणी की वजह से उनको दफनाने का कार्य शनिवार को सायं सात बजे होगा।''

पड़ोसी ने उत्तर दिया, ''ठीक है, आप कृपया अपना ध्यान रखें।''

स्त्री ने अपने पड़ोसी की संवेदना का उत्तर दिया, ''आपको भी अनेक धन्यवाद।'' और उसके पश्चात वह पुनः सेब तोड़ने में जुट गई। जैसे ही वह घर लौटी तो सीधे अपने मरणासन्न पिता को देखने गई। वह सोच रही थी कि संभवतः अब तक तो वह जरूर ही देह त्याग चुके होंगे, किंतु कक्ष के द्वार से ही अपने पिता की घरघराती सांस लेने की उसने आवाज सुन ली और यह सोचकर कि ऐसे में पलंग तक जाना ही व्यर्थ है और उसका वक्त नष्ट न हो, यह सोचकर वह खाद्य-सामग्री बनाने की तैयारी में जुट गई। उसने सेबों पर पेस्ट्री की पतली तह चढ़ाई व मेज के एक किनारे पर उन सेबों को रखती गई और जब उसने दर्जन की पंक्ति में 48 गोले बना लिए तब उसने भोजन तैयार करने की बात सोची तथा आलू उबालने के लिए केतली चूल्हे पर चढ़ा दी, क्योंकि उसने निश्चय कर लिया था कि उस दिन ओवन काम में लेना व्यर्थ है, क्योंकि तमाम दिन उसे अन्य कार्यों की तैयारी करनी थी। उसका पति शाम पांच बजे पुनः आया। वह घर के भीतर घुसा तो उसने झट से पूछा, ''क्या सब कुछ समाप्त हो गया? उन्होंने देह त्याग दी।''

उसने उत्तर दिया, ''अभी तक तो नहीं। उनका गला अभी भी घर्रा रहा है।''

वे दोनों फिर से वृद्ध को देखने गए। वह वृद्ध शख्स उसी स्थिति में था। उसकी घर्राती सांसें घड़ी के कांटों की भांति नियमित नजर आ रही थीं। वह न तो तेज हो रही थीं, न ही कम। वह प्रति सेकंड आ-जा रही थीं। महज आवाज की तीव्रता कम-ज्यादा हो रही थी। दामाद ने उसकी तरफ दृष्टि डाली और बोला, ''हमें मालूम ही नहीं पड़ेगा और यह मोमबत्ती की भांति बुझ जाएंगे।'' वे पुनः रसोई में आए व चुपचाप भोजन करने बैठ गए। सूप के पश्चात उन्होंने ब्रेड-बटर ली और जैसे ही तमाम बर्तन धुल गए, वे दोनों पुनः मरने वाले वृद्ध शख्स के कक्ष में गए। स्त्री ने धुआं निकलते चिराग को अपने पिता के समक्ष हिलाया, किंतु मुंह से निकलने वाली ध्वनि के अलावा जीवन का कोई भी चिह्न नहीं, यही लगता था कि वह मर चुके हैं। पति-पत्नी का पलंग कोने के एक कोठरीनुमा कक्ष में था। वे दोनों बिना कुछ कहे बिस्तर पर लेट गए और रोशनी बंद कर दी व जल्दी ही खर्राटे भरने लगे। जबकि दूसरी ओर से मरणासन्न व्यक्ति की

घरघराहट उनके खर्राटों के साथ जुगलबंदी कर रही थी। जबकि छत पर चूहे इधर से उधर दौड़ते हुए उछल-कूद मचा रहे थे।

प्रातः की पहली किरण के साथ ही पति उठ बैठा। उसका ससुर अभी भी जीवित था। घरघराहट की ध्वनि इस बात की घोषणा कर रही थी।

उसने अपनी बीवी को झकझोरा। अपने पति द्वारा इस तरह उठाने पर उसे कुछ क्रोध आ गया।

"सुनो फैमी, लगता है कि वह मरना नहीं चाहते हैं। अब तुम क्या करोगी?" वह अपनी बीवी के दिमागी निर्णयों का सम्मान किया करता था, अतः उसने सलाह ली।

उसने उत्तर दिया, "आप विश्वास रखें, वे आज का दिन निकाल नहीं पाएंगे, डरने की कोई बात नहीं है। जहां तक मेयर की बात है, वह हमारे पिता को कल दफनाने पर सवाल नहीं करेगा जैसा कि उसने रिनार्ड के लिए किया था, जो ठीक बुवाई के वक्त ही मरा था। वह अपनी पत्नी के तर्क से पूरी तरह रजामंद था। वह खेत के लिए निकल पड़ा। उसकी पत्नी ने 'टर्नओवर' पकाए और फिर खेत से संबंधित अन्य सभी शेष कार्य निपटाए। दोपहर को वह वृद्ध बीमार शायद चल बसा। बुआई के लिए जिन श्रमिकों को दैन्य मजदूरी पर रखा था, वे सभी उस वृद्ध शख्स को देखने आए जो कदाचित मरने को तैयार नहीं था। सबके अपने-अपने विचार थे। उसके पश्चात वे एक-एक करके खेत पर अपने काम पर चले गए। शाम को छह बजे जब वे पिता को देखने आए, तब भी वह पूर्ववत सांस ले रहे थे, "अब तुम क्या करोगी फैमी?" पति ने सवाल किया।

बीवी को समझ में नहीं आ रहा था कि वह क्या करें। वे दोनों मेयर से मिले, जो उनकी बात मानते हुए अगले दिन दफनाने को सहमत था। उसके पश्चात वे जन स्वास्थ्य अधिकारी से मिलने गए। वह भी श्रीमान चिकोट पर उपकार करके सहायता देना चाहता था। वह उसके ससुर की मृत्यु का प्रमाण-पत्र एक दिन पूर्व की तारीख में देने को राजी था। शांत मन से, इत्मीनान से पति-पत्नी घर लौट आए। वे दोनों बिस्तर पर गए और गत रात्रि की भांति बिस्तर पर लेट गए, बूढ़े व्यक्ति की मध्यम घरघराहट के साथ अपने खर्राटों को जोड़ते हुए। जब वे उठे तब भी वह जीवित था। तब वे दोनों बुरी तरह परेशान हो गए और खीज भी गए। वे पिता पर अविश्वास करते हुए उसके पलंग के सिरहाने की तरफ खड़े हो गए गोया वे जान-बूझकर उन दोनों के साथ कोई गंदा मजाक या गहरी चाल चल रहे हों। वह उन्हें धोखा दे रहे थे और समझ-बूझकर उन्हें हलकान कर रहे थे, किंतु वस्तुतः दोनों उनसे खासे खफा थे, क्योंकि वह उनका (पुत्री-दामाद) समय नष्ट कर रहे थे।

दामाद ने पूछा, "अब हम लोग क्या करेंगे?" उसने उत्तर दिया, "मेरी भी कुछ समझ में नहीं आ रहा है। क्या सबके साथ सदैव ऐसी ही मूर्खता होती है?"

वे घर आने वाले अतिथियों को कुछ कह भी नहीं सकते थे, जो अब बस कुछ ही देर में उनके घर पहुंचने वाले थे। तमाम बातें विस्तार से बताने के लिए उन्होंने इंतजार करने का फैसला किया। छह बजकर पचास मिनट पर लोगों का आना आरंभ हो गया। औरतें काले मातमी वस्त्रों में थीं। उनके चेहरे पर मातम, उदासी तथा वेदना के भाव थे। उनके चेहरे लंबे घूंघटों में ढके थे।

पुरुषगण लबादेनुमा ढीले-ढाले कोटों में अपने आप को असहज महसूस कर रहे थे। वे शनैः शनैः दो-दो की जोड़ियों में आ रहे थे तथा परस्पर अपने खेतों तथा उपज के संबंध में चर्चा कर रहे थे। श्रीमान तथा श्रीमती चिकोट बेहद सहमे हुए थे। वे सबसे दुःखी मुद्रा में मिले तथा एकाएक उसी पल जैसे ही दुःख जताने वालों का बड़ा समूह आया। वे दोनों दहाड़ें मारकर रोने लगे। उन्होंने अपनी मुश्किल की इस घड़ी के बारे में बताया, अपनी निरुपाय स्थिति बताई व आने वालों को बैठने के लिए कुर्सियां दीं। इधर-उधर जरूर लोगों से क्षमायाचना की। वे निरंतर बोल रहे थे, एकाएक वे इतना अधिक बोल रहे थे कि किसी अन्य को बोलने का अवसर भी नहीं दे रहे थे। वे एक समूह से दूसरे समूह के पास जा-जाकर बात कर रहे थे।

"मुझे यकीन नहीं हो रहा है, यह पूरी तरह अविश्वसनीय है कि वह इतने ज्यादा जी सकते थे।" मेहमान खामोश थे, उन्हें कुछ अफसोस था, गोया उन्हें यथेष्ट सम्मान नहीं मिल रहा था, हरेक अपने स्थान पर खामोश खड़ा या बैठा था। कुछ तो घर छोड़कर चलते बन रहे थे। चिकोट उन सबको यूं जाने नहीं देना चाहता था, "आप लोग मेहरबानी करके थोड़ा खा तो लें। हमने टर्नओवर पकाए हैं। वह तो आप लोगों को खाने ही होंगे।" इस घोषणा से लोगों के चेहरों पर कुछ चमक आई। लोग अब दबे स्वर में बात करने लगे। घर का बाहरी आंगन धीरे-धीरे भरने लगा। पहले आए लोगों ने बाद में आने वालों को समाचार दिया। वे सब परस्पर बतियाने लगे। औरतें भीतर के कक्ष में जाकर मरने वाले वृद्ध के अंतिम दर्शन करने गईं। उन सबने पलंग को पार किया, अस्फुट स्वर में प्रार्थना बुदबुदाई और बाहर चली आईं। पुरुष जो इस दृश्य में कम रुचि ले रहे थे, उन्होंने कक्ष की खुली खिड़की से उस वृद्ध पर निगाह डाली। श्रीमती चिकोट अपनी परेशानी व दुःख से सबको वाकिफ करा रही थी, "वह पिछले दो दिनों से ऐसे ही हैं, ना जीवित, ना मृत। क्या इनकी आवाज बिना पानी वाले पंप की भांति नहीं हो रही है!" जब सबने मरणासन्न बूढ़े शख्स को देख लिया तो सबको खाने की स्मृति हुई, किंतु वे सब चौके में सामान के हिसाब से अधिक संख्या में थे। वे

लोग द्वार के सामने मेज बाहर ले गए। चार दर्जन केक-पेस्ट्री दो प्लेटों में सजे थे, सुनहरे सिके व भूख बढ़ाने वाले व आमंत्रित करने में सक्षम। प्रत्येक ने एक-एक केक पेस्ट्री लपकी।

श्रीमान चिकोट ने भोजन की चीजों से अपना मुंह भरते हुए कहा, "यदि मेरे वृद्ध ससुर ऐसी स्थिति में हम लोगों को देख लेते तो इससे उनका हृदय टूट जाता। जब तक वे जिदा थे, वे पेस्ट्री केक के दीवाने रहे।" एक मोटे हंसमुख ग्रामीण ने घोषणा की, "अब वह नहीं खाएंगे। सबकी एक दिन बारी आनी है।" यह बात सुनकर घर में एकत्र हुए मेहमान दुःखी होने की बजाय लुत्फ ले रहे थे। अब उनकी बारी पेस्ट्री और केक खाने की थी। श्रीमती चिकोट, घर में हो रहे व्यय को लेकर परेशान हो रही थी। वह बार-बार भीतर आकर सेब का शरबत ला रही थी। घड़े-के-घड़े भीतर से आ रहे थे और उसी शीघ्रता से खत्म भी हो रहे थे। अब अच्छे खासे हंसी मजाक हो रहे थे। चर्चाएं जोरों से होने लगीं। वे सब चीख-चिल्ला रहे थे गोया वे किसी दावत की मेज के इर्द-गिर्द जमा हुए हों।

एकाएक एक ग्रामीण महिला जो अभी भी मरणासन्न वृद्ध शख्स के पास ही खड़ी थी, खिड़की पर खड़े हुए, बाहर मस्ती भरा दृश्य देख रही थी, उसे लगा कि कदाचित उसे खाने के लिए कुछ मिल नहीं पाएगा, सब समाप्त हो जाएगा। तभी वह खिड़की पर घबराए स्वर में चीखी, "वे गए, वे चले गए।" प्रत्येक शख्स अवाक् रह गया। तमाम स्त्रियां दौड़कर ऊपर की ओर भागीं, अंतिम दर्शन करने। अब वह वाकई मृत हो चुका था। अब उसकी घर्राहट बंद हो गई थी। सभी लोग एक-दूसरे को घूर रहे थे। उन्होंने अपने नेत्र झुका लिए। उनके मुंह में केक-पेस्ट्री के बड़े-बड़े टुकड़े भरे हुए थे। वह खूसट बुड्ढा बेहद गलत वक्त पर मरा। जो होना था, वह हो चुका। अब मृतक सोमवार को दफनाया जाएगा। बस इतना भर ही था। उस अवसर पर भी और पेस्ट्री-केक खाने को मिलेंगे। अतिथि पेट भरकर, खा-पीकर बातें करते चले गए। उन्हें प्रसन्नता थी कि उन्हें वह नजारा देखने को मिला और साथ में पेट-पूजा भी हुई।

घर के मालिक-मालकिन अब अकेले एक-दूसरे के समक्ष खड़े रह गए। पत्नी का चेहरा मारे क्रोध के लाल हो रहा था, वह बोली, "अब मुझे 4 दर्जन पेस्ट्री-केक पुनः बनाने पड़ेंगे। काश! वे कल रात्रि ही को गुजर जाते।"

पति स्वयं उदास व व्यथित था, कह उठा, "कोई बात नहीं, हमें कौन-सा रोजाना यह सब करना होगा, एक दफा और सही।"

□□

पुरानी चीजें

मेरी प्रिय कालोते,

मुझे ज्ञात नहीं कि आज भी तुम्हें श्रीमान सैंटेव्यूवे की कविता की वह पंक्ति स्मरण है अथवा नहीं, जिसे हमने एक साथ पढ़ा था और जिसे मैं आज तक विस्मृत नहीं कर सका हूं। वह कविता पंक्ति मेरे लिए बेहद महत्वपूर्ण है और वह प्राय: मेरे गरीब व कमजोर हृदय को खासी राहत व सुकून पहुंचाती है। अभी कुछ दिन पूर्व भी उस पंक्ति ने मुझे बहुत हौसला और धैर्य प्रदान किया था।

''एक ही घर में जन्म लेना, जीवित रहना और फिर मृत्यु हो जाना।''

मैं अब यहां इस घर में जहां कभी मैं जन्मी थी, जहां मैंने अपनी तमाम जिंदगी गुजारी और यहीं इसी घर में मरने की आशा करती हुई निरी अकेली हूं। ऐसा नहीं है कि यहां व्यतीत किया दिन बेहद खुशगवार और मनोरंजक होता है, किंतु दिल को सांत्वना देने वाला अवश्य होता है, क्योंकि संभवत: इस घर के साथ मेरी इतनी स्मृतियां जुड़ी रही हैं। मेरा बेटा हैनरी अब वकील बन चुका है। प्रतिवर्ष वह यहां छुट्टियां गुजारने मेरे साथ रहने आता है। जैनी, मेरी बेटी, वह भी अपने पति फ्रांस के साथ एक दूरदराज स्थान पर रहती है। अत: मैं कभी-कभार वहां उनसे मिलने के लिए उस स्थान की यात्रा करती हूं। इस कारण मैं यहां पूर्णतया एकाकी हूं। पूर्णतया अकेली, किंतु बहुत सारी परिचित वस्तुओं से घिरी हुई जो निरंतर मुझसे, मेरे परिवार, मुझसे बिछुड़े प्रियजनों, मेरे साथ कभी रहे लोगों के विषय में बातें करती हैं, जो अब मुझसे बहुत दूर चले गए हैं।

मैं अब काफी वृद्ध हो गई हूं और अब मैं अधिक कुछ पढ़ती नहीं हूं। किंतु हर पल सोचती रहती हूं। सोचती क्या, ज्यादा अच्छा होगा यदि कहूं कि कल्पना करती रहती हूं। ओह! किंतु मैं उस प्रकार के स्वप्न नहीं देखा करती हूं जैसे कि जब मैं युवा थी, तब देखा करती थी। तुम्हें हमारे उन जवां दिनों की युवा, बेकाबू रंगीन कल्पनाओं की स्मृति है, वे तमाम ख्याली पुलाव तथा वे सारे रोमांचक कृत्य जो हम अपने इक्कीस वर्षीय

जेहन में बुना करते थे। वे सभी आने वाली अप्रत्याशित खुशियों के अनेक ख्याली पुलाव।

क्या तुम जानती हो कि प्रायः हम स्त्रियां इतनी दुःखी क्यों रहती हैं? वह इस कारण क्योंकि हमें हमारे आरंभ के जवानी के दिनों में, हम लोगों को खुशियों पर बेहद यकीन और बहुत आशाएं रखने के लिए सिखाया जाता है। वे सभी आशाएं वस्तुतः साकार नहीं होती हैं, या यूं कहा जाए कि कुछ कम ही पूर्ण होती हैं, वे जो कुछ कम रोचक, कम रोमांटिक हुआ करती हैं, किंतु तब भी वे काफी पर्याप्त होती हैं, उनके लिए, जो जीवन को बड़ी बहादुरी से स्वीकार करते हैं। हम स्त्रियों का कभी संघर्ष, झगड़ा तथा दुःख सहन करने, मुश्किलें झेलने के विचार से पालन-पोषण नहीं किया जाता है। इसी कारण ऐसे दुःख के प्राथमिक अवसरों में ही हमारा हृदय टूट जाता है, हम निराश हो जाती हैं। पूरे यकीन के साथ हम स्त्रियां महज सुखद घटनाओं की ही आशा करती हैं और हमें जो कुछ प्राप्त होता है, वह महज खुशियों की छोटी-मोटी अनुभूति ही होती है और हम तत्काल अश्रुओं में डूब जाती हैं। प्रसन्नताएं, हमारे स्वप्न के पूर्ण होने की प्रसन्नताएं! मैं आज तक समझ ही नहीं पाई हूं कि वे सच में, सही अर्थों में पूर्ण होने के अति उल्लास को सजाए नहीं होती हैं बल्कि कभी अंत न होने वाली प्रसन्नताएं होती हैं या स्वप्नों के पूर्ण होने की खुशियां क्षणिक होती हैं, मैं कभी जान ही नहीं सकी हूं। इन्हीं तमाम वजहों से सच में वे निरंतर भ्रम ही बनी रहती हैं। हां, मेरी सहेली यही भ्रम, उत्तेजक मृदुल भ्रम ही सच में शानदार चीज हुआ करती है और आज इस वृद्धावस्था में जिंदगी के अंतिम दौर में यही भ्रम आज भी मेरे साथ है। नित्य प्रतिदिन है और जीवित व सुरक्षित भी है। अंतर महज इतना है कि आज उनका नजरिया और प्रकृति बदल गई है। वैसे अब मेरी चाहतें, मेरी इच्छाएं भी तब्दील हो गई हैं। हां, मैं तुम्हें बता रही थी कि अपना ज्यादातर वक्त स्वप्न देखने, कल्पनाओं में विचरण करने में गुजारती हूं। मैं और कर भी क्या सकती हूं? मेरे पास जो माध्यम हैं, वे तुम्हें मैं बतला दूंगी, मुमकिन है शायद वे तुम्हारे कार्य में सहायक हों।

पहली कल्पना बहुत सीधी-सादी सरल है। इसके तहत मैं महज एक कम ऊंची सुविधायुक्त आरामकुर्सी में, जो मेरी वृद्धा हड्डियों को बड़ा सुकून देती है, अधलेटे होकर घर के फायर-प्लेस के समक्ष बैठ जाती हूं और अपनी विगत जिंदगी पर दृष्टि दौड़ाती हूं। उसे स्मरण करती हूं। जीवन कितना क्षणभंगुर है, विशेषतया जब किसी के द्वारा वह जीवन

एक ही स्थान पर व्यतीत किया गया हो। जन्म लेना, जीवित रहना और मृत्यु हो जाना, एक ही घर में।

स्मृतियां एकत्र होती हैं और आपस में गुंथ जाती हैं और जब हम वृद्ध होते हैं तो ऐसा प्रतीत होता है कि हम आज से ठीक दस दिन पूर्व ही तो युवा थे। हां, वक्त हमारे हाथों से यूं फिसलता है जैसे वह सिर्फ एक दिन की बात हो। प्रातः, दोपहर, सांझ और अंततः रात्रि आ जाती है, एक ऐसी रात्रि जिसके भाग्य में सवेरा नहीं लिखा होता।

जब हम उष्मा सेंकते हुए उसे घंटों देखते रहते हैं तो विगत सभी बातें, एक-एक करके हमारे सामने यूं आती हैं, गोया वह कल ही हमारे साथ घटी या गुजरी हों। आपको कदाचित ही समझ में आ पाता है कि आप हैं कहां? कल्पनाएं गुजरे समय की यादें, आपको पिछली जिंदगी में ले जाती हैं, जैसे आप पुनः एक दफा, अपनी संपूर्ण जिंदगी फिर से जीते हैं और प्रायः मुझे फिर से जवान युवती हो जाने का भ्रम हो जाता है। मुझे पुरानी स्मृतियों की भीनी सुगंध, युवा हो जाने का रोमांच, जोश, धड़कनों का तेज हो जाना, अठारह की उम्र पा जाने का तमाम जोश, और उबाल, वे सभी बातें सोचकर स्वयं को ताजगी अनुभव होती है। भूली-बिसरी हो चुकी बातें, अनुभूति व अनुभवों को एक नई शक्ल मिलती है।

एक सांझ ऐसे ही आरामकुर्सी पर बैठे-बैठे, अलाव की आग को तापते हुए मुझे कभी मौंटसेंट मिचल का सूर्यास्त स्मरण हो आया और ऐन उसके पश्चात अश्व पर सवार होकर जंगलों में की गई मस्ती भी। याद आई गीली रेत, और ओस में डूबी पत्तियों की भीनी-भीनी महक, समुद्र में अस्त होते हुए सूरज की उष्णता तथा जंगलों में मेरे घूमने के वक्त सूरज की प्रथम किरणों की मधुरता। उस वक्त जो कुछ मेरे जेहन में चल रहा था, घट रहा था। सामने फैले असीम समुद्र के समक्ष मेरी बाहर निकलने वाली रोमांटिक सांसें, मेरे कपोलों को छू जाने वाली पत्तियों का मीठा-मीठा सुखद रोमांचक अहसास, मेरी सर्वाधिक रोमांचक, जीवंत कल्पनाएं, प्रत्येक छिपाई गई अनुभूतियां, इच्छाएं, दबाई गई यातनाएं। प्रत्येक चीज, प्रत्येक विचार जस-के-तस सामने लौट आए। जैसे मैं आज भी उन सबके मध्य हूं, गोया विगत गुजरे हुए पचास वर्ष बीच में बाधा न बने हों, वह आधी शताब्दी, जिसने मेरे खून को ठंडा कर दिया है और मेरी उम्मीदों को बड़ी हद तक बदल डाला है, किंतु मेरे अपने पुराने गुजरे जमाने को देखने व याद करने का मेरा दूसरा माध्यम शायद कहीं ज्यादा बेहतर है।

तुम शायद मानो या न मानो, मेरी प्रिय सहेली कि हमारे घरों में कुछ समाप्त नहीं होता है, तबाह नहीं होता है। हमारी छतों के नीचे, हमारे घर में एक कक्ष होता है, जिसे हम स्टोररूम के नाम से पुकारते हैं, पुरानी बेकार चीजों, सामानों को रखने का एक खास कक्ष। वे सभी प्रत्येक वस्तुएं जो अब हमारे व्यवहार और प्रयोग में नहीं आ रही हैं, वे उस कक्ष में खिसका दी जाती हैं। मैं वहां उस कक्ष में जाती हूं और उस कक्ष में रखी वस्तुओं पर दृष्टि दौड़ाती हूं और वहां मुझे अनेक बेकार, नाकाम व नाकारा वस्तुएं नजर आती हैं जिन्हें मैं अब तक कब का भूल चुकी हूं और जो अब महज अनेक बातों की समृति कराती हैं।

फर्नीचर के वे तमाम अच्छे सामान, जिन्हें हम बाल्यावस्था से जानते और देखते आ रहे हैं तथा जिनके संग घटी घटनाओं की यादें सुख और दुःख के अहसास, हमारी जिंदगी के शानदार दिनों की यादें जुड़ी हैं। वह फर्नीचर, जो कभी हमारी जिंदगी के अहम् भाग होने के कारण उनका अपना एक पृथक अस्तित्व बन गया तथा भौतिक विशेषताएं भी जो कि हमारे अच्छे और बुरे दोनों क्षणों की गवाह हैं, हमारे संपूर्ण सहयोगी। आह, जिन्हें वाकई हम अपने से पृथक नहीं होने देना चाहेंगे।

उन अपनों की भांति जो हमारे अपने सगों की भांति मरेंगे नहीं। ऐसे सगे-संबंधी, मित्र जिनके चेहरों की आकृति, प्रेममयी आंखें, सुंदर मुखाकृति, मधुर आवाजें जो अब सदा-सदा के लिए खो गई हैं। जबकि इन पुरानी छोटी-छोटी महत्वहीन चीजें, जिन्होंने विगत चालीस वर्षों तक हमारी सेवा की है, हमारे उपयोग में आई हैं, जिन पर हमने कभी कोई विशेष ध्यान ही नहीं दिया है।

आज इतने वर्षों के पश्चात जब अचानक हम पुनः उनके बीच से गुजरते हैं तो वे सारी चीजें एक दफा पुनः हमारे वफादार पुराने मित्रों की तरह महत्वपूर्ण व सार्थक लगने लगती हैं। वे तमाम पुरानी चीजें एक बार फिर पता नहीं क्यों ऐसे लोगों की अनुभूति वह प्रभाव छोड़ती हैं जिन्हें हम बिना जाने पिछले कई-कई वर्षों से अप्रत्यक्ष रूप से जानते हैं, जो अचानक एक सांझ बिना बात के एकाएक यूं ही निरंतर हमसे बातें करने लगते हैं। अपना संपूर्ण व अखिल व्यक्तित्व, हम अपना अंतःकरण खोलकर उसके सामने रख देते हैं, जो अब तक हमारे लिए पूरी तरह से अनजान, मौन तथा छिपा हुआ था।

इन पुरानी चीजों के ढेर में, स्टोररूम में कुछ चीजें ऐसी भी हैं जिनका मेरे लिए कोई आशय नहीं है। वे चीजें मुझे अपने दादा-दादी और नाना-

नानी से मिली हैं। ऐसी चीजें जिनके विषय में हमारी पीढ़ी के जीवित लोगों को भी जानकारी नहीं है; परिचय नहीं है। जिनका इतिहास, महत्व, रोमांच कोई नहीं जानता है।

कदाचित उनके वास्तविक उपयोगकर्त्ता, मालिक भी आज भुला दिए गए हैं। किसी ने उन हाथों को कभी नहीं देखा जिन्होंने इन चीजों का स्वयं उपयोग किया था, वे आंखें भी नहीं देखी हैं जो इन सामानों को देखा करती थीं, उनकी कदर करती थीं। वे चीजें जो ज्यादा ध्यान-मग्न होने की प्रेरणा देती हैं—वे सभी चीजें आज मेरे लिए त्याज्य व उपेक्षित-सी हैं, जिनके पुराने मित्र अब मृत हो चुके हैं।

मेरी प्रिय कालोते! तुम कदाचित इन सब बातों को समझ सको। हो सकता है तुम्हें मेरी इन मूर्खताभरी बातों, बचकानी हरकतों पर हंसी आए। तुम पेरिस की रहने वाली हो, पेरिसवासियों को आत्ममंथन, इन आत्मीय अंतरंग ललित कलाओं का अहसास नहीं होता है। आप लोग अपना जीवन सार्वजनिक तरीके से गुजारते हैं, जिससे आपके समस्त विचार बाहरी तौर पर प्रदर्शित होते हैं, किंतु मैं, मैं अकेली रहकर, रहते हुए महज अपने स्वयं के बारे में कह और बता सकती हूं। मेरे पत्र के उत्तर में अपने जवाब में कुछ, कुछ अपने स्वयं के बारे में भी लिखो, बताओ, ताकि मैं स्वयं अपने आपको, तुम्हारे स्थान पर रख सकूं, ताकि कल, आने वाले कल में तुम अपने आपको मेरी जगह रख सको। किंतु शायद तुम कभी महाशय सैंटेव्यूवे की वह पंक्ति कभी समझ नहीं पाओगी—

''एक ही घर में जन्म लेना, जीवित रहना और फिर मृत्यु हो जाना।''

स्नेह भरा चुंबन, मेरी प्रिय सखी!

तुम्हारी अपनी 'ए डिलेड'

□□

चुड़ैल

मैं सुंदर जल मुहाने का खड़ा होकर आनंद उठा रहा था। यही वे स्थल हैं, जहां धनवान लोग चहलकदमी करने के लिए संध्या के समय आते हैं। एकाएक मुझे वह कहानी स्मरण हो आई, जो एक खौफनाक नारी से ताल्लुक रखती थी। वह नारी कभी सुंदर, चपल और जहीन थी, जिसे पेरिस में सब जानते थे और पसंद करते थे।

वैसे तो यह कहानी वर्षों पुरानी हो चुकी है, किंतु ऐसी घटनाएं भूलने का प्रयास करने के उपरांत भी भुलाई नहीं जा सकतीं।

एक मित्र के द्वारा मैं उसके साथ रहने और उसके साथ एक घने से गांव में छुट्टियां बिताने के लिए बुलाया गया था। गांव के मेहमान के रूप में वह मुझे गांव के प्रत्येक भाग में घुमाने ले गया। गांव के एक से बढ़कर एक सुहावने दृश्य को उसने दिखलाया, वृहत् एवं भव्य आवास, चर्च, सुंदर नक्काशीयुक्त पुराने द्वार, विशिष्ट रूप से विशालकाय असामान्य आकार के वृक्ष, सेंट एंड्रूयस का ओक और राकवाड्स आदि वे विशिष्ट वृक्ष थे।

मैंने पूर्ण उत्साह और उमंग के साथ शहर के तमाम आकर्षणों का मुआयना कर लिया और मेरे मित्र ने भी पूर्ण यकीन के साथ इसको कबूल कर लिया, किंतु अचानक उसने विस्मय से कहा, ''इसके बाद भी यहां देखने योग्य एक अद्भुत चीज शेष रह गई है। यहां राक्षसों की मां एक चुड़ैल रहती है।'' मैंने हैरानी से अविश्वास भरे स्वर में पूछा, ''चुड़ैल?''

उसने जवाब दिया, ''हां, एक भयानक स्त्री! पूर्णतया शैतान! एक ऐसी नारीरूपा जो प्रतिवर्ष जानबूझकर अपाहिज, विकृत, भयानक संतति, एक शब्द में कहें तो पूर्ण राक्षस पैदा करती है और उन्हें सर्कस व प्रदर्शनी के मालिकों को बेच देती है।''

''जो शख्स इस घृणित कारोबार में लगे हुए हैं, वे विभिन्न समय पर यहां आते हैं और मालूम करते हैं कि क्या उसके पास नया तैयार किया हुआ अधूरा, अपंग शिशु है? यदि उन्हें बच्चा पसंद आता है तो वे उसकी मां को उसकी उचित कीमत देकर अपने साथ ले जाते हैं। अब तक वह नारी ऐसे ग्यारह बच्चों को पैदा कर चुकी है। वह बेहद धनवान है। तुम सोच रहे होंगे कि कदाचित मैं ठिठोली

कर रहा हूं, तुम्हें मूर्ख बना रहा हूं। किंतु इसमें तनिक भी अतिशयोक्ति नहीं है मेरे मित्र! मैं तुम्हें महज सच बता रहा हूं। एक यथार्थपूर्ण कड़वा सच।

"आओ और उस नारी को देखो। मैं तुम्हें बाद में बताऊंगा कि किस तरह वह ऐसे अपाहिज, अपूर्ण व भयानक बच्चों को पैदा करने वाली मशीन बन गई।"

वह मुझे गांव के बाहरी भाग में ले आया। वह सड़क के किनारे एक खूबसूरत मकान में रहती थी। वह मकान बेहद सुंदर था और करीने से सजाया गया था। बाग ताजे फूलों से भरा हुआ, खुशबू फैला रहा था। किसी भी व्यक्ति को उसके मकान से यह धोखा हो सकता था कि वह किसी पूर्व वकील का आवास हो। एक सेवक हमें एक छोटे-से अतिथि कक्ष में ले गया और कुछ देर पश्चात वह खौफनाक नारी सामने आई।

वह तकरीबन चालीस वर्ष की थी। लंबी, कठोर नयन-नक्श की किंतु उसका शरीर काफी बलिष्ठ था। वह मक्कार और रईस थी। गांव की स्वस्थ महिलाओं की भांति वह नजर आती थी किंतु नारी और पशु का मिला-जुला सम्मिश्रण थी।

वह गांव में व अपनी जाति में अपने लिए पैदा हुए तिरस्कार से वाकिफ थी और उसने हमारे साथ उपेक्षा और अन्यमनस्कता का व्यवहार किया।

उसने पूछा, "इन श्रीमान को क्या चाहिए?"

मेरे मित्र ने कहा, "हम लोगों को बताया गया है कि आपकी अंतिम संतति सामान्य बच्चों की तरह स्वाभाविक है और किसी भी नजरिए से अपने पूर्व के भाइयों की भांति नहीं है। मैं इसकी तस्दीक करना चाहता था, क्या यह सत्य है?"

उसने क्रुद्ध दृष्टि से हमारी ओर देखा और जवाब दिया, "ओह, नहीं श्रीमान, नहीं। वह तो औरों की तुलना में ज्यादा कुरूप और बेढंगा है। मेरे तो भाग्य ही फूटे हैं, मैं अभागिन हूं। वह तमाम एक ही जैसे हैं श्रीमान! वे तमाम एक जैसे हैं। यह सच में बेहद क्रूरता है। किस तरह वह सर्वशक्तिमान पूरी दुनिया में अकेली पड़ गई एक गरीब नारी के प्रति कैसे इतना निष्ठुर हो सकता है!" वह अपनी दृष्टि नीची रखे व एक भयभीत हिंसक पशु की भांति शीघ्रता से बोली। उसकी तीखी आवाज में कुछ नरमी आ गई। वह एक मजबूत काठी की लंबी स्त्री थी, जिसमें क्रूर कार्यों को करने और भेड़ियों की भांति गुर्राने की भरपूर क्षमता थी, उसके मुंह से आंसुओं से भीगी रूहानी आवाज सुनने में एक अनोखा लुत्फ आ रहा था।

"हम आपके वर्तमान बच्चे को देखना चाहेंगे।" मेरे मित्र ने प्रार्थना की। ऐसा प्रतीत हुआ कि वह अचानक लज्जित हो गई, कदाचित मुझे धोखा हो गया था।

कुछ पलों की खामोशी के पश्चात उसने तेज आवाज में कहा, "आपको इससे क्या लाभ होगा?" उसने अपना सिर उठाया और कठोर व क्रुद्ध निगाह हम पर डाली।

"आप हम लोगों को बच्चा क्यों नहीं दिखाना चाहती हैं?"

"यहां अनेक अन्य भी व्यक्ति हैं जिनको आप बच्चे दिखाती हैं। आप जानती हैं कि मेरा आशय किन व्यक्तियों से है?"

एकाएक वह शीघ्रता से खड़ी हो गई और अपने क्रोध को पूर्णतया आवाज में समाविष्ट करती हुई ऊंची आवाज में चीखी, "तो इस कारण आप लोग यहां आए हैं? महज मेरा मखौल उड़ाने, क्योंकि मेरे बच्चे पशुओं की भांति हैं। नहीं, आप उसको नहीं देखेंगे। नहीं, आप लोगों को उसे देखना भी नहीं चाहिए। निकल जाओ यहां से। मैं आप लोगों को जानती हूं, आप सभी को भली प्रकार पहचानती हूं, जो मुझे महज मूर्ख ही बनाते हैं।"

अपने भारी कूल्हों पर हाथ रखकर वह हमारी ओर आकृष्ट हुई। उसी हिंसक वाणी के आदेश पर एक विक्षिप्त नजर आने वाला शख्स गुर्राता हुआ करीब के कक्ष से आकर खड़ा हो गया। मैं बेतरह कांप उठा।

हम उस स्त्री के सामने से पीछे की ओर खिसक गए।

क्रुद्ध स्वर में मेरे मित्र ने उस स्त्री को चेतावनी दी, "चुड़ैल, राक्षसी!" जैसा कि लोग उसे इसी नाम से संबोधित करते थे, "अपना ध्यान रखना। देखना, एक दिन यही तुम्हारा विनाश कर देगा। तुम्हारे लिए दुर्भाग्य का कारण साबित होगा।"

वह क्रोध और प्रतिशोध से जल उठी। अपने हाथ झटकती, क्रोध से भरी हुई वह चीखी, "भाग जाओ यहां से तुम जंगली लोग।" वह एक तरह से हम लोगों पर झपट पड़ी। हम दौड़ पड़े, हमारा दिल भय के कारण बैठा जा रहा था।

जब हम घर से बाहर निकल आए तो मेरे मित्र ने पूछा, "खैर, तुमने उसे देखा, तुम्हारी उसके बारे में अब क्या सोच है?"

मैंने कहा, "मुझे उस क्रूर स्त्री का पूरा इतिहास बताओ।"

और जब हम सफेद राजमार्ग पर, जिसके दोनों ओर पके अनाज के खेत थे, जो ठंडी-ठंडी हवाओं के झोंके से आंदोलित सागर की भांति लहरा रहे थे, तब मेरे मित्र ने जो कुछ बताया वह कुछ इस प्रकार था—बहुत पहले जब वह लड़की थी, तब एक खेत पर कार्य करती थी। वह एक बढ़िया महिला मजदूर, बेहद परिश्रमी, उपयोगी, व्यवहारकुशल और सतर्क तबियत थी। किसी को पता नहीं था कि उसका कोई प्रेमी भी है, ना ही उसके चालचलन पर किसी को संदेह था। कटाई के मौसम में, जैसे सब श्रमक्लांत होकर पड़ जाते हैं वह भी एक तूफानी रात्रि में आकाश के नीचे धान के ढेर पर गिर पड़ी। तब गर्म हवाएं भट्ठी की आग

की भांति तप रही थीं और युवक-युवतियों के भरे-पूरे जवान जिस्म पसीने से नहा रहे थे।

जल्दी ही वह महसूस करने लगी कि वह मातृत्व सुख प्राप्त करने वाली है। बदनाम होने और सामाजिक लज्जा के भय से वह सिहर उठी। हर कीमत पर अपने इस पाप को छिपाने हेतु, स्वयं के द्वारा निर्मित एक विशिष्ट प्रकार के भोंथरे औजार से जो उसने बांस की खपच्चियों तथा मोटी रस्सी से बनाया था, संपूर्ण शक्ति से अपना पेट दबाना आरंभ किया। जैसे-जैसे बच्चा उसके गर्भ में बढ़ता गया, उसी अनुपात में वह नए औजार से पेट पर और ज्यादा दबाव डालने लगी।

अपने इस असहनीय दर्द को बहादुरी से झेलते और मानसिक यातना को सहते हुए वह सदैव हंसती रहती, खुशमिजाज दिखती और कार्य में लगी रहती, ताकि कोई भांप न सके और न ही उस पर किसी तरह का संदेह कर सके।

उसने अपने गर्भस्थ भ्रूण को इस औजार के बीच में दबाकर कुचल दिया, विकृत कर दिया, उसे हैवान बना दिया। बच्चे का सिर चपटा हो गया था तथा लंबा होकर खिंच गया था। उसके दोनों नेत्र मस्तक से बाहर निकल आए थे। हाथ जिस्म की तुलना में अनुपात रहित व लंबे हो गए थे। हाथ-पैर की उंगलियां मकड़ी के पांवों की भांति पतली और मुड़ गई थीं। तथापि बच्चा सुपारी की तरह गोल व छोटा ही रहा।

आखिरकार उसने खुले खेत में वसंत की एक प्रातः उस अनूठे विकृत बच्चे को अपनी कोख से पैदा किया।

जब खेत पर बुवाई करने वाली उसकी संगी महिलाएं उसकी सहायता करने को दौड़ीं तो जन्म लेते उस खौफनाक बच्चे को देखकर वे मारे खौफ के भाग गईं और करीबी इलाके में यह कहानी फैल गई कि उसने एक दैत्य मानव को जन्म दिया है। उसी वक्त से उसने नाम पाया चुड़ैल, दैत्य मानव की जननी, अमानुष। उसकी नौकरी जाती रही, वह दूसरों की कृपा या कदाचित गुप्त प्रेम के सहारे जीवित रही, क्योंकि वह दिखने में बेहद सुंदर, आकर्षक और युवा थी और तमाम व्यक्ति दोजख से भय नहीं खाते हैं।

उसने अपने इस विकृत व अप्राकृतिक बच्चे की परवरिश की, जिससे वह पूरी शिद्दत से नफरत करती थी। वह कदाचित उसका गला ही घोंटकर रख देती लेकिन वह इस जघन्य कृत्य के परिणाम की कल्पना से और मिलने वाली कठोर सजा के कानूनी प्रावधान से भय खा गई।

उस गांव से गुजरने वाली एक कार्निवाल कंपनी ने एक दिन खौफनाक शिशु के जन्म की अनोखी कहानी सुनी और उस बच्चे को पसंद आने पर साथ ले जाने के मंतव्य से देखना चाहा। उन्होंने बच्चे को देखा, पसंद किया और तत्काल ही

बच्चे की मां को बच्चे के मूल्य के रूप में नकद पांच सौ की मुद्रा दी। आरंभ में शर्मिंदगी के कारण वह नहीं चाहती थी कि वे लोग ऐसे बच्चे को देखें। किंतु जब उसको ज्ञात हो गया कि यह सौदा कमाई का माध्यम है और वे लोग ऐसा बच्चा खरीदना चाहते ही हैं, तब उसने मोल-तोल करना आरंभ कर दिया। वह अपने बच्चों की विकृतियों के चटखारेदार किस्से सुनाकर, उन लोगों को उकसाकर, ग्रामीण प्रवृत्ति के मुताबिक मूल्य में वृद्धि करने लगी। यह अनोखा व्यापार उसे रास आ गया था।

इस कारोबार में उसे कोई धोखा या क्षति न हो, इसके लिए उसने उन लोगों के साथ एक कानूनी अनुबंध कर लिया जिसके अंतर्गत, वे उसे प्रतिवर्ष चार सौ मुद्राएं नियमित रूप से देने के लिए तत्पर हो गए, साथ-ही-साथ उस बच्चे को भी उनके द्वारा अपनी सेवा में नियमित रूप से रख लिया।

दौलत, वैभव, सौभाग्य की उम्मीद से बेजार हुई, सब कुछ पाने की लालसा ने उस मां को विक्षिप्त कर दिया। उसके पश्चात उसने अजीबो-गरीब, विकृत, रौद्र व डरावने बच्चों को जन्म देने की इच्छा को मरने नहीं दिया, ताकि उसे भी अन्य धनवानों की भांति मोटी रकम निश्चित आय के रूप में प्राप्त होती रहे।

हालांकि वह बेहद समझदार थी, तथापि अपनी महत्वाकांक्षा में वह विजयी रही। अपनी गर्भावस्था में, विभिन्न दबावों से, कई प्रकार के कुरूप आकारों के बच्चे पैदा करने में वह दक्ष होती चली गई।

उसने लंबे, ठिगने, केकड़े व छिपकली की तरह के बच्चे पैदा किए। उनमें से कई मर गए जिसके लिए उसने गहरा दुःख महसूस किया।

कानून ने उसे थामना चाहा, किंतु कानून कुछ साबित नहीं कर पाया। वह इत्मीनान से इन घिनौने और अनोखे बच्चों को जन्म देने हेतु खुली छोड़ दी गई।

अब तक उसके ग्यारह बच्चे जीवित हैं जो प्रतिवर्ष उसके लिए 5 से 6 हजार मुद्राओं की वार्षिक आय पैदा करने का कार्य करते हैं।

वह अंतिम बच्चा अभी तक बिका नहीं था, जिसे हम देखने गए थे और उसने उसे दिखाने से स्पष्ट मना कर दिया था।

लेकिन अब वह इस प्रक्रिया को ज्यादा वक्त तक जारी नहीं रख सकेगी, क्योंकि अब सभी सर्कस के मालिक उसे जानने लगे थे। वे सभी विभिन्न समय पर उसके पास यह जानने के लिए आते हैं कि उसके पास बेचने के लिए कोई नया जन्मा बच्चा तो नहीं है। यदि उसका यह बच्चा इस योग्य होता तो अनेक खरीददारों के बीच वह नीलामी भी करवाती थी।

मेरा मित्र खामोश था। मेरे हृदय में अजीब वितृष्णा पैदा हुई, जिसमें एक भयानक आक्रोश व लाचारी थी और मुझे दुःख हुआ कि जब वह मेरे हाथ आई तो मैंने उसका गला क्यों नहीं दबा दिया।

"किंतु इन बच्चों का पिता कौन है?" मैंने सवाल किया।

"कोई नहीं जानता।" उसने जवाब दिया, "वे लोग या तो सब अपने आप में एक खामोशी धारण किए हुए हैं। अथवा वे सब अवश्य ही अनजान हैं। कदाचित वे सब पिता भी इस पाप में बराबर के हिस्सेदार हैं।"

मैंने कल तक इस विचित्र रोमांच के विषय में नहीं सोचा था। जब मैंने उस झील के किनारे एक खूबसूरत आकर्षक स्त्री को देखा जिसमें त्रिया चरित्र के तमाम विशेषण कूट-कूटकर भरे थे। वह अनेक लोगों से घिरी थी और सबकी निगाहों में उसके लिए बेहद सम्मान था।

मैं अपने डॉक्टर मित्र की बांहों में बांहें डाले ठीक उसके समक्ष जाकर खड़ा हो गया। दस मिनट पश्चात मैंने ध्यान दिया कि एक आया तीन बच्चों का खास ध्यान रख रही है, जो पास ही रेत पर उछल-कूद कर रहे थे। वेदनादायी बैसाखियों का एक जोड़ा जमीन पर मौजूद था। फिर मैंने देखा कि तीनों बच्चे, कुरूप, बेढंगे, लंगड़े, कुबड़े व तिरस्कार के पात्र थे।

डॉक्टर मित्र ने बताया कि तीनों बच्चे उस बला की सुंदर और आकर्षक युवती के हैं जिससे तुम अभी मिले हो।

मुझे उस स्त्री और उसके तीनों बच्चों की अपंगता पर बहुत तरस आया। बेचारी अभागिन मां, इतने पर भी वह कैसे हंस सकती है!

मेरे मित्र ने कहा, "इस नारी पर तरस मत खाओ। ये बच्चे जिन पर तुम्हें वाकई तरस आना चाहिए, यह आखिर तक अपने शरीर को आकर्षक बनाए रखने का दुष्परिणाम है। वे विकलांग और विकृत बच्चे इसी खूबसूरत नारी ने बनाए हैं, जन्मे हैं।"

"वह बहुत भली प्रकार जानती है कि वह इस खतरनाक खेल में अपनी जिंदगी भी दांव पर लगा चुकी है। जब तक वह आकर्षक, जवान और लुभावनी है तब तक वह कोई परवाह भी नहीं करने वाली।"

मुझे उस गांव की चुड़ैल याद हो आई जो ऐसे बच्चों को बेचा करती थी।

□□

दो मित्र

पेरिस घिरा हुआ था और अकाल से त्रस्त भी। यहां तक कि छतों पर चिड़ियाएं तथा नालियों में चूजों की संख्या भी घट गई थी। लोगों को जो कुछ भी खाने योग्य मिल रहा था, वह उन्हें खा रहे थे।

मॉरीसॉट जो कि पेशे से एक घड़ीसाज था, जनवरी की एक चमकदार प्रातः को पतलून की जेब में हाथ डाले उदास एवं भूखी स्थिति में पेरिस के बाउलेवर्ड इलाके में घूम रहा था। अचानक वह अपने परिचित मित्र सॉवेज से टकराया, जो मछली पकड़ने के दौरान से ही उसका मित्र था।

युद्ध आरंभ होने के पूर्व से ही मॉरीसॉट की यह प्रवृत्ति थी कि वह प्रत्येक रविवार को मछली पकड़ने को बंसी हाथ में लिए और टिन का डिब्बा पीठ पर लटकाए देखा जा सकता था। वह अर्जेंट्युअल रेल द्वारा कोलंबस तक जाता था और वहां से इले मेरेंट तक पैदल जाता था। वहां पहुंचने के पश्चात से ही वह मछली पकड़ना आरंभ करता और दिन ढलने तक मछलियां पकड़ता रहता। यह स्थल उसके लिए स्वप्नलोक के समान था।

प्रत्येक रविवार को वह इसी स्थान पर सॉवेज से मिला करता, जो हंसमुख स्वभाव का व्यक्ति था, वह र्यू-नॉट्रे-डेम-डि-लॉरेट कर एक वस्त्र व्यापारी था और साथ ही उत्साही मछुआरा भी था। प्रायः वह दोनों आधा दिन साथ में बैठ कर मछलियां पकड़ते हुए गुजारते थे। सौहार्दपूर्ण मित्रता उदित हो चुकी थी। कुछ दिन वे आपस में बात नहीं करते थे, अन्य समय वे बातें करते लेकिन वे एक-दूसरे को शब्दों के बिना भी बहुत अच्छी तरह से समझते थे, क्योंकि उनकी पसंद और सोच समान थी।

वसंत की प्रातः के दस बजे, जब प्रातः के सूर्य के कारण जल पर हल्का कोहरा पैदा हो गया था और दोनों उत्साही मछुआरों की पीठ गर्म कर रहा था। तब मॉरीसॉट प्रायः अपने पड़ोसी से टिप्पणी करता, "यहां बहुत ही आकर्षण हैं।"

जिसका जवाब दूसरे व्यक्ति द्वारा यूं दिया जाता, "मैं इससे ज्यादा कल्पना नहीं कर सकता।"

और यह सीमित शब्द पर्याप्त होते थे, एक दूसरे को समझने व सराहना करने के लिए।

शरद ऋतु में दिन की समाप्ति के वक्त जब सूर्यास्त के समय का सूर्य पश्चिमी व्योम पर रक्तिम-लाली बिखेरता और किरमिची बादलों का परावर्तन संपूर्ण नदी को लाल आभा प्रदान कर देता, दोनों मित्रों के चेहरे पर आभा आ जाती और वृक्ष सुंदर हो जाते, जिनकी पत्तियां शीत ऋतु का पूर्व स्पर्श कर रही होतीं, मॉरीसॉट की ओर मुस्कुराकर सॉवेज कह उठता, "क्या ही मनोरम दृश्य है?"

और मॉरीसॉट दृश्य पर से नजरें हटाए बिना कह उठता, "यह बाउलेवर्ड से कहीं ज्यादा सुंदर व अच्छा है।"

जैसे-जैसे वे एक-दूसरे को समझते गए, वे आत्मीयता से हाथ मिलाते और बदली हुई उन परिस्थितियों की सोच उनकी भेंट पर प्रभावी रहती।

सॉवेज गहरी सांस के साथ बुदबुदाया, "यह उदासी का समय है।"

मॉरीसॉट ने दुःखी मुद्रा में सिर हिलाया।

"और ऐसी ऋतु में यह वर्ष का सबसे बढ़िया दिन है।"

वास्तव में आकाश बादल रहित और नीला था। दोनों एक साथ चलते रहे आकर्षण और वेदना के साथ।

"मछली पकड़ने के बारे में विचार करना।" मॉरीसॉट बोला," हमने कितना सुंदर समय गुजारा।"

"अब हम पुनः कब मछली पकड़ सकेंगे?" मॉरीसॉट ने पूछा।

दोनों एक छोटे से अल्पाहार गृह में प्रविष्ट हुए और एक साथ पेय पदार्थ लिया, तब पुनः एक साथ फुटपाथ पर चलने लगे। अचानक मॉरीसॉट रुक गया।

"क्या हम दूसरा पेय लें?" उसने पूछा।

"यदि तुम पसंद करो।" सॉवेज ने सहमति प्रदान की।

और तब वह शराब की दुकान में प्रविष्ट हो गए। जब वे बाहर आए तो खाली पेट मदिरा सेवन करने के कारण बेहद अस्वाभाविक नजर आए। यह एक सुहावना दिन था और शीतल हवा के झोंके उनके चेहरे से टकरा रहे थे। शीतल हवा के प्रवाह ने शराब के प्रभाव को सॉवेज पर से समाप्त कर दिया। वह अचानक रुककर कहने लगा, "मान लो वहां जाएं।"

"कहां?"

"मछली पकड़ने।"

" लेकिन कहां?"

"क्यों, पुराने स्थान पर। फ्रांसीसी चौकी कोलंबस के लिए बंद हो गई है। मैं कर्नल ड्यूमोयूलिन को जानता हूं और हमें आसानी से जाने हेतु अनुमति-पत्र मिल जाएगा।"

मॉरीसॉट प्रसन्नता से थर्रा उठा।

"बहुत अच्छा, मैं तैयार हूं।"

और वे दोनों मछली पकड़ने की बंसी और डोरी लाने के लिए जुदा हो गए।

एक घंटे पश्चात दोनों एक मार्ग पर साथ-साथ जा रहे थे। वह कर्नल के उस आवास पर पहुंच चुके थे, जहां वह रहता था। वह उनकी प्रार्थना पर मुस्कुराया और उसने अनुमति प्रदान कर दी। उन्होंने कूट शब्द के साथ पुन: चलना आरंभ किया।

शीघ्र ही उनके द्वारा सीमा चौकी को पार कर लिया गया। वह वीरान कोलंबस से मार्ग बनाते हुए सिएने, स्थित अंगूर के बाग के बाहरी इलाके तक पहुंच गए। इस समय दिन के ग्यारह बज रहे थे।

उनके पहुंचने से पूर्व ही अर्जेंटियूइल का गांव पूर्ण रूप से जीवनरहित हो गया था। ऑर्गेमेंट और सेन्नॉइस की पहाड़ियां ही परिदृश्य पर प्रभाव डालती नजर आ रही थीं। नेंटेरे के वृहत् मैदानी भाग खाली पड़े थे, धूसर रंग की भूमि खाली पड़ी थी और चैरी के वृक्ष भी रिक्त थे।

सॉवेज ने ऊंचाइयों की ओर संकेत करते हुए कहा, "प्रूशिया के लोग वहां भी आ गए हैं।"

वीरान प्रदेश के परिदृश्य ने दोनों मित्रों में अनिश्चित आशंका की यातना को उत्पन्न कर दिया।

प्रूशियावासी! उन्होंने अभी तक किसी को नहीं देखा था, लेकिन वह उनकी उपस्थिति को पेरिस के पड़ोस में कई महीनों से फ्रांस को नष्ट करते, लूटमारी करते, जनसंहार करते व भूखों मरते महसूस किया था। उस अनजान विजेता देश के प्रति उनमें भय और घृणा की भावना अंधविश्वास के रूप में पहले से ही मौजूद थी।

"मान लो उनमें से किसी से हमारा सामना हो गया?" मॉरीसॉट ने कहा।

"हम उन्हें उपहार में मछली प्रदान करेंगे।" सॉवेज ने प्रत्युत्तर देते समय प्रूशियन लोगों की उदारता को दर्शाया कि वह मछलियों का समस्त भाग प्राप्त नहीं करेंगे।

तथापि वह इस बात के लिए सतर्क थे कि उनमें से किसी की दृष्टि उन पर न पड़े। नितांत खामोशी का आतंक उनमें प्रबलता से शासन कर रहा था।

अंत में सॉवेज ने निडरता के साथ कहा, "आओ, हम आरंभ करें, बस हमें सतर्क रहने की आवश्यकता होगी।" और उन्होंने अंगूर के बाग में से अपना मार्ग बनाया, वह दोहरे होकर झुकते हुए, जमीन से लगकर अंगूर की लताओं के आवरण तले आंखें और कान सतर्क करके आगे बढ़ रहे थे।

खुले मैदान का एक टुकड़ा पार किया जाना शेष था, ताकि वह नदी के किनारे तक पहुंच सकें। उस टुकड़े को उनके द्वारा दौड़कर तय किया गया, जब तक कि वह पानी के किनारे तक नहीं पहुंच गए।

वहां उन्होंने स्वयं को सरकंडों के मध्य छिपा लिया था।

मॉरीसॉट ने जमीन पर कान लगाकर उभरने वाली पग-ध्वनियों की आहट लेने का प्रयास किया। लेकिन उसे कुछ सुनाई नहीं दिया। उन्हें पूर्ण एकाकी होने का आभास हुआ।

उनका आत्मविश्वास पुनः लौटा और वे मछली पकड़ने के कार्य में जुट गए।

वीरान इले मेरेंट से आगे तट पर छिपने के पूर्व छोटा-सा अल्पाहार गृह बंद हो चुका था और ऐसा प्रतीत होता था मानो वह वर्षों से उजाड़ पड़ा हो।

सॉवेज ने पहली मछली पकड़ी, मॉरीसॉट ने दूसरी और उसके पश्चात प्रत्येक क्षण दोनों की बंसी की डोर के सिरे पर छोटी, चांदी की तरह दमकती मछलियां तड़पती हुई नजर आने लगीं। उनके लिए यह आमोद-प्रमोद का बेहतरीन समय था।

अपने शिकार को वह पांवों के करीब रखे महीन जाली के थैले में डाल रहे थे, वे उत्साह से भरे हुए थे। आनंद से वह पुनः तृप्त हो रहे थे, जिस मनबहलाव से वह लंबे समय से वंचित रहे थे।

सूर्य उनकी पीठ पर प्रकाश रश्मियां उंड़ेल रहा था, न उन्होंने कुछ अन्य सुना और न ही अन्य विषय में सोचा। उन्होंने पूरी दुनिया की अनदेखी की और वे मछलियां पकड़ रहे थे। लेकिन अचानक वज्र के धड़धड़ाने की आवाज उभरी, जो पृथ्वी के गर्भ से उभरी हुई महसूस हुई, उनके पांवों के नीचे की जमीन कांप उठी, तोपें पुनः गरजने लगी थीं।

मॉरीसॉट ने सिर घुमाकर नदी के किनारे से आगे की ओर देखा, मांट वलेरियन की पृष्ठभूमि की पर्वत चोटी से भयानक सफेद धुआं उठ रहा था।

तत्काल ही अगले क्षण दूसरे धुएं ने पहले का अनुसरण किया और कुछ ही पलों में धमाकों ने पृथ्वी को कंपकंपा दिया।

फिर अन्य धमाके हुए और मिनट-दर-मिनट पर्वत भयानक ढंग से सफेद धुएं के रूप में सांस लेता नजर आया। वह सफेद धुआं शांत स्वर्ग की चोटियों पर छाता चला गया।

सॉवेज ने अपने कंधे हिलाते हुए कहा, "वे वहां फिर से आ गए हैं।"

मॉरीसॉट, जो कि उत्सुकता से तैरती मछलियों को ऊपर-नीचे उछलते देख रहा था, अचानक कुछ क्रोध की गिरफ्त में आ गया। वह पागलों की भांति

गोलाबारी करते लोगों से खफा हो गया। उसने खिन्नता के साथ टिप्पणी की, ''कैसे मूर्ख हैं, जो इस प्रकार एक-दूसरे को कत्ल कर रहे हैं।''

''वे जानवरों से भी बदत्तर हैं।'' सॉवेज ने जवाब दिया।

और मॉरीसॉट ने जो कठोरता की गिरफ्त में आ गया था, उसने घोषणा की, ''और सोचना यह है कि यह उस समय तक जारी रहेगा; जब तक कि उनकी सरकारें रहती हैं।''

''प्रजा कभी युद्ध की घोषणा नहीं करती।'' सॉवेज ने हस्तक्षेप करते हुए कहा।

मॉरीसॉट ने उसे बीच में रोका, ''एक राजा के स्वामित्व में हम विदेशी युद्ध के अंतर्गत होते हैं और प्रजा के अंतर्गत क्रांति युद्ध में।''

और उन दोनों ने सौम्यतापूर्वक राजनीतिक समस्याओं के बारे में चर्चा करना आरंभ कर दिया। जिसमें वह शांति के बारे में और नागरिकों के विषय में चर्चा कर रहे थे। एक बात पर वे सहमत थे कि उन्हें कभी आजादी प्राप्त नहीं होगी, और मोंट-वलेरियन से धड़धड़ाने की आवाजें बंद हुए बिना गूंज रही थीं, फ्रांसीसियों के घर तोप के गोलों से ढहाए जा रहे थे, इंसान की जिंदगी को पीसकर उसका चूर्ण बनाया जा रहा था, अनेक स्वप्नों को नष्ट किया जा रहा था। अनेक संजोई गई आशाएं, अनेक भावी प्रसन्नताएं निर्दयतापूर्वक शोक में तब्दील की जा रही थीं। वह शोक उन पत्नियों, पुत्रियों और माताओं के हृदय को भी व्यथित कर रहा था, जो अन्य स्थानों पर रहती थीं।

''यही जीवन है।'' सॉवेज ने घोषणा की।

''बल्कि यह कहना चाहिए कि यही मृत्यु है।'' मॉरीसॉट ने हंसते हुए जवाब दिया।

लेकिन अचानक वे अपने पीछे कदमों की आहट की चेतावनी से कांप उठे, गोल घूमकर उन्होंने चार व्यक्तियों को देखा, जिनके चेहरों पर दाढ़ी थी। उनकी वेशभूषा से लग रहा था कि वे सैनिक हैं। उन्होंने सिर पर सपाट टोपियां धारण कर रखी थीं। उन्होंने अपनी बंदूकों से दोनों मछली पकड़ने वालों को घेर रखा था। मछली पकड़ने की बंसी उनके मालिकों के हाथों से छूटकर नदी में गहरे जा गिरी।

कुछ ही क्षणों में दोनों को हिरासत में लेकर नाव में डाल दिया गया और नदी के पार इले मेरेंट ले जाया गया।

जीर्ण-शीर्ण नजर आने वाले भीमकाय व्यक्ति ने, जो टांगें फैलाकर लंबे क्ले पाइप से धूम्रपान कर रहा था, दोनों को विशुद्ध फ्रेंच भाषा में संबोधित किया, ''अच्छा भद्रजनो! तुम्हारा मछली पकड़ने का कार्य शुभकारी रहा होगा।''

तब एक सैनिक ने मछलियों से भरा थैला अधिकारी के पांवों के करीब रख दिया और फिर उसे सुरक्षित रखने के लिए वहां से ले गया। प्रूशियावासी अधिकारी मुस्करा उठा।

''बुरी तादाद नहीं थी मछलियों की, मैंने देखा। लेकिन हमें किसी अन्य विषय में बात करनी है। मेरी बात ध्यान से सुनना और बीच में मत टोकना। मेरी दृष्टि में तुम दोनों गुप्तचर हो, जो मेरी और मेरे अभियान की टोह लगाने के लिए भेजे गए हो। स्वाभाविक है कि मैंने तुम्हें पकड़ा और मैंने तुम्हें गोली मार दी। तुम मछली पकड़ने का दिखावा कर रहे थे, अतः बेहतर होगा कि तुम अपना वास्तविक उद्देश्य प्रकट कर दो। तुम मेरे हाथों में पड़ चुके हो और तुम्हें उसके परिणाम भुगतने होंगे। यही युद्ध के नियम हैं और यही युद्ध है। लेकिन तुम चौकी से यहां तक आए हो, अतः तुम्हारे पास वापसी का कूट शब्द (पासवर्ड) होना चाहिए। मुझे वह कूट शब्द बता दो और मैं तुम्हारी रिहाई कर दूंगा।''

दोनों मित्र मुर्दों की भांति पीले पड़ गए। दोनों अगल-बगल में खड़े होकर अपने हाथों को फड़फड़ाकर अपनी भावनाएं व्यक्त कर रहे थे।

''कोई कुछ भी नहीं जान पाएगा।'' अधिकारी ने बात जारी रखी,'' तुम अपने घरों तक शांति से पहुंचा दिए जाओगे और रहस्य तुम्हारे साथ ही गायब हो जाएगा। यदि तुम मना करते हो, तब इसका आशय होगा मौत—तत्काल मौत। चुन लो!''

वे अचल खड़े रहे और उन्होंने जुबान नहीं खोली।

प्रूशियावासी पूर्णतया शांत होकर नदी के करीब हाथ फैलाए हुए गया और बोला, ''सोच लो कि महज अगले पांच मिनट में तुम जल के पेंदे में पहुंच पाओगे। पांच मिनट में। मैं कल्पना करता हूं कि तुम्हारे सगे-संबंधी अवश्य ही होंगे।''

मोंट-वलेरियन अभी भी गड़गड़ाहट से गूंज रहा था। दोनों मछुआरे तब भी खामोश बने रहे। जर्मन शख्स घूमा और उसने अपनी भाषा में आदेश दिया। तब उसने अपनी कुर्सी को तनिक दूर खिसका लिया, जिससे वह कैदियों से दूर हो गया और दर्जन भर सैनिक आगे बढ़े तथा उन्होंने बीस कदम की दूरी पर मोर्चा संभाल लिया।

''मैं तुम्हें एक मिनट का समय देता हूं।'' अधिकारी ने कहा, ''एक क्षण भी ज्यादा नहीं।''

फिर वह शीघ्रता से उठा, दोनों फ्रांसीसियों के करीब गया, मॉरीसॉट की बांह थामी और उसे कुछ दूरी पर ले गया और मद्धिम स्वर में कहा, ''जल्दी। कूट शब्द। तुम्हारा मित्र कुछ नहीं जान सकेगा। मैं रहम खाने का दिखावा करूंगा।''

मॉरीसॉट ने प्रत्युत्तर में एक शब्द भी नहीं कहा।

तब प्रूशियन अधिकारी पूर्व की तरह ही सॉवेज को कोने में ले गया और उसके सामने भी वही मंतव्य प्रस्तुत किया।

सॉवेज ने भी कोई जवाब नहीं दिया। पुनः दोनों आस-पास खड़े हो गए।

अधिकारी ने अपना आदेश दिया, सैनिकों ने अपनी बंदूकें तान दीं। तब अचानक ही मॉरीसॉट की दृष्टि घास पर कुछ कदम की दूरी पर पड़े मछलियों से भरे थैले पर पड़ी।

सूर्य के प्रकाश में मछलियां तब भी चांदी की भांति चमचमा रही थीं। मॉरीसॉट को अपना हृदय डूबता महसूस हुआ। यद्यपि वह अपनी आंखों में आंसुओं को न आने देने के लिए स्वयं को नियंत्रित कर रहा था।

"अलविदा सॉवेज!" वह विचलित अंदाज में बोला।

"अलविदा मॉरीसॉट!" सॉवेज ने जवाब दिया।

दोनों ने हाथ मिलाया। भय के कारण वे सिर से पांव तक कांप रहे थे लेकिन उन्होंने स्वयं पर प्रभुत्व बनाए रखा।

अधिकारी चिल्लाया, "गोली दागो!"

बारह गोलियां एक बार में चलीं और लगा जैसे एक ही गोली दागी गई हो।

सॉवेज तात्कालिक रूप से आगे की ओर गिर पड़ा। मॉरीसॉट, जो अधिक लंबा था, तनिक झूलता हुआ मित्र के करीब जा गिरा। उनका चेहरा आकाश की ओर था तथा खून उसके सीने पर मौजूद कोट से रिस रहा था।

जर्मन व्यक्ति ने नए आदेश जारी किए।

उसके अधीनस्थ बिखर गए और पुनः रस्सों और पत्थरों के साथ उपस्थित हुए, जिन्हें दोनों मित्रों के पांवों के साथ बांध दिया और तब उन्हें नदी के किनारे पर ले गए। मोंट-वलेरियन की चोटियां धुएं से आच्छादित थीं और गड़गड़ाहट तब भी बदस्तूर जारी थी।

दो सैनिकों ने मॉरीसॉट को सिर और हाथों से थामा, दो अन्य ने सॉवेज के साथ भी ऐसा ही किया। उनके शरीर को निष्ठुरता से बलशाली हाथों के द्वारा झुलाया गया और फिर तिरछी मुद्रा में नदी की धारा में फेंक दिया गया।

पानी ऊपर की ओर उछला, उसमें झाग बने और चक्रवात सा बना, और फिर शांति छा गई, हल्की लहरें तब किनारे से टकरा रही थीं।

कुछ रक्त की बूंदें नदी पर चित्तीदार रूप में चमकीं। अधिकारी जो पूरे वक्त मौन बना रहा था, उसने निर्दयी हास्य के साथ टिप्पणी की, "अब मछलियों की बारी है।"

तब वह अपने घर की दिशा की ओर बढ़ गया।

अचानक उसने जाल को देखा, जो मछलियों से पूरा भरा हुआ था और भूल से वहीं पड़ा था। उसने एक मछली उठाई, फिर मुस्कुराकर चिल्लाया, "विल्हेल्म!"

एक सैनिक सफेद एप्रन पहने बुलावे के परिणामस्वरूप वहां आया और प्रूशियन ने शिकार को उछाला, जो कत्ल किए गए व्यक्तियों ने पकड़ा था और कहा, "ये मछलियां रखो और मेरे लिए अभी तत्काल इन्हें भुन दो, जब तक ये जीवित हैं, उनका स्वादिष्ट व्यंजन बनेगा।"

फिर वह पुनः पाइप के कश लगाने लगा।

❑❑

लाल क्रॉस

वह संपूर्ण जिला ही हैरतअंगेज था। उस संपूर्ण जिले में धार्मिक सहिष्णुता और एक अमंगलकारी नीरसता की अनुभूति अंतर्निहित थी।

नगर के एकदम मध्य में वीरान पर्वतों की शृंखला जहां महज खामोशी और समीर के तेज प्रवाह से मुड़े ओक के वृक्षों के अतिरिक्त वीरानी का ही निवास था। निकट ही एक जंगली झील थी जिसके वर्षों से जमा स्याह गंदे पानी में सहस्त्रों की संख्या में कीड़े कुलबुला रहे थे।

उस उदास झील के तट पर एक इकलौता मकान मौजूद था। अल्प ऊंचाई का लघु निवास। जिसमें एक पुराना नाविक फादर जोसेफ निवास करता था, जो दिन भर किए गए मछलियों के आखेट पर ही जीवन गुजार रहा था। प्रति सप्ताह वह अपनी पकड़ी गई मछलियों को निकट के गांव में विक्रय हेतु ले जाया करता था और उससे प्राप्त धन से अपने जीने के कार्य की अनिवार्य वस्तुएं खरीदकर लौटता था। मुझे वह झोंपड़ी देखने की सनक थी। वह मेरे साथ चलने और मेरे लिए जाल डालने को तत्पर हो गया था।

मैं तैयार हो गया। उसकी नाव पतली और हड्डी के ढांचों की, कीड़ों से खाए एक पुराने टब जैसी थी। वह उसको बड़ी दक्षता से और एक समान गति से तेज खेता रहा जिससे मेरे हौसले और प्रवृत्ति को बड़ी राहत मिली, जो आकाश में घिर आए उदास बादलों से वैसे ही बढ़ रही थी। इस प्राचीन दृश्यावली के मध्य इस पुरातन नाव में बैठकर, जिसे एक बड़ी उम्र का व्यक्ति खे रहा था, मुझे लगा जैसे मैं दुनिया बनने के आरंभिक वर्षों में पहुंच गया हूं। उसने अपना जाल उठाया और एक पुराने अनुभवी घाघ मछुआरे की भांति फेंककर अपने पैरों के पास तक बिछा दिया।

उसके पश्चात वह मुझे दूर दलदल के अंतिम सिरे तक ले जाने को तत्पर हो गया और फिर एकाएक मैंने दूसरे तट पर एक छोटी-सी टूटी-फूटी त्यागी हुई झोंपड़ी को देखा। और देखा कि उसकी दीवार पर एक क्रॉस, बड़ा-सा लाल रंग का क्रॉस लगा था। डूबते सूर्य की अंतिम किरणों के सुर्ख लाल प्रकाश में वह क्रॉस ऐसा लग रहा था गोया वह रक्तरंजित हो।

"वह क्या है?" मैंने उससे सवाल किया।

तत्क्षण उस वृद्ध शख्स ने अपने सीने पर क्रॉस बनाया और उत्तर दिया, "यह वह स्थान है, जहां फादर जूडास ने अंतिम सांस ली थी।"

"जूडास? कौन जूडास?" मैंने विस्मयपूर्वक पूछा।

उसने आगे कहा, "भ्रमणशील जूडा सर।"

मैंने उससे अनुरोध किया कि वह तमाम किस्सा विस्तार से सुनाए। लेकिन वह किसी किंवदंती से कहीं उम्दा, कहीं रोचक किस्सा था। वह इतिहास का एक भाग था। तकरीबन तत्कालीन इतिहास का एक जीवंत पृष्ठ, क्योंकि फादर जोसेफ उस शख्स को निजी रूप से जानता था। किसी वक्त इस झोंपड़ी में एक लंबी भिखारिन जैसी स्त्री रहा करती थी जो लोगों से भिक्षा मांगकर ही अपना जीवन यापन किया करती थी। उसने किससे यह झोंपड़ी प्राप्त की, फादर जोसेफ को अब स्मरण नहीं था। एक रात्रि एक वृद्ध शख्स जो शक्ल से ही सौ वर्ष का लगता था और शतकीय उम्र के कारण दोहरा हो गया था, एक के बाद दूसरा पैर किसी प्रकार से घसीट सकता था, इसी मार्ग से गुजरा और इस झोंपड़ी के समक्ष खड़ा होकर उस गरीब भिखारिन से भीख मांगने लगा।

उस स्त्री ने भीतर से उत्तर दिया, "बैठ जाइए फादर! यहां जो कुछ है वह तमाम दुनिया के लिए है।" वह वृद्ध शख्स उस छोटी-सी झोंपड़ी के बाहर पड़े एक पत्थर पर बैठ गया तथा उसने उस स्त्री के हिस्से की ब्रेड खाई, पत्तियों से बने बिस्तर पर आराम किया और उस झोंपड़ी में रहा भी।

उसके पश्चात उस वृद्ध शख्स ने उस स्त्री को कभी नहीं छोड़ा। उसने अपनी तमाम यात्राएं वहीं समाप्त कर ली थीं। फादर जोसेफ ने यह भी बताया, "यह महज हमारी मां मरियम ने उस स्त्री को यह सब करने के निर्देश दिए थे, ताकि उस वृद्ध को देखकर ही उस गरीब स्त्री ने उस वृद्ध जूडा के लिए द्वार खोल दिए थे, क्योंकि वह द्वार-द्वार भटकने वाला अनाथ बूढ़ा व्यक्ति ही घूमने वाला यहूदी व्यक्ति भी था।"

गांव वालों को यह बात तत्काल ही पता नहीं चली, लेकिन जल्दी ही उन लोगों ने यह बात महसूस कर ली कि वह वृद्ध शख्स सदैव चलता रहता था। उसकी यह एक बहुत गहरी प्रवृत्ति थी। एक दूसरी अन्य बात ने उसके दिल-दिमाग में संदेह भर दिया। वह स्त्री जिसने उस अजनबी वृद्ध शख्स को अपने घर में शरण दी थी, वह तमाम गांव वालों के द्वारा यहूदिन कही जाने लगी, क्योंकि किसी ने भी उसे कभी चर्च में जाते नहीं देखा था।

उसके घर के इर्द-गिर्द से दस कोस तक कोई भी स्त्री को यहूदिन के अलावा कुछ नहीं कहता था। गांव के छोटे बच्चे जब उसे भिक्षा मांगने के लिए आते देखते तो चिल्ला उठते थे, "मां, मां! वह देखो, यहूदिन आ गई है।"

वह औरत और वृद्ध शख्स आसपास के गांवों में साथ-साथ घूमने लगे, एक-दूसरे का हाथ थामे द्वार-द्वार, हर करीब से गुजरने वाले की झिड़कियां सुनते हुए। वे दिन के प्रत्येक प्रहर में निर्जन सड़क पर, गांव की गलियों में या फिर पक्की दोपहर में किसी इकलौते वृक्ष की छांव में ब्रेड खाते हुए नजर आ जाते थे।"

और उन्हें देखकर लोग जोर से चीखते थे, "फादर जूडा!"

एक दिन वह वृद्ध शख्स अपनी झोली में दो छोटे-छोटे सूअर के बच्चे लाया जो किसी फार्म हाउस से उसे बतौर भीख या पारिश्रमिक मिले थे, क्योंकि उसने उस फार्म के कृषक मालिक की किसी पुरानी व्याधि को ठीक कर दिया था। फिर शीघ्र ही उसने भिक्षाटन भी बंद कर दिया और पूर्णरूपेण सूअर के बच्चों को खाने की खोज में झील के किनारे, ओक के पेड़ों के नीचे तथा इर्द गिर्द की घाटी में ले जाना आरंभ कर दिया। जबकि इसके विरुद्ध उसके साथ की वह स्त्री अब भी विक्षिप्त की भांति घर-घर भीख मांगा करती थी, किंतु शाम को वह उस शख्स के साथ ही दिखा करती थी।

वह वृद्ध जूडा भी उस स्त्री की भांति कभी चर्च नहीं गया था तथा उसे लोगों ने करीब के मार्गों पर पवित्र प्रतिमाओं के समक्ष झुककर श्रद्धावश अपने सीने पर पवित्र क्रॉस का चिह्न बनाते नहीं देखा था। इन सब वजहों से वह अनेक बातें बनाने का कारण बन गया था।

एक दिन वह वृद्ध भिखारिन बुखार के कारण रुग्ण हो गई और हवा में उड़ते चिथड़ों की भांति मारे ठंड के कांपने लगी। वह पास के शहर में दवा लेने गया और फिर आकर स्वयं को झोंपड़ी में बंद कर लिया। पूरे छह दिनों तक लोगों ने उसे बाहर कहीं भी नहीं देखा।

गांव के पादरी ने जब सुना और उसे ज्ञात हुआ कि यहूदिन अब मरने ही वाली है तो वह मरणासन्न यहूदिन का अंतिम संस्कार करने के लिए झोंपड़ी में पहुंचा। क्या वह सही में यहूदी थी? वह नहीं जानता था, पर खैर, चाहे जो हो। वह पादरी अपनी क्षमतानुसार उसकी आत्मा को शांति पहुंचाना चाहता था।

पादरी ने उस झोंपड़ी पर पहुंचकर धीमे-से द्वार पर दस्तक दी। जब फादर जूडास बाहर आया तो उसके नेत्र जल रहे थे। उसकी बढ़ी हुई दाढ़ी के समस्त सफेद बाल बहती धारा की भांति थर्रा रहे थे। उसने एक विचित्र भाषा में कुछ शब्द बुदबुदाए व पादरी को झोंपड़ी में प्रविष्ट होने से रोकने के लिए अपने हाथ द्वार पर रख दिए। पादरी ने बात करने का प्रयास किया, उसे समझाने का जतन किया। उस वृद्ध शख्स को धन से मदद देने का भी प्रस्ताव रखा। लेकिन वह वृद्ध शख्स उस पादरी को निरंतर झिड़कता ही रहा और उसकी तरफ पत्थर फेंककर मारने के संकेत करता रहा और वह सच्चा, सरल हृदय पादरी उस वृद्ध भिखारी

के कोसने और लगातार प्रतिकार से डरकर पुनः लौट गया। अगले दिन फादर जूडास की वृद्धा भिखारिन साथिन मर गई। उस वृद्ध शख्स ने स्वयं अकेले ही उस स्त्री को घर के द्वार के सामने दफना दिया। वे इतने ज्यादा कृपण थे कि गांव वाले उनके आड़े नहीं आए।

कुछ दिनों पश्चात एक दफा पुनः ग्रामीणों ने उस हांफते हुए वृद्ध शख्स को सूअर के बच्चों को तालाब के तट पर, इर्द-गिर्द की पहाड़ियों में घूमते हुए देखा। कई दफा लोगों ने उसे पुनः भीख मांगते हुए भी देखा, किंतु इस बार उसे गांव के लोगों से कोई मदद नहीं मिली। अनेक कहानियां उसके विषय में कही जा रही थीं और सब जानते थे कि उस वृद्ध आदमी ने गांव के पादरी के साथ कितना बुरा व्यवहार किया था। एकाएक वह बूढ़ा लापता हो गया। वह पवित्र माह की बात थी। लोगों ने उस वृद्ध के गांव से इस तरह अचानक लापता होने पर कोई विशेष परेशानी अनुभव नहीं की।

किंतु ईस्टर के सोमवार को जब कुछ लड़के-लड़कियां गांव के बाहर बने तालाब पर घूमने, खेलने गए थे, तब उन बच्चों ने झोंपड़ी में बहुत तीव्र खटपट की आहटें सुनीं। झोंपड़ी का द्वार भीतर से बंद था। लड़कों ने जाकर कौतूहलवश द्वार तोड़ा, द्वार खुलते ही दो बड़े-बड़े सूअर उसमें से निकलकर तेजी से बाहर भागे। वे हिरनों की भांति छलांग लगा रहे थे। वे फिर कभी नजर नहीं आए।

वे तमाम बच्चे झोंपड़ी में घुसे तथा उन्हें उस झोंपड़ी के फर्श पर कुछ चिथड़े नजर आए। बूढ़े शख्स का पुराना हैट, कुछ हड्डियां, कुछ सूखा जमा हुआ खून तथा एक खोपड़ी में बचे-खुचे मांस के सूखे चिपके लोथड़े। उसी के पाले हुए सूअरों ने उसे चट करके रख दिया था और फादर जोसेफ ने आगे कहा, "यह सब गुड फ्राइडे के दिन हुआ, दोपहर को तीन बजे।"

मैंने उससे पूछा, "आपको यह सब कैसे ज्ञात हुआ?"

उसने उत्तर दिया, "इस पर संदेह किया ही नहीं जा सकता है।"

मैंने उसको पुनः यह समझाने का प्रयास नहीं किया कि भूखे जंगली सूअरों को अपने ही मालिक को मारकर खा जाना कितनी सहज घटना है, यदि वह एक बंद झोंपड़ी में अचानक मर गया हो तब।

जहां तक झोंपड़ी की दीवार पर लगे क्रॉस का प्रश्न है, एक दिन अल-सुबह वह क्रॉस अचानक गांव वालों को नजर आया। कोई नहीं जानता कि किसने उसे इस विचित्र लाल रंग से रंग दिया था।

और उसके पश्चात कोई भी अविश्वास नहीं करता कि भ्रमणशील यहूदी इसी स्थान पर मरा था।

एक घंटे तक मैं भी इस बात पर यकीन करता रहा।

□□

परिवर्तन

वह बाला उन रूपमती आकर्षक नवबालाओं में से एक थी, जो दुर्भाग्य के प्रहार के कारण एक लिपिक के घर जन्मी थी। उसके पास दहेज हेतु कोई धन, कोई उम्मीद, नामचीन होने का एक भो ऐसा जतन या विकल्प नहीं था कि उसे किसी प्रसिद्ध या अमीर व्यक्ति द्वारा देखा जाए और पसंद किया जाए। उसने स्वयं ही एक सामान्य लिपिक से शादी कर ली जो लोक शिक्षण मंत्रालय में सेवक था।

वह बेहद सरल स्वभाव की थी। इतनी सरल कि खुद को भी नहीं चाह सकती थी और औरतें वहां किसी जाति, वर्ग, आकर्षण या सुंदरता से नहीं बल्कि उसकी नैसर्गिक प्रवृत्तियों, उसकी नारीजन्य व्यवहारकुशलता और नारीत्व के गुणों से ही परखी जाती हैं कि वे किस समूह से रिश्ता रखती हैं। वही गुण उन्हें बेहतर इज्जतदार पत्नियों की भांति बेहतर बेटियां भी बनाते हैं। वह खुद को हमेशा हीन भावना से ग्रस्त पाती। उसे लगता गोया वह जिंदगी में मिलने वाले तमाम सुखों के लिए ही जन्मी है, लेकिन अपने घर की विपन्नता, खाली दीवारें, गंदी कुर्सियों व साधारण पर्दों के कारण व्यथित रहती थी। कोई अन्य सामान्य स्त्री होती तो वह इन सामानों पर खास ध्यान नहीं देती और न ही स्वयं को इस प्रकार से व्यथित बनाए रखती।

जिसने भी उसके छोटे घर का निर्माण किया था, उसके विषय में सोच-सोचकर वह क्रोध से भर उठती थी। तमाम दिन वह लुभावने दिवा-स्वप्नों में मग्न रहती। वह देखा करती बड़े और विशालकाय कक्ष, जिसमें पुराने विख्यात चित्रकारों की बड़ी-बड़ी कृतियां लटकी हैं। बड़े-बड़े आकर्षक फानूसों से रोशन, यंत्रों से गरमाते हुए कक्ष की उष्णता में वह नींद ले रही हो। उसके वृहद कक्ष रेशम के लंबे व मूल्यवान भारी परदों, कलात्मक व आकर्षक फर्नीचरों से सजे हैं जिनमें छोटे-छोटे महकते उप कक्ष हैं, जिनमें बैठकर वह शाम के पांच बजे ऐसे विशिष्ट लोगों से बात करे जो अपने क्षेत्र में विख्यात हों और जिनके पीछे नव-यौवनाएं दीवानी हों, उनसे मिलने की इच्छा रखती हों।

वह भोजन की गोल मेज पर, जिसका मेजपोश गत तीन दिनों से परिवर्तित नहीं किया गया था, अपने पति के समक्ष बैठी थी। उसके पति ने उस पर पड़े धब्बों को छिपाते हुए कहा, "प्रिय! मैं इसे बेहतर नहीं मानता कि..." और तब

फिर से वह अगले ही पल चांदी के चमकते पात्रों में होने वाले विशाल सहभोज की कल्पना में डूब जाती। वह सोचने लगी सुंदर, आकर्षक, नक्काशीयुक्त तश्तरियों में परोसे जाने वाले विभिन्न प्रकार के स्वादिष्ट पकवानों के बारे में, गुलाबी छटायुक्त चिकन-गोश्त खाते वक्त पौराणिक देवताओं की भांति मुस्कान सजाए व आमंत्रित अतिथियों की सरगोशियों के बारे में विचार करने लगी।

उसके पास न बढ़िया फ्रॉक थी और न ही बढ़िया आभूषण। वह महज उन्हीं वस्तुओं से प्रेम करती थी। उसे प्रतीत होता कि उसका जन्म ऐसी ही वस्तुओं के उपयोग हेतु हुआ है। उसे तीव्र उत्कंठा थी कि अनेक लोग उससे मिलें, वार्ता करें, उसे प्रसन्न रखें। वह सदैव प्रसन्नचित्त, चुस्त व जवान बनी रहे।

उसकी एक रईस सखी थी जो बाल्यकाल में उसकी सहपाठिनी थी लेकिन जिससे वह मिलना कदापि पसंद नहीं करती थी, क्योंकि जब भी वह उससे मिलकर लौटती तो तमाम दिन वह अपने जीवन में व्याप्त दुःख, वेदना व अपनी कमियों के लिए सोचकर रोती-बिलखती रहती।

एक संध्या उसका पति हाथ में एक बड़ा लिफाफा थामे प्रसन्नता से घर लौटा। "देखो", वह बड़े उमंग से बोला, "यह देखो, मैं तुम्हारे लिए क्या लाया हूं।" उसने शीघ्रता से लिफाफा खोला, फिर एक छपा हुआ निमंत्रण-पत्र निकाला। जिसमें लिखे शब्द थे, "सोमवार, दिनांक 18 जनवरी को शिक्षामंत्री एवं उनकी धर्मपत्नी अपने आवास पर श्रीमान एवं श्रीमती लौसेल को सह-नृत्य एवं भोज पर सादर निमंत्रित करते हैं।"

जैसा कि उसके पति ने कल्पना की थी, उसके सर्वथा खिलाफ बड़ी हिकारत से वह आमंत्रण-पत्र मेज पर फेंकते हुए बुदबुदाई, "तुम ऐसा क्यों सोचते हो कि यह सब मुझे बेहद प्रिय है?"

"किंतु प्रिय, मैं तो समझ रहा था कि यह निमंत्रण तुम्हें खुश कर देगा। तुम कभी बाहर नहीं जाती हो और यह अवसर है, सुनहरा अवसर। और मुझे इसे हासिल करने में बड़ी मुश्किलें उठानी पड़ीं। प्रत्येक शख्स यह निमंत्रण प्राप्त करना चाह रहा था। किंतु यह बहुत ही निजी, विशिष्ट लोगों को ही दिया गया है। वहीं कार्य करने वाले लोगों को भी नहीं दिया गया है। तुम वहां हमारे विभाग के तमाम लोगों को एक साथ देख सकोगी, सबसे भेंट कर सकोगी।"

उसने उलाहना देती नजर से देखा और अधीरता से कहा, "तुम क्या सोचते हो, क्या मैं वहां ऐसे ही वस्त्रों में जाऊंगी?"

उसने इस विषय में कभी विचारा भी न था। उसने दिलासा दी, "क्यों, थिएटर जाते वक्त तुम जो पोशाक पहनती हो उसमें तो तुम बहुत सुंदर और आकर्षक लगती हो।"

वह अपनी पत्नी के आंसू देखकर उलझन में पड़ गया।

आंखों की कोर से दो बड़े-बड़े आंसू उसके अधरों के पास गिर पड़े। वह बड़ी कठिनाई से किसी प्रकार बोल पाया, "क्या बात है? आखिर बात क्या है?" बड़ी मुश्किल से वह स्वयं को संभाल सकी। अश्रुओं से भीगे कपोल पोंछते हुए उसने बड़ी मद्धिम आवाज में जवाब दिया, "कुछ नहीं, मेरे पास पहनने के लिए सुंदर पोशाक नहीं है। अतः मैं इस अवसर पर जा नहीं सकूंगी। अधिक बेहतर हो कि तुम यह निमंत्रण-पत्र अपने किसी ऐसे मित्र को दे दो जिसकी पत्नी ऐसे अवसरों पर पहुंचने के लिए मुझसे ज्यादा धनवान हो, जिसके पास अच्छे वस्त्र भी हों।"

वह उदास हो गया। तथापि उसने कहा, "तनिक यह तो सोचो मैथिल्ट, एक सुंदर कीमती पोशाक पर कितना व्यय होगा? जिसे हम कभी किसी और कार्य के लिए बचा सकते हैं। यह तो बहुत सामान्य-सी बात है।"

मैथिल्ट ने कुछ पल सोचा, फिर अपने पति, एक असंचयी सामान्य लिपिक की हैसियत का अंदाजा लगाते हुए उसने इतना व्यय करवाना चाहा जिसे कि उसका पति इंकार नहीं करता। उसने संकोच के साथ कहा, "मैं ठीक-ठीक तो नहीं बता सकती, किंतु मुझे लगता है कि लगभग, न्यूनतम चार सौ फ्रैंक से काम हो जाएगा।"

कुछ समय के लिए वह उलझन में फंस गया, क्योंकि उसने तकरीबन इतनी ही राशि एक छोटी-सी बंदूक खरीदने के लिए बचा रखी थी, ताकि वह आगामी ग्रीष्म तक अपने मित्रों के साथ किसी शिकारी दल में शरीक हो सके, जो गत रविवार ही पक्षियों का आखेट करने गए थे। तथापि मन मसोस कर उसने उत्तर दिया, "ठीक है, मैं तुम्हें चार सौ फ्रैंक दूंगा। किंतु तुम एक बेहतरीन पोशाक सिलवाने का प्रयास करना।"

आखिरकार सह-नृत्य का दिन करीब आ गया। मादाम लौसेल अब भी उत्तेजित और उद्विग्न नजर आ रही थी। अंततः उसकी नई पोशाक तकरीबन तैयार हो गई थी। एक संध्या उसके पति ने पूछा, "क्या हो गया है तुम्हें? गत दो-तीन दिनों से तुम कुछ अनमनी-सी लग रही हो? तुम्हारा आचरण भी विचित्र सा है।"

किसी प्रकार उसने जवाब दिया, "सच में, मैं व्यथित हूं कि मेरे पास एक भी आभूषण नहीं है। स्वयं को सजाने के लिए, एक भी नहीं। मैं इतने बड़े अवसर पर कितनी सूनी लगूंगी। इससे बेहतर होता कि मैं जाना ही स्वीकार न करूं।"

उसने परामर्श दिया, "तुम कुछ ताजे पुष्प पहन लेना। इस मौसम में पुष्प बड़े खिले हुए रहते हैं। लगभग दस फ्रैंक में तुम कोई दो-तीन अच्छे गुलाब प्राप्त कर सकोगी।" लेकिन वह रजामंद नहीं हुई।

"नहीं।" उसने जवाब दिया।

"क्या यह बेहद ठेस लगने वाली बात नहीं होगी कि मैं रईस, बड़े-बड़े लोगों की स्त्रियों के मध्य सूनी-सूनी लगूं।" इस पर उसका पति चीख उठा, "हम भी कितने मूर्ख हैं। अच्छा हो, कि तुम अपनी मित्र मादाम फौरेस्टियर के घर जाओ और उससे निवेदन करो कि वह तुम्हें कुछ आभूषण अस्थायी रूप से उधार दे दे। सिर्फ इस अवसर हेतु। तुम्हारी तो उससे गहरी घनिष्टता है न?"

वह एक नई उम्मीद से झूम उठी। यह वाकई ही एक अच्छा विकल्प है, "अरे, मैंने तो इस विषय में सोचा ही न था!"

अगले दिन वह स्वयं अपनी सखी के घर पहुंची और उससे अपनी समस्या कह सुनाई। मादाम फौरेस्टियर सबकुछ जानकर अपने शीशे की अलमारी के करीब पहुंची। उसमें से आभूषण का एक बड़ा डिब्बा निकाल लाई और अपनी सहेली के समक्ष उसे खोलकर बड़े लगाव से कह उठी, "इसमें से कुछ भी ले सकती हो प्रिय!"

सर्वप्रथम उसने कंगन देखे, फिर मोतियों का एक हार देखा। फिर एक शानदार नक्काशी किए हुए क्रॉस पर ध्यान केंद्रित किया।

उसने उन तमाम आभूषणों को पहन-पहनकर खुद को शीशे में देखा। वह असमंजस में थी। न तो वह कुछ ले पाने की स्थिति में थी और न ही कुछ छोड़ सकने की स्थिति में। तब उसने पूछा, "क्या इन सबके अलावा आपके पास कुछ अन्य आभूषण नहीं हैं?"

"क्यों नहीं! हां तुम स्वयं ही देख लो, मैं कह नहीं सकती कि तुम्हें क्या अच्छा लगे।"

अंततः, मादाम लौसेल ने काले रेशम के एक डिब्बे में लिपटा एक अनोखा हीरों का हार देखा। एक विलक्षण लालच से उसका हृदय धड़कने लगा।

जैसे ही उसने उसे उठाया, प्रसन्नता से उसके हाथ फड़कने लगे। अपनी पोशाक के ऊपर उसने उसे गले पर लगाकर देखा। वह पगला गई, खो गई, आखिर में बेहद सकुचाहट के साथ उसने पूछा, "क्या यह हार आप मुझे उधार दे सकती हैं, महज यही।"

"हां... हां... जरूर। तुम खुशी से ले जा सकती हो।"

वह मारे उत्तेजना व प्रसन्नता के अपनी मित्र के कंठ से लिपट गई। उसे अंक में भर लिया और फिर अपने अनोखे उपहार के साथ वापस आ गई।

सह-नृत्य का तय दिन भी आ गया। मादाम लौसेल को वह नृत्य बेहद पसंद आया। नृत्य फलीभूत भी हुआ। वहां मौजूद तमाम मेहमानों में वह सर्वाधिक आकर्षक, प्रसन्नचित्त एवं प्रफुल्लित लग रही थी। प्रत्येक शख्स ने उसे देखा।

उसका नाम पूछा, उससे भेंट करने की इच्छा जाहिर की। मंत्रिमंडल के हर सदस्य ने उसके साथ नृत्य की इच्छा प्रकट की, खुद शिक्षामंत्री ने निजी रूप से उस पर ध्यान दिया।

अपनी खूबसूरती की विजयश्री के प्रतीक स्वरूप अपनी अनोखी कामयाबी पर वह एक उड़ते हुए खुशी के बादल की भांति थी, जो विशिष्ट अवसर पर आ गया हो। अपनी तमाम प्रसन्नतापूर्ण महत्वाकांक्षाओं हेतु एक स्त्री को रास आने वाली तमाम प्रिय भावनाओं से निमग्न हो, खुशी से पगलाकर, बिना कुछ अन्य सोचे, बेहद उत्साह से भरकर उसने नृत्य किया।

वे लगभग चार बजे प्रातः घर लौटे। उत्सव के वक्त, उसका पति एक कोने में अर्द्धरात्रि पश्चात अधजगा, अलसाया-सा, तीन दूसरे पुरुषों के साथ बैठा था जिनकी पत्नियां भी अपने आप में ही खोई हुई थीं। नित्यप्रति के सामान्य वस्त्रों पर उसने साधारण-सा ओवरकोट डाल रखा था। ओवरकोट के सादेपन और विशिष्ट अवसरों पर पहने जाने वाले वस्त्रों की शोभा में उल्लेख योग्य अंतर था। उसने इस स्थिति को समझ लिया कि दूसरी स्त्रियां जो मूल्यवान वस्त्रों से अटी पड़ी थीं, कहीं उसकी सही स्थिति को पहचान न लें, उसने लौटने में शीघ्रता की।

लौसेल ने उसे प्यार से रोक लिया, "तनिक रुको, बाहर लौटने में तुम्हें सर्दी लग जाएगी। मैं कोई वाहन बुला लेता हूं।" किंतु उसने यह सब नहीं सुना, शीघ्रता से सीढ़ियां उतर गई। जब वे सड़क पर थे तो उन्होंने वहां कोई वाहन नहीं पाया, वे इंतजार करने लगे। तभी दूर से जाते हुए एक वाहन के कोचवान को आवाज लगाई।

शीत से कांपते, रात के जागे-थके वे फुटपाथ पर अग्रसर होते गए। अंततः अगले चौराहे पर उन्हें एक साधन मिल गया, जैसा कि गरीब व्यक्ति की आर्थिक स्थिति पर रहम खाकर, शर्मिंदा होकर वह पेरिस की सड़कों पर अर्द्धरात्रि के पश्चात ही मिलना सुनिश्चित है।

वह वाहन उन्हें उनके घर के सम्मुख ले गया। थके-हारे वे किसी प्रकार अपने घर पहुंचे। अब उन्हें शांति और सुकून मिला था। उसके पति को स्मरण हो आया कि उसे प्रातः दस बजे तक कार्यालय भी पहुंचना था।

इस अभूतपूर्व मौके की अपनी कामयाबी के नशे में चूर, अपनी खूबसूरती को आखिरी बार देखने की गरज से आईने के सम्मुख खड़ी होकर, उसने अपना ओवरकोट उतारा। तभी एक चीख-सी उसके कंठ से फूट पड़ी। उसका अनमोल, खूबसूरत हार गले से गायब था!

उसका पति जो आधे वस्त्र उतार चुका था, उसने पूछा, "क्या बात है?"

वह शीघ्रता से उसकी तरफ पलटकर बोली, "मे... मेरे पास, अब मादाम

फ्रौस्टियर का वह हार नहीं रह गया है। उसे यकीन नहीं हुआ, "क्या? यह कैसे हो सकता है। नहीं, नहीं, यह मुमकिन नहीं है।" उसके बाद उसने अपने वस्त्रों की तह में, आलों में, जेबों में प्रत्येक जगह हार को ढूंढ़ मारा। लेकिन वे उसे नहीं पा सके। उसने पुनः पूछा, "तुम्हें भली प्रकार स्मरण है कि लौटने के पूर्व तुम उसे पहने हुए थीं?"

"हां... हां... मुझे भली प्रकार स्मरण है जब हम मंत्री के आवास से बाहर आए थे तब मैंने उसे अपने गले पर महसूस किया था।"

"लेकिन वह मार्ग में गिरा होता तो उसके गिरने की आवाज जरूर होती।"

"अवश्य ही हार वाहन में रह गया होगा।"

"हां। यह भी मुमकिन है। तुमने उस वाहन का क्रमांक देखा था?"

"नहीं, और तुम, क्या तुमने पढ़ा था? क्या क्रमांक था?"

"नहीं।"

वे परस्पर एक-दूसरे को बुझे हुए चेहरे से निरख रहे थे। अंत में श्रीमान लौसेल ने पुनः वस्त्र पहने।

"मैं जा रहा हूं।" वह बोला, "जिस फुटपाथ पर हम पैदल चले थे, मैं वहां देखने जा रहा हूं। कदाचित वहां पड़ा मिल जाए।" वह चला गया। श्रीमती लौसेल रात्रि के शयन वस्त्रों में सन्न बैठी रही। उसमें अब बिस्तर तक भी जाने का हौसला नहीं रह गया था। वह बिना सोचे, बिना किसी भाव के, बिना कोशिश किए करीब रखी आरामकुर्सी पर लुढ़क गई।

सात बजे प्रातः के करीब उसका पति पुनः लौटा। उसे हार नहीं मिला था। वह पुलिस के दफ्तर में गया। वाहन कार्यालय में गया। अखबार में इश्तहार दिया कि हार लौटाने वाले को पुरस्कार दिया जाएगा। अर्थात उन्होंने वे तमाम प्रयास किए जिनसे उन्हें हार मिलने की तनिक भी उम्मीद हो सकती थी।

इस भयावह दुर्घटना के पश्चात वह तमाम दिन गुमसुम, खामोश बैठी रही। संध्या को लौसेल कार्यालय से थका-मांदा, मुंह लटकाए घर लौटा। हार अब तक भी नहीं मिला था।

वह बोला, "अब बेहद आवश्यक हो गया है कि तुम अपनी मित्र को लिख दो कि तुमसे भूलवश हार का कुंडा उखड़ गया है और तुम बहुत शीघ्र उसे बनवाकर उन्हें लौटा दोगी। इस प्रकार हमें इस संगीन स्थिति से बाहर आने का समय और अवसर प्राप्त हो सकेगा।"

उसके पति ने जिस प्रकार लिखवाया था, वैसा ही उसने अक्षरशः अपनी पुरानी सहपाठिनी को लिख दिया।

एक हफ्ते पश्चात उन्होंने हौसला खो दिया। वे तमाम उम्मीदें हार चुके थे।

पांच वर्ष बड़े लौसेल ने परामर्श दिया, हिम्मत बंधाई, ''इस हार को लौटाने के लिए हमें कोई उपाय तो करना ही पड़ेगा।''

अगले दिन उन्होंने उस डिब्बे को खोला जिसमें वह हार आया था। उस पर जौहरी की दुकान का पता लिखा था। उसे पढ़कर वे उस दुकान पर गए। उसने अपनी बिक्री की पुस्तकें देखकर कहा, ''यह हार मेरी दुकान से नहीं बेचा गया है। मैंने तो महज उसे रखने मात्र के लिए डिब्बा ही बनाकर दिया था।''

उसके पश्चात वे एक-एक करके कई सुनारों की दुकानों पर गए और अपनी स्मृति अनुसार वैसे ही हार की मांग की। आखिर में हताशा और थकान के कारण दोनों की हिम्मत जाती रही।

पैलेस रॉयल की दुकान पर उन्हें हीरों का एक हार एकदम वैसा ही लगा जैसा कि उनके हाथों खो चुका था। उसकी कीमत लगभग चालीस हजार फ्रैंक थी। अधिकतम रियायत करके वे उसे छत्तीस हजार फ्रैंक में प्राप्त कर सकते थे। लौसेल के पास इसकी आधी रकम थी जो उसके पिता ने वसीयत स्वरूप छोड़ी थी। शेष रकम उसने उधार से एकत्र की। किसी से हजार मांगे, किसी से पांच सौ मांगे। उसने हर एक से प्रार्थना की। सभी को कर्ज शीघ्र अदा करने का भरोसा भी दिया और जहां-तहां से ब्याज पर धन प्राप्त हो सकता था, उन सभी साहूकारों से भी उधार लिया। पूरा जोर लगाकर धन का प्रबंध किया गया। इस प्रकार से हस्ताक्षर कर खुद को गिरवी रख दिया, बिना यह सोचे कि वह उसे अदा भी कर सकते हैं अथवा नहीं। भावी स्याह चिंताओं से युक्त, आने वाली परेशानियों से त्रस्त अपने पेट को काटकर, अपनी मानसिक अवस्था को काबू कर लौसेल युगल ने जौहरी की दुकान पर हार की पूर्ण कीमत जमा कर, हीरों का नया हार पाने के लिए पहुंच गया।

जब मादाम लौसेल ने मादाम फौरेस्टियर को हीरों का हार लौटाया तो उसने तनिक शुष्क स्वर में व्यंग्य करते हुए कहा, ''तुम्हें इसे मुझे शीघ्र लौटा देना था, क्योंकि मुझे भी इसकी आवश्यकता पड़ सकती थी।'' उसने वह नया डिब्बा खोला जिसके लिए श्रीमती लौसेल डर रही थी कि नए हार को देखकर वह जाने क्या सोचेगी? वह क्या कहेगी? उन्हें संदेह तो नहीं हो गया कि मैंने असली पुराना हार चोरी कर लिया है या तब्दील कर यह नया उसमें रख दिया है?

मादाम लौसेल ने अब अपनी जरूरतों में होने वाली कमी की वास्तविक स्थिति का अहसास भी किया किंतु उसने बेहद धैर्य व बहादुरी से स्थिति का सामना किया। वह संपूर्ण और अथाह कर्ज उसे उन सभी को किसी प्रकार लौटाना जरूर था। वह उसे अवश्य लौटाएगी और शीघ्र ही सबका उधार चुकता कर देगी। उसने अपनी नौकरानी हटा दी। कम किराए वाला मकान लिया तथा

उस नए मकान के भी अन्य कक्ष किराए पर दूसरों को दे दिए। उसने गृहस्थी की सभी चीजों में किफायत करना सीखा, खाना बनाने का कार्य स्वयं करने लगी। अपने खूबसूरत गुलाबी नाखूनों की सहायता से चिकनाई लगी तश्तरियों और बर्तनों की पेंदी को खुरचकर वह स्वयं हाथों से साफ करती।

रेशम के कपड़े, मेजपोश, परदे, शमीजें, वह तमाम वस्त्र स्वयं अपने हाथों से धोती जिन्हें वह तार पर सूखने को भी डालती। उसने पानी लाने वाले की भी छुट्टी कर दी और खुद नीचे सड़क पर उतरकर प्रत्येक प्रातः स्वयं पानी भरने लगी। जीने के प्रत्येक मोड़ पर सांस लेने के लिए रुका करती। उसने सामान्य लोगों की पत्नियों की भांति वस्त्र पहनने आरंभ कर दिए। खुद अपने हाथों से डलिया उठाए, किराने वाले, मांस वाले तथा फल बेचने वालों की दुकान पर जाने लगी, ताकि अपनी सीमित पूंजी का एक-एक पैसा बचाया जा सके।

पति किसी व्यापारी के खातों को ठीक करने के अतिरिक्त कार्य करता और रात्रि में प्रायः पांच सिक्के प्रति पृष्ठ की दर से नकल का कार्य भी किया करता।

इस तरह उसकी शारीरिक प्रवृत्ति ऐसी मजबूत कार्य करने वाली परिश्रमी स्त्री की भांति हो गई थी। उसके बाल ढंग से संवारे नहीं गए थे, उसकी पोशाक भी मटमैली हो गई थी। उसके हाथ खुरदरे हुए, आवाज भी कुछ कर्कशा हो गई थी। वह पानी की तेज बौछार से घर के फर्श धोया करती किंतु कभी-कभार जब उसका पति कार्यालय में रहता तो वह खामोश उदास होकर खिड़की के पास बैठ जाती थी। भूतकाल में हुए संध्या के उस सह-नृत्य को स्मरण करती... उस सह-नृत्य की... जिसमें वही सर्वाधिक सुंदर और पसंद की जाने वाली स्त्री रही थी।

यदि वह हीरों का हार नहीं खोती तो क्या होता?

कौन जानता था, कौन जानता था? जीवन कितना विचित्र, अनिश्चित और परिवर्तनशील है। कोई मामूली बात भी किसी की जिंदगी को कितना संवार अथवा बिगाड़ सकती है।

एक रविवार को जब वे हफ्ते भर की क्लांतता दूर करने के लिए 'चेंप्स एलिसीस' में भ्रमण कर रहे थे। अचानक उन्हें एक स्त्री की झलक मिली जो एक बच्चे के साथ जा रही थी। वह मादाम फौरेस्टियर थी जो अब भी पूरी तरह युवा, आकर्षक व हसीन लग रही थी। मादाम लौसेल सोच में पड़ गई। वह उससे बातचीत करे अथवा नहीं? फिर उसने बोलने का निश्चय किया, क्योंकि वह हार की कीमत अदा कर चुकी थी। उसने सोचा कि वह इस बारे में चर्चा करेगी, क्यों नहीं? वह उसके करीब गई।

"जेनी, दिन शुभ हो।"

दूसरी स्त्री चकित रह गई और उसने श्रीमती लौसेल को कतई नहीं पहचाना।

"लेकिन मोहतरमा! मैं आपको नहीं जानती। आपसे कोई गलती हुई है?"

"नहीं, मैं श्रीमती लौसेल हूं।" सहेली के मुख से आह निकली।

"ओह! मेरी बेचारी सखी। लेकिन तुम्हारी यह स्थिति कैसे हो गई?"

"हां, जब मैं तुमसे मिली, उसके पश्चात हमारे कुछ दिन बेहद बुरे गुजरे थे और यह सब तुम्हारे कारण से घटा है।"

"मेरे कारण? वह किस प्रकार?"

"तुम्हें उस हीरों के हार की तो भली प्रकार स्मृति होगी, जिसे तुमने मुझे मंत्री के घर पहनकर जाने के लिए, एक रात्रि के लिए उधार दिया था?"

"हां... हां। वह तो मुझे बखूबी स्मरण है।"

"हां, वही हार मुझसे वास्तव में खो गया था।"

"वह कैसे, तुमने तो वह मुझे वापस कर दिया था।"

"मैंने वह नहीं, ठीक वैसा ही, अन्य हार लौटाया था और उसकी कीमत की पूर्ति करने के लिए हमें अपने जीवन के दस कीमती साल गिरवी रखवाने पड़े। तुम कुछ कल्पना कर सकती हो कि वह हमारे लिए कितना कठिन था, जिसके पास कुछ भी नहीं था? अंत में मैं प्रसन्न हूं कि वह दायित्व पूर्ण हो गया।"

मादाम फौरेस्टियर कुछ देर के लिए रुकीं और फिर बोलीं, "तुम कह रही हो कि तुमने मेरे हार के बदले में हीरों का एक नया हार खरीदकर मुझे दिया था?"

"हां, उस वक्त, तुम पहचान नहीं सकीं। वह एकदम पहले हार जैसा ही था।" इतना कहकर श्रीमती लौसेल गर्व से निश्चिंत होकर धीरे-से मुस्कराई।

यह सब सुनकर मादाम फौरेस्टियर को बड़ा धक्का-सा लगा और उसने बेहद करुणा से सामने वाली के दोनों हाथ थाम लिए, "ओह! मेरी प्रिय सखी! मेरे हीरों का हार तो नकली था और उसकी कीमत कोई पांच सौ फ्रैंक से ज्यादा नहीं थी। फिर तुमने ऐसा क्यों किया?"

□□

अनोखी यात्रा

'कैनेस' के रेलवे स्टेशन से जब रेल चली तो डिब्बा खचाखच भरा हुआ था। डिब्बे में बैठे सभी यात्रीगण एक-दूसरे से वाकिफ थे, अत: हम लोगों ने परस्पर एक-दूसरे से बातचीत करनी आरंभ कर दी। हमने जैसे ही टैरासकोन स्टेशन तय किया एक शख्स बोल उठा, "यही वह स्थान है जहां प्राय: रेल में कत्ल और डकैती होती है।" फिर हम लोग उस खतरनाक एवं रहस्यमय कातिल के विषय में चर्चा करने लगे जो आज दिन तक गिरफ्तार नहीं किया जा सका और गत दो-तीन वर्षों से वह रेलगाड़ी में किसी-न-किसी का कत्ल करता रहा है।

सभी के हृदय में अनजान आशंकाएं व खौफ व्याप्त था। सभी ने अपनी निजी राय प्रदर्शित की। अंधकार में शीशे चढ़ी खिड़कियों के बाहर झांक-झांककर डिब्बे में बैठी स्त्रियां खौफ के मारे बेतरह कांप रही थीं। उन्हें लगता था कि बस एकाएक रेल डिब्बे के द्वार में से घुसकर कोई शख्स खड़ा हो जाएगा। हम लोग इस प्रकार चलती ट्रेन में ऐसे ही किसी शख्स से टकरा जाने की मुमकिन संभावना व किसी भयानक घटना या कांड हो जाने के विषय में चर्चा करने लगे।

तमाम यात्रियों ने ऐसी स्थिति में, ऐसी कठिन परिस्थितियों में पूर्ण हौसले के साथ स्थिति का सामना करने तथा हमला करने वाले शख्स को दबोच लेने का दावा किया।

हमारे साथ डिब्बे में बैठा हुआ एक चिकित्सक, जो प्रत्येक शीत में दक्षिणी फ्रांस जाया करता था, जब उसकी बारी आई तो उसने भी सभी को एक किस्सा सुनाने की इच्छा जाहिर की।

वह कहने लगा, "मुझको इस तरह के किसी हादसे में अपना हौसला या निर्भयता आजमाने का अवसर नहीं मिला, किंतु मैं एक ऐसी स्त्री को जानता हूं जो कभी मेरी मरीज थी और अब जीवित नहीं। उसके साथ एक दफा ऐसे ही रेल के सफर में कदाचित संसार की सबसे विचित्र व रोचक घटना गुजरी थी। वह हादसा स्वयं में अनोखा और बेहद प्रभावशाली था।

वह एक रूसी स्त्री थी, 'कामरेसे मैरी सारनाओ।' एक बला की खूबसूरत हसीन स्त्री। हम सभी फ्रेंचवासी जानते ही हैं कि रूसी स्त्रियां किस कदर असीम खूबसूरत होती हैं, अथवा यूं कहा जाए कि हम लोगों को वे अप्सरा लगती हैं।

छोटी-छोटी नाक, उनकी कोमल स्निग्ध मुखाकृति, नीली और भूरी आभा लिए हुए चेहरे पर दृढ़ता से जमी आंखें, उनकी अपनी स्निग्धता तथा सौम्यता जो कुछ ठंडी और साथ ही सख्त भी होती हैं, उसके साथ उनकी चंचलता, दूसरों को बींधने, सम्मोहित करने की अदा, कुछ हद तक अहंकारी और कुछ सुकोमलता का भाव, कुछ समर्पित और तनिक अक्खड़ भी जो फ्रेंचवासियों को बड़ा दिलकश लगता है। शायद यह अंतर महज प्रजातियों का अंतर तथा स्वरूप होता है जिसके कारण मुझे यह फर्क अनुभव होता आया है।

अनेक वर्षों तक उनका पारिवारिक चिकित्सक यह देख रहा था कि उसे फेफड़ों की कोई बीमारी है तथा वह उसे बारंबार प्रेरित कर रहा था कि वह हवा-पानी बदलने के लिए दक्षिणी फ्रांस जाए, वह सेंटपीटर्स बर्ग छोड़कर बाहर कहीं भी न जाने का राग अलापती रहती थी। आखिर में गत पतझड़ में चिकित्सकों ने अपनी तमाम उम्मीदें त्याग दीं। चिकित्सकों ने उसे जवाब दे दिया था तथा उसके पति पर तमाम स्थिति साफ व स्पष्ट कर दी।

यह सुनकर उसने अपनी पत्नी को हुक्म दिया कि वह तत्काल मोंटेनो के लिए कूच करे।

उसने रेल पकड़ी। वह डिब्बे में नितांत अकेली थी। उसके साथ आया एक निजी नौकर करीब के ही एक सामान्य श्रेणी के डिब्बे में बैठा हुआ था। वह खिड़की से लगकर बैठी हुई थी, किंचित् उदास। वह यात्रा के मार्ग में गुजरते, पीछे छूटते जा रहे गांवों तथा मैदानी इलाकों को खामोशी से निहार रही थी।

वह स्वयं को जीवन में सर्वाधिक उपेक्षित, परित्यक्त महसूस कर रही थी। उसके कोई संतान नहीं थी, कोई रिश्तेदार भी नहीं के समकक्ष। वह महज अपने पति के साथ थी, उसके प्रति पति का समस्त प्यार, अनुराग व अपनत्व वर्षों पूर्व समाप्त हो चुका था। उसके साथ आने के बदले उसके पति ने उसे संसार के अंतिम छोर के लिए भी तन्हा भिजवा दिया था, गोया उसने अपनी पत्नी नहीं, बल्कि किसी नौकर को चिकित्सा के लिए अस्पताल भिजवाया हो।

तकरीबन प्रत्येक स्टेशन पर उतरकर उसका सेवक अपनी मालकिन के पास आकर पूछ जाता था कि उसको किसी चीज की आवश्यकता तो नहीं है। वह एक वृद्ध नौकर था, गजब का निष्ठावान और आज्ञाकारी। वह अपनी मालकिन के कुछ भी कहे को, निःशब्द करने को सदैव तत्पर रहता था। रात्रि घिर आई थी। रेल पूरी रफ्तार से आगे बढ़ रही थी। उसके हाथ-पैरों में खिंचाव था, वह गत रात्रि सो नहीं सकी थी। अचानक चलते वक्त, उसके पति द्वारा, राह खर्च के लिए दिए रूबल्स को निकालकर वह सहेजने लगी। उसने अपना लघु बटुआ निकाला तथा उसमें रखे तमाम चमकते हुए सिक्के अपनी गोद में गिरा लिए। तभी अचानक

ठंडी वायु का प्रवाह आकर उसके चेहरे से टकराया। हैरत से उसने सिर ऊपर उठाया। डिब्बे का मुख्य द्वार अचानक खुला। कामरेसे मैरी ने जाने क्या सोचकर अपनी गोद में बिखरे सोने के सिक्कों पर शीघ्रता से एक गर्म चादर डाल दी और तनिक इंतजार किया। कुछ पल गुजरे होंगे और तभी वहां एक शख्स नजर आया। वह नंगे सिर था, उसके हाथों में चोट भी लगी थी। वह बेतरह हांफ रहा था व रात्रिकालीन सोने वाली पोशाक पहने हुए था। डिब्बे में आकर उसने द्वार बंद कर दिया और खामोशी से एक सीट पर बैठ गया तथा चमकदार नेत्रों से उसने सामने वाली सीट पर बैठी महिला मुसाफिर को घूरा, तब उसने अपनी कलाई में रूमाल बांध लिया, जिसमें से खून रिस रहा था।

नौजवान स्त्री को लगा कि मारे खौफ के उसकी हालत खराब हो गई है, बेशक अभी आगंतुक ने अवश्य ही उसे सिक्के गिनते देख लिया होगा। वह जरूर मेरे रूबल्स लूटने तथा मेरे कत्ल के इरादे से ही आया है। इसमें कोई संदेह नहीं कि वह सामने बैठी स्त्री पर झपटने के लिए जैसे तत्पर ही था।

अचानक उस शख्स ने कहा, ''मोहतरमा! आप तनिक भी घबराए या डरें नहीं।''

स्त्री ने उस अनजान शख्स के आश्वासन का कोई उत्तर नहीं दिया। कुछ कह पाने के लिए उसका मुंह ही नहीं खुल रहा था। वह अपने हृदय की तेज धड़कनों तथा कानों में मचती सनसनी का साफ अहसास कर रही थी।

वह पुनः कहने लगा, ''मैं कोई मुजरिम नहीं हूं।'' तब भी वह कुछ नहीं बोली। उसने शीघ्रता से हरकत कर अपने दोनों घुटनों को झटके से मिला लिया। इस हरकत से उसकी गोद में पड़े स्वर्ण सिक्के डिब्बे में बिछे कालीन पर एक-एक कर यूं झरने लगे जैसे नाले में से पानी बहता है। सिक्कों की इस वर्षा को देखकर उस शख्स को बहुत विस्मय हुआ और वह अचानक झुककर सिक्के बटोरने लगा।

खौफ की मारी वह स्त्री अचानक अपनी सीट से उठ खड़ी हुई, इस कारण उसकी गोद में बचे हुए सिक्के भी फर्श पर गिर गए। वह दौड़कर द्वार तक पहुंची और द्वार खोलकर बाहर छलांग लगा देना चाहती थी, किंतु वह व्यक्ति समझ गया कि वह स्त्री क्या करना चाहती है।

उसने दौड़कर उस स्त्री को अपनी बांहों में भर लिया और जबरन सीट पर बिठा दिया तथा उसकी दोनों कलाइयों को अपने हाथों में थामते हुए बोला, ''सुनिए मोहतरमा! मैं कोई चोर-उचक्का या कोई शातिर मुजरिम नहीं हूं और इसका साक्ष्य यह है कि मैं आपको, आपके गिरे तमाम सिक्के उठाकर लौटा रहा हूं। मेरा सब कुछ लुट चुका है, मुझे कतई मरा हुआ ही समझें, बशर्ते आप मुझे

देश की सरहद पार करने में सहायता करें तो...। मैं आपको अधिक कुछ बता नहीं सकता। आगामी एक घंटे में हम रूस की सीमा के अंतिम रेलवे स्टेशन पर होंगे और उसके अगले एक घंटे बीस मिनट में देश की आखिरी सरहद पार कर जाएंगे। यदि आपने मेरी सहायता नहीं की, मुझे बचाया नहीं तो मैं पूर्णतया तबाह हो जाऊंगा और इसके सिवा मोहतरमा! मैंने आज तक अपनी जिंदगी में अपने जमीर की आवाज के खिलाफ न ही किसी की हत्या की और न ही चोरी या डकैती की है। मैंने अपने जमीर के खिलाफ कोई गलत कार्य नहीं किया है। यह सब मैं शपथ उठाकर कह रहा हूं। मैं इससे अधिक कुछ नहीं कह सकता।''

फिर वह घुटनों के बल बैठकर डिब्बे के फर्श पर बिखरे स्वर्ण सिक्के उठाने लगा। उसने लुढ़ककर सीट के नीचे चले गए सिक्कों को भी तलाशा और जब उस स्त्री का चमड़े का लघु पर्स, उन उठाए सिक्कों से एक बार पुनः भर गया तो बिना एक शब्द कहे, खामोशी से वह पर्स उस महिला को थमा दिया तथा डिब्बे के किनारे की सीट पर बैठ गया।

अब वे दोनों एक-दूसरे से भयभीत या घबराए हुए नहीं थे। न स्त्री, न पुरुष।

वह स्त्री खामोश अचल बैठी हुई थी। अब भी वह मारे खौफ के बेहोश होने ही वाली थी, पर धीरे-धीरे वह सहज होती गई और जहां तक उस व्यक्ति का सवाल था, वह भी अपने स्थान पर बिना हरकत जड़वत बैठा रहा। उसने अपनी दृष्टि सामने गड़ा रखी थी। उन आंखों में गहरा पीलापन और निराशा थी, गोया वह निर्जीव तथा संज्ञाशून्य हो गया हो।

यदा-कदा वह अनायास उसे देख लेती थी और फिर जितनी शीघ्र हो सकता था, अपनी नजर पृथक कर लेती थी। सामने बैठा शख्स तकरीबन तीस वर्ष के गिर्द का रहा होगा। बेहद सुंदर, स्वस्थ और हृष्ट-पुष्ट। उसके हाव-भाव व व्यवहार से पूरी शराफत झलक रही थी।

रेल अंधेरे से गुजर रही थी। बीच-बीच में इंजन की सीटी गूंज रही थी। कभी उसकी गति मंद हो जाती और उसके पश्चात वह पहले से भी तेज गति से दौड़ने लगती, फिर अचानक उसकी गति बेहद धीमी हो गई, कई दफा उसने सीटी बजाई और अंततः पूरे तौर पर रुक गई।

द्वार पर नौकर ईवान आया ताकि वह अपनी मालकिन से कुछ आदेश ले सके। कामरेसे मैरी ने कांपती आवाज के साथ एक दफा पुनः उचटती दृष्टि अपने नावाकिफ अनजान सहयात्री पर डाली और फिर अचानक अपने नौकर से बोली, ''ईवान! तुमको अपने स्वामी के पास पुनः लौटना होगा। मुझे अब तुम्हारी और आवश्यकता नहीं है।''

यह सुनकर वह नौकर हैरान रह गया, उसने विस्मित आंखों से अपनी

मालकिन की तरफ देखा, तनिक हकलाया और बोला, ''पर मालकिन!'' कामरेसे ने आगे यह भी कहा, ''नहीं, तुम्हें और साथ चलने की आवश्यकता नहीं है। मैंने अपना निर्णय बदल दिया है। मैं चाहती हूं कि तुम अपने मालिक के पास रूस में ही रहो। तुम्हारे लौटने के लिए यह किराया रखो। बस, तुम मुझे अपना कोट और टोपी लाकर दे दो।''

पुराना निष्ठावान नौकर मालकिन की बात सुनकर हत्प्रभ रह गया। उसने अपने सिर से टोपी उतारी तथा कोट भी उतारकर मालकिन को दे दिया। उसने सदैव बिना कोई सवाल किए अपने मालिकों के आदेश का पालन ही किया था।

वह अपनी मालकिन के प्रति पल में बदलने वाली सनक से बखूबी वाकिफ था और अपनी आंखों में आंसू लिए खामोशी से द्वार से हट गया।

रूस की आखिरी सीमा की तरफ ट्रेन बदस्तूर दौड़ती रही। फिर कामरेसे मैरी ने डिब्बे में बैठे अपने सहयात्री से कहा, ''ये चीजें आपके लिए हैं। मैं जो कुछ आपके लिए कर रही हूं उसके पीछे महज एक शर्त है कि आप मुझसे कभी बात नहीं करेंगे। आप मुझे किसी तरह का शुक्रिया अदा करने या किसी और कारण से भी मुझसे नहीं बोलेंगे।''

अनजान शख्स ने बिना एक शब्द कहे ससम्मान सिर झुकाकर उस महिला का धन्यवाद दिया व आभार व्यक्त किया।

एक बार फिर जल्दी ही रेल एक दूसरे स्टेशन पर रुकी तथा कुछ फौजी अधिकारी वर्दी पहने डिब्बे में घुसे। कामरेसे ने अपना परिचय-पत्र तथा पासपोर्ट दिखाए तथा डिब्बे में पीछे की सीट पर बैठे शख्स की ओर संकेत करते हुए बोली, ''यह मेरा नौकर ईवान है और यह रहा इसका पासपोर्ट।''

तहकीकात के पश्चात रेल आगे बढ़ गई।

अगली प्रात: जब वे जर्मनी के एक स्टेशन पर रुके तो वह अनजान शख्स खामोशी से नीचे उतर गया और ऐन द्वार के समक्ष खड़े होकर बोला, ''मैडम! मैं अपना करार तोड़ रहा हूं। इसके लिए आप मुझे क्षमा करें। मैंने आपसे आपका नौकर छिनवा लिया है, अत: यह उपयुक्त होगा कि मैं उसकी पूर्ण भरपाई करूं। क्या आपको किसी चीज की आवश्यकता है?''

उस स्त्री ने बड़ी शुष्कता से उत्तर दिया, ''जाइए, और मेरे सेवक को ढूंढ़कर मेरे पास भिजवा दीजिए।'' वह उस महिला के आदेश का पालन करने गया। फिर अदृश्य हो गया।

जब वह महिला रेल से उतरकर, प्लेटफार्म पर बने रेस्तरां में गई तो उसने अपने से काफी दूर खड़े होकर उसी की तरफ ताकते हुए उस अपरिचित सहयात्री को देखा जो रेल में उसके साथ यात्रा कर रहा था।

इतना कहकर चिकित्सक कुछ पलों के लिए रुका और फिर बोलना आरंभ किया, ''एक दिन जब मैं अपने दवाखाने में बैठा मरीजों को देख रहा था तो मैंने देखा कि मेरे पास एक लंबे कद का युवा शख्स आया और आकर मुझसे बोला, ''श्रीमान! मैं आपसे आपकी मरीज कामरेसे मैरी सारनाओ के हालचाल पूछने आया हूं, हालांकि वह मुझे नहीं जानती है, पर मैं उसके पति का मित्र हूं।'' मैंने जवाब दिया, ''उनकी हालत बहुत नाजुक है, वह कभी रूस वापस नहीं जा पाएंगी।''

मेरा उत्तर सुनकर वह शख्स रोने लगा। फिर वह उठा और एक शराबी की भांति लड़खड़ाते हुए बाहर चला गया। उसी रात्रि मैंने कामरेसे को बताया कि एक अनजान शख्स मेरे पास आकर आपके स्वास्थ्य के विषय में पूछ रहा था। मेरी बात सुनकर मुझे वह तनिक भावुक लगी और उसके पश्चात उसने मुझे वह तमाम किस्सा सुनाया जिसे अभी-अभी मैंने आप लोगों को कहा है। उसने यह भी कहा, ''उस शख्स को जिसे मैं कतई भी नहीं जानती हूं, वह परछाईं की मानिंद मेरे पीछे लगा है। मैं हर दफा उसको अपने सामने देखती हूं, जब भी मैं बाहर जाती हूं वह मेरी तरफ विचित्र दृष्टि से देखता है, किंतु उसने मुझसे कभी कोई बात नहीं की है।'' वह कुछ देर रुकी और फिर कहना आरंभ किया, ''आप देखें, मैं पूरे यकीन के साथ कह सकती हूं कि अभी इस समय वह मेरी खिड़की के नीचे खड़ा होगा।''

वह अपनी आरामकुर्सी से उठी, खिड़की पर पड़े आवरण को एक तरफ खिसकाया और पूरे यकीन के साथ उसने उस शख्स की तरफ संकेत किया जो मुझसे, मैडम कामरेसे के स्वास्थ्य के विषय में जानने आया था। अभी वह खिड़की के सामने, बगीचे की एक बेंच पर जड़वत खामोश बैठा हुआ था। उसकी दृष्टि उठी हुई, मेरी खिड़की पर लगी हुई थी। उसने हम लोगों को पहचान लिया था। वह अपने स्थान से उठा और एक दफा भी पीछे मुड़कर देखे बिना वहां से चला गया।

उस वक्त के पश्चात आगे भी मैंने दोनों के बीच एक अपरिचित, असाधारण मूक स्नेह को देखा। वे दोनों जो एक-दूसरे से पूर्णतः अपरिचित व अनजान थे।

वह शख्स उस स्त्री को बलिवेदी से प्राणदान दिए गए जानवर की भांति स्नेह करता था, जो अपने मालिक के प्रति तमाम जिंदगी, मरते दम तक पूर्णतः समर्पित, निःस्वार्थ व निष्ठावान रहता है। वह प्रतिदिन मुझसे पूछने आया करता था कि वह अब कैसी है? वह यह समझता था कि मैंने इस रहस्य को पवित्र कर दिया है, वह उसको प्रतिदिन निस्तेज, कृशकाय व पीला देखते हुए तथा गिरती हुई सेहत को देखकर फूट-फूटकर रो पड़ता था। कामरेसे ने मुझसे कहा

था, "मैंने उससे महज एक दफा ही बात की है पर मुझे लगता है कि जैसे मैं उससे पिछले बीस वर्षों से परिचित हूं। जब वे दोनों, आपस में बाहर एक-दूसरे के सामने पड़ जाते थे तब उसके आंखों-आंखों से किए गए अभिवादन का जवाब वह एक गंभीर व मोहक मुस्कान से दिया करती थी।

मैं देख सकता था और समझ सकता था कि वह बड़ी खुश थी कि वह इस बड़े से संसार में किस प्रकार अकेली है और यह भी भली प्रकार से जानती थी कि दिन-ब-दिन उसकी स्थिति तेजी से गिरती जा रही है। उसे इस बात की बेहद रूहानी प्रसन्नता थी कि कोई शख्स उससे संपूर्ण सम्मान के साथ निरंतर भावनात्मक रूप से जुड़ा हुआ है और वह उसके लिए कुछ भी करने को तत्पर है। वह अब भी उसके गर्व और जिद के समक्ष नतमस्तक, समर्पित, निःस्वार्थ रूप से उपस्थित था।

जिद के कारण कामरेसे ने उस अनजान व अपरिचित स्नेही से मिलने की बात कहने यहां तक कि उसका नाम भी पूछने से मना कर दिया था। वह बोला करती थी, "नहीं-नहीं, बात करने से हमारी दैविक व पवित्र मित्रता खतरे में पड़ जाएगी। हम लोगों को इसी प्रकार एक-दूसरे से अनजान व अपरिचित ही बने रहना चाहिए।"

जहां तक उसका प्रश्न था, वह भी डॉन क्विजोट की भांति उसका दीवाना था, क्योंकि उसने उससे कभी मिलने का प्रयास नहीं किया था। वह उससे कभी बात न करने के करार को निभाना चाहता था, वह करार जो उसने उससे कभी रेल के डिब्बे के द्वार के सामने प्लेटफार्म पर खड़े होकर एक, बस एक दफा ही किया था।

कामरेसे प्रायः अपने उदास, कमजोर और अकेलेपन के पलों में अपनी लंबी, आरामदायक आरामकुर्सी से उठकर खिड़की के परदे को तनिक हटाकर यह निहारा करती थी कि वह उसकी खिड़की के समक्ष, नीचे बाग की बेंच पर बैठा है अथवा नहीं? वह उसको देख लिया करती थी कि वह खामोश सिर झुकाए, गमगीन, हताश व तन्हा बेंच पर बैठा रहता था। वह उसे देखकर लौट आती थी और जाकर अपने पलंग पर लेट जाती थी।

एक दिन प्रातः दस बजे वह मर गई। जैसे ही मैं उसके होटल से निकल रहा था, वह मुंह उतारे मेरे पास आया, कदाचित उसे उसके मरने की सूचना पहले ही मिल गई थी। मेरे करीब आकर वह मुझसे बड़े रूआंसे अंदाज में बोला, "मैं उसे, आपकी उपस्थिति में बस एक पल के लिए देखना चाहूंगा।"

मैंने उसकी बांह थामी और उसे होटल के उस कक्ष में ले गया। जब वह उस मृत स्त्री के करीब पहुंचा तो उसने उसका हाथ थामा और बहुत सम्मान से, धीरे

से देर तक चूमता रहा और उसके बाद वह विक्षिप्त की भांति बदहवास वहां से चला गया।"

डॉक्टर फिर कुछ देर के लिए खामोश हो गया और थोड़ी देर पश्चात पुनः कहना शुरू किया, "बेशक, यह रेल के सफर में किसी के साथ गुजरा सबसे अनुपम रोमांच है, जो मैं जानता हूं। यह भी कहा जाता है कि इंसान ही कभी-कभार अजीबो-गरीब सनक पाल सकता है। इस बीच, डिब्बे में ही बैठी स्त्री धीरे से बुदबुदाई, "वे दोनों व्यक्ति उतने भी दीवाने नहीं थे जितना कि आप लोग सोच रहे हैं, वे दोनों, वे दोनों...।"

किंतु आगे के शब्द वह कह नहीं सकी, वह सिसक-सिसककर रो रही थी। हम लोगों ने उसे चुप कराने का बहुतेरा प्रयास किया। यहां तक कि चर्चा का विषय भी बदल दिया। हम यह कभी न जान पाए कि आखिर वह कहना क्या चाहती थी और उसका उस कथानक से संबंध क्या था?

□□

रेलयात्रा

रेलगाड़ी जिनोवा से अभी हाल में ही रवाना हुई थी और मर्सलाड की तरफ अग्रसर थी। वह पर्वतों व सर्पिल समुद्री तटों के किनारे से, पर्वत व सागर के मध्य चांदी की भांति दमकती लहरों से टकराती सुनहरी रेत पर शनैः शनैः लौह-सर्प की भांति रेंगती हुई किसी मांद में प्रविष्ट होते हिंस्र पशु की भांति एक अंधी स्याह सुरंग में दाखिल हो रही थी।

रेल के आखिरी डिब्बे में एक मोटी स्त्री और एक युवा शख्स आमने-सामने की सीट पर बैठे हुए थे। वे परस्पर चर्चा नहीं कर रहे थे लेकिन बीच-बीच में यूं ही परस्पर एक-दूसरे को निहार लेते थे। वह स्त्री तकरीबन पच्चीस-तीस वर्ष की रही होगी। वह खिड़की के करीब बैठी हुई थी और रेल के बाहर पीछे छूटते जा रहे दृश्यों को खामोशी से देखे जा रही थी। बड़ी-बड़ी स्याह आंखें, मोटे गाल और बहुत भरे वक्षःस्थल वाली वह स्त्री पियेडेमांट से थी। वह लकड़ी की सीट पर काफी सारा सामान जमाए बैठी थी और उसके घुटनों पर एक छोटी टोकरी मौजूद थी ।

सामने वाला युवक लगभग बीस वर्ष का होगा। वह दुबला-पतला था। उसकी गहरी सांवली रंगत यह दर्शा रही थी कि वह अवश्य खुली धूप में कुछ अधिक कार्य करता रहा होगा। एक चादर में उसका तमाम सामान बंधा हुआ था। भारी जूतों की एक जोड़ी, दो पतलून, एक शर्ट, एक कोट तथा उसकी सीट के नीचे एक रस्सी में बंधी गेंती व फावड़ा धकेलकर नीचे रखे गए थे। वह नौकरी या कार्य की खोज में फ्रांस जा रहा था।

आकाश में चढ़ा सूर्य अपनी तेज रोशनी और चमक समुद्री तटों पर उंड़ेल रहा था। वह मई माह के अंतिम दिन थे और एक विचित्र प्रकार की भीनी-भीनी मोहक महक रेल के डिब्बे में प्रविष्ट हो रही थी। पके और पक रहे संतरों और नीबू की एक मीठी-मीठी सौंधी महक रेल की पटरी के दोनों तरफ तथा रेल लाइन के किनारे बने रईसों व कृषकों के घरों में खिले ताजे गुलाबों की खुशबू से मिलकर एक विचित्र सी मादकता उत्पन्न कर रहे थे। इन समुद्री तटों पर इतने गुलाब खिले हैं कि वे गुलाब संपूर्ण इलाके में एक तेज खुशबू, एक ऐसी खुशबू फैला रहे थे जो शराब के नशे से भी कहीं ज्यादा मदहोशी भर देती है।

रेल बेहद मंथर गति से जा रही थी गोया इस अनोखे बाग को छोड़ने का उसको भी काफी अफसोस हो रहा हो। वह कुछ-कुछ देर में, छोटे-छोटे सफेद पुते हुए मकानों के समूह वाले स्टेशनों पर रुकती और उसके पश्चात तेज सीटी देकर इत्मीनान से आगे को बढ़ जाती। कोई यात्री रेल में नहीं चढ़ता। सभी को यही लगता गोया तमाम दुनिया सोने चली गई है और कदाचित सबने यह निर्णय कर लिया है कि ठंड की इस उमस भरी प्रातः में यात्रा न की जाए या ऐसा मन बना लिया है।

वह मोटी ग्रामीण स्त्री बीच-बीच में नेत्र बंद कर लेती, किंतु जब उसकी गोद में रखी टोकरी उसकी गोद से गिरने या नीचे खिसकने लगती तो चौंककर शीघ्रता से नेत्र खोल लेती और उसे तत्काल पकड़ लेती और संभालकर पुनः अपनी गोद में निरापद ऊपर चढ़ा लेती, जमा देती और तब कुछ देर के लिए खिड़की के बाहर का दृश्य देखने लगती और पुनः थोड़ी देर के पश्चात कुछ देर के लिए आंखें झपकाकर ऊंघने लगती। पसीने के नन्हे कण उसके भौंहों के ऊपर उभर आए थे। वह बड़ी कठिनाई से सांसें ले रही थी गोया उसे कोई अंदरूनी गहरी तकलीफ हो।

सामने बैठे नौजवान का सिर नींद के कारण बार-बार झटके से उसके सीने पर आ जाता था और वह एक थके-हारे मेहनती श्रमिक की गहरी नींद में सो रहा था।

एकाएक जैसे ही रेल ने एक छोटे-से स्टेशन को छोड़ा, वह ग्रामीण महिला पुनः जाग गई और अपनी गोद में रखी टोकरी को खोलकर उसमें से डबलरोटी का एक बड़ा भाग, कुछ उबले अंडे, अंगूरी शराब का एक फ्लास्क और कुछ लाल खूबानियां निकाल लीं और पूरे आराम, संतोष व बिना किसी संकोच के डबलरोटी के ग्रास, वाइन के घूंट तथा स्वादिष्ट खूबानियों का लुत्फ लेने लगी।

सामने की सीट पर बैठा युवक भी इस दौरान उठ गया था और वह सामने बैठी स्त्री को ताक रहा था और उसकी गोद में रखी टोकरी से उठने वाले और उठकर मुंह तक जाने वाले प्रत्येक ग्रास को गौर से देख रहा था। वह युवक अपने दोनों हाथ बांधकर बैठा था, उसकी दृष्टि सामने टिकी हुई थी और होंठ खामोशी से बंधे हुए थे।

वह स्त्री एक भक्षी की भांति बहुत स्वाद ले-लेकर भोजन कर रही थी। वह थोड़ी-थोड़ी देर में अपने मुंह से अंडों का हिस्सा कंठ से नीचे उतारने के लिए वाइन का एक बड़ा घूंट गटकती और तब सांस लेने के लिए कुछ ठहर जाती। तनिक-सी देरी में हर चीज गायब हो गई। ब्रेड, अंडे व खूबानियां भी। जैसे ही उस स्त्री ने अपना भोजन खत्म किया, सामने बैठे युवक ने पुनः अपनो आंखें

बंद कर झपकी लेनी आरंभ कर दी। स्त्री को कुछ देर पश्चात घबराहट-सी होने लगी तो उसने आराम पाने के विचार से अपना ब्लाउज तनिक ढीला किया और तभी उस युवक ने अचानक उस स्त्री को पुनः देखा।

कदाचित उस स्त्री ने अपनी तरफ युवक के देखने पर कोई तवज्जोह ही नहीं दी और अपनी फ्रॉक के बटन खोलना भी जारी रखा। अपने मोटापे तथा मोटी चर्बी के कारण फ्रॉक के मध्य में खुले बटन के कारण फ्रॉक के नीचे पहनी गंदी लिनन की सफेद शमीज तथा छाती का कुछ भाग नजर आ रहा था।

कुछ देर पश्चात जब उसको राहत अनुभव हुई तो अपने सामने बैठकर यात्रा करने वाले युवक की ओर मुड़ते हुए उसने इटालियन भाषा में अपनी राय जाहिर की, "यात्रा करने के लिए यह बढ़िया मौसम है ना? क्या आप पियेडेमांट से ताल्लुक रखते हैं?" उसने पूछा।

वह बोला, "मैं अस्ती से हूं।"

"और मैं कास्ले की हूं।"

वे दोनों पड़ोसी गांव के थे, अतः दोनों परस्पर बातचीत करने लगे। वे आपस में वही तमाम सामान्य बातें करने लगे जो अक्सर एक साथ कार्य करने वाले परस्पर कई-कई दफा करते हैं, जो अपने आप में पूर्ण होती हैं और उन वार्ताकारों के संकुचित जेहन और आलस्य की प्रतीक होती हैं। उन्होंने अपने-अपने घरों के विषय में बातें कीं और पाया कि कई लोग समान रूप से उन दोनों के परिचित थे, जिन्हें दोनों ही जानते थे।

उन दोनों ने चंद लोगों के नाम गिनाए और आपस में वे दोनों काफी हद तक मित्र हो गए व खुल भी गए। इटालियन भाषा के छोटे-छोटे शीघ्रता से निकलने वाले अस्पष्ट शब्द उनके होंठों से फिसल रहे थे। उसके पश्चात वे परस्पर अपने-अपने विषय में बातें करने लगे। एक-दूसरे को परिचय देने लगे। वह विवाहिता थी और उसके तीन बच्चे थे जिन्हें वह अपनी बहन के पास छोड़ आई है, क्योंकि उसे मर्सिटोले में एक फ्रांसीसी युवक के घर आया का एक अच्छा कार्य मिल गया है।

और वह नौजवान कार्य की खोज में फ्रांस जा रहा था। शनैः शनैः गर्मी नाकाबिले बर्दाश्त होने लगी। रेल के डिब्बे की छत पर बरसने वाली तेज धूप के कारण वह भट्ठी की भांति तपने लगा। लू के कारण धूल का एक झोंका डिब्बे की खिड़कियों के द्वारा भीतर आ गया। पटरियों के दोनों ओर पूरी तरह पके संतरों और नीबू की महक अब और ज्यादा तेज आने लगी थी।

उसके पश्चात दोनों यात्री अपनी-अपनी जगह पर कुछ देर के लिए सो गए।

कुछ देर पश्चात उन दोनों की नींद तकरीबन एक साथ टूटी और वह एक

साथ जागे। दूर क्षितिज पर सूर्यास्त का दृश्य था और सूर्य सामने नीचे समुद्र पर अपनी चमकीली किरणें बिखेर रहा था। वातावरण अब पहले से कहीं ज्यादा हल्का, सुहावना और ठंडा हो गया था। वह स्त्री अभी भी उठने के उपरांत बड़ी कठिनता से सांस ले पा रही थी, जैसे हांफ रही हो। उसकी फ्रॉक के बटन तब भी खुले हुए थे। उसके गाल भरे-भरे और कुछ गीले-गीले लग रहे थे और वह बहुत थके लहजे में बोली, ''मैंने कल से अपनी छोटी बच्ची को दूध नहीं पिलाया है, मुझे बहुत व्यग्रता हो रही है। लगता है कि मैं कहीं मूर्च्छित ना हो जाऊं।''

उस युवक ने उसकी यह बात सुनकर कोई उत्तर नहीं दिया। उसे समझ में ही नहीं आ रहा था कि आखिर वह उसकी इस बात का कोई उत्तर दे भी तो क्या दे? उसने पुनः कहना आरंभ किया, ''यदि किसी स्त्री की छाती में बहुत दूध भरा हो, जैसा मुझमें है, तब उसे दिन में न्यूनतम तीन दफा दूध पिलाना ही चाहिए। नहीं तो उसको बहुत व्यग्रता महसूस होती है। मुझे ऐसा लग रहा है जैसे मेरे सीने पर भारी पत्थर रख दिया गया हो। एक ऐसा वजन जिससे मुझे सांस लेने में दिक्कत हो और मुझे बेतरह थकान हो। इतना दूध होना सच में बहुत तकलीफदायक है।''

उसने जवाब दिया, ''हां, सच में बहुत तकलीफदायक होता होगा।''

वह वाकई बेहद बीमार और उद्विग्न लग रही थी और कदाचित मूर्च्छित ही हो जाने वाली थी। फिर वह धीरे-से बुदबुदाई, ''मुझे महज जरा-सा दबाना ही पड़ेगा और मेरी छाती से दूध फव्वारे की भांति निकल आएगा। ऐसा देखना बड़ा ही रोचक होता है। हां, कदाचित आपको यकीन न हो। मेरे गांव में इर्द-गिर्द के पड़ोसी यह देखने के लिए एकत्र हो जाया करते थे।''

उसने पुनः पूछा, ''ओह, क्या यह सत्य है?''

''हां एकदम सच, मैं आपको भी दिखा दूंगी, किंतु महज ऐसा ही करने से मुझे चैन नहीं मिलेगा। ऐसा करने से भी कोई अधिक दूध बाहर नहीं निकाल सकता है।'' और तब कुछ देर के लिए खामोश हो गई।

रेल एक स्टेशन पर ठहर गई। हम लोगों ने देखा कि स्टेशन के बाहर प्लेटफार्म से लगी चहारदीवारी के बाहर चिथड़ों में लिपटी एक कृशकाय स्त्री एक रोते हुए शिशु को गोद में लेकर खड़ी हुई थी। उस आया की दृष्टि उस मां-बेटे पर पड़ी। तब उसने प्रार्थनायुक्त शब्दों में कहा, ''वहां बाहर खड़ी उस गरीब स्त्री की मैं सहायता कर सकती हूं और उसका बच्चा, मेरी सहायता कर सकता है।''

''क्या मैं नौकरी के कारण अपना घर, अपना पति व अपने बच्चों को पीछे छोड़कर जा नहीं रही हूं, किंतु तब भी मैं उस स्त्री को कुछ देर के लिए अपना

शिशु उधार देने के लिए पांच फ्रैंक दे सकती हूं। उस शिशु को दस मिनट तक दुग्धपान करवा सकती हूं। इससे उस शिशु की भी भूख शांत होगी और साथ ही मुझे भी सुकून मिलेगा। मैं आपको बता सकती हूं कि ऐसा करने से मुझे यूं लगेगा जैसे मुझे नवजीवन प्राप्त हो गया है।''

वह पुनः कुछ क्षण रुकी, उसके उपरांत उसने अपनी गर्म हथेलियों से कई मर्तबा अपनी भौंहों के ऊपर उभरी पसीने की बूंदों को पोंछा और तकरीबन आह भरते हुए बोली, ''ओह, मैं अब और ठहर नहीं सकती हूं। लगता है कि मैं मर ही जाऊंगी।'' और तकरीबन अचेतन मन से उसने एकाएक अपनी फ्रॉक का ऊपरी भाग पूरी तौर से उजागर कर दिया।

उसका दायां स्तन बुरी तरह से फूला, सूजा व कठोर लग रहा था तथा सामने की भूरे रंग की चूचक तनी हुई थी। वह एक दफा पुनः बुरी तरह बेचैन हो गई, ''हे ईश्वर! ओह ईश्वर! मैं अब क्या करूं?''

रेल ने स्टेशन छोड़ दिया था और वह अब भी फूलों के बागों से धीरे-धीरे रेंग रही थी जो अपनी तीव्र गंध बिखेर रहे थे। बीच-बीच में सामने फैले नीले समुद्र में कोई पाल वाली नौका बहती नजर आती और साफ समुद्री जल में उस पाल वाली नौका का स्पष्ट प्रतिबिंब ऐसा भ्रम पैदा करता गोया कोई दूसरी नौका पानी में उलट गई हो। सामने सीट पर बैठा शख्स भौचक्का हो गया। वह हकलाते हुए बोला, ''किंतु...म...मैं...कदाचित आपकी कोई सहायता कर सकूं।''

वह तकरीबन हांफते हुए बोली, ''हां...यदि आप मुझ पर मेहरबानी करें तो आप मुझ पर बड़ा उपकार करेंगे। मैं अब और नहीं सह सकती, तनिक भी नहीं।''

वह नौजवान, उस स्त्री के समक्ष घुटनों के बल बैठ गया। वह एक मां के समान उसके सामने झुक गई जैसे वह उसका अपना ही बेटा हो... उसने उस युवक को और अपनी तरफ आगे खींच लिया, दूध की एक बूंद उसके कलेजे से फूट पड़ी। उसने उसे तत्काल अपने मुंह से झेल लिया तथा उसके भारी, खुले सीने को एक फल की भांति मुख में भर लिया और एक छोटे बच्चे की तरह धीरे-धीरे, ठहर-ठहरकर चुसक-चुसककर दूध पीने लगा।

एकाएक उस स्त्री ने कहा, ''बस, बहुत हो गया, अब दूसरी तरफ पियो।'' और उसने पूर्ण श्रद्धा से उसके आदेश का पालन किया।

उस स्त्री ने अपने दोनों हाथ, उस नौजवान की पीठ पर रख दिए। और अब वह बड़े इत्मीनान से सांस ले पा रही थी तथा बड़ी निश्चिंतता से बहती हवा के साथ खिड़कियों से होकर घुसने वाली तेज खिले पुष्पों की भीनी-भीनी महक का लुत्फ ले रही थी।

"इन पुष्पों की सुगंध बहुत बढ़िया और काफी तेज है ना?" उसने पूछा।

उस युवक ने कोई उत्तर नहीं दिया, बल्कि उसके सीने से बहने वाले दूध के जीवित धारदार फव्वारे को खामोशी से आंखें बंद कर पूरे स्वाद और संतुष्टि के साथ चुसकता रहा।

किंतु कुछ देर पश्चात उस स्त्री ने उस युवक को धीरे-से अलग कर दिया।

"बस...बहुत हो गया। अब मुझे काफी ठीक लग रहा है। तुमने मुझमें एक नया जीवन संचारित कर दिया है, एक नई ताजगी।"

वह युवक उठा और उल्टी हथेलियों से अपना मुख पोंछ लिया।

उस स्त्री ने अपने खुले स्तन शमीज और फ्रॉक के भीतर कर लिए और उस युवक से कहा, "आपने मुझ पर बड़ी भारी कृपा की है। मैं आपकी पूर्णतया शुक्रगुजार हूं।"

तब उस युवक ने शुक्रिया देते हुए आभार व्यक्त करने के लहजे में कहा, "वह तो उल्टे मुझे आपका धन्यवाद करना चाहिए, क्योंकि विगत दो दिनों से एक दाना भी मेरे पेट में नहीं गया था।"

❑❑

अकेलापन

क्यों, चक्कर खा गए न प्रिय? वस्तुतः बात ही कुछ इस प्रकार की है। कदाचित तुम सोच रहे हो कि मैं विक्षिप्त हो गया हूं। वैसे, मैं कुछ सनकी तो जरूर ही हूं, यद्यपि उन वजहों से नहीं, जिनके बारे में आप सोच रहे हैं।

हां, मैं शादी करने की ओर अग्रसरित हूं। सच में।

यद्यपि, शादी के विषय में मेरी ठोस मान्यताएं तनिक भी तब्दील नहीं हुई हैं। मैं अब भी यह मानता हूं कि समागम को विधि-सम्मत रखना बेवकूफी है। बेशक दस में से आठ शौहरों की बीवियां बेवफा होंगी। ऐसी स्थिति इस कारण है, क्योंकि उन्होंने अपनी जिंदगी को बेड़ी पहनाने की बेवकूफी की। उस प्यार की स्वतंत्रता खोई, जो संपूर्ण संसार में सबसे ज्यादा खूबसूरत और आकर्षक बात है। और हां, उस रूमानी लुत्फ के पर कतर दिए, जो हमारे भीतर समस्त स्त्रियों में रुचि लेने की हसरत को लगातार बनाए रखती है। और तब, महज एक ही नारी के प्रेम में बंधे रहने की हैसियत मुझमें नहीं, क्योंकि मैं हमेशा अन्य सभी स्त्रियों को भी चाहूंगा ही। मेरी इच्छा तो इस तरह की है कि सहस्त्र हाथ, सहस्त्र अधर, सहस्त्र चेहरे हों, ताकि इन सुंदर प्राणियों को एक साथ, एक ही पल में अपने आगोश में भर लूं, लेकिन फिर भी मैं शादी करने जा रहा हूं।

मैं आपको यह बता दूं कि मैं इस विषय में कुछ नहीं जानता कि कल से मेरी पत्नी बनने वाली वह नारी कैसी होगी! मैंने उसे महज एक या दो दफा ही देखा होगा। निश्चित ही वह कुरूप नहीं है, बस मेरे लिए इतना ही पर्याप्त है। नाटी, गोरी और गोल-मटोल है। कुछ दिनों पश्चात ही मेरे मन में किसी लंबी, स्याह और पतली स्त्री की इच्छा जागने लगेगी।

वह रईस नहीं है। सामान्य परिवार से है। पूर्णतया मध्यम वर्गीय। एकदम शादी के लायक, लेकिन अच्छे या बुरे किसी अनोखे चारित्रिक लक्षण से कोसों दूर। उसके विषय में लोग कहते हैं, 'डायना बड़ी प्यारी लड़की है।' कल के बाद वे कहेंगे, 'वह है न, कुमारी रोमा, वह बेहद सुंदर है।' अतः कुल मिलाकर यह कहें कि दुनिया की सर्वोत्तम सुंदर लड़की वही है, जिससे शादी करके मैं बड़ा प्रसन्न हुआ, लेकिन कुछ ही वक्त गुजरने के पश्चात यह लगने लगेगा कि मैं तो सच में ही अन्य तमाम स्त्रियों को ज्यादा चाहता हूं।

आप पूछेंगे कि तब मैं शादी कर ही क्यों रहा हूं?

मैं नहीं जानता। इस अर्थहीन कार्य को करने के आग्रह का अनोखा और अविश्वसनीय कारण मुझे भी नहीं पता। महज शादी कर रहा हूं, ताकि कुंवारा न घूमता रहूं। समझ में नहीं आता कि इसके अलावा और क्या कहूं? अपनी बात का स्पष्टीकरण कैसे करूं? रात्रि में तन्हा रहना बर्दाश्त नहीं होता। किसी इंसान की समीपता की गहरी चाह होती है कि कोई मुझे स्पर्श करे, वह कुछ कहे, कुछ भी कहे। मैं उसकी निद्रा में खलल डालना चाहता हूं। उससे चाहे तर्कहीन ही कोई प्रश्न अचानक पूछना चाहता हूं, ताकि जवाब में कोई स्वर सुनाई दे। लगे कि घर भरा हुआ है। लगे कि कोई दूसरा प्राणी जाग रहा है। कोई दूसरा दिमाग चौकन्ना है। मैं चाहता हूं कि जब मैं बिस्तर से उठकर बत्ती जलाऊं, तो पास में एक दूसरा मानव चेहरा नजर आए। वस्तुतः मुझे यह बताते हुए संकोच होता है कि मैं तन्हा नहीं रह सकता।

ऐसा नहीं है कि मैं किसी खतरे की आशंका से भयभीत हूं। कोई चोर या डाकू घर में घुसे, तो तनिक भी डरे बिना उसका काम तमाम कर सकता हूं। भूत-प्रेतों का मुझे भय नहीं लगता और परालौकिक शक्तियों में मैं यकीन नहीं रखता हूं। मुर्दों से मैं खौफ नहीं खाता। मेरे विचार से पृथ्वी से उठने के पश्चात वे पूरी तरह समाप्त हो जाते हैं।

तुम सवाल करोगे, 'फिर किसका भय है तुम्हें?'

हां, हां। मैं स्वयं से भय खाता हूं। कोई भय मुझे खाए जाता है। जेहन पर खौफ तारी रहता है। किसी अबोध खौफ की विकराल सनसनी की आशंका छा जाती है। मेरी बात पर चाहे जितना हंसो, लेकिन मेरा दुःख खौफनाक है, असाध्य है। मैं दीवारों से, फर्नीचर से, नित्यप्रति की वस्तुओं से खौफ खा जाता हूं, जैसे वे कोई डरावने जीव-जंतु हों।

अपनी आत्मा के भीतर दाखिल होती और संपूर्ण त्वचा को सिहरा देती कोई अनोखी बेचैनी महसूस करता हूं। अपने इर्द-गिर्द झांकता हूं, तो वहां कुछ नजर नहीं आता है। तथापि मन करता है कि वहां कोई हो, जो नजर आए। कुछ ऐसा हो, जो मेरे मन में उतरे। मेरे डरने की इकलौती वजह यह है कि मैं अपने खौफ के कारण से अनभिज्ञ रहता हूं।

मैं जोर से कुछ कहना चाहता हूं, लेकिन अपने ही मुंह से निकली आवाज से डर जाता हूं। कमरे के भीतर चकराता रहता हूं, तभी यकायक लगता है कि द्वार के पीछे, खिड़की की आड़ में, अलमारी की बगल में, बिस्तर में कोई अजनबी है, जबकि मैं ठीक प्रकार से जानता हूं कि वहां कतई कुछ भी नहीं है।

कभी डरकर एकदम से पलट जाता हूं कि कोई पीछे है, किंतु बखूबी पता है कि वहां कोई नहीं है।

यह सब देखकर मैं सिहर उठता हूं। मेरा दिल डूबने लगता है। तब मैं अपने कक्ष में बंद हो जाता हूं, बिस्तर में घुस जाता हूं, रजाई में छिप जाता हूं। निराशा में लेटे हुए घंटों आंखें बंद किए पड़ा रहता हूं। मुझे पता है कि कक्ष की बत्ती जल रही है और मुझे उसे बुझा देना चाहिए, लेकिन उठने का हौसला नहीं जुटा पाता।

ऐसा पूर्व में कभी नहीं होता था। शांत मन से घर लौटता था। अपने घर में घूमते-फिरते हुए मन की शांति में कोई व्यवधान महसूस नहीं करता था। किसी विवेक रहितता, ढीठता, घिनौने भय, जैसे किसी व्याधि की कोई आशंका कहीं से नहीं थी। घने अंधेरे के घिर आने के उपरांत भी मैं अपने कक्ष का द्वार सदैव खुला रखता। बिस्तर पर नींद लेते वक्त कभी इस बात की चिंता नहीं करता था कि द्वार, खिड़की या अलमारी बंद रखनी है। मैं कभी अर्द्धरात्रि के वक्त चौंककर नहीं जागा करता था।

गत वर्ष से बड़े अनोखे तरीके से यह तमाम गड़बड़ आरंभ हुई—

वह नम हवा में भीगी शीत ऋतु की एक शीतल रात्रि थी। मैं भोजन कर चुका था। बिस्तर पर सुस्ताने की सोच रहा था कि वक्त कैसे गुजारा जाए। मैं उठकर कक्ष में टहलने लगा। कुछ थकान की अनुभूति हुई, लेकिन इसका कारण मैं समझ नहीं पाया। मैं चंद पलों में थककर पस्त हो गया। कोई किताब तक उठाकर पढ़ने की ताकत मुझमें नहीं रही। वर्षा की फुहार खिड़की के कांच भिगोने लगी। मुझे तीव्र बेचैनी महसूस हुई। बेवजह पैदा हुई किसी ऐसी शर्मिंदगी के दौरों से घिर गया, जो आंखों में अश्रु भर दे, जो एक ऐसी अनुभूति कराए कि किसी से, किसी न किसी से बात करके मन हल्का कर लिया जाए।

अकेलापन सालने लगा। कक्ष एकदम खाली-खाली सा लगा। किसी गहरी, हृदयविदारक तन्हाई में डूबने की अनुभूति हुई। क्या कर सकता था? नीचे बैठा, तो पैर सुन्न होने लगे। तब चलने लगा। हाथ पीछे बांध लिए। ज्वर चढ़ता मालूम हुआ। पूरी पीठ में एक सनसनी-सी दौड़ गई। ऐसा लगा, जैसे रात्रि की नम हवा कक्ष में घुसी आ रही हो। कक्ष को गरम करने के लिए अंगीठी सुलगाई। वह शीत की उस ऋतु में पहली बार जलाई गई थी। जलती ज्वाला के सामने शरीर तापने बैठ गया, लेकिन पैर अकड़ने लगे। मैंने सोचा कि बाहर निकलकर टहलना ठीक होगा। किसी दोस्त के यहां चलकर गपशप की जाए।

मैं बाहर निकल आया। तीन दोस्तों के घर गया, लेकिन कोई नहीं मिला। फिर पक्का इरादा करके किसी-न-किसी परिचित को तलाशने के लिए नगर के

सुदूर इलाकों तक चला गया, लेकिन हर जगह हताशा ही हाथ लगी। गीले फुटपाथ मद्धिम प्रकाश में चमक रहे थे। कभी-कभार अचानक बदन को कंपकंपाती धीमी हवा और सीने पर भारी गुजरती बारिश और भीगी आक्रामक आर्द्रता सड़क पर पसरती हुई किनारे लगी धुंधली रोशनियों को परास्त करती महसूस हो रही थी। मैं उदास-सा चल रहा था। ऐसा प्रतीत हो रहा था कि आज कोई बात करने वाला नहीं मिलेगा। तमाम रास्ते के सभी कॉफी और चाय घरों में मैंने झांका। निराश चेहरे मेजों के आस-पास झुके हुए थे। उनमें प्याले उठाने तक की ताकत नहीं मालूम दे रही थी।

अर्द्धरात्रि को थककर पस्त होकर मैं घर लौटा। चौकीदार ने शीघ्रता से द्वार खोला। मैं चौंक गया, क्योंकि वह अक्सर ग्यारह बजे तक सो जाया करता था। मुझे न जाने क्यों महसूस हुआ, जैसे कोई अन्य किराएदार अभी तत्काल ही ऊपर चढ़ा है।

अक्सर बाहर जाते वक्त मैं द्वार बंद करके ताला लगा देता हूं, लेकिन मैंने अपने फ्लैट पर पहुंचकर देखा कि वह तनिक खुला हुआ है। मुझे बड़ा अनोखा लगा। मैंने सोचा कि कदाचित चौकीदार कोई चिट्ठी डालने आया होगा।

तब मैं भीतर घुसा। अंगीठी भी जल रही थी। उसकी धीमी आंच से पूरे कक्ष में हलकी लालिमा बिखरी हुई थी। एकाएक मेरी नजर अंगीठी के सम्मुख रखी कुर्सी पर पड़ी। वहां कोई शख्स पैर ताप रहा था। उसकी पीठ मेरी तरफ थी। मुझे क्षणिक भी भय नहीं लगा। मैंने मन ही मन खुद को भली प्रकार से समझा लिया था कि वह मेरा कोई दोस्त है, जो मुझसे मिलने के लिए आया है। चौकीदार ने उसे मेरे फ्लैट की जुड़वां चाबी दे दी होगी।

मुझे दोस्त की महज पीठ ही दिखाई दे रही थी। मेरा इंतजार करते हुए उसकी आंख लग गई होगी। मैं उसके सम्मुख जा पहुंचा। उसका दायां हाथ नीचे लटका हुआ था और गर्दन झुकी हुई थी।

कौन हो सकता है? मैं सोचने लगा। मैंने अपना हाथ बढ़ाकर उसका कंधा हिलाया। तब मैंने ध्यान से देखा—ओह! मैं तो महज कुर्सी का हत्था ही हिला रहा हूं। वहां कोई नहीं है। कुर्सी रिक्त है।

अब मैं चौंका। एकाएक पीछे हटा। मुझे लगा, जैसे कोई भीषण विपत्ति मेरी प्रतीक्षा कर रही है। मैंने शीघ्रता से गर्दन मोड़ी। मुझे ऐसा लगा कि कक्ष में जरूर कोई दूसरा शख्स भी है। मैं फिर चकित, खौफजदा, थरथर कांपता हुआ कुर्सी की तरफ पलटा, लगा गिर ही पडूंगा।

आखिरकार मैं एक इंसान हूं, जिसमें कुछ हद तक आत्मविश्वास तो होता

ही है। मैं तत्काल ही संभल गया। मैं समझ गया, मुझे महज मतिभ्रम ही हुआ है। मेरा मस्तिष्क वास्तव में सही-सलामत है। महज नजरें धोखा खा गईं, जिन्होंने कोई ऐसा कल्पित दृश्य देखा, जो सामान्य जन को करिश्मा जैसा लगता है, जो हुआ वह दृष्टिगत तंत्र की स्नायविक गड़बड़ी का कारण है। आंखों में भरी थकान और हलकी सूजन की वजह से ही ऐसा हुआ होगा। कोई दूसरी वजह नहीं है।

मैंने बत्ती रोशन की। अंगीठी की तरफ घूमा, लेकिन फिर सहम गया। ऐसा लगा कि मुझे किसी ने पीछे से स्पर्श किया है। कक्ष में टहलने लगा। द्वार तक पहुंचा और उसमें दो ताले लटका दिए। अब पुनः कुर्सी पर जा बैठा और तमाम घटना की तफसील से व्याख्या की। फिर मैं उठा, बत्ती बंद की और बिस्तर पर लेट गया। कुछ क्षण सही लगा। फिर मैंने अपनी गर्दन घुमाई और बुझी-बुझी सी अंगीठी के मद्धिम प्रकाश में यकायक ऐसा दिखाई दिया कि कोई कुर्सी पर झूल रहा है। शीघ्रता से उठकर मैंने तीली जलाई, किंतु वहां कोई नहीं था। मैंने कुर्सी उठाकर दूर रख दी, बत्ती बंद कर दी और तब मेरी आंख लग गई।

अभी सोया ही था कि स्वप्न में फिर वही तमाम नजारा विस्तार से नजर आया। एकदम वैसा ही, जैसा जागते हुए महसूस किया था। मैं नींद से उठ बैठा। अब जो बत्ती जलाई, तो बंद नहीं की। तमाम रात्रि बैठा ही रहा। दो दफा नींद का झोंका लगा और दोनों दफा वही नजारा दिखाई दिया। मुझे लगा कि मैं विक्षिप्त हो जाऊंगा। पौ फटने की आभा खिड़की के शीशों पर दमकी, तब कहीं जाकर मैं सो पाया और फिर दोपहर तक सोता ही रहा। जब उठा, तो लगा कि किसी बुरे ख्वाब से जागा हूं।

अगले दिन पूरे वक्त खुशमिजाज बना रहा। संध्या को बाहर खाना खाया, थिएटर भी गया, लेकिन लौटकर घर के करीब पहुंचते ही बड़ी बेचैनी महसूस हुई। कहीं 'वह' भीतर ही बैठा न हो। यद्यपि मुझे 'उसका' भय नहीं था, लेकिन फिर भी इस बात की आशंका थी कि कहीं ऐसा न हो कि आंखें फिर से धोखा खा जाएं, पुनः मतिभ्रम हो जाए और फिर से खौफ तारी हो जाए।

मैं तकरीबन घंटे भर बाहर ही भटकता रहा। फिर खुद पर ही बड़ी शर्मिंदगी महसूस हुई। खुद को धिक्कारा और फ्लैट के भीतर जाने के लिए बढ़ा।

जोर से लात मारकर द्वार धकेला। गर्दन भीतर डालकर अंगीठी की तरफ देखा, कुछ नहीं था। ओह! बड़ी राहत महसूस हुई। बड़ी खुशी हुई। प्रसन्नचित्त और सधा हुआ चहलकदमी करता रहा। बीच-बीच में चौंककर घूम जाता। कक्ष के कोनों में पड़ती छायाएं कुछ विचलित कर देती थीं।

मैं उस रात्रि भी ठीक से सो नहीं पाया। पूरी रात्रि किसी आवाज का मुगालता होता रहा। तथापि 'वह' नजर नहीं आया। मेरे लिए इतना ही पर्याप्त था।

उस पल के बाद से निरंतर खौफ की अनुभूति होती रही कि रात्रि में मैं तन्हा हूं। हर क्षण लगता कि 'वह' वहां है, मेरे पीछे, अंगीठी की बगल में, पलंग के नीचे, कोई छाया कमरे में चलती, कोई पुरुष-छाया, लेकिन मुझे पता है कि वह है नहीं।

मैं अपनी सोच उससे कितनी ही दूर क्यों न ले जाऊं 'वह' मुझ पर हावी ही रहता है। गायब है, लेकिन हर अंधेरे कोने में प्रत्येक परछाई में उपस्थित है।

कितना हास्यास्पद, लेकिन कितना खौफनाक। उसका कोई निदान नहीं है। हां, यदि फ्लैट में दो शख्स हों, तब तो बेशक वह वहां नहीं रह सकता। वह वहां इसी कारण है, क्योंकि मैं तन्हा हूं।

❑❑

कुंवारेपन की वजह

वह एक लघु अतिथि कक्ष था, जिसमें मोटे परदे लगे थे तथा वहां की आबोहवा में ताजे फूलों की खुशबू तैर रही थी। कक्ष के अलाव में तेज अग्नि तथा ठोस शेड से ढका टेबल लैंप अलाव के ऊपर बनी सीमेंट की पट्टी पर जल रहा था। उस लैंप की मद्धिम रोशनी कक्ष में बैठे परस्पर वार्तालाप कर रहे दो व्यक्तियों पर पड़ रही थी। उनमें से एक तो उस घर की स्वामिनी थी, सफेद बालों वाली एक वृद्धा स्त्री, वह आकर्षक लगने वाली वृद्ध स्त्रियों में से एक थी। झुर्रियों के बिना त्वचा, किसी महीन चिकने कीमती कागज की भांति बढ़िया चमकदार और कुछ चिकनी थी। उसके जिस्म की त्वचा में एक भीनी-भीनी खुशबू दर्ज थी जो नहाते समय वर्षों से प्रयोग में लाए गए यू-डी-कोलोन तथा अन्य खुशबुओं के कारण उसके जिस्म के असंख्य छिद्रों में समा गई प्रतीत होती थी।

दूसरा शख्स भी एक बुजुर्ग व्यक्ति था। उस स्त्री का बेहद पुराना सच्चा मित्र, जिसने कभी शादी नहीं की थी। उसका भला, घनिष्ठ और निरंतर मित्र, उसकी जीवन-यात्रा का एक अभिन्न सहयोगी व सहयात्री। बस इसके अतिरिक्त कुछ भी नहीं।

उनके वार्तालाप को अभी एक मिनट भी नहीं हुआ था। वह दोनों अलाव में जलती अग्नि को देख रहे थे और किसी विशिष्ट बात की कल्पना नहीं कर रहे थे। वे क्षण उन दोनों व्यक्तियों के मध्य परम शांति व खामोशी के क्षण थे, जब दोनों व्यक्तियों को सिर्फ प्रसन्न रखने और खुश करने के लिए निरंतर बात करना अपरिहार्य नहीं था। तभी एकाएक अलाव में जल रहा एक ठूंठ, जिसमें अग्नि सुलग रही थी और जलते हुए अंगारे भी लगे थे, अलाव से लुढ़ककर बाहर गिर गया।

ठूंठ के अलाव से बाहर गिरने की वजह से बिखरे अंगारे अतिथि कक्ष के फर्श पर बिखर गए तथा कक्ष के चारों ओर जलते अंगारों का तेज प्रकाश छा गया। वह वृद्धा स्त्री एक चीख के साथ उछलकर पृथक खड़ी हो गई, गोया वह वहां से बचने के लिए भागना चाह रही हो, किंतु उसके साथ बैठे वृद्ध ने पांव से खिसकाकर उस ठूंठ को पुनः अलाव में खिसका दिया तथा जलते हुए अंगारों को अपने जूते से कुचलकर बुझा दिया।

जब इस घटना को दुरुस्त कर लिया गया तब कक्ष में जली–बुझी लकड़ी व अंगारों की एक खास महक कमरे में फैल गई। अपनी मित्र के सामने बैठे शख्स ने अपनी मित्र को देखा व धीरे–से मुस्कराया और जैसे ठूंठ की तरफ देखते हुए बोला, "यह दुर्घटना इस कारण से हुई, क्योंकि मैंने अभी तक विवाह नहीं किया।" उसकी बात सुनकर वह औरत एक भेदभरी दृष्टि से अपने मित्र की तरफ गहरे विस्मय से निहारने लगी, एक ऐसी स्त्री की दृष्टि से जो अब जवान नहीं रह गई थी। और वह सबकुछ जानना चाहती है जो उसकी नजर में एक संदेहास्पद कौतुक था।

"वह कैसे?"

"ओह, यह एक लंबी मनोरंजक्र कथा है।" उसने उत्तर दिया, "कुल मिलाकर एक उदास और दुःखभरी लंबी पुरानी कहानी।"

"मेरे सभी पुराने मित्र अक्सर मेरे और मेरे एक बेहद घनिष्ठ मित्र जिसका लोकप्रिय नाम जूलियन था, उसके और मेरे बीच एकाएक बनी दूरी, उदासीनता व अलगाव के विषय में अक्सर आश्चर्य किया करते थे। वे समझ नहीं पा रहे थे कि इतने घनिष्ठ और प्रिय तथा कभी पृथक न हो सकने वाले दो जिगरी यार अचानक एक–दूसरे के लिए पूरी तरह कैसे अनजान हो गए थे! मैं इस सबके लिए उत्तरदायी रहे कारण को विस्तृत रूप से बता दूंगा।

एक समय हम दोनों साथ ही रहा करते थे। हम दोनों कभी पृथक नहीं हुए थे और वह मित्रता जो हम दोनों को जोड़े हुए थी, वह इतनी गहरी लगती थी, इतनी पक्की लगती थी कि कोई भी चीज, बात या वजह उसको कभी तोड़ नहीं सकती थी। एक संध्या जब वह घर आया तो उसने मुझे कहा कि वह विवाह करने जा रहा है। उसकी बात सुनकर मुझे एक गहरा झटका लगा, जैसे उसने मुझे लूट लिया हो या मुझे फरेब दिया हो। जब एक शख्स का मित्र विवाह करता है तो उन मित्रों के बीच सब कुछ समाप्त हो जाता है।

एक नवविवाहित नारी का ईर्ष्यापूर्ण, शक्की, व्यग्र और जिस्मानी आकर्षण का प्रेम किसी भी मूल्य पर कोई अन्य पक्का, वर्षों से जारी आत्मीय खुले संबंध, दिल व दिमाग से जुड़े खुले रिश्ते तथा दो व्यक्ति, दो स्त्रियों के बीच आपसी विश्वास किसी भी कीमत पर सहन नहीं कर सकती है।

कोई भी प्यार चाहे वह कितना भी प्रबल, सबल और महान् हो, जो एक पुरुष और स्त्री को जोड़ता है, निश्चित रूप से एक पुरुष और स्त्री दिमागी सोच की धरातल पर नावाकिफ, अनजान और पृथक ही बने रहते हैं। वे सदैव संघर्षरत रहते हैं और प्राकृतिक रूप से भिन्न लिंग प्रजाति के होते हैं। निश्चित रूप से दोनों के मध्य एक को जीतना और दूसरे को पराजित होना होता है। एक मालिक बनता

है दूसरा दास, कभी एक तो कभी दूसरा। वे कभी बराबरी के स्तर पर नहीं होते हैं। वे एक-दूसरे का हाथ स्पर्श करते हैं, मादक उत्तेजना से लरजते हाथों से। किंतु वे एक-दूसरे का स्पर्श, सशक्त, सच्ची वफादारी की भावना से नहीं करते हैं। एक ऐसा निःस्वार्थ आकर्षण जो खुले दिल से उपजता है तथा जो दोनों के मध्य एक निस्वार्थ, विश्वासी, सच्चे प्रेम के उमड़ते आवेग में संपूर्णतया सराबोर कर दे। प्राचीन दार्शनिक अपनी पुरानी पत्नी को तसल्ली देने के लिए सदैव एक भले, विश्वासी मित्र की खोज में रहा करते थे तथा सिर्फ दो पुरुषों के मध्य पनपने वाली भावना को एक-दूसरे को परस्पर में बतला-जतलाकर आराम से वृद्ध हुआ करते थे। वे विवाह नहीं करते थे, बच्चे पैदा नहीं करते थे, जो बड़े व जवान होकर अपने वृद्ध मां-बाप को त्याग कर चले जाते हैं, उन्हें तन्हा कर देते हैं।

खैर, मेरे घनिष्ठ मित्र जूलियन ने विवाह कर लिया। उसकी पत्नी सुंदर, मोहक, कुछ घुंघराले से बालों वाली, भरी-भरी, गोरी-चिट्टी, नाटे कद की युवती थी जो यूं लगता था कि अपने पति की अराधना करती थी। आरंभ में मैं उनके घर जाया करता था, लेकिन बहुत कम, क्योंकि मुझे भय था कि मैं कदाचित उनके नए उन्मादी, उफनते प्रेम के आवेशों में कदाचित रुकावट बनूं और मैं प्रायः उनके घर जाने, उनके बीच में जाना स्थगित ही करता था। किंतु किसी प्रकार किसी कारण से मुझे उनके घर जाना सुखद भी लगता था। वे मुझे प्रायः निरंतर अपने घर आने का स्नेहिल बुलावा देते रहते थे, बुलाते रहते थे, ऐसा प्रतीत होता था कि वे मुझे बेहद चाहते भी थे। फलस्वरूप मैं शनैः शनैः उनकी नई वैवाहिक जिंदगी, गृहस्थ जीवन की प्रसन्नताओं के प्रति आकर्षित होता चला गया।

मैं प्रायः उनके साथ ही भोजन किया करता था और जब रात्रि को खाना खाकर अपने घर लौटता तो मैं अक्सर विचार किया करता था कि मैं भी वैसा ही करूंगा, जैसा मेरे मित्र ने किया है। मैं भी शीघ्र ही किसी से विवाह कर लूंगा, क्योंकि अब मुझे अपना वीरान घर भी बेहद उकताऊ लगने लगा था। वे दोनों एक-दूसरे के प्रेम में बुरी तरह डूबे थे और लगता था वे कभी एक-दूसरे से पृथक नहीं होंगे।

खैर, एक संध्या जूलियन ने मुझे एक पत्र लिखा कि आज रात्रि मैं उसके घर भोजन करने आऊं और सहज ही था कि मैं उसके घर चला भी गया। खाने पर मेरे दोस्त ने मुझसे कहा, "यार! मुझे भोजन करने के तत्काल पश्चात एक बेहद आवश्यक कार्य से घर के बाहर जाना है और मैं रात्रि को ग्यारह बजे से पूर्व नहीं आ सकूंगा और उसके बाद तो मैं कतई देरी से नहीं आऊंगा। क्या मैं तुमसे आशा कर सकता हूं, यकीन कर सकता हूं कि तब तक तुम बारथा को, तुम्हारी भाभी का साथ दे सकते हो, उसका ध्यान रख सकते हो।"

वह जवान, नवब्याहता युवती प्रसन्न हो गई। वह मुस्कराई और बोली, "आपको यहां बुलाने का विचार मेरे ही दिमाग की उपज थी।" मैंने अपना हाथ आगे बढ़ाया, "आप सदैव से मेरे लिए भली रही हैं।" मुझे अपने हाथ की उंगलियों में एक गहरे आत्मीय दबाव की अनुभूति हुई, किंतु उस वक्त मैंने उस पर कोई विशेष ध्यान नहीं दिया। हम लोग एक साथ खाना खाने बैठ गए और कोई आठ बजे के लगभग जूलियन अपने आवश्यक कार्य से, हम लोगों को तन्हा छोड़कर घर से बाहर निकल गया।

जैसे ही जूलियन गया एक विचित्र प्रकार की दुविधाजनक उदासी मेरे तथा मेरे मित्र की पत्नी के ऊपर उतर आई। हम लोग इस प्रकार पूर्व में कभी अकेले नहीं रहे थे और इस मध्य हम लोगों के बीच बढ़ती हुई अंतरंगता ने और इस प्रकार निकट बैठने के अवसर ने हम दोनों को एक विचित्र स्थिति में लाकर खड़ा कर दिया था।

पहले तो मैंने उस चुभने वाली दुविधामय खामोशी को भरने के लिए इधर-उधर के विषयों पर खूब चर्चा की किंतु उसने कोई बात नहीं की, न ही बीच-बीच में स्वर संकेतक स्वीकृति अदा की। वह निरंतर मेरे समक्ष एक अनिर्णय व उलझन की स्थिति में सिर्फ सिर झुकाए बैठी रही, गोया वह किसी गंभीर चिंतन में डूबी हो। अब चूंकि मुझे स्पष्ट विचार के विषय सूझ नहीं रहे थे तो मैंने बोलना बंद कर दिया। यह बेहद हैरतअंगेज स्थिति है कि कैसे कई मर्तबा हमें कुछ कहने के लिए उचित शब्द को ढूंढ़ना मुश्किल हो जाता है।

तब एकाएक कुछ देर पश्चात पुनः कुछ बोलने की, कुछ बात करने की एक निश्चित ख्वाहिश उस विचित्र वातावरण में मेरे हृदय में जाग्रत हो गई। एक ऐसी चाहत, जिसे मेरे द्वारा उस अहसास को शब्दों में बयान करना मुमकिन नहीं था। एक रहस्यात्मक आंतरिक सोच जो स्वतः ही सामने बैठे व्यक्ति के द्वारा आपके विषय में अच्छी या बुरी सोची जा रही भावनाओं का पूर्व संकेत दे देती हैं। वह चुभने वाली खौफनाक खामोशी व सन्नाटा, कुछ समय तक वैसा ही कायम रहा, फिर बारथा मुझसे बोली, "आप कृपा करके अलाव में एक ठूंठ और लगा देंगे, क्योंकि अलाव की अग्नि मंद हो रही है।"

तब मैंने वह बक्सा खोला जिसमें लकड़ी के बड़े-बड़े गोल ठूंठ भरे थे। वह बक्सा वहीं रखा था, उसी स्थान पर, जैसा यहां आपके घर में निर्धारित स्थान पर रखा है, मैंने उसे खोला, एक सबसे बड़ा व भारी ठूंठ निकाला और अलाव में जल रही लकड़ियों में, जो तीन-चौथाई से ज्यादा जल चुकी थीं, के सबसे ऊपर रख दिया और एक दफा पुनः कक्ष में गहन सन्नाटा पसर गया।

चंद मिनटों में वह नया डाला गया ठूंठ यूं धधककर जलने लगा कि उससे

हमारे चेहरे तपने लगे और दमकने लगे और उस युवा स्त्री ने मेरी तरफ नजरें उठाकर देखा। उन आंखों में उस वक्त मेरे लिए एक विचित्र, अनोखा व रहस्यपूर्ण आमंत्रण का भाव था।

''यहां अब बहुत उष्णता हो गई, चलिए, आप भीतर चलकर वहां सोफे पर बैठ जाइए।''

तब अचानक उसने मेरे चेहरे पर पूरी तरह दृष्टि टिकाकर मुझसे पूछा, ''यदि कोई स्त्री कभी आपसे यह कहे कि वह आपके प्रेम में बुरी तरह गिरफ्तार है तो आप क्या कहेंगे?''

यदि आप मेरी बात का विश्वास करें तो सही अर्थ में मुझे उस समय इस बेतुके प्रश्न का कोई उचित उत्तर समझ नहीं आ रहा था। मैं ऐसी स्थिति या ऐसे प्रश्न की कभी कल्पना भी नहीं कर सकता था।

किसी प्रकार मैंने कहा, ''किंतु इस प्रश्न का उत्तर इस बात पर मुनस्सर करता है कि आखिर वह स्त्री है कौन?''

मेरी बात सुनकर वह एक मुश्किल, दुविधाग्रस्त व उदासीयुक्त मुद्रा में दिखी, फिर खनकती हंसी हंस दी, एक ऐसी कृत्रिम हंसी जैसे गोया वह हंसी पतले कांच के गिलासों को तोड़कर रख देगी, उसके पश्चात उसने साथ में यह भी कहा, ''पुरुष कभी कोई खतरा या रोमांच मोल नहीं लेते हैं, शुरुआत नहीं करते हैं।'' और चंद पलों की खामोशी के बाद उसने पुनः कहना आरंभ कर दिया, ''श्रीमान! क्या आपने कभी किसी स्त्री से प्यार किया है?''

''बेशक, मैं भी कभी किसी के प्यार में मुब्तिला था।''

उसने मुझसे उस लड़की, मेरी पूर्व प्रेमिका के विषय में सबकुछ विस्तार से बताने को कहा, जिस पर मैंने उसको यहां-वहां की कुछ काल्पनिक कहानी सुना दी। वह मेरी बातों को बेहद गौर से बीच-बीच में एक ठंडी आह या गहरा संतोष प्रदर्शित करते हुए सुन रही थी, तब एकाएक उसने बीच में कहा, ''नहीं, आप इस बारे में कुछ नहीं समझते हैं। मुझे तो ऐसा प्रतीत होता है कि असली, सच्चा आत्मिक प्रेम वह है जो सच में आपके जेहन को उथलकर रख दे। आपकी रगों में सनसनी मचा दे और आपका सिर घुमा दे। मैं कैसे समझाऊं आपको? वह खतरनाक, एक प्रकार से खौफनाक, तकरीबन आपराधिक जुनून होता है। यह निश्चित रूप से एक प्रतिकार की भावना से पूर्ण होता है। मेरे कहने का आशय यह है कि वह वर्जित और मर्यादित कानूनों को तोड़ने वाला, नैसर्गिक रिश्तों का अतिक्रमण करने वाला, भय पैदा करने वाली रुकावटों को पार करने वाला होता है। जब प्रेम सहज, सरल, मर्यादित तथा निडर होता है, तभी वह सच्चा प्रेम होता है।''

मुझे समझ में नहीं आ रहा था कि उसकी बेसिर-पैर की व्यर्थ असमयानुकूल बातों का मैं क्या उत्तर दूं? एकाएक एक दार्शनिक विचार मेरे जेहन में स्वतः स्फुर्त रूप में कौंधा, 'ओह, नारी की सोच व उसका मस्तिष्क! तूने अपनी औकात बता ही दी।'

बोलते समय उसने अपने चेहरे पर एक गंभीर दार्शनिक संतों की भांति भाव उत्पन्न कर लिए थे। इसी दरम्यान तकियों का सहारा लेकर वह वहीं उसी सोफे पर पूर्णतया लेट गई। उसका सिर मेरे कंधों पर टिका हुआ था, उसके वस्त्र कुछ ढलककर तनिक ऊपर उठ गए थे और उसके नीचे पहने जाने वाले अधोवस्त्र भी नजर आ रहे थे, जो अलाव की जलती आग की तेज रोशनी में कुछ अधिक ही चमकीले और स्पष्ट नजर आ रहे थे।

एक-दो मिनट रुककर उसने पुनः बोलना आरंभ किया, "मुझे लगता है कि मैंने आपको डरा ही दिया है।" मैंने उसकी बात या कल्पना का प्रतिरोध किया। अब वह तकरीबन मेरे सीने पर झूल गई और मुझे देखे बिना बोली, "यदि मैं आपसे कहूं कि मैं आपसे प्यार करती हूं तो आप क्या करेंगे?"

इसके पूर्व कि मैं उसे देने योग्य कोई उत्तर सोच सकता, उसने एक झटके से अपनी दोनों बांहें मेरे गले में डालकर तेजी से मेरा सिर नीचे झुकाया और अपने तपते हुए दोनों अधर, मेरे होंठों पर रख दिए।

मेरी प्यारी मित्र, मैं सच-सच कह सकता हूं कि अचानक पैदा हुई उस स्थिति से मैं खुश नहीं था। क्या मैं जूलियन के साथ फरेब करता? उस मूर्ख सिरफिरी, मक्कार और नाटी स्त्री के कामावेश में उसका प्रेमी बन जाता? वह निश्चित रूप से एक विलासिनी थी, जिसे अपना ही आदमी, अपना ही पति पूरा नहीं पड़ रहा था। उसको, अपने मित्र को निरंतर छलने, धोखा देने के लिए मैं उस प्रेम के रोमांच में उतर पड़ूं ताकि मैं उस विचित्र आनंद, उसमें पड़ने वाले खतरे और मित्रता से विश्वासघात कर सकूं? नहीं, नहीं मैं यह बात स्वीकार नहीं कर सकता हूं, किंतु मुझे क्या करना चाहिए, क्या करूं मैं? उसके साथ, उस पल, कामांध, उन्मत्त सुलगी हुई युवती के साथ, जोसेफ की अनुकृति के भाव से व्यवहार करूं?

ऐसा युवा, जिसने अपने कुंवारे अधरों पर अभी तक किसी उन्मत्त जवान नवयौवना के दहकते होंठों का स्पर्श महसूस नहीं किया है, जो स्वयं को खुद आगे बढ़कर अपने आप को पूर्णतया सौंपने के लिए तैयार, उधार लिए बैठी हो, उसी ने पहला दांव मुझ पर फेंका, "महज एक मिनट, आप समझ रहे हैं न? मेरे कहने का अर्थ... एक मिनट और... कदाचित मैं नहीं... बल्कि वह..."

तभी एक तेज आहट ने एकाएक हमें चौंका दिया। हमें कूदकर पृथक होने

के लिए विवश कर दिया। अलाव में जल रहा एक ठूंठ सरककर कक्ष में गिर गया था तथा कक्ष में बिछे कालीन को सुलगा रहा था तथा लुढ़ककर एक आरामकुर्सी के नीचे चला गया था।

मैं एक विक्षिप्त की भांति छिटककर, कूदकर दौड़ा। मैं फर्श पर पड़े जलते ठूंठ को अलाव में पुनः पहले की भांति जमा ही रहा था कि तभी बाहर का द्वार अचानक तेजी से खुला और जूलियन ने कक्ष में दाखिला लिया।

वह बेहद खुश होकर बता रहा था कि वह अपना कार्य पूर्ण कर आया है और उसका कार्य आशा से दो घंटे पूर्व ही पूर्ण हो गया है।

हां मेरी मित्र, उस ठूंठ के बिना, कदाचित मैं जूलियन की पत्नी के साथ संभोग करते हुए रंगे हाथ पकड़ा जाता। तुम सोच सकती हो कि यदि ऐसा घट जाता तो उसके कितने और कैसे खौफनाक परिणाम हो सकते थे।

आप यकीन करें कि उस दिन के पश्चात, ऐसी कठिन स्थिति में मैं अपने आप को बह जाने या फंस जाने का अवसर नहीं देने के लिए आवश्यकता से ज्यादा सतर्क व सावधान हो गया।

कुछ ही दिनों में मुझे समझ में आने लगा कि जूलियन मुझसे कुछ कतरा रहा है। निश्चित रूप से उसकी पत्नी अब हमारी मित्रता को कम आंक रही थी। शनैः शनैः जूलियन ने मुझसे पीछा ही छुड़ा लिया और हम लोगों ने सदैव के लिए परस्पर मिलना बंद कर दिया।

यही वजह है कि मैंने आज तक विवाह नहीं किया और मैं सोचता हूं कि यह जानकर-सुनकर तुम्हें किसी प्रकार का आश्चर्य नहीं होना चाहिए।

□□

अनोखी स्वीकारोक्ति

स्टीमर थम गया था और मेरे चारों ओर बोगी की खूबसूरत खाड़ी लहरा रही थी जो हमारे समक्ष बिखरी हुई थी। चारों तरफ कबायवी के पर्वत जंगलों से भरे पड़े थे तथा सुदूर तक बिछी हुई पीली रेत समुद्री तटों को स्वर्ण-भस्म से बना दर्शा रही थी। सूर्य की आग उगलती किरणें नगर के सफेद भवनों पर गिर रही थीं। मरुभूमि की एक विशिष्ट महक जिसमें रहस्यमय व महान् द्वीप की गंध आती है।

उत्तर दिशा के प्रदेशों के लोग वहां कम ही आते हैं। अफ्रीका की तेज गर्म वायु मेरे चेहरे से टकरा रही थी। मैं उस नावाकिफ, अनजान महाद्वीप की सीमाओं, कंगारुओं, ऊंट, हिरण, हिप्पोपोटेमस, गोरिल्ला, बब्बर शेर, शेर तथा नीग्रो लोगों के उस विचित्र देश के बाहरी ग्रामीण इलाकों में भ्रमण कर रहा था।

मैंने देखा कि अरबी लोग तेज ऊंटों पर बैठे हवाओं से बातें कर रहे थे, एक हिलते हुए दंड की भांति मैं कई दफा उनके भूरे रंग के टेंट में सोया था, वे रेगिस्तान में पाए जाने वाले एक खास सफेद पत्तियों के समूह को उड़ा रहे थे और मुझे लगा कि मैं एक नई रोशनी, नए विचारों के साथ अंतरिक्ष में विचरण कर रहा हूं।

लेकिन इस अंतिम सफर के बाद मुझे पुनः फ्रांस लौट जाना था। बातूनी लोगों, सड़कों पर मिलने वालों के नगर में जहां तमाम लोग निरंतर एक-दूसरे से महज हाथ ही मिलाते रहते हैं। पेरिस वापस लौट जाना था। मुझे उन तमाम चीजों से विदा लेनी थी, जिनके लिए मेरे दिल में एक विचित्र-सा अनुराग, लगाव व अपनत्व हो गया था। वे तमाम बातें जो मेरे लिए पूरी तरह नई थीं, जिन्हें मुझे भली प्रकार से पूरी तरह से देखने का समय ही नहीं था, मुझे इन सबका सच में सदैव गहन अफसोस बना रहेगा। स्टीमर के इर्द-गिर्द, हाथों से खेने वाली अनेक छोटी-छोटी नावों का जमावड़ा था। एक नीग्रो द्वारा खेने वाली नाव से कूदकर मैं शीघ्र ही सारासेन गेट के पास बने रैंप तक पहुंच गया था। कलाइली नगर के प्रवेशद्वार पर बने भूरे रंग के सारासेन गेट स्मारक के खंडहर किसी राजसी परंपरा के अवशेष लग रहे थे।

मैं अपने सामान के करीब खड़े लंगर डाले एक बड़े स्टीमर को देख रहा था और इस विलक्षण, सुंदर बंदरगाह की मन-ही-मन तारीफ कर रहा था जो अर्द्ध

वृत्ताकार पहाड़ियों में समुद्र की नीली लहरों से धोया जा रहा था, जो संभवत: नेपल्स, अंजावियों या पोदरों के पर्वतों से कहीं ज्यादा मोहक लग रहा था। मैंने अचानक देखा कि लंबी दाढ़ी और नीली आंखों वाला एक बलिष्ठ शख्स मेरे बाजू में खड़ा है।

वह बोला, "आप मेरे विद्यालय के पूर्व सहपाठी हैं न?"

"हो सकता है, आपका शुभ नाम?"

"ट्रेमाओलिन।"

"ओह, तो आप भी उसी कक्षा में थे जिसमें मैं था।"

"ओह, मेरे पूर्व मित्र! मैंने तो आपको तत्काल पहचान लिया था।" वह मुझको देखकर मित्रता की अनुभूति और गर्व पर बेहद खुश और रोमांचित हुआ। मैंने हृदय से अपने पूर्व सहपाठी के दोनों हाथ पकड़कर हिलाए और उससे आज अचानक यहां मिलकर बेहद प्रसन्न हुआ।

तकरीबन चार वर्षों तक ट्रेमाओलिन मेरा सबसे अच्छा और गहरा मित्र रहा, उन नजदीकी मित्रों में से एक जिन्हें हम अक्सर कॉलेज छोड़ने के पश्चात विस्मृत-सा कर देते हैं। उन दिनों वह छरहरा व लंबा हुआ करता था, इतना छरहरा व लंबा कि उसके सिर का आकार जिस्म के परिप्रेक्ष्य में आनुपातिक रूप से बहुत बड़ा लगे। उसका सिर गोल-मटोल था और वह अपनी गर्दन को कभी दाईं तरफ, कभी बाईं तरफ घुमाया करता था। उसकी सपाट संकरी छाती के ऊपर वह सिर कुछ आवश्यकता से अधिक ही बड़ा लगा करता था। कॉलेज में पढ़ने वाले मेरे इस सहपाठी के पांव भी तुलनात्मक रूप से कुछ ज्यादा ही लंबे थे। ट्रेमाओलिन बेहद होशियार और चालाक था। उसका दिमाग बड़ा उपजाऊ, विविधतापूर्ण तथा साहित्य से जुड़ी विधाओं के प्रति उसका खास मोह व झुकाव था तथा वह हमारी कक्षा में अक्सर सभी पारितोषिक जीतता था। स्कूल के दिनों में हमें पूर्ण यकीन था कि वह एक दिन अवश्य ही बड़ा आदमी, महान व प्रसिद्ध कवि बनेगा।

इसमें कोई संदेह नहीं कि कविताओं के अतिरिक्त उसने जो गद्य लिखे, वे भी बड़े भावनात्मक थे। उसका पिता जो धंधे से एक दवा विक्रेता था, उनकी पैंथोयन के करीब मामूली दुकान थी और ऐसा नहीं लगता था कि उनकी आर्थिक स्थिति खुशहाल रही हो। जैसे ही उसने स्नातक की उपाधि ली, उसके पश्चात ही वह हमारी नजरों से अदृश्य हो गया। अत: मैंने उससे स्वाभाविक रूप से यह प्रश्न किया कि वह यहां क्या कर रहा है?

"मैं पौधे लगवाता हूं।" उसने जवाब दिया।

"वाह! क्या तुम सच में पौधे लगवाते हो?"

''हां और मैं इन पौधों से बहुत धनार्जन भी करता हूं।''

''क्या रोपते हो?''

''अंगूर, जिनसे मैं वाइन भी बनवाता हूं।''

''बहुत कमाई है इसमें तुम्हें?''

''ओह! मेरे पूर्व दोस्त, जो कुछ भी हो रहा है, ठीक ही हो रहा है।''

''क्या तुम अपने होटल में जा रहे हो?''

''बेशक, मैं वहीं जा रहा हूं।''

''तो फिर तुम इसी समय मेरे साथ मेरे घर चलो।''

''लेकिन...''

''नहीं, बात पक्की हो गई।''

करीब ही खड़ा नीग्रो छोकरा जो हम लोगों की बात सुन रहा था, वह उससे बोला, ''अली, इनका सामान घर ले जाओ।''

उस छोकरे ने मेरा सामान कंधे पर रखा, अपने काले पैरों से धूल उड़ाता उड़ चला। जबकि ट्रेमाओलिन ने मेरा बाजू थामा और मुझे अपने घर ले गया। सर्वप्रथम मेरी यात्रा के विषय में पूछा तथा यह भी कि इस सफर का मुझ पर क्या असर पड़ा। वह यह तमाम पूछने में बहुत उत्साही था, मुझे लगा कि वह मुझे पूर्व से ज्यादा चाहने लगा था।

वह एक 'मूरिस' घर में रह रहा था जिसमें आंतरिक आंगन था, उसमें खिड़कियां नहीं थीं, जिनसे बाहर सड़क पर देखा जा सके। ऊपर की तरफ एक छत थी जिससे इर्द-गिर्द के घर तथा सामने समुद्र की फैली खाड़ी तथा जंगलों को स्पष्ट देखा जा सकता था। मैं स्वयं पर काबू नहीं रख सका। ओह, ऐसा ही स्थान मैं पसंद करता हूं। यहां इस स्थान से इर्द-गिर्द का सारा इलाका मेरे कब्जे में है।

''तुम सच में किस्मत वाले हो जो यहां इतनी अच्छे स्थान पर रह रहे हो।''

उसने उत्तर दिया, ''यहां मैं संयोग से या यूं कहो कि दुर्घटनावश आ गया हूं।''

''दुर्घटनावश कैसे?''

''हां महज दुर्घटना और दुःख की वजह से ही मेरा यहां आना हो सका है।''

''क्या तुम बेहद दुःखी हो?''

''बहुत-बहुत दुःखी।'' वह मेरे समक्ष सफेद चोंगा पहने खड़ा था तथा उसके लहजे में इतना गहरा दुःख था कि मैं तकरीबन सिहर उठा। तनिक खामोशी के पश्चात उसने बोलना आरंभ किया, ''मैं तो बताऊंगा ही कि मेरा दुःख क्या था, संभवतः उसे बताकर मेरा दुःख कम हो।''

"हां, मैं अवश्य सुनना चाहूंगा।"

"क्या सच में तुम ऐसा चाहते हो?"

"हां, बेशक।"

"तब फिर ठीक है। तुम्हें स्मरण होगा कि कॉलेज के दिनों में मैं दवा की दुकान पर बैठते हुए एक तरह से कवि ही था। मैंने सोचा था कि मैं आगे चलकर किताबें लिखूंगा। स्नातक की उपाधि लेने के पश्चात मैंने इस दिशा में प्रयास भी किया था, किंतु मुझे कामयाबी नहीं मिली। पहले मैंने अपनी कविताओं का संग्रह प्रकाशित करवाया और उसके पश्चात एक उपन्यास भी। किंतु दोनों बिके नहीं। उसके पश्चात मैंने एक नाटक लिखा, पर वह भी कभी मंच पर नहीं खेला गया।

"उसके बाद मेरा हृदय टूट गया, समस्त उत्साह समाप्त हो गया, पर यह तमाम बातें मैं तुम्हें विस्तार में नहीं बताऊंगा। मेरे पिता की औषधि की दुकान के बाजू में ही एक टेलर मास्टर रहा करते थे, उनकी एक पुत्री थी जिससे मुझे प्यार हो गया था। वह बहुत मेधावी लड़की थी, उसने उच्च शिक्षा का डिप्लोमा हासिल किया था, उसका मस्तिष्क बहुत प्रवीण तथा क्रियाशील था जो उसके शरीर के अनुसार था। हालांकि वह बाईस वर्ष की थी, पर लगती मुश्किल से पंद्रह वर्ष की थी। वह नाटे कद की थी और नयन-नक्श बहुत तीखे थे। उसके बदन के उतार-चढ़ाव वाटर कलर की भांति मोहक थे। उसकी नासिका, उसका चेहरा, उसकी नीली आंखें, उसके पतले बाल, उसकी उत्तेजक मुस्कान, उसकी कटि व उसके हाथ किसी भी प्रदर्शन दीर्घा में सजाने योग्य थे, नित्यप्रति की जिंदगी के योग्य नहीं, किंतु वह बहुत जीवंत, कोमल तथा गजब की फुर्ती वाली थी और मैं उसके प्रेम में आकंठ डूबा हुआ था। 'मेडिसी फाउंटेन' के पास 'लेग्जमर्ग बाग' में दो-तीन दफा उसके साथ घूमना कदाचित मेरी जिंदगी के सर्वाधिक हर्षप्रदायक पल थे।

"मैं समझता हूं कि तुम कदाचित इस विचित्र कोमल खब्त की अजीबो-गरीब परिस्थितियों को भली प्रकार से समझते हो जो हमें महज अपने प्रिय को चाहने के अतिरिक्त, कुछ और नहीं सोचने के लिए विवश करती हैं। तुम पूर्णतया वशीभूत हो जाते हो, एक स्त्री के विचारों में डूबे रहते हो और उसके अतिरिक्त सबकुछ निरर्थक लगता है। शीघ्र ही हम दोनों की सगाई हो गई। मैंने उसे अपनी भविष्य की योजनाएं बताईं, जिसके लिए वह तत्पर नहीं थी। उसको यकीन ही नहीं हुआ कि मैं कोई कवि, लेखक या नाटककार भी हो सकता हूं। उसका मानना था कि महज एक अच्छी तरह, जमा-जमाया कारोबार ही हमको संपूर्ण प्रसन्नता दे सकता है। अतः मैंने भविष्य में आगे और लिखने का संकल्प त्याग दिया और मैंने कॉपी-किताबें बेचने का फैसला

कर लिया। मैंने मर्साइल्स में किताब की एक दुकान खरीद ली, जिसका मालिक कुछ दिन पूर्व ही चल बसा था।

''हमारे आगामी तीन वर्ष बेहद अच्छे से गुजरे, बड़े उल्लासमय। हम लोगों ने अपनी दुकान को साहित्यिक गोष्ठियों हेतु एक अतिथि-कक्ष की भांति परिवर्तित कर लिया था। साहित्यिक लोग आया करते थे और वार्ता किया करते थे। वे हमारी दुकान में इस प्रकार आया करते थे जैसे किसी क्लब में आए हों तथा उनसे वार्तालाप तथा विचारों का आदान-प्रदान अक्सर किताबों, कविताओं, लेखकों और विशेष रूप से राजनीति के विषयों पर हुआ करता था।

''मेरी पत्नी मेरे इन कामों में बेहद सक्रिय रूप से भाग लेती थी तथा नगर में उसकी खासी प्रतिष्ठा थी। किंतु जहां तक मेरी बात थी, तो बाकी सभी नीचे के कक्ष में गप्पें मारा करते थे, मैं ऊपरी मंजिल पर बने अपने स्टूडियो में कार्य में मशगूल रहता था। मेरा स्टूडियो तथा नीचे का अतिथि कक्ष सह-दुकान सीढ़ियों से जुड़ी हुई थी। मैं नीचे एकत्र हुए लोगों की बातें, हंसी-ठट्ठे, उनकी परस्पर बहस सुना करता था और बीच-बीच में अपना लिखना छोड़कर, उनकी बातें सुनने के लिए नीचे आकर उन लोगों के साथ शरीक हो जाया करता था।

''मैं अपने बंद कमरे में एक उपन्यास लिखने में जुटा रहता था, जो कभी पूर्ण ही नहीं हो पाया। मेरी दुकान पर प्रायः आने वाले लोगों में एक श्रीमान मोनिया था, ऐसा शख्स जैसे प्रायः दक्षिणी फ्रांस में देखने को मिलते हैं, एक मजिस्ट्रेट बारबेर, दो व्यापारी जो मिल-जुलकर फाउसिल व लाबरेग फर्म के हिस्सेदार थे तथा जनरल मार्कबिस-डी-ला-फलेचे रायलिस्ट दल का अध्यक्ष था और पूरे नगर में एक महत्वपूर्ण व्यक्ति, वह वृद्ध व्यक्ति छियासठ वर्ष का था।

''मेरा कारोबार बेहद फल-फूल रहा था। मैं खुश था, बेहद खुश। एक दिन यही कोई दिन के तीन बजे अपने किसी कार्य से मैं नगर से बाहर निकला हुआ था और 'र्यू सेंट फैरोल' से निकल रहा था तभी मैंने एक घर से एक स्त्री को बाहर निकलते हुए देखा, जिसकी शक्ल और बनावट मेरी पत्नी से इस प्रकार मिलती-जुलती थी कि अचानक मेरे मुंह से निकल गया, 'अरे, यह तो वही है।' यदि मैंने उसे आधे घंटे पूर्व अपनी ही दुकान पर उसके सिर में हो रहे दर्द के कारण दुकान में छोड़कर नहीं आया हूं तो वह मेरे समक्ष ही तेज कदमों से बिना इधर-उधर देखे सीधे व तेज कदमों से चल रही थी। मालूम नहीं कैसे अपने आप मैंने उसका पीछा किया, मुझे विस्मय भी हो रहा था और मैं कुछ परेशान भी था। मैंने स्वयं से कहा, 'क्या यह वही है? किंतु ऐसा होना मुमकिन नहीं है। उसके सिर में तो तेज दर्द हो रहा था।' जैसा कि मैं इस वस्तुस्थिति की सत्यता जान लेना चाहता था। मैं भी शीघ्रता से उसके पीछे-पीछे चलने लगा। मुझे लगा कि मालूम

नहीं शायद उसे पीछा किए जाने का आभास हो गया है या फिर शायद उसने मेरे पदचापों को पहचान लिया था, कि अचानक उसने मुझे घूमकर देखा। वह वही थी, जैसे ही उसने मुझे देखा, उसका चेहरा फीका हो गया और वह एकाएक रुक गई। फिर मुस्कराकर बोली, 'अरे, आप यहां हैं! अरे, तो आप हैं यहां? मुझे लगा कि मेरा दम घुट रहा है।'

'हां, तो तुम बाहर निकल ही आईं। अब तुम्हारा सिरदर्द कैसा है?'

'अब पहले से कम है। मैं यहां एक काम से बाहर निकल आई थी। रुटा कैसेनिली की एक दुकान में पेंसिल का आदेश देने।'

''वह पूरी तरह मेरे चेहरे पर नजरें टिकाए मेरी तरफ देख रही थी। अब उसे कोई संकोच नहीं हो रहा था। किंतु उसका चेहरा अवश्य जर्द पड़ गया था। उसकी साफ, पानीदार आंखें! ओह, इन स्त्रियों की आंखें, जो सच्चाई से भरी नजर आती हैं, किंतु मुझे झटका लगा और अफसोस भी हुआ और दुःख भी कि उन आंखों में सच्चाई के बजाय पूर्ण मक्कारी और दोगलापन भरा हुआ था। मैं उसकी अपेक्षा कहीं ज्यादा भ्रमित और उलझन में था, लेकिन बिना कोई संदेह प्रदर्शित किए हुए मुझे पूरी तरह विश्वास हो गया था कि वह झूठ बोल रही है, यद्यपि मुझे पता नहीं था कि वह ऐसा क्यों कर रही है।

मैंने उससे कहा, 'यदि तुम्हें भला लग रहा था तो तुमने एकदम सही किया जो तुम बाहर निकल आईं।'

'ओह हां, मेरा सिर दर्द अब काफी ठीक है। क्या आप घर जा रहे हैं?'

'बेशक, मैं घर ही जा रहा हूं।'

''मैंने उसको वहां वैसे ही छोड़ा और बिना किसी कार्य के सड़कों पर घूमता रहा। मैं जब उससे बात कर रहा था तो मुझे मेरे अंतर्मन में लगा कि वह मुझसे झूठ बोल रही है, लेकिन अब मुझे यकीन नहीं होता जब मैं रात के खाने के समय घर पुनः लौटा तो मुझे खुद अपने पर क्रोध आ रहा था कि मैंने उस पर संदेह क्यों किया? भले ही वह कुछ पलों के लिए ही क्यों न किया हो।

''क्या तुम ईर्ष्यालु हुए हो? इससे कोई अंतर नहीं पड़ता कि तुमने संदेह, कभी किसी से ईर्ष्या की हो या नहीं, लेकिन शक का पहला बीज मेरे हृदय में पड़ चुका था और वह सदैव विकराल आग की प्रथम चिंगारी की भांति होता है। मैंने कोई पूर्वाग्रह नहीं रखा था, किंतु मैं किसी बात पर यकीन भी नहीं करता था। मैं महज एक ही बात जानना चाहता था कि उसने मुझसे झूठ क्यों कहा था? तुम्हें यह स्मरण रखना चाहिए कि प्रति रात्रि को जब हमारी दुकान के तमाम ग्राहक और कार्य करने वाले कर्मचारी वापस लौट जाते थे और जब हम भ्रमण हेतु जाया करते थे। और जब मौसम खराब रहता था तो वहीं कार्यालय में बैठकर

बातें किया करते थे। मैं अपने दिल की प्रत्येक बात, बिना पर्दा किए, उसके समक्ष रख दिया करता था, क्योंकि मैं उससे सच्चे दिल से प्रेम किया करता था। वह मेरी जीवन संगिनी थी और जिंदगी के एक बड़े भाग की भागीदार। और उसने अपने छोटे हाथों में मेरी तमाम खुशियों तथा मेरे निष्ठावान, विश्वसनीय हृदय को गिरफ्तार कर रखा था।

''आरंभिक दिनों में, मेरी शंकाओं के दिनों में और इसके पूर्व कि उसके लिए मेरा अविश्वास बढ़े और एक निश्चित आकार ले, मुझे अपने आपमें इतनी घुटन-सी अनुभव होती जैसी अक्सर गंभीर बीमारी होने से पूर्व महसूस की जाती है। मैं बहुत ठंडा हो गया था। एकदम निर्जीव-सरीखा। न तो मैं ठीक से खा सकता था और न ही सो पाता था। आखिर क्यों उसने मुझसे झूठ कहा था? वह आखिर उस घर में कर क्या रही थी? मैं उस घर तक गया और वहां कुछ पता लगाने का प्रयास भी किया, किंतु कुछ पता नहीं कर सका। वहां उस मकान में पहली मंजिल पर जो व्यक्ति किराएदार था, वह सीट बनाने का कार्य करता था। उसी ने उस मकान में रहने वाले दूसरे पड़ोसियों के विषय में बताया। दूसरी मंजिल पर एक दाई, एक दर्जी, एक नाई तथा एक हाथ-पैर के रोगों का विशेषज्ञ रहता था। उन लोगों से भी पूछताछ करने की मेरी कितनी इच्छा थी। उनके बाजू में ही दो कोचवान और उनके परिवार भी रहा करते थे। उसने मुझसे झूठ क्यों बोला था? उसके लिए यह कितना आसान होता यदि वह मुझसे यह कह देती कि वह दर्जी के पास या फिर हाथ-पैर के रोगों के विशेषज्ञ के पास गई थी। और उन लोगों से भी सच्चाई जानने की बात मेरे दिल में उठती थी, किंतु मैंने ऐसा किया नहीं, इस भय से कि शायद इस प्रकार उसे मेरे शक के बारे में अनुमान हो जाएगा।

''यद्यपि एक बात तो तय थी कि वह उस घर में गई थी और मुझसे सच्चाई छिपाई थी। तब उसमें कोई-न-कोई रहस्य तो जरूर था, लेकिन वह क्या हो सकता है? एक पल को तो मुझे लगा कि शायद इस छिपाव के पीछे भी कोई वजह रही हो, कदाचित किसी की सहायता करने या कोई परोपकारी कार्य, जो वह मुझसे छिपाना चाहती हो या फिर कोई जानकारी जो शायद वह प्राप्त करना चाहती हो। मुझे स्वयं में ही गलती लगी कि मैंने उस पर संदेह किया। क्या हम सभी को अपने, कुछ छोटे-छोटे मासूम रहस्यों को जानने का कोई हक नहीं है? जो एक प्रकार से हमारी दूसरी अंतरंग व्यक्तिगत जिंदगी होती है, जिसके लिए हम किसी के प्रति जवाबदेह नहीं होते। क्या कोई भी शख्स महज इसलिए कि उसने किसी स्त्री को अपना जीवनसाथी बनाया है और वह चाहे कि उसकी पत्नी या अर्धांगिनी पृथक से, निजी रूप से नहीं सोचेगी और न कुछ स्वयं से करेगी।

क्या 'शादी' शब्द का यही आशय होता है कि कोई अपनी तमाम निजी आजादी खो दे? क्या यह मुमकिन नहीं था कि वह मुझे बताए बिना टेलर मास्टर या कोचवान के घर गई हो? या फिर उसने सोचा होगा कि कदाचित मैं उसे बिना ताना दिए, उसके इस तरह बिना बताए अकेले जाने की आलोचना करूं?

''वह मुझे भली प्रकार जानती थी, मेरी छोटी अंतरंगताएं और विशिष्टताएं भी। शायद उसे भय लगा हो कि बिना बात के कोई बहस न छिड़ जाए। भले ही उसने यह नहीं सोचा हो कि मैं उसकी गलतियां निकालूंगा। उसके हाथ बड़े खूबसूरत थे और आखिर में मैंने यह सोचकर सोचना बंद कर दिया कि मैंने उसे जिस घर से निकलते हुए देखकर उस पर संदेह करना आरंभ कर दिया था, वहां वह खामोशी से अपने नाखूनों को साफ करवाने अथवा नेल पॉलिश लगवाने गई हो और यह बात मुझे भय से न बतलाई हो कि मैं इसे उसकी फिजूलखर्ची न मान लूं। वह बड़े कायदे की तथा मितव्ययी थी और अपनी घर-गृहस्थी का तमाम कार्य बहुत सावधानीपूर्वक देखा करती थी और इसमें कोई संदेह नहीं कि उसने सोचा होगा कि कदाचित उसकी इस नारी सुलभ कमजोरी के कारण उसकी प्रतिष्ठा मेरी दृष्टि में गिर जाएगी, कम हो जाएगी, यदि उसने सब कुछ स्वीकार कर लिया तो।

''सभी स्त्रियों की आत्मा में कई कूटनीतियां तथा त्रिया-चरित्र होते हैं। किंतु मेरा कोई भी तर्क मुझे सुकून नहीं दे रहा था। मुझे ईर्ष्या हो रही थी, मेरी शंकाएं मुझे भयानक रूप से प्रभावित कर रही थीं। मैं उनका शिकार होता जा रहा था। मैं मन-ही-मन में कहीं कोई गहरा रहस्य व क्षोभ दबाए हुए था। एक ऐसा विचार जिस पर धुंध छाई हुई थी। जिसे निर्वस्त्र या उजागर करने की मेरी हिम्मत नहीं हो रही थी, क्योंकि शायद उसके नीचे मुझे एक भयानक शक ही प्रतीत होता, शायद कोई प्रेमी? क्या उसका कोई गुप्त प्रेमी नहीं है? बहुत करके ऐसा होना तो नहीं चाहिए। नामुमकिन। किंतु फिर भी? निरंतर मेरी आंखों के सामने मोंटीना का चेहरा उभरता था।

मैंने देखा कि वह लंबा-चौड़ा, मूर्ख-सा लगने वाला खूबसूरत शख्स, उसके बाल चमकीले थे, सदैव उसके सम्मुख मुस्कुराता रहता था। मैंने स्वयं से कहा, 'यही है वह, उसका गुप्त प्रेमी!' मैंने कल्पना में ही उन दोनों द्वारा किए जा रहे गुप्त षड्यंत्रों की कथा भी बुन ली। उन दोनों ने किसी किताब पर, मिलकर चर्चा की होगी तथा उस किताब में प्रेम के व रोमांच के किस्सों के बारे में विचार-विमर्श किया होगा, उसमें कुछ ऐसी बातें होंगी जो उन लोगों में समान रूप से मिलती होंगी और उसके पश्चात उन कथित किस्सों को सच्चाई में बदल दिया गया होगा। अतः मैं उन पर दृष्टि रखने लगा और कोई शख्स कितनी अधिक

तकलीफ सह सकता है, मैं वह भोग रहा था। मैंने रबर सोल वाले जूते खरीदे ताकि निःशब्द मैं पूरे घर में घूम सकूं। मैं अपने कार्य का आधे से ज्यादा वक्त घुमावदार सीढ़ी से ऊपर से नीचे आने में गुजारता था, महज इसी उम्मीद में कि मैं दोनों को रंगे हाथों पकड़ सकूं।

''किंतु सदैव होता यह था कि क्लर्फ उन लोगों के साथ रहता था। मैं सदैव एक खौफनाक संताप में रहता। मुझसे अब न कोई कार्य हो पाता और न मैं ढंग से धंधा कर पा रहा था। जब भी मैं घर से बाहर निकलता, सड़क पर कठिनता से सौ कदम भी चलता, तभी एकाएक मैं दिल-ही-दिल में सोचता कि वह अब अवश्य वहां (घर में) जरूर होगा। मैं तत्काल लौटकर घर आ जाता और जब देखता कि वह (मोंटीना) घर में नहीं है तब फिर बाहर निकल पड़ता और फिर घर वापस लौट आता, यह सोचकर कि अब वह अवश्य आ गया होगा। ऐसा प्रतिदिन हुआ करता था।

''रात्रि और भी मुश्किल से गुजरती थी। मैं उसे अपने बाजू में लेटे हुए देखा करता था, या फिर वह प्रदर्शित करती थी कि वह गहरी नींद में है। क्या वह उस वक्त सच में सोयी रहती है? नहीं, ज्यादा करके नहीं। क्या यह भी कोई छलावा या नाटक रहता है। मैं अचल-सा बिस्तर पर पड़ा ही रहता। उसके जिस्म की तपन से जलता हुआ बुरी तरह टूटा हुआ, मुझे सांस लेने में भी शक्ति लगानी पड़ती थी। कितना तो मेरा मन होता कि मैं उठूं और एक हथौड़ा उठाकर उसका सिर खोल दूं। यह देखने के लिए कि उसके दिमाग में क्या है? मैं जानता था कि मुझे कुछ दिखेगा नहीं, सिवा इसके कि जो सबके सिर में होता है। मुझे कुछ मालूम नहीं पड़ता, मैं मारे क्रोध के आग-बबूला हो उठता, बस।

''मैं उसकी ओर देखता और वह मेरी तरफ। उसकी आंखें साफ शफ्फाक, पारदर्शी और मक्कार थीं। कोई नहीं कह सकता था कि वह किसके बारे में क्या सोच रही है। मुझे लगता कि मैं उसकी आंखों में कीलें घुसेड़ दूं तथा झूठ के उन दर्पणों को चकनाचूर कर दूं।

''आह, मैं इन यातनाओं को कितनी भली प्रकार समझता था। मैं उसको शारीरिक दंड दे सकता था, जूतों से पीट सकता था, बोलो, कबूल करो, नहीं बोलोगी तो फिर रुको तनिक, फिर मैं उसके हाथ इस बुरी तरह मरोड़ता ताकि वह सब कुछ स्वीकार कर ले, मैं उसे मरते हुए देखता, नहीं तो फिर मैं उसकी उंगलियां आग पर रख देता। ओह! यह कुछ करने में मुझे कितना आनंद आता। करो, स्वीकार करो, स्वीकार, नहीं बतलाओगी तुम? मैं उसको जलते अंगारों पर खड़ा कर देता और जब उसके पोर-पोर जलने लगते तो वह अवश्य अपना अपराध स्वीकार कर लेती, बेशक वह तमाम उगल देती।''

ट्रेमाओलिन बैठे हुए जोर-जोर से चीख रहा था, उसकी मुट्ठियां भिंची हुई थीं। हमारे इर्द-गिर्द पड़ोसियों की छत पर लोग उठकर बैठ गए थे, उनकी नींद उखड़ गई थी। जहां तक मेरा सवाल था, मैं बहुत रोमांचित और भावुक हो गया था तथा अंधेरे में भी जैसे मैं उस छोटी-सी, गोरी-चिट्टी मस्त, त्रिया-चरित्र में दक्ष स्त्री को देख सकता था, जैसे मैं उसे निजी रूप से जानता हूं। मैं उसे किताब बेचते हुए देखता हूं, लोगों के मध्य उसके नटखट बच्चों की भांति मासूम हाव-भाव से उसकी तरफ आकर्षित होते हैं तथा उसके गुड़िया जैसे नाजुक सिर में छोटे-छोटे कलाकारीयुक्त विचार भी उठते हैं! कस्तूरी लिए एक तेज महक जो वहां सभी रोमांचित नायकों को अपनी तरफ आकर्षित करती है, मुझे उसकी ओर शंका हो चली थी जैसे मेरे मित्र के हृदय में थी। मुझे भी अब उससे नफरत हो गई थी। मैं भी उसकी जगह होता तो उसकी उंगलियां जलवा देता उससे सत्य उगलवाने के लिए!

अब वह धीरे-धीरे शांत व संयमित लहजे में कह रहा था, ''मैं नहीं जानता कि मैंने यह सबकुछ तुम्हें क्यों बताया? मैंने कभी किसी को यह बात नहीं बताई। वैसे भी गत दो वर्षों से न तो मैं किसी से मिला हूं और न ही किसी से बात की है। यह तमाम बातें मेरे हृदय में सड़ी शराब की भांति उबल रही थीं। आज मैंने उससे मुक्ति पा ली है। और वह भी ऐसे कि कदाचित तुम्हारे लिए यह सब सुनना कष्टदायक हो गया हो। खैर, मैंने एक गलती कर दी थी और यह उससे भी खराब थी, जितनी मैंने सोची थी, कृपा करके तुम उसको बस सुन भर लो।

''मैंने कुछ साधन एकत्र किए, ऐसे अवसरों पर अक्सर प्रत्येक व्यक्ति ऐसा ही किया करते हैं। मैं ऊपरी तौर पर यही दर्शाता रहा कि मैं कुछ देर के लिए घर से बाहर रहूंगा। मुझे तुम्हें बताने की आवश्यकता नहीं कि मैंने कैसे उस रेस्तरां में एक वेटर को रिश्वत देकर अपनी तरफ मिला लिया था, जिसमें वे दोनों प्रायः एक साथ लंच हेतु जाया करते थे, ताकि मैं वहां पहुंचकर अचानक उन्हें आश्चर्य में डाल दूं। वह वेटर मेरे लिए उनके निजी कक्ष का द्वार खोल देने वाला था। मैं ठीक वक्त पर पहुंच गया था, इस पुख्ता निर्णय से कि मैं दोनों को मार डालूंगा। मैं उस सारी स्थिति की साफ-साफ कल्पना कर सकता था जैसे वह सब कुछ मेरे सामने घटित हो चुका हो।

''मैं देख रहा हूं कि मैं खुद उनके निजी किराए के कक्ष में प्रविष्ट हो रहा हूं। एक छोटी-सी मेज पर खाली गिलास, बोतलें तथा प्लेटें सजी थीं जो मोंटीना और उसे पृथक किए हुए थी। तब मुझे अचानक देखकर वे भौचक्के रह गए तथा अपनी जगह से हिलने का प्रयास तक भी नहीं किया था। बिना एक शब्द बोले मैंने अपने हाथ में थमी स्टिक पूरी तेजी से कसकर उस शख्स के सिर पर मार

दूंगा। एक ही झटके में उसका सिर मेज के ऊपर लुढ़क जाएगा। फिर उसकी तरफ मुड़ते हुए मैं उसे थोड़ा अवसर दूंगा। महज कुछ पल, ताकि वह समझ सके कि वहां हो क्या रहा है ? और वह भय के कारण विक्षिप्त होकर अपनी बांहें मेरी ओर फैला दे, अपने मरने की बारी के पूर्व। ओह, मैं एकदम तैयार दृढ़ निश्चयी, अपने सोचे को अंजाम देने के लिए हिम्मत बांधे था। वह विचार सोचकर ही मैं खुशी से बावला हो रहा था।

''जान से मारने वाले स्टिक को देखकर खौफ के कारण उसका लरजता हुआ चेहरा, स्वयं को बचाने के लिए दया की भीख मांगते उसके बढ़े हुए हाथ, उसकी भयाक्रांत चीख, उसका स्याह तथा मुर्झाया पड़ा चेहरा, इन सबसे जैसे मैंने पहले ही उससे अपना प्रतिशोध पूर्ण कर लिया था।

''किंतु मैं उसे एक ही झटके में मार नहीं डालूंगा, ऐसे में तुम मुझे निर्दयी समझोगे। लेकिन मैं उसे सताने की हिम्मत अवश्य करूंगा, पर कदाचित तुम समझ नहीं पाओगे कि ऐसे हादसों से इंसान पर क्या बीतती है। कोई शख्स यह सोचे कि कोई स्त्री उससे प्रेम करती है, तन-मन से उसे चाहती है, फिर चाहे वह उसकी पत्नी हो या प्रेमिका ही सही, और फिर वह अपना सब कुछ दूसरे को, किसी अन्य को समर्पित कर दे। वह अपने आप को उसे दे दे जैसे वह आपको समर्पण करती रही है। और अपने अधरों पर किसी गैर से चुंबन प्राप्त करती है, जिस तरह वह आपके द्वारा चूमी जाती थी। यह सोच भयानक है, यह सोचना भी घृणास्पद है, यातना प्रदायक भी।

''व्यक्ति जब यह गहरी यंत्रणा सहन करता है तब वह कुछ भी कर गुजरने को तैयार रहता है। मुझे हैरत होती है कि अनेक स्त्रियों की इस प्रकार हत्या नहीं की जाती है। वह प्रत्येक व्यक्ति जिसे इस तरह धोखा दिया जाता है, स्वयं आत्महत्या करने की इच्छा रखता है, जिसे उसने अपने बंद कक्ष में अकेले बैठकर करने की सोची हो, या फिर किसी वीरान सड़क पर। उसके जेहन में महज एक बात स्थायी रहती है और वह है जी भर के बदला और संतुष्टि भरा प्रतिशोध।

''मैं बतलाए वक्त पर रेस्तरां में पहुंच गया और वेटर से पूछा, 'वे दोनों हैं ?'

''वह वेटर जिसे मैंने रिश्वत दे रखी थी, उसने बताया, 'जी हां, श्रीमान्!' तथा मुझे सीढ़ियों से ऊपर ले जाकर एक कक्ष की ओर दूर से उंगली से इंगित करते हुए कहा, 'वही है कक्ष।'

''स्टिक पर मेरी पकड़ सख्त हो गई, जैसे मेरी उंगलियां फौलाद की बनी हों और मैं भीतर कक्ष में चला गया।

''कदाचित मैंने सबसे उचित पल चुना था। वे दोनों पूरे उत्तेजित होकर एक-

दूसरे को चूम रहे थे, पूरी मदहोशी में, परंतु वहां उसके साथ वह शख्स नहीं बल्कि जनरल-डी-ला फलेच था जो 66 वर्ष का वृद्ध था। मैं तो वहां किसी और की मौजूदगी की बात सोच रहा था और वहां उस वृद्ध शख्स को देखकर हैरत से ठगा खड़ा रह गया। उसके पश्चात मुझे सच में नहीं पता था कि मेरे दिमाग में क्या था। सच में मुझे कुछ समझ में नहीं आ रहा था। यदि मुझे उसके स्थान पर कोई अन्य आदमी मिल गया होता तो मैं मारे क्रोध के अपने होश खो बैठता, किंतु उस वृद्ध आदमी को देखकर जिसकी तोंद निकली हुई थी और थुल-थुल जिस्म, मेरा मन नफरत से भर गया। वह जो पंद्रह की भी नहीं लगती थी, दुबली-पतली छोटी-सी जैसी वह थी। उसने उस बड़े बुजुर्ग शख्स को अपना सबकुछ सौंप दिया जो एक प्रकार से लकवे का मरीज था। वह महज इसलिए क्योंकि वह मार्कबिस था, आर्मी का जनरल था तथा गद्दी से उतारे गए राजाओं का पक्का मित्र व प्रतिनिधि था। नहीं, मैं तुम्हें नहीं बता सकता कि मुझे कैसा लग रहा था या फिर मैंने क्या सोचा? मेरा हाथ उस वृद्ध आदमी पर उठा नहीं, यदि मैं ऐसा करता तो शायद मुझे खुद पर ग्लानि होती। अब मेरे जेहन में अपनी पत्नी को भी खत्म करने का विचार नहीं रह गया था। मेरे मन में अब कोई ईर्ष्या नहीं रह गई थी। मैं भ्रमित था, चकित था, मैंने भयानकतम सच्चाई को अपनी आंखों में देखा था।

"लोग आदमियों के विषय में चाहे जो कहें किंतु वे इस स्त्री की तरह गिरे हुए नहीं होते हैं। यदि किसी शख्स के विषय में पता चले कि वह इस प्रकार किसी वृद्धा औरत को स्वयं को सौंप दे तो लोग-बाग उस शख्स पर ही उंगलियां उठाएंगे। किसी वृद्धा औरत का आदमी या प्रेमी एक चोर से भी ज्यादा गिरा हुआ होता है। कायदे से हम मर्द लोग कहीं बढ़िया होते हैं, किंतु जहां तक स्त्रियों का सवाल है, ज्यादातर स्त्रियां खराब होती हैं। वे स्वयं को सभी तरह के आदमियों को सौंप देंगी। वृद्ध हो, या फिर युवा, पृथक-पृथक इरादे या उद्देश्य से, क्योंकि यह तो उनका धंधा, व्यापार और उनका कर्त्तव्य ही होता है। वे अनंत अंतर्चेतना रहित व पवित्र वेश्याएं होती हैं जो अपना जिस्म सौंप देती हैं, क्योंकि वे प्रेम की वस्तुएं हैं जो वे बेच देती हैं। अथवा ऐसे बूढ़े व्यक्तियों को दे देती हैं, जो अपनी जेब में ढेर सारे सोने के सिक्के डालकर फुटपाथों पर घूमते रहते हैं या फिर किसी भव्यता के लिए किसी निकृष्ट राजा की रखैल हो जाती हैं या फिर किसी महान, लोकप्रिय गए-गुजरे वृद्ध शख्स को अपना सबकुछ सौंप देती हैं।"

यह सब सुनाकर वह किसी बूढ़े महात्मा की भांति, तारों से भरे आकाश के तले फूट-फूटकर रोया। एक उस व्यक्ति की विवशता की तरह से जो कुछ नहीं कर सकता है। उसने कई पुराने राजाओं की रखैलों के भव्य महान् पापों को

प्रदर्शित किया। उन तमाम कुमारियों के विषय में जो सम्माननीय शर्म के साथ बूढ़ों से शादी कर लेती हैं। उन तमाम नौजवान कुमारियों की मजबूरी से स्वीकार की जाने वाली लज्जा के विषय में बताया जो ऊपरी कृत्रिम मुस्कान के साथ वृद्ध पतियों के चुंबन स्वीकारती हैं।

मैं उन सबको देख सकता था, उसने पुरानी यादों को सजीव कर दिया था। इस पृथ्वी के प्रारंभ से, उस पश्चिमी रात में हमारे कई तरफ लड़कियां, खूबसूरत लड़कियां, दूषित आत्माओं के साथ मंडरा रही थीं, जो छोटे-मोटे निकृष्ट जानवरों की भांति, उन्हें नरों की उम्र से कोई वास्ता नहीं रहता है। वे महज उत्तेजित, मदांध कामवासनाओं के सामने बिछ जाती हैं।

"फिर तुमने आखिर किया क्या?" मैंने उससे सवाल किया।

उसने सपाट जवाब दिया, "मैं वहां से लौट आया।"

और हम लोग एक-दूसरे के करीब बिना एक शब्द बोले देर तक खामोश बैठे रहे-महज कल्पनाओं में खोए हुए थे।

उस सांझ की मुझे आज भी स्मृति है, जिसे मैं कभी भूल नहीं सकता। जो कुछ मैंने देखा, महसूस किया और सुना।

हमारे द्वारा किया गया मछली का शिकार, आक्टोपस का भी। शायद वह खौफनाक डरावनी कहानी, वह तमाम कुछ, हमारे पड़ोस की छतों पर लटकी श्वेत आकृतियों के मध्य, यह सब कुछ मिला-जुला एक अनोखा अनुभव था। यह कभी-कभार किसी संयोगवश भेंट में ही मुमकिन है।

□□

दो प्रेमिकाएं

''मेरे प्रिय मित्र, ये स्त्रियां भी खूब फरेबी होती हैं।''

''वजह क्या है कि तुम ऐसी बात कर रहे हो?''

''क्योंकि उन्होंने मेरे साथ एक अकल्पनीय खेल खेला और मुझे मूर्ख बनाया है।''

''तुम्हारे साथ खेल खेला?''

''हां मेरे साथ।''

''एक स्त्री ने या ज्यादा?''

''दो स्त्रियों ने।''

''दो स्त्रियों ने, एक साथ, एक ही वक्त में?''

''हां।''

''क्या था वह खेल, तमाशा या मजाक?''

दो नौजवान नगर के मध्य में एक सार्वजनिक चबूतरे पर बने एक कैफे में बैठे हुए थे और पानी मिलाकर मद्यपान कर रहे थे। वे तकरीबन हमउम्र थे, यही कोई 25–30 वर्ष के मध्य। उनमें एक तनिक सांवला और दूसरा साफ गोरा-चिट्टा था। उनके चेहरों पर उन शेयर दलालों की-सी भावभंगिमा थी जो स्टॉक एक्सचेंज में घूमा करते हैं और लोगों के अतिथि कक्ष में घुसते हैं। ऐसे लोग जो प्रत्येक स्थान पर नजर आते हैं जो कहीं भी रह सकते हैं। प्रत्येक जगह रहते हैं, प्रत्येक जगह प्रेम करते हैं। सांवले रंग का नौजवान अपनी बात जारी रखे था, ''मैंने तुम्हें एक व्यापारी की नाटे कद की पत्नी से रिश्ते के विषय में बताया था, जिससे मैं डायपे के समुद्र तट पर मिला था।''

''हां।''

''ओह मेरे प्रिय मित्र! क्या तुम्हें पता है कि पूरी कहानी क्या है?'' फिर कुछ रुककर उसने पुनः कहा, ''पेरिस में मेरी एक रखैल थी, जिसे मैं बेहद प्यार करता था। मेरी एक पुरानी मित्र, एक अच्छी दोस्त जो कुल मिलाकर मेरी जरूरत बन गई थी। वस्तुतः एक ऐसी स्त्री जिसका मैं काफी सम्मान करता हूं।''

''तुम्हारी जरूरत वह कैसे बन गई?''

''हां... हां... मेरी जरूरत और एक प्रकार से उसकी भी। उसकी एक बेहद

भले शख्स से शादी हुई है, जिसकी मैं बहुत इज्जत करता हूं। एक बहुत ही नेक, हिल-मिलकर रहने वाला शख्स, एक शानदार व दमदार साथी। मैं कह सकता हूं कि मेरा तमाम जीवन उस घर से जुड़ा हुआ रहा है। खैर, वे पेरिस को छोड़ सकने की स्थिति में नहीं थे अथवा यूं कहो कि वे हौसला नहीं कर सके और मैं स्वयं को डायपे में नितांत अकेला, विधुर-सा महसूस कर रहा था।''

''तुम डायपे गए ही क्यों थे?''

''बस यूं समझो कि हवा-पानी बदलने, या एक सुखद बदलाव हेतु। कोई भी व्यक्ति पूरे समय पेरिस के इसी सार्वजनिक चबूतरे पर तो रह नहीं सकता है न?''

''और फिर उसके पश्चात?''

''उसके पश्चात मैं उस नाटी स्त्री से मिला, जिसके विषय में चंद दिन पूर्व समुद्री तट पर मैंने तुम्हें बताया था। वह, एक बड़ी सार्वजनिक कंपनी के मालिक की पत्नी थी।''

''हां, वह खौफनाक ढंग से बहुत उदास और उकता रही थी। पूर्ण अकेलेपन की वजह से। उसका पति प्रत्येक रविवार को ही उसके पास आया करता था। मैं उसको, उस स्त्री को बहुत अच्छे तरीके से समझ गया था। हम प्राय: साथ में बैठकर हंसी-मजाक किया करते थे और नृत्य भी करते थे।''

''और बाकी जो कुछ घटा?''

''हां, उसका अवसर या बारी भी कुछ दिनों पश्चात आई। यद्यपि हम दोनों परस्पर खूब मिले और एक-दूसरे को खूब पसंद भी करने लगे। मैंने उसे बोल दिया था कि मैं उसे बेहद चाहता हूं। मैंने उसे पसंद किया है। उसने मुझे यह बात दोहराने के लिए कहा ताकि वह इस बात को अधिक अच्छे से समझ सके और उसने इस राह में कोई अड़चन नहीं डाली।''

''क्या तुम उससे प्यार करते हो?''

''हां, कुछ हद तक। वह बहुत बढ़िया स्त्री है।''

''और दूसरी वाली के विषय में तुम क्या सोचते हो?''

''दूसरी पेरिस में थी। खैर, लगभग छ: सप्ताह बड़े आनंद से गुजरे। हम लोग परस्पर अच्छे मित्र बनकर यहां पुन: लौटे। क्या तुम्हें पता है कि एक स्त्री से पीछा कैसे छुड़ाया जाता है? विशेषकर जब स्त्री ने आपके साथ बुरा व्यवहार या गलती नहीं की हो?''

''हां बहुत भली प्रकार से।''

''तुमने यह सब किया कैसे?''

''मैंने उसे त्याग दिया। मैं उससे अब और नहीं मिलता हूं।''

"किंतु जरा सोचो, यदि वह तुम्हारे पास पुनः लौट आए तो?"

"मैं कहलवा देता था कि मैं घर पर मौजूद नहीं हूं।"

"और यदि वह फिर भी लौटकर आती ही रहे तो?"

"मैं कहलवा देता कि मेरा स्वास्थ्य ठीक नहीं है।"

"यदि वह कहीं तुम्हारा पीछा करती हो, तब?"

"तब मैं उसके साथ एक गंदी चाल खेलता और वह धोखा खा जाती।"

"और तब भी यदि वह तुम्हारा सामना करे तो?"

"तब फिर मैं खामोशी से अज्ञात नाम से उसके पति को पत्र भेज देता हूं, ताकि वह उन दिनों में उसका खास ध्यान रखे जहां मुझे आने की अधिक आशा होती थी।"

"यह एक संजीदा बात है। मैं स्वयं को रोक नहीं पाता। मुझे कुछ समझ में नहीं आता था कि मैं किस प्रकार यह रिश्ता खत्म करूं। कुछ लोग ऐसे होते हैं जिनसे मैं वर्ष में एक बार से अधिक नहीं मिलता हूं। कुछ से दस माह पश्चात, कुछ से महज उन्हीं दिनों में, जब वह कहीं किसी रेस्तरां में बाहर भोजन करना चाहते हैं। ऐसे लोग जिनसे मैं थोड़े-थोड़े समय पर मिलता हूं, उनसे कोई कठिनाई नहीं होती है। किंतु प्रायः नए लोगों से मुझे अधिक कठिनाई होती है ताकि मैं उनसे एक तय समय सीमा के बाद निरंतर मिलना जारी रख सकूं।"

"और उसके पश्चात?"

"उसके पश्चात, और उसके पश्चात वह ठिगनी स्त्री मेरी जरा-सी गलती के बिना ही मुझ पर क्रोधित हो गई, जैसा कि मैं पूर्व में भी तुम्हें बता चुका हूं, उसको मालूम था कि मैं अपना समूचा दिन दफ्तर में गुजारा करता था, उसने बिना बताए ही किसी भी समय मेरे पास आना शुरू कर दिया। कोई दो बार तो वह मेरी पहली और स्थायी प्रेमिका से, मेरे घर के जीने की सीढ़ियों पर ही टकरा भी चुकी है। "

"ओह, मक्कार कहीं की।"

"हां, तब मैंने दोनों के लिए पृथक-पृथक दिन निर्धारित किए। केवल किसी प्रकार के भ्रम से बचने हेतु। शनिवार और सोमवार का दिन पुरानी प्रेमिका के लिए तथा मंगलवार, शुक्रवार तथा रविवार नई प्रेमिका के लिए।"

"नई वाली के लिए तुमने ज्यादा रुचि या दिलचस्पी आखिर क्यों दिखाई?"

"ओह, मेरे प्रिय मित्र! बस इसलिए कि वह कम उम्र की नौजवान है।"

"अच्छा तो तुमने अपने लिए सप्ताह में महज दो दिन छोड़े।"

"बहुत हैं मेरे लिए, पर्याप्त हैं ये दो बचे हुए दिन।"

"ठीक है, मुझे इस बात के लिए तुम्हें बधाई देने दो।"

''खैर ठीक है, तुम महज इतनी कल्पना करो कि मेरे साथ संसार की सबसे विचित्रतम, पेचीदा और क्रोध दिलाने वाली बात हुई। चार महीने तक सब कुछ सही तरीके से चलता रहा। मैं अपने आपको बेहद सुरक्षित पा रहा था तथा सच में बेहद प्रसन्न था तभी गत सोमवार को मेरे साथ यह दुर्घटना घट गई।

''मैं सदैव की भांति तय समय यानी दोपहर सवा बजे अपनी पहली वाली नियमित प्रेमिका का इंतजार कर रहा था और एक सिगार पी रहा था तथा स्वयं को बेहद संतुष्ट अनुभव कर रहा था और रोमांटिक कल्पनाओं में खोया हुआ था। तभी मैंने देखा कि उसके आने का वक्त बीत चुका है। मुझे बहुत आश्चर्य हुआ, क्योंकि वह समय के मामले में पूरी पाबंद थी। किंतु मैंने सोचा कि हो सकता है कि किसी अप्रत्याशित घटना या कारण से उसे आने में विलंब हो गया हो। इस बीच आधा घंटा और निकल गया, फिर एक घंटा, डेढ़ घंटा और फिर मुझे लगने लगा कि अवश्य किसी कारण से वह आ नहीं सकी होगी। हो सकता है तेज सिरदर्द हो या कदाचित कोई अवांछित, अप्रत्याशित अतिथि के आने के कारण से। इस तरह इंतजार काफी उबाऊ, खिन्नता पैदा करने वाला तथा सालने वाला होता है। आखिर में मैंने घर से बाहर जाने का इरादा बना लिया। मुझे कुछ समझ में नहीं आ रहा था कि मैं क्या करूं? मैं उसके घर तक गया और पाया कि वह बड़े मजे से अपने घर में बैठकर कोई उपन्यास पढ़ रही थी।

'ओह! क्यों? क्या बात हो गई थी?' मैंने उससे पूछा और तब उसने बड़ी तसल्ली से उत्तर दिया, 'मेरे प्रिय! मैं आ नहीं पाई, मैं किसी वजह से फंस गई थी।'

'कैसे?'

'किसी एक वजह से।'

'क्या थी वह वजह?'

'एक अप्रत्याशित, अवांछित, काफी ऊब पैदा करने वाले मेहमान की अगवानी।'

''मुझे लगा कि वह यूं असली वजह नहीं बताएगी, क्योंकि दिमागी तौर पर वह बड़ी शांत और स्थिर थी। मैंने विषय में अपने आपको ज्यादा सोचने की जहमत नहीं उठाई। मैंने सोचा कि इस बर्बाद हुए समय की भरपाई मैं अगले दिन दूसरी से कर लूंगा। अगले दिन मंगलवार था।

'मैं मंगलवार के दिन बेहद उत्तेजित व बेसब्र था, बस उस निजी कंपनी के मालिक की बीवी के इंतजार में। मुझे आश्चर्य हुआ वह भी अपने तय समय पर नहीं आई। हर पल मेरी दृष्टि घड़ी पर जा रही थी। पंद्रह मिनट गुजर गए, आधा

घंटा गुजर गया और फिर दो भी बज गए। मैं, अब अपने कक्ष में सब्र से बैठ नहीं सकता था, बहुत शीघ्र ही कक्ष में चहलकदमी करने लगा।

"मैं खिड़की के समक्ष मुख करके खड़ा हो गया। मेरे कान यह सुनने के लिए द्वार पर लगे थे कि वह कहीं चढ़कर ऊपर तो नहीं आ रही है। ढाई और फिर तीन भी बज गए। मैंने अपना हैट उठाया और उसके घर की ओर लपका। वह भी अपने घर में तसल्ली से एक उपन्यास पढ़ रही थी।"

'क्यों, क्या घट गया?' मैंने व्याकुलता से पूछा।

उसने भी बड़ी तसल्ली से उत्तर दिया, 'मैं फंस गई थी और आ नहीं पाई।'

'किस कारण से?'

'एक अप्रत्याशित, बिन बुलाए अतिथि के कारण।'

"सच तो यह है कि मैं तत्काल समझ गया कि इन दोनों को तमाम बातें पता लग गई हैं। किंतु वह इस प्रकार शांत, गंभीर और सहज थी कि मैंने अपने संदेह को झटक दिया और सोचा कि इसमें अनोखा संयोग ही रहा होगा। यद्यपि उसकी तरफ से मैं संयोग से इस प्रकार बनने के बारे में यकीन नहीं कर पा रहा था। हां तो कोई आधे घंटे तक हम लोगों की परस्पर दोस्ताना गपशप के बीच में उसकी छोटी बेटी के दर्जनों दफा कक्ष में अंदर आने और जाने से बाधित हुई थी, मैं बहुत क्रुद्ध होकर वहां से चला आया। अब तनिक सोचो कि अगले दिन क्या घटा होगा?"

"क्या वही किस्सा या घटना पुनः दोहराई गई?"

"हां, और उसके अगले दिन भी वही, ठीक वैसा ही हुआ और यह क्रम लगभग तीन हफ्ते तक चलता रहा। दोनों की ओर से, बिना कोई सफाई दिए हुए। मेरे साथ अनोखा, अजीबो-गरीब व्यवहार बिना कोई कारण बताए, यद्यपि छिपे रहस्य पर मुझे संदेह हो ही गया था, किंतु खैर!"

"क्या वे दोनों सब कुछ जानती थीं?"

"ईश्वर की शपथ, मुझे तो ऐसा ही लगता है।"

"पर कैसे?"

"मैं काफी चकित और उद्विग्न था और बहुत बेचैनी थी, इससे पूर्व कि मुझे पूरा किस्सा मालूम पड़ा।"

"फिर तुमने पूरा किस्सा कैसे निबटाया, कैसे सुलझाया?"

"उनके अपने पत्रों से, क्योंकि उन दोनों ने एक साथ, एक ही दिन, एक ही ढंग से मुझसे रिश्ता खत्म करने, मुझसे सदैव के लिए पूरे संबंध तोड़ने का पत्र लिखा था।"

"खैर! तमाम घटना कुछ ऐसी थी तथा इस तरह से घटी। तुम्हें तो मालूम

है कि स्त्रियां अपने सिरों में, बालों में बहुत सारी हेयरपिनें सजाए रहती हैं। मैं हेयरपिनें पहचानता हूं और मैं उन पर संदेह करता हूं, मैं उन्हें देखता हूं किंतु दूसरे तरह की हेयरपिनें काफी धोखा देने वाली होती हैं। हम लोगों को वे सब एक समान लगती हैं कितने बड़े मूर्ख हैं हम लोग! किंतु ये औरतें इन हेयरपिनों के छोटे से अंतर को भी झट पहचान जातीं हैं, ठीक वैसे ही जैसे हम लोग एक घोड़े और कुत्ते के फर्क को समझ जाते हैं।

''ऐसा प्रतीत होता है कि एक दिन मेरी दूसरी प्रेमिका (निजी कंपनी के मालिक की पत्नी) सब कुछ स्पष्ट कर देने वाली एक हेयरपिन, मेरे आईने के करीब एक कागज में फंसाकर भूल गई। मेरी पहली वाली प्रेमिका तत्काल उस हेयरपिन को, उस मामूली-सी पिद्दी हेयरपिन को देखकर पहचान गई और मुझसे एक शब्द कहे बिना उसे वहां से निकालकर अपने साथ ले गई और बदले में उसी स्थान पर अपनी हेयरपिन लगा गई थी, वह भी काली, पर बनावट में थोड़ी भिन्न थी।

''तीसरे दिन मेरी दूसरी प्रेमिका ने, पहले दिन रखी अपनी छोटी हेयरपिन को ले जाना चाहा, किंतु वहां उसने कोई और पिन रखी देखी। वह अलग प्रकार की हेयरपिन को तत्काल पहचान गई, फिर उसके दिमाग में संदेह पैदा हुआ। उसने वहां रखी हेयरपिन उठाकर, दो नई हेयरपिन रख दीं। 'एक्स' का अक्षर बनाते हुए। मेरी पहली वाली ने अगले दिन तत्काल इस तार वाली सांकेतिक भाषा को जान लिया और वहां एक के ऊपर एक करके तीन हेयरपिन रख दीं और जैसे ही ये विधि शुरू हुई, वे दोनों बिना एक दूसरे से मिले, या चर्चा किए, अपनी बात एक-दूसरे तक पहुंचाने लगीं। एक प्रकार से वे दोनों एक-दूसरे की जासूसी कर रही थीं।

''फिर ऐसा प्रतीत हुआ कि पहली वाली ने, जो कुछ ज्यादा ही दुःसाहसी थी, उसने एक कागज के टुकड़े पर एक लघु संदेश लिखकर छोड़ दिया, 'सी.डी. पोस्ट रेस्तरां, सार्वजनिक चबूतरा-मेल हेरबेस।' फिर उन दोनों ने एक-दूसरे को विस्तार और नियमित रूप से लिखा। समझे कुछ तुम? उनके लिए इतना ही सब कुछ नहीं था जिसका उनके बीच लेनदेन हो रहा था। वे दोनों बड़ी सतर्कता से काम करने में जुट गई। तमाम सावधानियां, अनेक सोच-विचार करके, जो ऐसे कार्यों को करने के लिए बेहद जरूरी हैं। किंतु पहली वाली ने एक ज्यादा साहसी कदम उठाया और दूसरी वाली से मिलने को चली गई। मुझे नहीं पता उन दोनों ने आपस में क्या कहा? उनके मध्य क्या बातचीत हुई? मुझे महज इतना अवश्य पता है कि उन दोनों के मिलने का खर्च अवश्य मुझे ही भरना पड़ा। यही है वह सारी कहानी जो तुम्हारे समक्ष है।''

''तुम फिर उन दोनों से नहीं मिले?''

''मैं तुमसे क्षमा मांगता हूं, मैं उन दोनों से महज एक दोस्त की हैसियत से ही मिलता हूं, क्योंकि हम लोगों ने आपस में कोई झगड़ा तो किया नहीं था।''

''क्या वे आपस में और मिलीं?''

''हां, मेरे मित्र! वे आपस में पक्की सहेलियां बन गई हैं।''

''और इससे तुमको कोई नया विचार नहीं आया?''

''नहीं तो, कैसा विचार? किस तरह का विचार?''

''ओह मेरे प्रिय मित्र! उन दोनों को अपनी हेयरपिनों को पुनः वहां उसी स्थान पर पुनः रखवाने का विचार।''

❑❑

शौक और शोक

यह मौसम है गुयलेमोट पर्वत पर सैलानियों के आगमन का। अप्रैल से मई तक जबकि पेरिस के मानसून की पहली भी वर्षा यहां पहुंचे। एट्रियेट नामक लघु जलाशय में अचानक ही ऐसे विशिष्ट बुजुर्गों को देखा जा सकता है जो लंबे जूते एवं शिकारी कोट पहने होते हैं। ये चार-पांच रात्रि दुबिले में व्यतीत करते हैं। तीन सप्ताह पश्चात वे पुनः इसी स्थान पर वापस आते हैं और चंद दिन गुजार कर स्वयं की भलाई हेतु अपने स्थलों को लौट जाते हैं।

इस वसंत में वे पुनः दिखे। वे गुयलेमोट में आने वाले अंतिम शिकारी हैं। वे शायद आज से तीस-चालीस वर्ष पहले आने वाले शिकारी, जो अनुमानतः बीस झक्की शख्स थे, की संतानें थीं। किंतु अब वे किंचित से उत्साही खिलाड़ी थे। गुयलेमोट में वे खास अनोखे पंछी हैं, जिनकी आदतें विचित्र हैं। तकरीबन संपूर्ण वर्ष यह खास पंछी न्यूफाउंडलैंड, सेंट पियरे व मिम्यूलोन के द्वीपों के इर्द-गिर्द रहते हैं, किंतु अपने प्रजनन काल में एटलांटिक समुद्र तय करके, इन प्रवासी पंछियों का एक बड़ा दल प्रति वर्ष अपने अंडे देने तथा उन्हें सेने के लिए एट्रियेट के करीब, गुयलेमोट पर्वत पर, एक तयशुदा वक्त तथा स्थान पर आते हैं। वे इस निश्चित स्थल के अलावा कहीं और नहीं पाए जाते हैं। वे सदैव उसी एक स्थल पर निश्चित रूप से आते हैं। वे सदैव कम संख्या में आते हैं, उनके रुकने की समय सीमा कम रहती है तथा वे अब भी प्रत्येक वर्ष अपनी पुरानी जगह पर नियमित रूप से लौटते हैं। वे अनिवार्यतः पुनः आते हैं। जैसे ही उनके बच्चे उड़ना सीख जाते हैं तो वे तब अगले वर्ष भर के लिए अपने स्थायी ठिकानों पर चले जाते हैं। वे कभी भी कहीं और क्यों नहीं जाते?

पेस-दि-कैलस से लेकर हावरे तक लंबे फैले सफेद पर्वतों में कोई भिन्न या अन्यत्र स्थल पर क्यों नहीं जाते हैं? वह कौन-सी ताकत, अपराजेय आंतरिक एहसास, सदियों से चली आ रही कौन-सी परंपरा इन पक्षियों को उसी एक स्थल पर पुनः पुनः लौटने की प्रेरणा देती है? इस तरह से इस स्थल के प्रथम प्रवास का क्या माध्यम था या जाने कौन-सा लगाव था कि इन पंछियों ने अभी तक इस पर्वत पर अपनी दृष्टि जमा रखी है? और क्या सर्वप्रथम यहां आते गुयलेमोट पंछियों के बच्चे, नाती-पोते, बाद की और भी पीढ़ियां, यहीं इसी एक खास तयशुदा स्थल पर प्रतिवर्ष एक तयशुदा वक्त पर ही पुनः क्यों लौटते हैं?

वे बहुत भारी तादाद में नहीं होते हैं। अधिकाधिक सौ। कदाचित इन पंछियों की प्रजाति में कोई एक विशिष्ट परिवार ही उस परंपरा को निभा रहा है जो प्रति वर्ष एक प्रकार से यह धार्मिक यात्रा पूरी करता है।

प्रत्येक वसंत में जैसे ही यह प्रवासी पंछियों का दल अपने पर्वत पर आकर जमता, वहीं शिकारियों का एक विशिष्ट दल उसी गांव में पुनः नजर आने लगता है। उक्त शिकारी जब कम उम्र के युवा थे तब से इसी गांव में आ रहे हैं। इस कारण से वे गांव वालों के एक प्रकार से वाकिफकार थे। आज वे बुजुर्ग और वृद्ध हो गए हैं, किंतु आज भी वे अपने निश्चित स्थान पर जमा होने के लिए गत तीस-चालीस वर्षों से निष्ठावान व नियमित हैं। संसार की कोई भी ताकत व दुनियादारी की कोई भी वजह उन्हें अपने इस नियम को तोड़ने के लिए विवश नहीं कर सकती है।

गत वर्ष अप्रैल माह की कोई संध्या रही होगी। गुयलेमोट में आने वाले महज तीन शिकारी ही आए थे। उनमें से सिर्फ एक एम.डी. आरनेल्स गैरमौजूद थे। उन्होंने परस्पर किसी को कोई पत्र नहीं लिखा था, कोई अग्रिम सूचना नहीं की थी और वे अभी तक औरों की भांति मृत भी नहीं हुए थे। यह सबको विदित था, आखिर में इंतजार करते-करते पहले से आए तीन शिकारी एक मेज पर बैठ गए। रात्रि भोज तकरीबन पूर्ण हो चुका था। तभी होटल के पोर्च में एक घोड़ागाड़ी आकर थमी, और विलंब से आने वाले व्यक्ति ने होटल में दाखिला लिया। वे बेहद तरोताजा तथा प्रसन्न मिजाज में थे। अपनी दोनों हथेलियों को परस्पर रगड़ते हुए अच्छी खासी भूख और खुराक का भोजन उसने जी भर के खाया तथा उनके एक साथी ने नए आए शख्स को फ्रॉकनुमा कोट पहना देखकर विस्मय दर्शाया तो नए आए शख्स ने बड़ी गंभीरता से जवाब दिया, "हां, मेरे पास वस्त्र बदलने का वक्त नहीं था।" जैसे ही उन्होंने भोजन खत्म किया, वे तत्काल मेज से उठ गए तथा एकदम प्रातः प्रवासी पंछियों को अचानक हैरत में डालने के लिए अब यह आवश्यक था कि वे प्रातः तारों की छांव में शीघ्र उठ जाएं। अतः वे सीधे अपने शयनकक्षों में सोने चले गए।

इस शिकार के खेल में और शीघ्र भोर में शिकार के लिए निकलने की मुहिम से ज्यादा रोचक कुछ भी नहीं हो सकता है। तीन बजे प्रातः नाविकगण शिकारियों के कक्ष की खिड़कियों के कांच पर कंकड़ मारकर शिकारियों को उठा दिया करते थे। तनिक ही देर में वे तमाम तैयार होकर शिंगल समुद्री तट पर पहुंच जाया करते हैं, यद्यपि उस वक्त भोर का हल्का प्रकाश दर्शनीय नहीं होता है। तारे अवश्य कुछ कम चमकीले नजर आते हैं। समुद्र भी किनारे पर खड़ी चट्टानों के टुकड़ों पर अपना सिर मारता रहता है, हवा इतनी बर्फीली रहती है कि वे अपने मोटे गर्म वस्त्र पहनने के उपरांत भी थोड़ी कंपकंपी अनुभव करते हैं।

शीघ्र ही नाविकों द्वारा समुद्र में धकेली गई दो नावें, तटों पर पड़े गोल पत्थरों की ढाल से सरकती हुई समुद्र में उतर जाती हैं तथा पहले से मौजूद लहरों के कारण तनिक डगमगाती हैं। भूरे रंग की 'सेल बोटों' पर पालें लगा दी जाती हैं। वे सेल बोट कुछ डगमगाती हैं, डोलती हैं, झिझकती हैं, एकाध बार हिचकोले खाती हैं, नीचे से गोलाई लिए हुए नावों की पतवारें पानी को चीरती हैं तथा नावें आगे बढ़ने लगती हैं, अंधेरे में कुछ अस्पष्ट दिखाई देती हैं। शनैः शनैः आकाश साफ नजर आने लगता है। अंधेरा मोम की तरह पिघल जाता है, समुद्र के किनारों की लंबी शृंखला स्पष्ट नजर आने लगती है जो अभी तक कोहरे में सिमटी हुई थी।

हालांकि संपूर्ण किनारों की सफेद पंक्ति एक सीधी खींची दीवार जैसी नजर आती है। सर्वप्रथम वे सेल बोटें, 'माने पोरते' नामक एक बड़ी मेहराब के नीचे से गुजरती हैं, वे इतनी ऊंची हैं कि एक संपूर्ण जहाज उसके तले से निकल जाता है। यह आर्च, 'ला कोर्टने' की आर्च से दोगुनी ऊंची है, फिर वे 'एंटीफेर' जो पर्वतों से निकलकर एंटीफेर की खाड़ी को पार करते हैं, तभी यकायक उन्हें एक और, अलहदा समुद्री तट नजर आने लगा है, जिस पर सहस्त्रों सीगल्स बैठी रहती हैं। यही गुयलेमोट का पर्वत है।

वह महज एक पर्वत की निकली हुई छोटी-सी चोटी है तथा इस पहाड़ी की संकरी सतहों पर पक्षियों के सिर नजर आते हैं जो अपनी तरफ आती नावों को ही देखते रहते हैं। वे वहां अचल प्रतीक्षित रहते हैं। वे अभी उड़ने की ताकत भी नहीं जुटा पा रहे हैं। कुछ सबसे बाहरी सतह पर मौजूद हैं। ऐसा लगता है गोया वे अपने जिस्म के पिछले हिस्सों के सहारे किसी बोतल की भांति सीधे सपाट खड़े हुए हैं। उनके पैर इतने छोटे हैं कि जब वे चलते हैं तो ऐसा प्रतीत होता है मानो वे पहिए लगाकर फिसल रहे हैं तथा चलते-चलते जब वे एकाएक उड़ना चाहते हैं तो अचानक दौड़ते-दौड़ते तत्काल ही उड़ नहीं पाते हैं और इस कोशिश में पत्थर की भांति लद से जमीन पर गिर पड़ते हैं, ठीक उन व्यक्तियों के सिर पर जो नीचे खड़े उन पर ललचाई नजरें गड़ाए होते हैं।

उन्हें अपनी कमजोरी का भान है, उसमें क्या खतरा हो सकता है, अतः नाविक शोर मचाना आरंभ कर देते हैं तथा जहाज के ऊपरी हिस्से को लकड़ी के हथौड़ों से बजाकर आवाज करते हैं तथा डरे, सहमे पंछी एक-एक करके उड़ते हैं। पर्वत की चोटी के सामने फैले खुले सागर के ऊपर से उड़ने के लिए अचानक उठते हैं, पंखों को फड़फड़ाते हैं, रास्ता थामते हैं और निकल जाते हैं। इसके पूर्व कि वे उड़कर किसी निरापद स्थल पर जाएं, गोलियों की बौछार उन्हें धराशायी कर पानी में गिरा देती है। लगभग घंटे भर तक बिना थमे इसी प्रकार इन पंछियों का कत्लेआम किया जाता है। कई मर्तबा अपने घोंसलों में बैठी,

अपने अंडों को सेने के अपने मातृत्व कर्म में रत मादा पंछी घोंसला छोड़कर बाहर आने को तत्पर नहीं होती है, अचानक आए छर्रों की बौछारों से उनके भी सफेद सीने लाल रक्त के छींटों से भर जाते हैं और पूर्ण निष्ठा व कर्त्तव्यपरायणता से अपने होने वाले बच्चों की सुरक्षा करते-करते वे अपने स्थान पर ही दम तोड़ देती हैं।

पहले दिन आरनेल्स ने अपने पहले के साधारण उत्साह व उमंग से गोलियां दागीं लेकिन करीब दस बजे, जब तेज चमकदार, तप्त सूरज अपनी उष्ण किरणें पर्वत की चोटी पर बिखेर रहा था और वे शिकारी अपने होटल से पुनः लौट रहे थे तो यह श्रीमान कुछ थके और निराश लग रहे थे। बीच-बीच में वे अपने कुछ व्यक्तिगत विचारों व सोच में डूब जाया करते थे, जो उनके सामान्य स्वभाव व व्यवहार के कतई खिलाफ था। जैसे ही उनकी नावें, समुद्र के तट से लगीं और उन लोगों ने जमीन पर पग रखा, तभी स्याह रंग के वस्त्र पहने एक नौकर जैसा व्यक्ति उनके करीब आया और उसने आहिस्ता से उनके कान में कुछ कहा। तब डी. आरनेल्स ने संभवतः कुछ प्रतिक्रिया दर्शाई, तनिक झिझके और तब आहिस्ता से उस नौकर को उत्तर दिया, "नहीं, कल।"

अगले दिन शिकार पुनः आरंभ हुआ। आज आरनेल्स से निशाना नहीं लग रहा था। उनके हाथ से पंछी बच रहे थे, यद्यपि अनेक पंछी तकरीबन उनकी बंदूक की नाल के सामने से होकर ही उड़ रहे थे तथा उनके दूसरे मित्र आरनेल्स की खिल्ली उड़ा रहे थे, वे व्यंग्यात्मक अंदाज में पूछ रहे थे कि क्या उन्हें इन पंछियों से प्यार हो गया है? अवश्य ही कोई रहस्यमय दर्द उनके हृदय को कचोट रहा था और अंत में उन्होंने उस सच्चाई को स्वीकार कर लिया। हां, सच तो यह है कि मुझे सीधे लौट जाना चाहिए था और अब यहां आ जाने पर मुझे स्वयं अपने आप पर बेहद कोफ्त हो रही है।"

"क्या आप लौट रहे हैं? लेकिन क्यों?"

"ओह, एक बेहद आवश्यक कार्य है। मैं यहां और अधिक रुक नहीं सकता हूं।"

उसके बाद वे सभी दूसरे अन्य विषयों पर चर्चा करने लगे। जैसे ही होटल में दोपहर में इन लोगों का भोजन खत्म हुआ तो डी. आरनेल्स का नौकर पुनः आया, उन्होंने नौकर को आदेश दिया कि घोड़ागाड़ी में घोड़े जुतवाए जाएं। अपने मालिक का आदेश पाकर नौकर वहां से जाने को ही था, तभी शेष तीन मित्रों ने बीच में ही टोका, वे आरनेल्स से इस तरह बीच में यकायक लौट जाने की वजह पूछ रहे थे और काफी आग्रह कर रहे थे कि वह रुक जाएं।

आखिरकार एक मित्र ने कहा, "कुछ भी कहें आप, आपको चाहे जो भी आवश्यक कार्य हो, वह किसी भी स्थिति में बहुत आवश्यक और महत्वपूर्ण तो

हो ही नहीं सकता, क्योंकि आप यहां वैसे भी दो दिन तो ठहर चुके हैं।'' चौथे व्यक्ति की यह तमाम बातें सुनकर आरनेल्स पूर्णतया विचलित थे। उनके जेहन में कर्त्तव्य और शौक—इन दोनों विचारों के बीच कड़ा संघर्ष चल रहा था। वे बुरी तरह से दुःखी और आहत भी थे।

बहुत देर तक विचार-मंथन करने के पश्चात वह थोड़ा हकलाते और झिझकते हुए आहिस्ता से बोले, ''आप लोगों को पता नहीं होगा कि मैं यहां अकेला नहीं हूं, मेरे दामाद भी मेरे साथ हैं।''

''आपके दामाद! किंतु वे हैं कहां?''

इस प्रश्न पर अचानक वे किंकर्त्तव्यविमूढ़ हो गए और तनिक संकोच करते हुए बोले, ''आप लोगों को पता नहीं है। वह यहां अस्तबल में हैं। वे मर चुके हैं।''

यह सुनकर एक आश्चर्यजनक खामोशी छा गई। ज्यादा भावुक होते हुए कातर शब्दों में आरनेल्स बताते चले गए, ''यह मेरा दुर्भाग्य है कि हमने उन्हें खो दिया और मैं उनके निष्प्राण देह को दफनाने अपने शहर ब्रिसवेले ले जा रहा था कि बीच में ही अपना मार्ग कुछ बदलकर आप लोगों से किए करार के अनुसार आप लोगों से मिलने चला आया। आप तमाम लोग इस तथ्य से रजामंद होंगे मैं अब और यहां अधिक रुक नहीं सकता।''

तब एक शिकारी ने जो अन्य की अपेक्षा ज्यादा साहसी और कुछ निर्भीक स्पष्ट वक्ता था, हिम्मत करके बोला, ''अब चूंकि वे मृत हो ही चुके हैं तो ऐसी स्थिति में मुझे लगता है कि कदाचित वह आपके लिए एक दिन और भी इंतजार कर सकते हैं, रुक सकते हैं।''

शेष दो मित्रों ने भी तीसरे की बात का समर्थन किया।

''आप इस सच्चाई को नकार नहीं सकते हैं।'' शेष दोनों ने भी तनिक जोर लगाया।

डी. आरनेल्स को यह सब सुनकर गहन सुकून मिला, गोया एक बड़ा गहरा बोझ उतर गया हो। किंतु वे अभी भी उलझन में थे। झिझकते हुए उन्होंने पूछा, ''क्या वाकई ईमानदारी से आप लोग ऐसा ही सोचते हैं?''

तीनों ने एक स्वर में जवाब दिया, ''मेरे प्रिय दोस्त! गोली मारिए तमाम बातों को। ऐसी स्थिति में आपके दामाद को एक या दो दिन से कोई ज्यादा बड़ा अंतर पड़ने वाला नहीं है।''

यह सुनकर एकदम सहज होते हुए ससुर डी. आरनेल्स भी कब्र खोदने वाले की तरफ मुड़े और बोले, ''ठीक है भले आदमी! यह काम अब कल नहीं, परसों किया जाएगा।''

□□

बड़े दिन की स्मृति

"क्रिसमस के पर्व पर बाहर भोजन करना। ओह, कतई नहीं। मैं अब कदापि उस अवसर पर बाहर भोजन करने नहीं जाऊंगा।" मोटा हैनरी ट्रेंपालियर मारे क्रोध के बुदबुदा रहा था, गोया उससे किसी ने कोई खौफनाक गुनाह करने के लिए कह दिया हो जबकि उसके साथ के अन्य तमाम लोग उसकी झुंझलाहट देखकर हंस रहे थे। उनमें से एक ने पूछा, "आखिर इस प्रकरण पर तुम इतने क्रोधित क्यों हो रहे हो?"

"क्योंकि क्रिसमस की एक संध्या ने मेरे साथ दुनिया का सर्वाधिक बेहूदा और क्रूर मजाक किया था और तब से खुशियों व प्रफुल्लता के इस पवित्र पर्व के नाम से ही मुझे बेहद भय लगता है, मेरी रूह कांप उठती है।"

"हमें इसके विषय में कुछ बताओ।"

"क्या आप लोग जानना चाहते हैं कि मेरे साथ तब क्या कुछ घटा था?

"आप लोगों को स्मरण होगा कि आज से दो वर्ष पूर्व क्रिसमस पर कड़ाके की ठंड पड़ी थी। इतनी खतरनाक ठंड कि सड़कों पर रहने वाले लोग ठंड से मर ही जाएं। सीयने नदी बर्फ की भांति पूरी जम गई थी। सड़क के किनारे फुटपाथ भी बुरी तरह ठंडे हो गए थे, उन पर इतनी अधिक बर्फ जमी थी कि चमड़े के जूतों के तलवों को भी भेदकर ठंड आपको कंपकंपा कर रख दे, गोया कि संपूर्ण संसार ही मारे ठंड के जड़ होने की स्थिति में पहुंच गया था।

"उस दिन मेरे पास लेखन का एक बड़ा कार्य था और इस कार्य के कारण क्रिसमस की रात्रि बाहर भोजन करने के तमाम निमंत्रण मैंने ठुकरा दिए थे। मैंने अपनी लिखने की मेज पर बैठकर कुछ लिखना-पढ़ना ही अधिक पसंद किया था। किंतु रात्रि के कोई दस बजे के लगभग मैं पेरिस के चारों तरफ हर घर व सड़क पर उमड़ रही रौनक, उत्साह, खुशी, उमंग व व्यस्तता के विषय में सोचकर कुछ व्यग्र हो गया था। मेरे लाख प्रयत्नों के उपरांत भी सड़क पर हो रहे उत्सव की रौनक की आवाजें मेरे कानों तक पहुंच रही थीं। मेरे पड़ोसी के घर में क्रिसमस के रात्रि भोज की जोरदार तैयारियों के शोर-शराबे की ध्वनि भी दीवारों से पार होकर मुझ तक आ रही थी। मुझे कदाचित ही कुछ समझ आ रहा था कि मैं कर क्या रहा हूं। मैं जो कुछ लिख रहा था वह निरी बकवास भर थी

और आखिरकार मैं इसी नतीजे पर पहुंचा कि उस रात्रि मुझे कोई बढ़िया कृति लिखने की आशा त्याग ही देनी चाहिए।

''मैं कुछ समय अपने कक्ष में ही घूमता रहा। मैं कुछ देर एक स्थान पर बैठा और फिर थोड़ी देर पश्चात उठ गया। मैं बेशक घर के बाहर सड़कों पर हो रहे शोर, मस्ती और उत्सव के रोमांच के जादुई प्रभाव से बुरी तरह प्रभावित था और मैंने भी उसका ही भाग बनने का इरादा कर लिया।

''मैंने अपनी सेविका को बुलाने के लिए घंटी बजाई और उसके आने के बाद उससे बोला, 'एंजेला! जाओ, जल्दी से दो व्यक्तियों का भोजन लगाओ। कुछ ओएस्टर, कुछ शीतल पैटरिज, कुछ मछली, सूअर का गोश्त, कुछ केक व पेस्ट्रियां इत्यादि तथा शैंपेन की दो बोतलें भी रख दो, खाने की मेज सजा दो और यह सब करके तुम आराम करने चली जाओ।

''एंजेला ने तनिक हैरत के साथ मेरे निर्देशों का पालन किया। जब सबकुछ तैयार हो गया तो मैंने अपना ओवरकोट पहना और बाहर निकल गया, किंतु असली प्रश्न पूर्ववत ही था कि अंततः मैं अपने साथ भोजन करने के लिए किसका साथ पा सकूंगा? मेरी सभी स्त्री मित्र खाने के लिए कहीं-न-कहीं निमंत्रित थीं। उनमें से यदि मैं किसी को बुलाना भी चाहता तो मुझे उन्हें पहले निमंत्रित करना था। इस कारण मैंने सोचा कि मैं अभी एक नेक कार्य करूंगा और अपने आप से ही बातचीत करने लगा।

''संपूर्ण पेरिस गरीब और जरूरतमंद बालाओं से अटा पड़ा है, जिन्हें आज की रात्रि खाने की मेज पर कुछ प्राप्त न होगा। वे बेशक आज की रात्रि किसी उदार शख्स की खोज में होंगी। आज की संध्या मैं किसी के लिए सौभाग्यसूचक बनूंगा और यदि मैं मस्ती के तमाम ठिकाने छान लूं तो एकाध को तो पा ही लूंगा। मैं तब तक तलाश करूंगा जब तक मेरे योग्य कोई मिल न जाए। और इस तरह आखिरकार मैं अपनी तलाश में निकल पड़ा।

''बेशक उस संध्या मुझे अनेक लड़कियां मिलीं जो उस रात्रि किसी सनसनी की खोज में थीं, किंतु उनमें से ज्यादातर इतनी बदसूरत थीं कि किसी का भी जी खराब हो जाए या फिर इतनी कृशकाय थीं कि यदि वे रुक जाएं तो स्वयं में ही जम जाएं और आप सबको पता है कि मेरी कमजोरी मोटी औरतें हैं। जितना अधिक गोश्त उनके जिस्म पर होता है वे मुझे उतनी ही सुंदर लगती हैं और ऊंची, पूरी मोटी स्त्रियां सदैव से मेरी आदर्श रही हैं।

''एकाएक वेकिरेस थिएटर के बाहर मैंने अपनी पसंद की एक नारी आकृति देखी। मैं मारे प्रसन्नता के कांप उठा और अनायास ही मेरे मुंह से निकल पड़ा, ''हे ईश्वर! क्या शानदार चीज है।''

''मुझे महज उस लड़की की शक्ल भर देखनी थी, क्योंकि स्त्री का चेहरा

ही सर्वाधिक आकर्षक होता है। मैंने अपनी गति में इजाफा किया व शीघ्रता से उसके सामने से निकलकर उसके आगे चला आया। तनिक आगे आकर एक सड़क के लैंप के नीचे रुककर मैं अचानक पीछे घूमा। वह बेहद आकर्षक थी, कम उम्र कुछ सांवली-सलोनी और बड़ी-बड़ी आंखों वाली। मैंने तत्काल उसके समक्ष अपना प्रस्ताव रखा और उसने तनिक भी आपत्ति किए बिना मेरे प्रस्ताव को झट मान लिया। कोई पंद्रह मिनट के भीतर हम दोनों मेरे घर की खाने की मेज पर बैठकर भोजन कर रहे थे। जैसे ही वह मेरे घर आई थी तो एक दृष्टि डालते हुए उसने कहा, ''ओह यहां आना कितना सुविधादायक है।''

''और उसे गहन संतोष था कि आज की सर्दी वाली रात्रि में उसे भोजन के लिए बढ़िया स्वादिष्ट खाना मिल रहा है और शयन के लिए आरामदायक नर्म व गरम बिस्तर भी। वह बड़ी जानदार, मोहक और इतनी सुंदर थी कि उसने मेरा दिमाग खराब कर दिया था। इसके साथ ही वह इतनी मांसल थी कि उसने मुझे पूर्णतया मदहोश कर दिया था।

''कक्ष में आकर उसने अपना गर्म कोट तथा हैट उतारकर रख दिया और खामोशी से मेज पर बैठकर भोजन करना आरंभ कर दिया, लेकिन सतही तौर पर वह मुझे कुछ अधिक ही श्रमक्लांत-सी लग रही थी और बीच-बीच में उसका जर्द, बेनूर, मुर्झाया हुआ चेहरा तन रहा था मानो उसे कोई गहरी पीड़ा हो।

मैंने उससे पूछा, ''तुम्हें क्या कोई परेशानी है?''

''अरे छोड़िए, जाने दें, अभी इस समय हम किसी परेशानी, दुःख-दर्द की कोई बात न करें। भोजन करने के साथ ही उसने पीना आरंभ कर दिया। एक झटके में उसने अपना शैंपेन से भरा गिलास किसी प्यासे की भांति रिक्त कर दिया। मैंने पुनः उसे भरा और उसने बिना रुके एक सांस में खाली कर दिया और कुछ देर पश्चात ही उसके गालों पर एक चमक आ गई और शैंपेन पीकर नशे में उसने खिलखिलाना आरंभ कर दिया।

''इस दौरान मैंने उसे खूब प्यार किया तथा उसे निरंतर चूमता रहा। मैंने पाया कि वह न तो बाजारू लड़कियों की भांति मूर्ख थी, न सामान्य, न ही गंवार। मैंने उससे उसके निजी जीवन के बारे में कुछ बताने का आग्रह किया किंतु उसने उत्तर दिया, ''मेरे प्रिय मेजबान! आपका इन तमाम बातों से कोई सरोकार नहीं है।''

''खैर, एक घंटे पश्चात आखिरकार सोने का वक्त हो गया। और जब मैंने भोजन की मेज से बर्तन इत्यादि उठाए, शीघ्रता से उसने अपने तमाम वस्त्र उतारे और बिस्तर के गर्म लिहाफ के भीतर घुस गई। मेरे समस्त पड़ोसी पूर्ण जोशो-खरोश से पागलों की भांति उत्सव को मना रहे थे। मैं मन-ही-मन स्वयं से कह रहा था, 'मैंने बेहतर ही किया जो घर से बाहर जाकर उस लड़की को ले आया।

कदाचित मैं इससे सुंदर कोई अन्य कार्य कर ही नहीं सकता था।'

"तभी उसी पल मैंने अपने करीब बिस्तर में एक विचित्र चीख सुनी। मैंने सवाल किया, "क्या बात है? तुम्हें कोई तकलीफ है क्या?" मैं पूछता ही रहा क्या तुम रुग्ण हो, क्या तुम्हें शारीरिक वेदना हो रही है? और तभी उसने दिल दहलाने वाली चीत्कार भरी। मैं तत्काल हाथ में एक मोमबत्ती लेकर बिस्तर में उसके करीब गया। दर्द के मारे उसका चेहरा विकृत हो रहा था। वह अपने हाथ मरोड़ रही थी, दर्द के कारण तड़प रही थी और उसके मुंह से घुटी सिसकारी तथा चीखें धीरे-धीरे निकल रही थीं, जो गला घोंटने पर निकलने वाली आवाज की भांति थी, जिसे सुनना कष्टपूर्ण था। मैंने उसे धैर्य बंधाते हुए पूछा, "बात क्या है तुम्हारे साथ? ईश्वर के लिए मुझे बताओ कि तुम्हें तकलीफ क्या है?"

"ओह दर्द, खौफनाक दर्द।" उसने कहा। तत्काल मैंने उसकी ओढ़ी हुई चादर हटाई और मेरे मित्रो! मैंने देखा कि उसे बच्चा होने के पहले वाली प्रसव पीड़ा हो रही थी। यह देखकर और समझकर मैं पगला गया कि उसे बच्चा होने के पूर्व की भयानक प्रसव पीड़ा हो रही थी। मैं दौड़कर दीवार पर घूंसे मारने लगा और जोर-जोर से सहायता के लिए पुकारने लगा।

"मेरा द्वार तत्काल खुल गया। मेरे कक्ष में लोगों का जमावड़ा हो गया। लोग अपनी-अपनी रात्रि कालीन पोशाक में थे, औरतें पूरे वस्त्रों में थीं। पास-पड़ोस और यहां तक कि सड़क के राहगीर भी मेरे घर में घुसकर विचित्र दृष्टि से मुझे घूर रहे थे। वे कल्पना कर रहे थे कि मेरे घर में या तो कोई बड़ी दुर्घटना घट गई है या फिर कोई गुनाह हो गया है। वे सही से समझ नहीं पा रहे थे। आखिरकार किसी प्रकार मैं यह बोल पाया, "इस स्त्री... इस स्त्री को बच्चा होने वाला है।"

"तब वहां एकत्र लोगों ने उसकी तरफ देखा और अपनी-अपनी पृथक राय दी। एक झूठे मक्कार ने विशिष्ट रूप से कहा कि इस कार्य के बारे में सबकुछ जानता है और प्रकृति के इस कार्य में पूरी मदद करना चाहता है, किंतु वे तमाम लोग सूअरों की भांति पिए हुए थे। मुझे भय था कि वे लोग कहीं उसकी जान न ले लें, अतः मैं बिना हैट पहने करीब की दूसरी गली में रहने वाले एक वृद्ध तजुर्बेकार चिकित्सक को लाने के लिए भागा। जब मैं उस चिकिस्तक के साथ पुनः लौटा, पास-पड़ोस के घरों के तमाम लोग आ चुके थे। मकान तक आने वाली सीढ़ियों पर बुझे हुए लैंप पुनः रोशन कर दिए गए थे। सभी मंजिलों के फ्लैट्स में रहने वाले मेरे घर में एकत्र हो गए थे। जबकि चार नाविक मेरे घर में शेष रही मछलियों और शैंपेन पर हाथ साफ कर रहे थे। जैसे ही उन लोगों ने मुझे देखा तो सबने मिलकर आवाज लगाई। एक ग्वालिन ने एक छोटा-सा नवजात झुर्रियोंदार शिशु मेरे सुपुर्द कर दिया जो बिल्ली के बच्चे की भांति गुर्रा रही थी, और मुझसे बोली, 'यह बेटी है।'

''चिकित्सक ने उस स्त्री का परीक्षण किया और बताया कि इस स्त्री की स्थिति बेहद चिंताजनक है और कहा कि वह तत्काल इस स्त्री की देखरेख व सेवा के लिए दो नर्सें भेज देगा। लगभग एक घंटे पश्चात वे दोनों नर्सें अपनी जरूरत के अनुसार संपूर्ण सामान लेकर मेरे घर आ धमकीं।

''मैंने पूरी रात अपनी आरामकुर्सी पर व्यतीत की। इस घटना के पश्चातवर्ती नतीजों के विषय में सोच-सोचकर मैं बेहद उद्विग्न था और जैसे ही प्रातः का धुंधलका हुआ तो वह चिकित्सक प्रसूता को देखने पुनः आया। उसने देखा कि वह स्त्री अब भी चिंताजनक स्थिति में है अतः वह मुझसे बोला, 'श्रीमान् यह आपकी धर्मपत्नी!'

मैंने उसकी बात काटकर कहा, ''यह मेरी पत्नी नहीं है।''

''कोई बात नहीं, तब तो फिर आपकी रखैल... खैर इससे मुझे कोई अंतर नहीं पड़ता है।'' उसने मुझे बताया कि इस स्त्री के लिए क्या किया जाना जरूरी व उपयुक्त रहेगा और उसके पश्चात बहुत सारी दवाइयों का एक पर्चा लिख मारा।

''मुझे क्या करना चाहिए? क्या मैं इस असहाय, गरीब, बीमार स्त्री को अस्पताल भेज दूं। मैं अपने घर में ही और तमाम पास-पड़ोस के बीच निर्दयी व जंगली समझा जा रहा था। आखिरकार मैंने उसे अपने कक्ष में ही रखा। आगामी छह सप्ताह तक वह मेरे पलंग पर कब्जा जमाए रही। मैंने उस नवजात शिशु की देखरेख के लिए उसे पास के गांव 'पौएजी' के एक कृषक के घर भेज दिया जिसके कारण आज भी मुझे प्रतिमाह पचास फ्रैंक व्यय करने पड़ रहे हैं। चूंकि आरंभ में मैंने उसका व्यय उठाया है अतः जब तक जीवित रहूंगा मुझे उसकी परवरिश का व्यय उठाना पड़ेगा। कालांतर में वह इसी बात पर यकीन करेगी कि मैं उस बच्ची का बाप हूं, किंतु मेरे दुर्भाग्य को और अधिक बढ़ाने के लिए मैंने महसूस किया कि वह स्त्री मुझे प्रेम करने लगी है। मेरे प्यार में बुरी तरह गिरफ्तार है। एक जबरदस्ती का प्यार!

''खैर, खैर कुछ दिनों पश्चात वह एक बेघर बिल्ली की भांति सूखकर कांटा हो गई थी और मैंने हड्डियों के उस ढांचे को घर के बाहर खदेड़ दिया। किंतु सड़क पर आते-जाते वह मुझे देखा करती और मुझे देखते ही दुबक जाती। वह मुझे आते-जाते देखती हो, किंतु शाम को वह मुझे मार्ग में रोककर मेरे हाथ चूमना चाहती है। उसकी यह सादगी या यूं कहो कि निःस्वार्थ प्रेम की विक्षिप्तता मुझे भी विक्षिप्त कर देती है। यही वजह है कि मैं अब कभी भी क्रिसमस का पर्व नहीं मनाता हूं।

□□

अलेक्जेंडर

आम दिनों की भांति उस दिन संध्या को चार बजे अलेक्जेंडर ने रोगियों को भ्रमण करवाने वाली तिपहिया व्हीलचेयर निकाली और चिकित्सकों की राय के अनुसार वह अपनी वृद्धा, असहाय व दुर्बल मालकिन को छह बजे तक मारमबेले के लघु आवासगृह के समक्ष तक भ्रमणार्थ ले गया।

ज्यों ही उसने चढ़ाई के खास बिंदु पर व्हीलचेयर को जमाया जहां वह अपनी मोटी मालकिन की सहायता कर सकता था। वहां पहुंचकर वह उन्हें पुनः घर की तरफ ले जाने के लिए मुड़ा। जैसे ही वह अपनी मालकिन के घर में घुसा तभी उसे एक सेवानिवृत्त फौजी अधिकारी की तेज गुस्से में भद्दी-कर्कश ध्वनि सुनाई पड़ी, जो भद्दी गालियों के साथ बड़बड़ा रहा था। यह आवाज उस मकान-मालिक की थी जिसका नाम जोसफ मारमबेले था और जो फौज की पैदल सेना में कैप्टन के पद से सेवामुक्त हुआ था।

उसके पश्चात द्वार को जोर से बंद करने, कुर्सियों को पटकने तथा तेजी से पांव पटकने के अतिरिक्त कुछ और सुनाई नहीं पड़ा। कुछ ही समय बाद वह अपनी पूरी शक्ति से श्रीमती मारमबेले को संभाले हुए मकान के प्रवेश-द्वार पर हाजिर हुआ। घर के बाहर की शुद्ध हवा की क्षणिक हवाखोरी भी उस वृद्धा स्त्री को बुरी तरह थका देती थी।

बड़ी कठिनता से पूरी शक्ति लगाकर वह वृद्धा स्त्री अपनी व्हीलचेयर पर बैठ सकीं। अलेक्जेंडर ने व्हीलचेयर के पीछे लगे हैंडल को थामा और उन्हें घुमाने हेतु नदी के तट की ओर निकल गया।

प्रायः उस छोटे-से शहर को पार करने का उसका यही ढंग था।

इस दरम्यान उन्हें गांव के लोगों का सम्मान व अभिवादन भी मिलता था। बेशक यह आदर-सत्कार, सम्मान उस वृद्धा स्त्री के साथ-साथ उसके निष्ठावान सेवक के लिए भी होता था, क्योंकि गांव का प्रत्येक व्यक्ति उस वृद्धा से प्यार करता था और सब उसका बहुत ध्यान रखते थे तथा उसका नौकर अलेक्जेंडर अपनी श्वेत दाढ़ी के कारण एक आदर्श सेवक माना जाता था।

जुलाई का सूर्य सड़कों पर अपनी तेज उष्ण किरणें बिखेर रहा था। छोटे-छोटे घर अपनी छोटी बनावट तथा भौंड़ेपन के कारण सूरज की तेज रोशनी में

सामान्य तथा बेजान लग रहे थे। सड़क के किनारे बनी चहारदीवारियों की शरण में आवारा कुत्ते फुटपाथों पर अलसाए पड़े थे। अलेक्जेंडर जो एक प्रकार से हांफ रहा था, जितनी जल्दी मुमकिन हो नदी के तट की तरफ जाने वाली सड़क तक पहुंचना चाहता था।

व्हीलचेयर के ऊपर धूप से बचने के लिए बनी छत के नीचे बैठीं श्रीमती मारमबेले चेयर पर बैठी-बैठी ऊंघ रही थीं, जिसके लटकते कुंडे बार-बार हवा में उड़कर अलेक्जेंडर के आकर्षक चेहरे से टकरा रहे थे। जैसे ही वे नदी के तट पर जाने वाली गली में पहुंचे, वहां शृंखला में लगे वृक्षों की ठंडी छाया से श्रीमती मारमबेले की नींद टूट गई और उन्होंने बहुत अच्छे व लगाव से कहा, ''इतनी शीघ्रता से मत चलो मेरे अच्छे अलेक्जेंडर, इस गर्मी में तुम स्वयं को झुलसा लोगे।''

सहृदय स्त्री को यह बात अपने स्वार्थवश पहले नहीं सूझी कि वह धीरे-धीरे चलना चाहती है, क्योंकि अब वह वृक्ष के कारण छांव में आ गई थी। सड़क के किनारे एक तरफ जहां चूने की जुड़ाई से एक मेहराब बनी हुई थी, वहीं करीब ही 'नेवरे नदी', दो पर्वतों के मध्य बह रही थी। बारंबार आ रही लहरें, किनारे पर पर्वतों से आकर टकरा रही थीं तथा बहते जल की तेज धार का मृदुल संगीत बहती हुई हवा के साथ एकजान हो गया था।

उस स्थान की ठंडक और हरियाली का लुत्फ उठाकर तनिक विश्राम कर, कुछ देर पश्चात मारमबेले बोलीं, ''हां, अब मुझे ठीक लग रहा है। बेशक मेरे पति आज प्रातः पलंग पर से सही दिशा से उतरे नहीं होंगे।'' अलेक्जेंडर ने आदर से उत्तर दिया, ''नहीं मालकिन! ऐसी कोई बात नहीं है।''

वह विगत 35 वर्षों से मारमबेले दंपत्ति के साथ कार्य कर रहा था। फौज की तरफ से पूर्व में वह अपने अधिकारी का अर्दली था और अपने मालिक को नहीं छोड़ने की भावना से एक सामान्य सेवक के रूप में और अब पिछले छह वर्षों से शहर की तंग गलियों में वह अपनी मालकिन को व्हीलचेयर में बिठाकर घुमा रहा है। इस दीर्घ अवधि की समर्पित सेवा तथा नित्य के इस मेल-मिलाप और साथ के कारण इस वृद्धा स्त्री और दीर्घ अवधि से कार्यरत अर्दली के मध्य एक खामोश अपनेपन की आत्मीय निकटता स्थापित हो गई थी जो मालकिन की तरफ से आत्मीय तथा अलेक्जेंडर की निष्ठा की ओर से जुड़ी हुई थी।

वे दोनों अपने बीच पूरी बराबरी से घर-गृहस्थी के विषयों पर चर्चा व बहस किया करते थे। उन दोनों के मध्य ज्यादातर बातों का मुख्य विषय तथा उत्सुकता व उद्विग्नता मुख्यतः उनके मालिक कैप्टन मारमबेले का नीरस स्वभाव ही हुआ करता था, जो विशेषतः लंबे, फौजी जीवन के कारण ही कसैला हो गया था।

अधिकारी ने अपनी फौजी नौकरी का आरंभ बहुत बेहतर सलीके से किया था, किंतु अपने तमाम फौजी जीवन में उन्हें कोई पदोन्नति प्राप्त नहीं हुई थी तथा उनकी सेवा का अंत बेहद चमकदार या सम्मानपूर्ण ढंग से भी नहीं हुआ था। मादम मारमबेले ने पुनः कहना आरंभ किया, "जहां तक उनके व्यवहार का सवाल है, वह निश्चय ही खराब है। जब से उन्होंने सेना छोड़ी है तब से वह अपना ध्यान भी नहीं रखते हैं।"

"ओह मालकिन! आप यह अवश्य कह सकती हैं कि प्रतिदिन वह स्वयं को भूल जाते हैं, किंतु वह तब भी ऐसा ही किया करते थे जब वह फौज की नौकरी में थे।"

"हां, यह तो सही है, किंतु इस अभागे शख्स का नसीब ने कभी साथ नहीं दिया। उन्होंने अपने फौजी जीवन का आरंभ बीस वर्ष की अपरिपक्व उम्र में बड़ी दिलेरी से किया था, जिसके लिए उन्हें अलंकृत भी किया गया था। किंतु उसके पश्चात बीस से लेकर पचास वर्ष की आयु तक वह कभी भी कैप्टन के ओहदे से ज्यादा आगे नहीं बढ़े, यद्यपि तमाम लोगों की यह ठोस मान्यता थी कि सेवानिवृत्ति होते-होते वे कर्नल के पद तक अवश्य पहुंच जाएंगे।"

"कुल मिला कर आप कुछ भी कह सकती हैं लेकिन यह सब उनकी अपनी त्रुटि थी। यदि वह सदैव एक चाबुक की भांति भले बने रहते तो कदाचित उनके वरिष्ठ अधिकारी उन्हें कहीं अधिक पसंद करते और उनके समर्थन में पदोन्नति हेतु यथेष्ट सिफारिश करते। दूसरों पर सदैव झल्लाए रहना या अशांत रहना उचित नहीं है। यदि आपको आगे बढ़ना है, उन्नति करनी है तो आपको अपने साथ के तमाम लोगों को प्रसन्न रखना चाहिए। उनको हम लोगों के साथ भी ऐसा ही व्यवहार रखना चाहिए था। खैर, यह सब हम लोगों की त्रुटि है, क्योंकि हम लोगों को ऐसे ही रहना भला लगता है, किंतु दूसरों के लिए यह अलग ही बात होगी।"

मादम मारमबेले अपनी गुजरता जिंदगी के विषय में सोच रही थीं। बरसों-बरस, प्रत्येक दिन उस शख्स की कठोरता तथा निर्दयता के विषय में सोचा करती थीं, जिससे उन्होंने कई वर्ष पूर्व शादी की थी, क्योंकि फौज में नई-नई नौकरी में जवानी में ही उन्हें अलंकृत किया गया था। उनका भविष्य चमकदार था, सभी यही कहा करते थे। कोई भी अपनी जिंदगी में कैसी भी गलती कर सकता है।

मादाम मारमबेले ने बहुत आहिस्ता से और बड़े अपनत्व से कहा, "अलेक्जेंडर! कुछ देर के लिए आराम कर लो, तुमको अपनी जगह पर विश्राम कर लेना चाहिए।"

सड़क के किनारे बनी कुर्सी बड़ी संकरी थी, आधी जंग खाई भी। वह सड़क के किनारे घुमाव पर रखी गई थी जो इतवार को घूमने वालों की सुविधार्थ लगाई

गई थी। वे जब भी इस तरफ आते थे तो अलेक्जेंडर अवश्य इसी कुर्सी पर बैठकर कुछ सुस्ता लेता था, विश्राम कर लेता था।

कुछ देर पश्चात मादाम मारमबेले ने पुनः बात आरंभ की, ''जहां तक मेरा प्रश्न है, मैंने तो उनसे शादी की थी, यह बड़ा प्राकृतिक और सामान्य सहज था कि मैं उनकी उदासीनता सहन करूं। किंतु एक बात मैं समझ नहीं पाई कि तुम कैसे इतने दिन तक उन्हीं के साथ लगे रहे?''

अलेक्जेंडर ने धीरे-से, अपने कंधे तनिक उचकाए और बोला, ''मैडम मैं...।'' फिर वह खामोश हो गया।

मादम ने आगे यह बात भी जोड़ी, ''यह सत्य है, सच्चाई है, ठोस वास्तविकता है। मैंने सदैव तुम्हारे विषय में भला ही सोचा है। जब मेरी शादी हुई थी तब तुम मेरे पति के अर्दली थे। मुझे तो उनके साथ रहने के अतिरिक्त कोई और विकल्प भी नहीं था। किंतु तुम, तुम क्यों हम लोगों के साथ बने रहे? वह भी तब, जब तुमको इतना कम वेतन मिलता था? और मेरे पति का व्यवहार तुम्हारे प्रति इतना शुष्क और बेरुखा था। जबकि औरों की भांति तुम कहीं और भी स्थापित हो सकते थे, शादी कर सकते थे, बच्चे हो सकते थे, तुम तुम्हारा अपना एक स्वतंत्र घर-परिवार बना सकते थे।''

उसने पुनः उत्तर दिया, ''ओह, मालकिन! जहां तक मेरी बात थी, वह दूसरी ही वजह है।'' वह ठहर गया और अपनी सफेद दाढ़ी खींचने लगा, गोया उसके अंदर घंटी बज रही हो, और वह अपनी दाढ़ी ही नोच लेना चाहता था। उसके नेत्रों में एक विचित्र प्रकार का दर्द व भय उसकी उलझन को प्रदर्शित कर रहे थे।

मादाम मारमबेले अपने ही विचारों में उलझी थीं, ''तुम तो ग्रामीण भी नहीं हो, पढ़े-लिखे हो।''

अलेक्जेंडर ने तनिक गर्व के साथ जवाब दिया, ''सर्वेयर बनने के लिए मैंने पर्याप्त वांछित तकनीकी पढ़ाई पूरी की है।''

''फिर क्यों अपनी जिंदगी तबाह करने के लिए हम लोगों के साथ ही बंधे रहे?''

वह तनिक हकलाया, ''क्यों? क्यों? यह मेरी निजी व प्राकृतिक कमजोरी थी।''

''क्या मतलब? इस प्राकृतिक कमजोरी से तुम्हारा क्या आशय है?''

''जब मैं स्वयं से किसी को जोड़ लेता हूं, तो फिर बस उसी का होकर रह जाता हूं। बस यही अंतिम सत्य है।''

''रहने दो। तुम मुझे यह यकीन नहीं दिला सकते हो कि मेरे पति कैप्टन

मारमबेले की शराफत और नम्रता के कारण तुमने स्वयं को तमाम जिंदगी के लिए उनके साथ जोड़ लिया।''

मादाम की बात सुनकर अलेक्जेंडर व्यग्र हो उठा। वह बेहद शीघ्रता से अपनी कुर्सी से उठा और अपनी मूछें के मध्य आहिस्ता से बुदबुदाया, 'यह वे नहीं, मादाम आप थीं।'

वह वृद्धा, जिसका प्यारा चेहरा सफेद झक बालों की घुंघराली लटों से आच्छादित था, जो किसी हंस के मुलायम पंखों की भांति लग रहे थे। जिसे प्रत्येक दिन बड़ी सतर्कता से घुंघराले बनाने वाले रोलर में रखा जाता था।

अलेक्जेंडर की बात सुनकर उसकी आंखों में एक विचित्र विस्मय थिरक उठा। उसने बड़ी हैरानी से अपने सेवक पर निगाह डाली।

''मैं... ? मेरे अभागे अलेक्जेंडर, लेकिन वह कैसे?''

अलेक्जेंडर ने पहले शून्य में निहारा तब दूसरी ओर, फिर दूर तक दृष्टि दौड़ाई, अपने सिर को इस प्रकार मोड़ा जैसे किसी शर्मीले स्वभाव वाले शख्स को अपने किसी शर्मीले रहस्य को जबरदस्ती कबूल करने के लिए विवश कर दिया जाता है। फिर उसने युद्ध की सीमाओं पर तैनात हो जाने के आदेश पाए फौजी जैसी बहादुरी के साथ उत्तर दिया, ''यह बड़ी साधारण बात है। पहली दफा आपके पति से, आपको भेजा गया पत्र लेकर मैं ही आपके पास आया था तथा आपने पत्र पाकर मुस्कराकर मुझे कुछ फ्रैंक इनाम में दी थी। बस वहीं बात बन गई थी।''

अलेक्जेंडर की बात ना समझते हुए मादाम ने जिद की, ''बोलो-बोलो, अपनी बात ठीक तरीके से समझाओ।''

एक ऐसे शातिर बदमाश की भांति जो अपने जुर्मों का एहतराम करता है उसी भय की अनुभूति के साथ वह उबल पड़ा, ''मैं बस आप पर फिदा हो गया था।''

उसकी बात सुनकर मादाम ने न तो उससे कुछ कहा और न ही कोई उत्तर दिया। उसने अलेक्जेंडर की कही बात को जेहन में जमा लिया। किंतु वह बेहद नर्मदिल, स्पष्ट बोलने वाली सौम्य, समझदार व सुलझे विचारों वाली नारी थी। एक क्षण में वह इस अभागे शख्स को अपने प्रति निश्छल लगाव की भावना को समझ गई। महज उसके साथ, उसके पास रहने के लिए उसने अपना सबकुछ कुर्बान कर दिया और वह भी बिना एक शब्द कहे। वह चीखकर रोना चाहती थी, लेकिन वह रुदन को छिपाना भी चाहती थी।

बिना किसी क्रोध की भावना के गंभीर लहजे में उसने कहा, ''अलेक्जेंडर! चलो अब हम पुनः घर चलें।'' वह उठा, घूमकर व्हीलचेयर के पीछे गया और

व्हीलचेयर को धकेलने लगा। जैसे ही वे गांव के करीब पहुंचे, तभी सड़क के एकदम मध्य में उन लोगों ने कैप्टन मारमबेले को अपनी तरफ आते देखा।

जैसे ही वह उनके करीब पहुंचा, वह अपनी बीवी से बोला, बेशक वह अपनी बीवी से लड़ाई का बहाना तलाश रहा था।

''आज रात्रि को खाने के लिए क्या बनाया है?''

''चिकन और ब्रेड।''

वह बेहद बद्तमीजी से चिल्लाया, ''चिकन, चिकन! फिर वही चिकन! सदैव वही चिकन! छिः, बहुत खा चुका हूं तुम्हारे चिकन। क्या तुम कुछ और पकाने का सोच भी नहीं सकती हो? वही चिकन रोज-रोज के खाने के लिए।''

आहिस्ता से उसकी पत्नी ने जवाब दिया, ''लेकिन मेरे पतिदेव! आप तो जानते हैं कि चिकित्सकों ने आपको यही खिलाने के लिए कहा है, आपके पेट के लिए यही सबसे उत्तम भोजन है। और भी अनेक चीज़ें हैं जिन्हें मैं आपको देने का हौसला कर सकती हूं, यदि आप अपने खराब हाजमे की शिकायत से व्यथित नहीं रहते।''

उखड़ा हुआ कैप्टन मारमबेले सड़क पर ठीक अलेक्जेंडर के सामने ही खड़ा था, ''यदि मैं आज रुग्ण हूं तो इसी दुष्ट की गलतियों के कारण। गत पैंतीस वर्ष से यह अपने पकाए खराब भोजन द्वारा, यह मुझे धीमा विष देता आ रहा है।''

मादाम मारमबेले ने अपने पुराने वफादार सेवक की तरफ देखने के लिए शीघ्रता से अपना सिर घुमाया। क्षणांश में ही उन दोनों की आंखें मिलीं। उन आंखों में एक-दूसरे के लिए अव्यक्त मौन हार्दिक शुक्रगुजारी थी।

❑❑

दो शादियों का तजुर्बा

मौंसायर लेंटिन उस नवयौवना से अपने विभाग के उप-प्रमुख के आवास पर मिला था और पहली नजर में ही उसके प्रेम में दीवाना हो गया। वह नवयुवती गांव के ही एक चिकित्सक की पुत्री थी। चिकित्सक का निधन कई माह पूर्व हो चुका था। वह अपनी माता के साथ पेरिस में रहने के लिए आई थी और माता का विचार था कि पेरिस में उसकी बेटी का अच्छी जगह पर विवाह-संबंध हो जाए। वह अक्सर ही परिचय के दायरे में आने वाले लोगों के पास जाती थी। वे कृपण, असहाय किंतु ईमानदार थे।

नवयौवना एक आदर्श चरित्रवान लड़की थी, जिसके लिए कोई भी बुद्धिमान शख्स किसी दिन अपनी पत्नी के रूप में पाने का ख्वाब संजो सकता था। उसके मासूम सौंदर्य पर परियों सदृश मधुरता थी। उसके अधरों पर लगातार एक अनूठी मुस्कान नृत्य करती रहती थी। वह उसके पावन स्नेहपूर्ण सौंदर्य की द्योतक थी। चारों ओर उसकी प्रशंसा आरंभ हो गई। लोग यह कहते कभी थकते नहीं थे, ''वह व्यक्ति भाग्यशाली पुरुष ही होगा जो इसका प्रेम पाएगा। वह भाग्यवान इससे अधिक आदर्श पत्नी नहीं पा सकेगा।''

अभी मौंसायर लेंटिन की सात सौ मुद्राओं की वार्षिक कमाई थी। अब वह बेहद व्यवस्थित रूप से गृहस्थ जीवन का दायित्व उठाने की बात सोच सकता था। उसने उस खूबसूरत लड़की से शादी के लिए प्रस्ताव किया। वह तैयार भी हो गई। वह उसके साथ अवर्णनीय रूप से प्रसन्न था। वह बेहद मितव्ययता और दक्षता से यूं घर चलाती थी कि उन्हें लगता कि वे शानो-शौकत से रह रहे हैं। वह प्रत्येक छोटी-बड़ी बात पर अपने पति का खयाल रखती थी। वह सदैव उसका मनोरंजन किया करती थी और उससे बेहद स्नेह व प्यार करती थी। उसके साथ रहने की प्रसन्नता व सुविधा इतनी ज्यादा थी कि मौंसायर लेंटिन ने छः वर्ष पश्चात भी यही महसूस किया कि वह आज भी अपनी पत्नी को, शादी के बाद के दिनों से भी कहीं ज्यादा प्रेम करता है और उतना ही चाहता है।

वह उसकी (पत्नी की) दो विशेष रुचियों पर ही कभी-कभार दबी जुबान में चर्चा करता था। थिएटर जाने और कृत्रिम जवाहरात जमा करने का शौक। उसकी तमाम सहेलियां (वह चंद बड़े अधिकारियों की पत्नी से वाकिफ थी)

आमतौर पर नए नाटकों के प्रदर्शन पर उसके लिए उच्च दर्जे की टिकिट लेकर रखा करती थीं। वह चाहे अथवा नहीं, उसके पति को भी अपनी पत्नी की प्रसन्नता के लिए साथ जाना पड़ता था। हालांकि वे तमाम लोग उसके दिनभर कार्यालय में थक जाने के बाद साथ चलने की जिद किया करते थे।

कुछ समय पश्चात मौंसायर लेंटिन ने अपनी पत्नी से अनुरोध किया कि वह उसे अपने संग ले जाने के लिए अपनी सहेलियों से आग्रह न किया करे। पहले पहल तो उसकी पत्नी ने इस नई व्यवस्था का विरोध किया किंतु पति के द्वारा विशेष अनुरोध करने पर वह अंत में रजामंद हो गई... पति के प्रति अनंत प्रेम हेतु।

अब थिएटर जाने के शौक के साथ-साथ नाटक के पात्रों के लिए भी उसकी पत्नी का प्रेम उपजा। यह सत्य है कि अब भी उसके वस्त्र पहले की तरह सादे और अच्छे सिले रहते थे किंतु शीघ्र ही उसने अपने कानों को बड़े-बड़े व मूल्यवान रत्नों से सजाना आरंभ कर दिया, जो असली हीरों की भांति चमकते थे। अपने गले के चहुं ओर उसने नकली मोतियों के हार व हाथों में सोने के नकली कंगन भी धारण करने आरंभ कर दिए।

उसका पति कभी-कभार उसे समझाते हुए कहता था, ''प्रिय! जब तक तुम वास्तविक हीरे नहीं खरीद लेती हो तब तक तुम्हें अपनी खूबसूरती और सादगी से ही संवरना चाहिए, तुम्हारे पास स्वयं के अनगिनत आभूषण हैं।'' वह मृदुल मुस्कान में कहती, ''मैं कर ही क्या सकती हूं, मुझे आभूषणों का इतना अधिक शौक है कि यही तो मेरी एक कमजोरी है। क्या हम अपनी प्रकृति तब्दील कर सकते हैं? उसके पश्चात वह अपने झूठे नकली मोतियों के हार को अपनी उंगलियों में लपेटते हुए, उसके चमकते दानों को अपने पति की पसंद परख हेतु सामने रखकर स्नेह से कहती, ''देखो, क्या यह सच में बहुत सुंदर नहीं?''

''कोई भी शपथ उठाकर कह सकता हूं कि यह सच में असली हैं।'' मौंसायर लेंटिन हंसते हुए उत्तर देता, ''तुम्हारी रुचियां तो कतई खानदानी रईसों की भांति हैं।''

सदैव की भांति वे अलाव के पास बैठे संध्या की चाय का लुत्फ उठा रहे थे। श्रीमती लेंटिन ने चाय की मेज पर चमड़े का एक डिब्बा लाकर रखा। उसमें कुछ आभूषण रखे थे। जिन्हें मौंसायर लेंटिन प्रायः फ़िजूलखर्ची बताया करता था। वह बेहद प्रेम और मुग्ध नजर से अक्सर उन कृत्रिम जवाहरातों को देखा-परखा करती थी गोया वे किसी अदृश्य आनंद और रहस्य से आशायित हों। वह अक्सर कोई हार अपने पति के गले के चारों ओर पहना देती व खिलखिलाते हुए जोर से कहती, ''हाय! कितने प्यारे लगते हो तुम!'' उसके बाद वह खुद उसकी बांहों में झूल जाती और प्रेम से उसे चूम लेती।

सर्दी की एक शाम वह ओपेरा देखकर आई। राह में उसे ठंडी हवाएं लग गईं। अगली प्रातः उसे सर्दी लग गई और आठ दिन के पश्चात फेफड़ों में ठंड जम जाने के कारण उसकी मृत्यु हो गई।

मौंसायर लेंटिन पर यह मृत्युघात इतना गहराया कि दुःख के कारण एक महीने के भीतर उसके तमाम बाल सफेद हो गए। वह निरंतर रोता रहता। उसका हृदय असीम दुःख से भर गया था और उसका दिमाग सदैव अपनी दिवंगत पत्नी के अनोखे सौंदर्य, उसकी मृदुल मुस्कान, कर्णप्रिय संबोधन और उसकी यादों से व्याकुल रहता था।

तमाम घावों को भरने वाला मरहम, समय भी उसकी व्याकुलता को मिटा नहीं पाया। कार्यालय के समय में जब उसके साथी दिन के कार्यों के विषय में चर्चा किया करते थे, उसकी आंखें अनायास ही अश्रुओं से भर जाती थीं। वह हृदय को विदीर्ण करने वाली सिसकियों से अपना दुःख जाहिर करता। उसकी पत्नी के कक्ष में हर एक वस्तु ठीक वैसे ही रखी थी जैसे उसकी मौत के पहले रखी थी। रोजाना वह खुद को अपनी मृत पत्नी के कक्ष में अकेला बंद कर, महज उसके विषय में ही सोचा करता था जो उसकी सब कुछ थी, उसके जीने का इकलौता खूबसूरत अवलंब।

जल्दी ही उसका जीवन संघर्षमय हो गया, क्योंकि अब उसकी आमदनी जो पत्नी के हाथों में रहते, घर के तमाम खर्चों को पूर्ण किया करती थी। वही आमद अब उसकी खुद की आवश्यकताओं के लिए भी कम पड़ती थी। उसे विस्मय होता कि उसकी पत्नी उसके लिए कैसे इतनी बढ़िया और मूल्यवान शराब खरीद पाती थी। और भी दूसरी बहुत-सी विशिष्ट, महंगी और अनुपम चीजें, जिन्हें वह अपनी इस सीमित और संक्षिप्त आमदनी में और ज्यादा नहीं खरीद पाता था।

कुछ ही दिनों में उसने स्वयं पर भारी भरकम कर्ज चढ़ा लिया और जल्दी ही वह विपन्न हो गया। एक प्रातः जब उसने पाया कि उसकी जेब में एक धेला भी नहीं रहा है, उसने घर की कुछ वस्तुओं को बेचने का इरादा किया और अचानक ही उसे अपनी पत्नी के कृत्रिम आभूषणों व जवाहरातों का स्मरण हो आया। अतीत में वे सदैव उसे परेशान किया करते थे। उनको देखते ही वह अपनी मरहूम पत्नी को कुछ वक्त के लिए विस्मृत कर गया।

अपनी जिंदगी के अंतिम दिनों में वह निरंतर अंधाधुंध खरीदारी किया करती थी। वह घर में रोजाना कोई-न-कोई कृत्रिम जवाहरात जरूर लाया करती थी। उसने सर्वप्रथम उस भारी हार को बेचने का निर्णय किया जिसे वह सर्वाधिक रूप से पसंद किया करती थी।

मौंसायर लेंटिन के नातजुर्बेकार अनुमान से उसका मूल्य अधिकाधिक 6 या

7 फ्रैंक था। उसने उसे जेब में रखा व जौहरियों की दुकान की तलाश में निकल गया। उसे जो दुकान सर्वप्रथम दिखी वह उसी में दाखिल हो गया। उसे अपनी गरीबी को प्रदर्शित करते और साथ ही सामान्य वस्तु बेचने पर कुछ शर्मिंदगी सी हुई।

"श्रीमान", उसने दुकानदार से कहा, "मैं इसका मूल्य जानना चाहूंगा।"

दुकानदार ने उस हार को लिया, उसे परखा, फिर अपने एक शख्स को बुलाया, उसे सरगोशी में कुछ कहा और उसके पश्चात उसने फिर से उस हार को सामने रखकर कुछ पीछे करके उसकी चमक को परखने का प्रदर्शन करने लगा।

मौंसायर लेंटिन उसकी सूक्ष्म पड़ताल से झुंझला उठा और तकरीबन कहने ही वाला था, 'हां, मैं जानता हूं इसका शायद कोई मोल न हो।'

तभी जौहरी ने कहा, "श्रीमान! इस हार का मूल्य बारह से पंद्रह हजार फ्रैंक तक है। किंतु मैं तब तक इसे खरीद नहीं सकता जब तक आप यह न कह दें कि आपको यह मिला कहां से?" विधुर लेंटिन ने विस्मय से अपनी आंखें फैला दीं। वह खामोश रहा। उसे जौहरी की किसी भी बात का आशय समझ में नहीं आ रहा था। अंत में उसने शीघ्रता से पूछा, "आपने जो कुछ कहा, बतलाया, क्या आप सोचते हैं वह सब सही है?"

जौहरी ने खुरदुरे अंदाज में जवाब दिया, "आप कहीं और पता कर सकते हैं। और देखिए, संभवतः आपको कोई इससे भी अधिक मूल्य दे सके। मेरी समझ से तो अधिकाधिक इसका मूल्य पंद्रह हजार फ्रैंक है। यदि आपको इससे बेहतर ग्राहक न मिले तो कृपया यहीं मेरे पास लौट आएं।"

मौंसायर लेंटिन चकित मुद्रा में हार उठाकर दुकान से बाहर आ गया। उसे सोचने-समझने के लिए कुछ वक्त की दरकार थी। दुकान से बाहर आकर उसे एक दफा लगा कि वह तेज ठहाका लगाए। उसने खुद से कहा, 'मूर्ख! क्या मैं महज उसकी कही बातों पर ही यकीन कर लूं? इस जौहरी को असली और नकली में अंतर करने की समझ भी नहीं है।'

चंद मिनटों के पश्चात वह अन्य दुकान में दाखिल हुआ। जैसे ही दुकान मालिक ने उस हार पर दृष्टि डाली, वह लगभग चिल्ला उठा, "मैं इसे ठीक प्रकार से पहचानता हूं। इसे यहीं से खरीदा गया था।"

मौंसायर लेंटिन चकित हो गया, उसने पूछा, "क्या मूल्य होगा इसका?"

"हां, मैंने इसे बीस हजार फ्रैंक में बेचा था। जब तुमने मुझे बताया कि तुम इसे बेचना चाहते हो तो मैं पक्की रसीद द्वारा अट्ठारह हजार फ्रैंक में पुनः लेना चाहता हूं। यह हार आपके पास पहुंचा किस प्रकार?"

इस बार मौंसायर लेंटिन आश्चर्यचकित रह गया। उसने किसी प्रकार कहा, "ले... लेकिन आपने इसे ठीक से देखा? म... मैं तो अभी तक सोच रहा था कि यह नकली व दिखावटी हार है!"

जौहरी ने पूछा, "आपका नाम क्या है श्रीमान?"

"लेंटिन। मैं गृह विभाग के मंत्री के अधीन कार्य करता हूं तथा क्रमांक 16 र्‌यू-डे-मारटेयर में रहता हूं।"

जौहरी ने अपनी पुरानी हिसाब की कॉपियां देखीं और देखकर कहा, "यह हार मादाम लेंटिन को क्रमांक 16 र्‌यू-डे-मारटेयर के पते पर बीस जुलाई, 1876 को विक्रय किया गया था।"

दोनों व्यक्तियों ने संशय से परस्पर एक-दूसरे की आंखों में झांका। वह विधुर विस्मय से निःशब्द हो गया। दुकानदार को सामने खड़े व्यक्ति पर संदेह हुआ। अंत में दुकानदार ने उस खामोशी को भंग किया, "क्या चौबीस घंटों के लिए आप इस हार को मेरे पास छोड़ सकेंगे? मैं इसकी पक्की रसीद आपको दूंगा।"

"जरूर।" मौंसायर लेंटिन ने बौखलाते हुए कहा। उसके बाद वह रसीद अपनी जेब में रखकर दुकान से बाहर आ गया। वह निरुद्देश्य सड़क पर घूमता रहा। उसकी जेहनी स्थिति बेहद उलझन में थी। उसने खूब सोचने-समझने का प्रयास किया, 'मेरी पत्नी किसी भी स्थिति में इतने कीमती गहने खरीदने की हैसियत नहीं रखती थी। हर्गिज नहीं। तब यह जरूर भेंट ही होनी चाहिए, एक भेंट, पर किसकी तरफ से भेंट? किंतु उसे यह दी क्यों गई?'

वह सड़क पर ही ठहर गया और उसके मध्य में खड़ा रहा। एक भयानक संदेह उसके जेहन में दाखिल हुआ। तब... तब तो अन्य तमाम जवाहरात, कीमती पत्थर और गहने भी सब भेंट में मिले होंगे। जमीन उसे उसके पैरों के नीचे से खिसकती महसूस हुई। उसे लगा गोया सामने वाला वृक्ष गिर रहा है। अपने हाथ फैलाए वह वहीं मूर्च्छित होकर जमीन पर गिर पड़ा।

दवा की दुकान में उसकी बेहोशी टूटी, जहां कुछ राहगीर उसे उठाकर ले गए थे। उसके पश्चात उसे उसके घर भेज दिया गया। घर आकर उसने खुद को अपने कक्ष में कैद कर लिया। रात्रि होने तक वह खूब जी भरकर रोया। अंततः थकान और मानसिक उद्वेग से भरकर वह टूटा हुआ-सा बिस्तर पर जा गिरा। बिस्तर पर उसने बेचैनी और करवटों के साथ रात काटी।

अगली प्रातः वह उठा और कार्यालय जाने के लिए तैयार हुआ, किंतु इतने बड़े सदमे के पश्चात कार्य करना कठिन ही था, अतः उसने कार्यालय में अवकाश की अर्जी भेज दी। तब उसे स्मरण हुआ कि उसे जौहरी की दुकान पर भी जाना है। पहले तो उसे यह विचार ही उचित नहीं लगा किंतु वह उस व्यक्ति के पास

वह हार छोड़ भी नहीं सकता था। अतः उसने वस्त्र पहने और बाहर निकल गया।

वह एक शानदार दिन था। व्यस्त नगर के ऊपर नीले मेघ मंद गति से तैर रहे थे। आरामपसंद शख्स अपनी जेबों में हाथ डाले इधर-उधर टहल रहे थे। उन्हें देखते हुए मौंसायर लेंटिन ने सोचा, 'रईस लोग निश्चय ही बड़े सुखी हैं। धन के साथ बड़े-से-बड़े दुःख को भी विस्मृत किया जा सकता है, कोई भी जहां जाना चाहे वहां जा सकता है। बाहरी देशों की यात्रा, देश भ्रमण अपने आपमें इन दुःखों को मिटाने की सर्वाधिक कारगर दवा है। ओह, काश! मैं भी रईस होता!'

वह अपने आपको भूखा महसूस करने लगा। किंतु उसकी जेबें खाली थीं। उसने फिर से एक बार हार को याद किया, "अठारह हजार फ्रैंक, अठारह हजार, क्या मूल्य है?"

वह जल्दी ही उस जौहरी की दुकान के समक्ष आ गया। अठारह हजार फ्रैंक! कोई बीस दफा उसने दुकान में घुसने की सोची, किंतु हर दफा एक हिचक और आत्मग्लानि ने उसके पैर थाम लिए। वह क्षुधित था, उसकी जेब में एक धेला भी नहीं था। उसने तत्काल ही निर्णय कर लिया। वह झटके से दुकान में दाखिल हुआ, क्योंकि उसे भय था कि क्षणिक देरी में कहीं उसका मन ही न बदल जाए।

शीघ्रता से दुकानदार आगे बढ़ा, उसने बड़े आदर से उसे बैठने के लिए कुर्सी पेश की। दुकान के नौकरों ने भी गोया उसे जानी-पहचानी नजर से देखा।

"मैंने पूरी जांच-पड़ताल कर ली है मौंसायर लेंटिन!" जौहरी बोला, "अब भी यदि आप अपने इस हार को बेचने का इरादा रखते हैं तो जो मूल्य मैंने इसका आंका है वह मैं आपको खुशी से देने को तैयार हूं।"

"जरूर, जरूर।" मौंसायर लेंटिन ने तत्काल ही कहा।

जौहरी ने दराज से अठारह बड़े-बड़े फ्रैंक निकाले, उन्हें सतर्कता से गिना और मौंसायर को थमा दिए। उन्होंने एक रसीद पर हस्ताक्षर किए और लरजते हाथों से उसने फ्रैंक जेब में रख लिए।

वह दुकान छोड़ने से पूर्व जौहरी की ओर मुड़ा जो अब भी उसको आत्मीयता और सम्मान की नजर से देख रहा था। आंखें नीचे करते हुए मौंसायर लेंटिन ने कहा, "मेरे पास, मेरे पास इसी प्रकार के कुछ और भी जवाहरात, मूल्यवान पत्थर, आभूषण इत्यादि हैं जिन्हें मैंने इस हार की भांति ही एक स्थान से प्राप्त किया है। क्या आप उन्हें भी खरीदने में रुचि रखते हैं?"

जौहरी ने बड़े सम्मान से सिर झुकाते हुए अदब से कहा, "अवश्य श्रीमान्!" मौंसायर लेंटिन ने भारी स्वर में कहा, "मैं वह तमाम आपके पास ही ले आता हूं। लगभग एक घंटे पश्चात वह तमाम आभूषणों के साथ दुकान पर पुनः लौट आया।

बड़े हीरों वाला कर्णफूल	:	बीस हजार फ्रैंक
कंगन	:	पैंतीस हजार फ्रैंक
अंगूठियां	:	सोलह हजार फ्रैंक
एक जोड़ी नीलम और पन्ना	:	चौदह हजार फ्रैंक
लॉकेट लगी सोने की जंजीर	:	चालीस हजार फ्रैंक

समग्र रूप में उनकी कीमत एक सौ तैंतालीस हजार फ्रैंक आंकी गई थी। जौहरी ने मजाक करते हुए कहा, "एक शख्स था जो अपनी तमाम संपत्ति कीमती पत्थरों को खरीदने में व्यय करता था।"

मौंसायर लेंटिन ने गंभीर स्वर में जवाब दिया, "अपना धन व्यय करने का यह भी एक सुंदर तरीका है।"

उस दिन उसने फ्रांस के एक विलासितापूर्ण होटल 'वोयसीन' में भोजन किया। बीस फ्रैंक की महंगी वाली मदिरा पी। उसके पश्चात उसने किराए पर एक कोच ली और पूरे शहर का चक्कर लगाया। जैसे ही वह किसी मोड़ से गुजरता तो गुजरने वाले राहगीरों पर कटाक्ष किए बिना नहीं रहता, "जानते हो, मैं भी अब रईस हूं। वर्तमान में मैं दो सौ हजार फ्रैंक की कीमत का व्यक्ति हूं।"

अचानक उसे अपनी नौकरी और अपने मालिक का ध्यान आया। वह कार्यालय तक आया और निडरता से भीतर घुसा, उसने बताया, "मैं अपने पद से त्यागपत्र देने आया हूं। मुझे अभी-अभी तीन सौ हजार फ्रैंक की जागीर प्राप्त हुई है।" उसने अपने पूर्व साथियों से हाथ मिलाया, कुछ मित्रों को अपनी भावी योजनाओं से वाकिफ कराया। उसके पश्चात वह 'एग्लिस कैफे' में रात्रि का भोजन करने चला गया।

वह एक सभ्य व प्रतिष्ठित से दिखने वाले शख्स की बगल में गर्व से बैठा था, भोजन करने के दौरान, उसने बड़े धीरे-धीरे बताया कि हाल ही उसे चार सौ हजार फ्रैंक की जागीर मिली है। पहली दफा मौंसायर लेंटिन को अपने जीवन से, थिएटर से उकताहट अनुभव नहीं हुई। शेष रही रात्रि उसने ऐसे ही मजे में गुजारी।

छः माह पश्चात मौंसायर लेंटिन ने फिर से शादी कर ली और उसकी दूसरी पत्नी बेहद चरित्रवान व सुंदर स्त्री थी, किंतु उसका स्वभाव बेहद उग्र था। वह उसके लिए अनेक दुःखों की वजह बनी।

□□

सच्चाई

बेजियर कब्रिस्तान का रक्षक 17 जुलाई, 1883 को रात्रि को ढाई बजे अपने कुत्ते के निरंतर भौंकने के कारण यकायक चमककर उठ बैठा। वह कब्रिस्तान के कोने में बने छोटे-से घर में ही रहता था और कुत्ता दालान में बंधा रहता था। वह तत्काल ही सीढ़ियों द्वारा नीचे की मंजिल पर पहुंचा और उसने देखा कि कुत्ता द्वार की चौखट के पास कुछ सूंघ रहा था, जैसे घर के इर्दगिर्द कोई आवारा शख्स अकारण ही चकरा रहा हो।

कब्रिस्तान के प्रहरी विंसेंट ने अपने हाथ में बंदूक उठा ली और सावधानी के साथ घर के बाहर निकल आया।

विंसेंट का कुत्ता 'जनरल बोनेट' की गली की तरफ दौड़ा तथा कुमारी 'टोमोस्एि' स्मारक के सामने कुछ पहले थम गया। कब्रिस्तान का रखवाला सतर्कता के साथ शनैः शनैः आगे बढ़ रहा था।

जल्दी ही उसे 'मालेंचरस एवेन्यु' की दिशा में एक मद्धिम रोशनी नजर आई। विंसेंट ने शीघ्र ही अपने आपको कब्रों की श्रृंखला के पीछे सतर्कतापूर्वक छिपा लिया और उसने एक बेहद भयानक व अपवित्र कर्म को होते हुए देखा।

एक युवा शख्स, एक स्त्री की कब्र को खोद रहा था जिसे मुश्किल से कल ही दफनाया गया था। वह शख्स उस स्त्री को कब्र में से बाहर खींच रहा था। करीब ही मिट्टी के ढेर पर रखी एक स्याह रंग की लालटेन का प्रकाश इस घृणित कार्य को स्पष्ट दर्शा रहा था। कब्रिस्तान के रखवाले विंसेंट ने एकाएक वहां पहुंचकर उस व्यक्ति को दबोच लिया, फिर उसे जमीन पर पटक दिया तथा उसके दोनों हाथ बांध दिए और उसे घसीटकर पुलिस चौकी तक ले गया।

गिरफ्तार व्यक्ति नगर का एक विख्यात, पढ़ा-लिखा व युवा रईस वकील था। उसका नाम कारबिटिएले था। उस पर मुकदमा बना। सरकारी वकील ने कुछ वक्त पहले इसी तरह सार्जेंट बरनार्ड के द्वारा ऐसे ही किए गए घृणित जुर्म की याद दिला दी और अदालत में बैठी जनता को जागरूक कर दिया। अदालत में बैठी जनता व्यग्र हो रही थी, उनके संयम का पैमाना मानो छलक रहा हो। जैसे ही अदालत में आकर न्यायाधीश साहब अपनी कुर्सी पर बैठे, अचानक अदालत में शोर मच गया, "फांसी दो, उसे फांसी अवश्य दो।" न्यायाधीश साहब को अदालत में शांति बनाने में बेहद मुश्किल हुई। फिर न्यायाधीश ने बेहद गंभीर

मुद्रा में भारी लहजे से मुजरिम की तरफ देखते हुए कहा, "मुल्जिम को अपने बचाव में क्या कुछ कहना है?"

कारबिटिएले जिसने अपने बचाव हेतु कोई वकील खड़ा करने को पूर्व में ही मना कर दिया था, वह उठकर खड़ा हुआ। एक खूबसूरत स्वस्थ नौजवान, अच्छी कद-काठी का, सांवले रंग का, आकर्षक नयन-नक्श तथा निडर नेत्रों वाला। अदालत में बैठी भीड़ में फुसफुसाहट होने लगी।

वह उद्विग्न नहीं था। आरंभ में तो उसने धीमी लेकिन तनिक भर्राई आवाज में बोलना आरंभ किया किंतु धीरे-धीरे उसकी बातों में शक्ति एवं आवाज में बुलंदी का शुमार होता चला गया।

"युअर ऑनर! ज्यूरी के माननीय सदस्यगण! मुझे बेहद संक्षिप्त शब्दों में कहना है, जिस स्त्री की मैंने कब्र खोदी, वह मेरी रखैल की थी जिससे मैं अथाह प्रेम करता था और यह प्रेम सिर्फ दैहिक या एंद्रिक नहीं था, यह महज रूहानी और दिल से उपजा प्रेम नहीं था, बल्कि एक सच्चा, संपूर्ण, निश्छल और विक्षिप्तता की सीमा तक समर्पित प्रेम था। मैं जो कुछ कहना चाहता हूं, कृपा करके आप सब ध्यानपूर्वक एवं शांतिपूर्वक सुनें—

"जब मैं पहली दफा उससे मिला था, तब उसे देखकर मुझे एक विचित्र व विलक्षण अहसास हुआ था। न तो वह विस्मित थी और न ही कार्य विशेष की ललक थी उसमें, न ही वह प्रथम दृष्टया प्रेम ही था। किंतु तय रूप से वह एक आनंदमयी विशेष अहसास था, जैसे मुझे किसी ने गुनगुने जल के तालाब में उतार दिया हो। उसकी चाल, हाथ-पैरों की हरकतें मुझे मोहित कर लेती थीं। उसका स्वर मुझे दीवाना बना देता था। मुझे उसकी प्रत्येक गतिविधि, प्रत्येक काम देखने में एक अनोखा व अपार अवर्णनीय आनंद का एहसास होता था। मुझे ऐसा लगता था जैसे मैं उसे कई जन्मों से जानता हूं। गोया मैंने उसे पहले भी देखा हो। कदाचित मेरी आत्मा का कुछ भाग उसमें पहले से ही अंतर्निहित था।

"वह मुझे मेरी आत्मा की कशिश का प्रत्युत्तर लगती थी। एक ऐसी निरंतर और गैरहाजिर कशिश, जो हमें हमारी संपूर्ण जिंदगी भर निरंतर आशा और उम्मीद के प्रति आस्थावान होने को प्रेरित करती है। जब मैं उससे तनिक ज्यादा वाकिफ हुआ, हमारी मित्रता बढ़ी तो उसकी महज एक झलक ही मेरी रग-रग में एक गहरी उत्कृष्ट उमंग भर देती। मेरे हाथों पर उसके हाथों का एक मामूली स्पर्श भी मुझे एक ऐसे परमानंद से भर देता जैसा मैंने पहले कभी महसूस नहीं किया था। उसकी एक क्षणिक मुस्कान से मेरी आंखें एक विशेष प्रसन्नता से चमकने लगती थीं। मुझे लगने लगता कि मैं विक्षिप्त की भांति दौड़ पडूं, नाचूं, गाऊं या फिर धरती पर लोट लगाने लगूं। उसके पश्चात वह मेरी आशना बन गई, मेरे

लिए कदाचित उससे भी कहीं ज्यादा कुछ था। मैंने इससे अधिक पृथ्वी पर कोई उम्मीद नहीं की थी। मैंने उससे अधिक कुछ मांगा नहीं था। मुझे अब किसी और वस्तु की तमन्ना नहीं रह गई थी।

''एक सांझ हम लोग एक झरने के पास कुछ लंबी दूरी की सैर कर रहे थे। तभी हम अचानक तेज वर्षा में फंस गए और वह ठंड खा गई। अगले दिन उसके फेफड़ों में जलन शुरू हो गई और आठ दिन पश्चात वह गुजर गई। उसके मरने के समय तक एक विचित्र भय, एक अप्रत्याशित अनहोनी की आशंका ने मेरी तमाम समझ व सोच की शक्ति को मंद कर दिया था। जब वह चली गई तो मैं इस निर्दयी दु:ख से पत्थर हो गया। मेरी सोचने की सभी शक्तियां समाप्त हो गईं और मैं फूट-फूटकर रो पड़ा। उसकी मृत्यु के पश्चात उसे दफनाने की रस्म के दौरान मेरा गहरा विशाल दु:ख उसके पास बैठे एक साधारण इंसान की भांति था, एक तरह से शुद्ध सांसारिक और मानवीय शोक। और जब वह चली गई, उसे दफन कर दिया, तभी मेरा मस्तिष्क एक प्रकार से एकदम साफ स्पष्ट हो गया और मैं भयानक दु:ख तथा नितांत अकेलेपन की गुफा से होकर गुजरा। वह मानसिक यंत्रणा इतनी भयावह थी कि उसने मुझे जीवित रहते अपनी जिंदगी में जो प्यार दिया था वह भी भयावह साबित हो रहा था। फिर मैं एक अजीब जुनून में कैद हो गया।

''मैं उसे अब कभी देख नहीं सकूंगा।

''तमाम दिन इस बात पर विचार करते-करते यह विचार आपको विक्षिप्त बना देता है। सोचिए तनिक, एक व्यक्ति ऐसा है जिसे आप बेहद चाहते हैं। एक विचित्र, अनोखी शख्सियत, दुनिया में कोई भी ऐसा अन्य नहीं है जो उससे या उसकी भांति मिलता-जुलता हो। एक ऐसा व्यक्ति जिसने अपने आपको पूर्णत: समर्पित कर दिया हो, आपके साथ वह रहस्यात्मक तारतम्य स्थापित करती है जिसे हम प्रणय कहते हैं। उसकी एक क्षणिक झलक भी आपको अखिल ब्रह्मांड से विशाल दिखती है। तमाम दुनिया से कहीं अधिक वह स्निग्ध लगती है, कोमल मुस्कानों से युक्त उसकी कांतिमय झलक। वह जो आपसे प्रेम करती है, जब वह आपसे बात करती है तो आपको नख से लेकर शिख तक रोमांचित कर देती है।

''और एकाएक वह सदा-सर्वदा के लिए गायब हो जाती है। सोचिए, वह महज आपकी ही दृष्टि से ओझल नहीं हो जाती है, बल्कि प्रत्येक किसी की दृष्टि से सदा-सदा के लिए विलुप्त हो जाती है। अब वह मृत है, निर्जीव है, अतीत का हिस्सा है। आप समझते हैं कि इस शब्द का क्या आशय है? नहीं-नहीं, कदापि नहीं, कहीं भी नहीं, वह जीवन अब है ही नहीं, उसका कोई अस्तित्व नहीं है। उसके नयन आप कभी देख नहीं सकेंगे, न ही उसकी आवाज आप पुन:

कभी सुन सकेंगे, न ही उसके जैसी कोई दूसरी ध्वनि आप सुन सकेंगे, इतनी ढेर सारी मानवीय आवाजों के मध्य कोई भी उस प्रकार का उच्चारण नहीं कर सकेगा। एक शब्द भी नहीं, जैसा वह बोला करती थी।

''उसी की भांति एक भी चेहरा या जिस्म पुनः पैदा नहीं होगा। नहीं, कभी नहीं। मूर्तियां सांचे में ढलती हैं, टिकटों पर किसी भी वस्तु या शख्स की शक्ल और रंग-रूप को उसी प्रकार मुद्रित कर लिया जाता है, किंतु वह चेहरा और वह जिस्म धरती पर फिर कभी देखने को नहीं मिलेगा। उसके बाद भी सैकड़ों, हजारों और लाखों की संख्या में कदाचित उससे भी ज्यादा नए जीव व मानव पैदा होंगे, किंतु इन सभी नई जन्मी नारियों में एक भी उसकी भांति नहीं मिलेगी। क्या यह मुमकिन है? यह तमाम सोचकर कोई भी विक्षिप्त हो सकता है। वह महज बीस वर्ष जिंदा रही, अधिक नहीं और वह अंतर्धान हो गई सदा-सर्वदा के लिए। उसने विचार किया। वह मुस्कराई, खिलखिलाई और उसने मुझे प्रेम किया और अब कुछ भी शेष नहीं बचा, कुछ भी तो शेष नहीं रहा। पतझड़ के मौसम में एक सामान्य पतंगा भी जो मरता है, शायद वह भी महत्वपूर्ण है जितने हम सब हैं। इससे अधिक कुछ नहीं।

''और मैंने सोचा कैसे उसका जिस्म, उसका ताजा गर्म, स्निग्ध, नाजुक, गुदगुदा सफेद जिस्म, इतना खूबसूरत जिस्म, लकड़ी के एक बंद ताबूत में धरती के नीचे तबाह हो रहा है और उसकी आत्मा, उसका मस्तिष्क, उसका अथाह प्रेम आज सब कहां है, कहां है?

''मैं उसे पुनः कभी देख नहीं पाऊंगा। कभी नहीं। धीरे-धीरे उसके गल रहे जिस्म का विचार बारंबार मेरे जेहन में कौंध रहा था, जिसे शायद मैं अब भी पहचान लूंगा।

''अगले दिन मैं एक फावड़ा, एक हथौड़ी तथा एक लालटेन लेकर निकल गया। मैंने कब्र की चहारदीवारी फांदी। मैंने उस कब्र को तलाश किया जहां वह चिर-निद्रा में लेटी हुई थी। उस कब्र को अभी तक पूरी तरह से भरा भी नहीं गया था। मैंने कब्र से ताबूत बाहर निकाला व हथौड़ी की मदद से ताबूत के पल्ले को खोलकर ऊपर उठाया। एक भयानक बदबू, एक असहनीय सड़ांध का भभका मेरे चेहरे से टकराया। ओह! उसके इंद्रधनुषी चेहरे पर लिपटी एक भीषण दुर्गंध।

''यद्यपि मैंने पूरा ताबूत खोला तथा उसके बेजान जिस्म को खींचकर अपनी जलती लालटेन की रोशनी में लाया और उसे देखा। उसका चेहरा नीला और फूला पड़ा हुआ बेहद वीभत्स था। उसके मुख से एक विचित्र काला द्रव बहकर उसके चेहरे पर फैल गया था, जम गया था।

''ओह, वह, क्या यह वही थी? अब ऐसी थी! मैं एक भयानक खौफ से भर उठा, किंतु मैंने अपनी दोनों बांहें फैलाकर उसके बाल थामे और उस भयानक विकृत चेहरे को अपनी तरफ खींच लिया और ऐन इसी अवसर पर मुझे पकड़ लिया गया।

''तमाम रात्रि मैं अपने साथ, अपनी प्रिय प्रेमिका की इस असहनीय, सड़ांध दुर्गंध को अपने साथ लिए रहा, ठीक वैसे ही जैसे हम संभोग के बाद स्त्री के शरीर की मादक गंध को लपेटे रहते हैं। बस इतना ही।

''अब आप मेरे साथ जो कुछ भी करना चाहते हैं, वह कर सकते हैं।''

एक विचित्र खामोशी पूरी अदालत में छा गई। जनता को तो कुछ और ही सुनने की प्रतीक्षा व बेकली थी। फैसला सुनाने वाली बेंच के न्यायकर्ता परस्पर विचार-विमर्श करने के लिए, कुछ देर के लिए वहां से हट गए। कुछ मिनटों के पश्चात जब वे पुनः लौटे तब अभियुक्त के चेहरे पर किसी तरह का भय या बेचैनी नहीं थी। शायद वह कुछ सोच भी नहीं रहा था, पारंपरिक रूप से जूरी ने वह निर्णय सुनाया था कि—

''अभियुक्त बेगुनाह है। वह किसी भी सजा का पात्र नहीं है।''

अभियुक्त निर्विकार अपने स्थान पर भावहीन मूर्तिवत खड़ा रहा। किंतु जनता ने जोरदार तालियां बजाकर अदालत के फैसले का पुरजोर स्वागत किया।

❑❑❑

FCW - #0039 - 061026 - C0 - 216/140/13 - PB - 9788131015155 - Gloss Lamination